추억마저 지우랴

마광수 단편소설집

추억마저 지우랴

어문학사

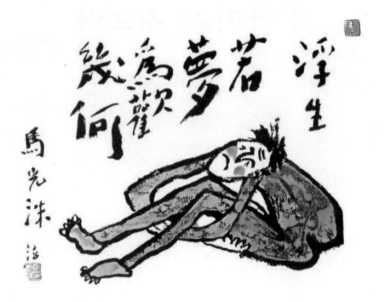

차례

그래도 내게는 소중했던

그 초라한 카페에서의 커피
그 허름한 디스코텍에서의 춤
그 싸구려 여관에서의 섹스

시들하게 나누었던 우리의 키스
어설프게 어기적거리기만 했던 우리의 춤
시큰둥하게 주고받던 우리의 섹스

기쁘지도 않으면서 마주했던 우리의 만남
울지도 않으면서 헤어졌던 우리의 이별
죽지도 못하면서 시도했던 우리의 정사(情死)

카리스마

나는 어떤 외국인들의 파티에 참석하고 있었다. 그때 어떤 남자의 존재가 그 파티의 왁자지껄한 소음과 찬란한 불빛에 엉켜진 상태로 내 눈에 들어왔다. 그의 창백하리만치 하얀 얼굴과 흡사 상복(喪服)을 연상케 하는 검정색의 양복과 망토, 그리고 그의 반짝이는 검은 눈망울의 조화 때문에 나는 정신을 차릴 수가 없었다. 난 그가 풍기는 이상한 분위기에 매료되었고 또 비상한 흥미를 느꼈지만(아니, 솔직히 말해 멍한 상태가 되었지만), 국적이 다르다는 이유와 원래부터 내가 갖고 있던 외국인들에 대한 열등감 때문에 그 파티의 분위기를 즐길 생각이 별로 나지 않았다. 그래서 나는 시끄러운 파티 장소에서 빠져나와 옆에 붙어 있는 작고 어두운 방 한구석에 앉아 쉬려고 했다.

그런데 가까스로 조용한 방 한구석의 의자를 찾아내어 내가 앉으려는 순간, 그 검정색 망토의 사나이가 어느 사이엔가 내 곁에 다가와 서 있는 것이었다. 그는 어디서 가져왔는지 붉은 장미꽃 한 송이를 나에게 내밀었다. 그때 그가 나에게 쓰잘데없는 허튼수작이라도 걸어왔다면 나는 그의 접근을 거절했을는지도 모른다. 하지만 그는 아무런 말도 없이, 도저히 그의 다가옴을 거부할 수 없도록 만드는 마력적인 침묵의 표정으로 나에게 꽃을 건네주었다. 난 결국 아무런 저항 없이, 마치 수동적으로(아니, 굴복적으로) 그가 주는 꽃을 떨리는 손으로 받았다.

그렇게 해서 우리는 어두운 방의 구석자리에 한데 앉아 있게 되었고 그는 내게 무언가 질문을 했다. 그의 목소리는 무척이나 부드러웠고, 어둠 속에서 느껴지는 그의 존재는 더욱더 크고 강력한 이미지로 다가와 나로 하여금 알 수 없는 욕망에 가슴 두근거리게 만들었다. 난 그때 그가 어둠 속에서 미소 짓는 모습을 얼핏 엿볼 수 있었는데, 그의 송곳니가 유달리 하얗고 길고 날카로워 보였다. 그의 지나치게 하얀 치아, 부드러운 목소리, 봄바람같이 싱그러운 매너…….

이러한 모든 분위기가 합쳐져 나로 하여금 그날 밤을 그와 함께 보내고 싶어 안달복달 갈망하게 만들고 있었다. 이미 나의 사타구니 사이는 뜨거운 액체로 축축하게 젖기 시작하고 내 얼굴은 부끄러운 소녀의 얼굴처럼 붉은빛을 띠고 있었다. 그는 벨벳의 망토로 내 몸을 감싸 안았는데 그것은 마치 검은 박쥐의 커다란 날개 같았고, 그의 강렬한 체취는 나의 후각을 못 견디게 자극했다. 난 그의 망토 안에 휩싸여 어쩔 수 없는, 아니 도저히 방어할 수 없는 강한 힘을 느끼며 야릇한 쾌감을 맛보았다.

난 참을 수 없는 열망으로 가득 차 그를 따라 파티가 열리고 있는 집을 나와 그의 아파트로 향하게 되었다. 약간은 겁도 났지만 난 나의 대담한 본능을 믿고 있었고, 그의 날카로우면서도 오묘한 부드러움이 섞인 몸가짐은 나를 그냥 불안감 속에 있게 내버려두지 않았다.

강변이 내려다보이는 그의 아파트는 굉장히 넓었고 이상한 분위기를 연출하고 있었다. 청색과 회색의 벽지로 뒤덮인 그의 아파트 실내는 메슥거릴 만큼 끈끈한 정액 냄새로 가득 차 있었다. 난 다시금 두려움을 느껴 안에 들어가는 것이 꺼려졌다. 하지만 그의 엄숙한 침묵과 깊고 검은 눈동자가 나를 찌를 듯이 응시하자, 난 아까 그로부터 꽃을 받을 때 모양으로 어쩔 수 없이 수동적인 자세가 되어 그의 뒤를 귀신에라도 홀린 양 따라 들어갈 수밖에 없었다. 길게 구부러져 휜 아치형의 소파, 몹시도 두꺼운 카펫 그리고 탁자나 스탠드까지도 모두가 검은빛이었다. 방 한쪽 구석에는 관(棺) 모양의 긴 상자 같은 것이 있었는데 상자의 뚜껑에는 꿈틀거리는 뱀 모양의 조각이 멋있게 아로새겨져 있었다. 그 검은빛은 이상하게도 나의 마음을 착 가라앉게 해줘서 난 의자에 편안한 자세로 앉아 그와 함께 술을 마시며 이야기를 나눌 수 있었다.

그는 내게 커튼을 쳐달라고 부탁했고, 조심조심 커튼을 치고 있는 내 모습을 보는 그의 눈은 요귀(妖鬼) 같은 빛을 내뿜었다. 하지만 그 눈빛은 나에게 묘한 흥분을 더해줄 뿐이었다.

그의 혓바닥은 마치 군침을 삼키려는 듯 자신의 아랫입술을 날름날름 더듬고 있었다. 그는 잠시 동안 아무 말 없이 나와 함께 앉아 있었는데 갑자기 나는 그가 식인종(食人種) 같아 보였다.

그와 같이 이야기를 나누는 동안 나의 감각은 점점 더 예민해졌다. 진한 브랜디를 연거푸 몇 잔 들이켜고 나니 얼큰하게 취기가 올라오면서 딱딱한 의자에 닿아 있는 내 몸의 그 부분이 두근두근 고동을 치며 더욱더 젖어 들어감을 느낄 수 있었다. 난 땅바닥에 일부러 지갑을 떨어뜨리고 그것을 주우려고 하는 척하며 일어나서, 다리를 벌리고 선 채 고개를 구부려 나의 음부에서 풍겨 나오는 향기를 만끽했다.

조금 후 그와 나는 크고 긴 검은 소파에 몸을 실었고 몇 가지 이야기를 나누었는데, 그는 나의 대답 따위엔 관심도 없었고 나 역시 그와의 대화와는 별도로 다른 생각에 열심히 빠져들고 있었다. 지금 내가 처해 있는 상황이 『드라큘라』라는 소설책에 나오는 여주인공 루시(Lucy)와 아주 흡사하다는 것과, 이 집의 분위기는 그 소설의 무대인 밝고 오래된 고성(古城)의 그것과 비슷하다는 것, 그리고 그의 매혹적인 목소리는 드라큘라 백작의 피를 부르는 듯한 허스키한 목소리, 즉 쓰디쓰면서도 달착지근한 그의 피비린내와 비슷한 것이라는 것 등이었다.

사실 난 그를 따라 파티장에서 나올 때부터 드라큘라 백작에 관한 환상에 빠져 있었던 것 같다. 그것은 드라큘라 백작이 진짜 사디스틱한 에로스의 화신이라는 사실에 대한 믿음과 나의 어렸을 때의 환상이 합쳐서 이룩된 것이었다. 나는 어렸을 때부터 침대에 혼자 누워 자고 있을 때, 갑자기 내 주위에 어둠이 드리워지고 나의 방 벽지 무늬가 어떤 야행성(夜行性) 동물의 형상으로 변해서 내 곁으로 스르르 기어와 그 날카로운 긴 이빨로 나의 목을 찌르는 것을 환상으로 즐겼다. 그날 밤 파티에서 만난 드라큘라 백작을 닮은 듯한 그 남자의 외모와 나의 환상이 함께 연결되어 나를 관능적 판타지에 어쩔 수 없이 몰입되게 만들었고, 그 환상이 실제로 이루어질지도 모른다는 기대감 때문에 결국 여기까지 오게 됐는지도 모른다.

잠시 후 그는 소파에서 일어나 나를 이끌고 침실로 갔다. 그의 침실 역시 굉장히 특이한 모양으로 되어 있었다. 난 술에 많이 취했고 타오르는 욕구 때문에 정신이 없었음에도 불구하고 그의 방 한쪽이 커다랗고 시커먼 돌벽이라는 것, 그리고 다른 한쪽 벽은 빛바랜 벨벳 커튼이 음산하게 드리워져 있다는 것을 감지할 수 있었다. 그 광경이 나의 환상 속에 나타나던 광경과 비슷하다는 것을 느끼고 난 그만 아찔해졌다. 그 방 전체에서는 신선하고 풋풋한 흙냄새가 풍겨 나왔다. 한쪽 구석에는 거실에서 본 것과 비슷하게 생긴 긴 상자 모양의 것이 놓여 있었는데 그 위에는 섬세하게 짜여 진 흰빛의 새틴

(satin) 드레스가 얌전하게 놓여 있었다.

그는 나에게 그 드레스를 걸쳐보라고 권했다. 난 별 저항 없이 원피스를 벗고 그 드레스를 입었다. 나의 젖꼭지는 그의 탐욕스런 눈빛과 새틴 드레스의 올에 맨살이 닿을 때마다 느껴지는 야릇한 감각 때문에 한껏 성을 내며 곤두섰기 때문에 드레스의 실루엣에 유난히 영향을 미쳤다.

바로 그 순간 그 검은 옷의 신사는 내 주위를 획하고 한번 돌더니 육욕에 가득 찬 눈빛으로 나를 쏘아보며 내 팔을 이끌고 긴 상자 같이 생긴 물체 곁으로 데리고 갔다. 난 그때 그가 나에게 상처를 입힐까 봐 겁이 나기도 하고, 나의 욕구를 실컷 채워주지 않은 채 그냥 놔둘 것도 같아서 약간 화가 나기도 했다. 그는 나를 그 상자 안에 길게 눕혔는데, 자극적인 흙냄새가 풍겨 나오는 그 벨벳으로 둘려진 아름다운 죽음의 침상이 곧 관이라는 것을 난 즉시 직감으로 알 수 있었다.

그는 나를 눕힌 뒤 나의 팔을 마치 시체처럼 가슴 위에 가지런히 포개어 모아두고는 습기가 축축한 땅속으로 나를 더욱 깊게 깊게 밀어 넣었다. 그 느낌은 마치 비에 젖은 숲속으로 가라앉는 듯한 것이었고, 축축한 땅의 감촉이 나의 몸에 느껴졌을 때 난 죽음 같은 편안함을 맛볼 수 있었다. 그는 잠시 후 망토만을 걸친 알몸으로 나를 따라 관 속으로 들어왔는데 그의 얼굴은 죽은 듯 창백해 보였다. 그의 알몸을 느끼자 내게는 더욱 큰 흥분이 전해져 왔다. 그는 등을 구부리며 내게로 천천히 접근하여 나의 온몸을 그의 따뜻한 숨결로 살살이 더듬어나갔다.

그는 흡족한 표정으로 나를 바라보며 마치 짐승처럼 목을 길게 빼고는 내게로 더욱더 가까이 다가왔다. 난 그 순간 그의 뜨거운 숨결에서 퍼져 나오는 축축한 습기와 함께 그의 아랫입술 사이에서 번쩍이는 날카로운 이빨의 섬광을 보고야 말았다. 나의 온몸은 히스테릭한 공포와 긴장에 휩싸였다. 그때 그는 잠시 행동을 멈추었다. 나는 그가 입맛 다시는 소리와 그의 입술과 이빨을 자신의 혀로 핥는 소리를 들으면서 점점 더 큰 공포에 휩싸일 수밖에 없었다. 그는 서서히 내 목으로 더 가까이 왔는데, 나는 숨이 막힐 듯한 공포심 때문에 비명이라도 질러보려고 했지만 아무리 소리를 질러도 목소리가 나오지 않았다.

그는 내게 바짝 다가와서는 그 거칠고 긴 이빨로 나의 목을 서서히 짓눌렀다. 나는 극도의 공포로 온몸이 마비되는 것 같았는데 그 순간 그는 갑자기 몸을 쭉 폈다. 그리고 한 손으로는 내 이마의 머리카락을 쓸고 다른 한 손으로는 나의 몸을 더듬어 내려가 나의 가장 민감하고 따뜻한 부분을 어루만지기 시작했다. 손바닥의 감촉이 마치 차가운 얼음장과 같았다. 나는 즐거운 신음소리를 내기 시작했다.

그는 다시 두 손바닥으로 관의 밑창을 짚고 축축한 흙내를 마치 개처럼 킁킁거리며 냄새 맡았다. 한참 동안 냄새를 맡고 나서 다시금 그는 나의 몸뚱어리 위로 올라와 격렬한 움직임을 시작했다. 나는 그가 움직일 때마다 그의 육중한 무게 때문에 더욱더 깊숙이 관 밑바닥으로 빠져 들어가는 듯한 기분이 들었다. 그리고 그의 하반신에서 내뿜어져 나오는 저항할 수 없으리만치 힘찬 정액의 수압(水壓) 때문에 믿을 수 없으리만치 강렬한 오르가슴의 극치점에 도달하였다.

야릇한 공포와 더불어 생겨나는 끈끈한 감흥을 느끼며 쾌감의 최고조에 다다른 순간, 그의 날카롭고 긴 이빨이 다시금 나의 목으로 다가와 나의 싱싱한 살점들을 물어뜯었다. 나는 참을 수 없는 고통과 더불어 샘솟듯 솟아 나오는 해갈감(解渴感) 때문에 더욱더 관 밑바닥을 뚫고 땅속 깊숙이 빠져 들어가고 있음을 알 수 있었다. 나의 목에서 솟아오르는 신선한 피의 냄새는 나를 더욱더 마취시켜 나는 점점 더 무의식 속으로 한없이 빠져 들어갔다……

고독의 결과

    오늘 밤에도 역시 그는 나의 꿈 속에 나타났다. 벌써 며칠 째 반복되고 있는 꿈인지 모른다. 이름도 얼굴도 아무것도 모른다. 누군지도 모르는 그는 왜 내 꿈에 나타나는 것일까. 내 꿈에 나타난 그는 아무것도 하지 않는다. 그러나, 그 아무렇지도 않은 듯한 무표정한 얼굴 속에서 나를 농락하고 유린하려는 마음을 읽을 수 있다. 꿈 속의 나는 항상 묶여 있다. 항상 같은 장소, 어딘지도 모를 그 장소에 나는 두 손, 두 발을 묶인 채 의자에 앉혀져 있다.

내 몸엔 아무것도 걸쳐져 있지 않다. 그리고 그는 내 눈앞에서 나의 나신을 빤히 바라본다. 무표정한 얼굴로 바라본다. 수치심과 공포는 이루 말할 수 없다. 분명한 악몽이다. 꿈을 꾸기 시작한지 일주일이 넘었다. 대수롭지 않게 넘기려고 했지만 꿈 덕분에 잠을 못자서 일상생활이 곤란해지기 시작했다. 밥을 먹어도 먹은 것 같지 않고 무기력이 극에 달해 아무 일도 손에 잡히지 않았다. 도대체 그는 누구이고, 내가 무슨 잘못을 했길래 이렇게 꿈에 나타나 나를 괴롭히는 것일까. 그가 누군지, 이유가 무엇인지라도 알고 싶다.

똑같은 꿈이 정확히 열흘 째 반복되고, 열 하룻날째 밤. 꿈속의 내가 드디어 입을 연다. 꿈 속의 '나'는 그에게 묻는다.
"당신 누구야……. 나한테 왜 이러는 거야 대체………."
역시 그는 아무런 대답이 없다. 대답 대신 그는 서서히 나에게 다가온다. 꿈속의 나는 본능적으로 몸을 피하려고 하지만 내 온몸은 묶여있는 상태이다. 나에게 다가온 그는 내 몸을 어루만지기 시작한다. 공포가 온 몸을 감싼다. 그는 내 머리 끝부터 내 몸을 천천히 어루만지기 시작하더니 끝내는 내 몸을 입술과 혀로 애무하기 시작한다. 이마부터 시작한 애무는 점차 아래로 내려와 내 목, 가슴, 배를 지나 허벅지 쪽으로 향한다. 그리고 그의 손이 내 보지로 향하자, 내 입에서는 '옥' 하는 짧은 신음소리가 흘러나온다.

곧이어 그의 입이 내 보지로 향하고, 그는 나에게 오럴 섹스를 해

주고 있었다. 순간 수치심이 온 몸을 스치고 지나갔지만, 수치심을 미처 느낄 새도 없이 참을 수 없을 만큼의 쾌감이 온 몸을 감싼다. 능숙한 솜씨로 혀와 입을 사용하는 그의 쿤닐링구스를 인정하긴 싫지만 나는 분명히 그걸 즐기고 있다. 수 분 간의 쿤닐링구스가 이어지고, 나의 쾌감은 절정에 다다른다. 이윽고 내가 오르가슴 사정을 하려는 순간, 그는 그것을 허락하지 않았다. 이내 쿤닐링구스가 멈췄고, 나는 식은땀을 흘리며 잠에서 깨어났다.

비슷한 꿈이 또 일주일 넘게 계속됐다. 그는 입과 손, 발, 그리고 섹스 놀이도구까지 사용하여 갖가지 방법으로 나를 흥분시켜 놓고 끝내 절정의 순간은 허락하지 않았다. 현실 속의 나는 외로움으로 더욱더 야위어갔고, 일상적인 생활 따위는 포기한지 오래였다. 현실 속에서 느끼는 성적 욕구의 불만족이 문제인가 싶어서 현실 속에서 수많은 남자들과 잠자리도 가져보고, 몸이 지칠 때까지 섹스도 해봤다. 그러나 아무것도 해결되지 않았다.

꿈 속에서 느꼈던 그 알싸한 기분, 그 자지러질 듯한 쾌감을 현실 속에서는 찾을 수 없었다. 아무리 섹스를 하고 지랄을 떨어도 전혀 만족할 수 없었다. 이제 그가 누구인지, 또 나에게 이러는 이유가 무엇인지도 중요하지 않았다. 꿈속의 내가 만족할 때까지 그와 섹스하는 것, 그것이 나의 궁극적 목표가 되었다. 생각해보면 우스운 일이다. 현실에서도 아니고 꿈 속에서, 어떤 대단한 것도 아닌 가장 말초적이고 원초적인 본능을 만족시키는 것이 나의 절대적인 목표가 되었으니 말이다. 하지만 왠지 그래야 할 것 같았다. 꿈 속에서 그와의 섹스로 나의 성욕을 충분히 만족시켜야만 이 지긋지긋한 악몽에서 벗어날 수 있을 것 같았다.

이런 생각을 가지게 된 바로 그 날 밤, 그는 역시나 나의 꿈 속에 나타났다. 평소처럼 내 온 몸을 애무하고, 꿈 속의 나는 또 아무런 생각 없이 그의 애무를 받아들이고 한껏 쾌감을 즐기고 있었다. 그리고 내 쾌감이 절정에 다다를 무렵, 입으로 내 성기를 애무하던 그는 문득 애무를 멈췄다. 원래대로라면 이쯤에서 나는 꿈에서 깼어야만 했다. 그러나 이번엔 달랐다. 오럴 섹스를 멈춘 그는 고개를 들어 잠시 나를 쳐다보더니, 무언의 제스처를 취했다. 말은 안 했지만 그 의도는 알 수 있었다.

이제 그건 성욕의 문제가 아니었다. 섹스만 하면 이 지긋지긋한 악몽에서 벗어날 수 있겠다는 생각에서 나는 그의 요구에 고개를 끄덕거렸다. 빨리 끝내 버리자는 생각이었다. 그는 고개를 잠깐 갸웃하더니 내 몸을 묶고 있던 밧줄을 풀어 주었다. 그리고는 자신을 마음대로 다루라는 듯이 다리를 벌리고 내 앞에 눕는다. 드디어 지긋지긋한 악몽에서 벗어날 수 있겠다는 생각에 기뻐하며 나는 마음껏 그를 유린했다. 그런데 이상한 일이다. 아무리 변태적이고 사디스틱한 섹스를 해도 나는 절정에 다다를 수가 없었다. 그러면서 나는 또 잠에서 깨어났다.

또 이런 꿈이 며칠 째 반복 되었다. 이제는 꿈을 꾸면 내가 묶여 있지도 않았고, 그는 내 앞에 얌전히 누워만 있었다. 그리고 나는 미친 듯이 그와 변칙적인 섹스를 했다. 그래도 나는 절정에 다다를 수가 없었다. 진정 고통스러웠다. 점차 시간이 지나면서 이젠 쾌감을 전혀 느낄 수 없었다. 아무런 느낌 없이 단순한 가학과 피학, 그리고 삽입과 피스톤 운동의 반복만 있을 뿐이었다. 뭔가 이상했다.

현실 속의 나는 이제 앓아눕는 지경에 이르렀다. 사경을 헤맨 끝에 겨우 정신을 차린 나는 꿈 속의 그에 대해 생각해 보았다. 대체 이유가 뭘까, 내가 원하는 대로 섹스를 하는데도 만족할 수 없는 이유는 무엇일까. 생각 끝에 내린 결론은 이랬다. 나는 무의식적으로 이 꿈을 끝내고 싶어하지 않았던 것이었다. 내 의식이 '섹스를 하고, 절정에 다다르면 이 꿈을 끝낼 수 있다.' 라고 생각을 하는 반면에, 내 잠재의식 속에는 그와 영원히 섹스하고 싶다는, 이 꿈을 끝내고 싶지 않다는 생각이 자리잡고 있었던 것이다. 이렇게 결론을 내리자, 나는 이제 그를 기다리는 입장이 되었다. 꿈 속에서 그의 모습을 볼 수 있기를, 절정에 다다르진 못하지만 그와 섹스를 할 수 있기를 기다리며 나는 매일 밤 잠자리에 들었다.

그는 역시 내가 원하는 대로 되게 놔두지 않았다. 신기하게도 꿈을 즐기기로 마음먹고 난 뒤부터 그는 꿈 속에 나타나지 않았다. 덕분에 현실의 '나' 는 원래의 삶을 되찾았다. 더이상 야위어 가지도 않았고, 불면증에 시달리는 일도 없었다. 그러나 나는 내 속의 무언가가 결핍되어 있다는 생각을 지우기 어려웠다. 원인은 역시 꿈 때문이었다. 무슨 일을 하더라도 꿈 속의 그가 생각났고, 현실 속에서는 성욕을 전혀 느낄 수 없었다.

야한 영화를 봐도, 심지어 발가벗은 미남자가 눈 앞에 있어도 클리토리스의 발기는커녕 조금만치의 성욕조차 느끼지 못했다. 그렇게 무미건조한 하루하루가 지나갔고, 성욕을 느끼지 못하는 나는 거의 반(半)이나 석녀(石女) 상태의 여자가 되었다. 이제 나는 꿈 속의 그를 너무나 간절히 기다리는 입장이 되었다. 그가 절실하게 필요했다. 그가 나를 다시 묶어놓고 유린하고 농락하기를 바랐다. 다시금 왕성한 성욕을 느끼고 싶었다. 아니, 그 이전에 그와 다시 섹스를 나누고 싶었다.

이렇게 그 남자를 그리며 상사병 아닌 상사병을 겪고 있던 어느 날 밤이었다. 집 앞의 마켓에서 집으로 돌아오는 나의 눈에 한 남자의 뒷모습이 들어왔다. 집 앞 골목길로 꺾어져 들어가면서 스치듯 본 뒷모습이 어딘가 낯이 익은 모습이었다. 그냥 지나가려 했지만 호기심에 도저히 그럴 수가 없었다. 나는 이미 그 남자를 뒤쫓아 가고 있었다. 골목으로 돌아선 그를 뒤쫓아가 따라잡았다. 그리고 그가 뒤돌아보는 순간, 나는 깜짝 놀라지 않을 수 없었다. 그 남자는 꿈 속의 '그'였다. 환희, 분노, 안도, 놀라움 등 수만 가지 감정이 한데 뒤섞여 내 마음속을 스치고 지나갔다. 한동안 멍하니 그를 바라보았다. 그리고 그가 나를 보며 고개를 갸웃하던 그 순간, 바로 그 순간이었다. 나는 참지 못하고 마켓에서 산 식칼로 그의 급소를 찌르면서 덮쳤다. 오랜만에 느껴보는 성욕이었다. 그동안 쌓였던 성욕이 폭발이라도 하듯이 끓어 넘쳤다.

　'그를 만날 줄이야, 그것도 꿈이 아닌 현실 속에서…….'

　이런 생각이 들자 그의 비명소리도 들리지 않았고 주변에 누가 있을 것이라는 생각도 들지 않았다. 그를 뒤쫓아 들어왔던 골목길 구석편에서 그를 땅 위에 눕히고 거칠게 옷을 찢었다. 그의 온몸을 애무하고 마음껏 그를 사디스틱하게 유린했다. 그는 죽어있었는데도 자지를 꼿꼿이 발기시키고 있었다. 자지를 내 보지 안에 쑤셔넣었다. 일종의 복수였다. 꿈 속에서 느꼈던 수치심과 공포가 떠올라 더욱 더 거칠게 그를 다루었다. 식칼로 얼굴을 찌르면서 억지로 그의 혀에 내 보지가 닿게 해가지고 일방적인 오럴 섹스를 하고, 그의 입안에 오르가슴 사정을 했다.

　이루 말할 수 없는 쾌감이 몰려왔다. 그토록 기다려왔던 바로 그 시원한 쾌감, 원초적이고 말초적인 바로 그 살인과 시애(屍愛)의 쾌감이었다. 나의 성욕은 여기서 끝나지 않았다. 그럴만도 했다. 오래도록 느끼던 성욕이 한 순간에 잠깐 폭발한 것이니 말이다. 그의 가랑이를 억지로 벌려 삽입성교를 하고 가슴에 칼자국이 남도록 몇 번을 더 찔렀다. 나는 마음껏 그를 범하고 농락했다. 입, 귀, 젖꼭지, 가슴, 자지, 심지어는 항문까지 성감(性感)을 느낄 수 있는 모든 곳에 내 보지를 들이대며 쾌감을 느꼈다. 그렇게 몇 시간이 지났는지 모른다. 아침 해가 어스름이 밝아올 무렵이 되어서야 섹스는 끝났다.

그의 온몸은 내 애액으로 뒤덮여 있었고, 나는 흐뭇한 만족감에 온몸을 떨었다.

한참 후 정신을 차리고 나서 보니 뭔가 이상했다. 그 남자는 꿈속의 그 남자가 아니었다. 꿈속의 그는 나에게 미소를 지어주진 않았지만 나와의 섹스를 즐겼다. 내 앞에 누워있는 남자는 나를 농락하고 가지고 놀던, 그가 아니었다. 내 앞에 만신창이가 된 채로 널브러져 있는 이 남자는 죽어 있다. 고통스럽게 죽어간 흔적이 역력하다. 나는 혼란스러웠다. 내가 생각하던 상황이 아니었다. 정신이 점차 돌아오면서 이성도 돌아왔고, 내가 저지른 일이 무엇인지 느껴졌다. 나는 나와 아무런 관계도 없는 남자를 살해한 것이다. 그는 눈을 뜬 채로 죽어, 원망과 공포가 섞인 눈초리로 나를 바라보고 있었다. 죄책감이 나의 온 몸을 휩싸고 돌았다. 도대체 내가 무슨 짓을 저지른 것인가. 꿈 속의 그는 현실에 없다. 아까 죽인 남자는 그저 그와 닮은 사람일 뿐이다. 나는 구체적 상황을 인식하게 되자 얼과 혼이 다 빠져나갔다. 나에게 살해당한 남자를 버려두고 도망치듯 집으로 달려왔다.

그날 밤 꿈 속에서 다시 그가 나타났다. 그는 웃으면서 나를 반겨주었다. 그는 내게 괜찮다고, 네 잘못이 아니라고 말했다. 나를 어루만져주는 그의 따스한 손길이 느껴진다. 그리고는 익숙한 손놀림으로 내 온몸을 애무해 준다. 그 다음엔 입술과 혀로, 그리고 자지로……. 오랜만에 느껴보는 기분이다. 이제야 현실에서는 느껴볼 수 없는 기분이었다. 그를 얼싸안고 마음껏 섹스했다. 참을 수 없는 지고(至高)의 쾌락이 밀려왔다. 쾌락의 끝에 다다라서 나는 다시 오르가슴 사정을 했다. 그래도 나는 아직 만족하지 못했다. 영원히 이런 기분을 느끼고 싶다. 현실의 일 따위는 알고 싶지도 않다. 그저 이 쾌감을 오래오래 끌며 그를 한없이 범하고 싶다. 잠에서 깨어나고 싶지 않다. 죄의식으로 가득 찬 현실로 돌아가고 싶지 않다. 영원히, 영원히 꿈 속에 머물고 싶다……

이상하게도 이번엔 꿈에서 깨어나지를 않았다. 정말로 내 기원이 이루어진 것일까. 내 방에서 차갑게 잠들어 있는 내 모습이 보였다. 내 옆에는 빈 수면제 통과 떨어진 수면제 몇 알이 덩그러니 구르고 있을 뿐이었다.

광수와 야희

★[야희] 처음으로 그의 소설과 시를 읽어봤을 때부터 나는 마광수 교수를 짝사랑하기 시작했다. 언제부터 그렇게 되었을까? 잘 기억은 안 나지만 아마 내가 중학생 시절이었을 거라는 생각만 어렴풋이 든다. 연세대학교에 입학한 것도 아마 마광수 교수 때문이 아니었을까? 아직 누구한테도 털어놓진 않았지만 이젠 글로서 내 마음을 표현하고 싶다.

어쨌든 그래서 나는 연세대에 입학한 후 마광수 교수의 수업을 듣게 되었고, 그의 강의를 한 과목 더 듣고 있는 학기 도중에 이 글을 쓰고 있다. 나는 이 글을 연세대 학보에 투고하여 반드시 실리도록 할 것이다. 마광수 교수가 내 글을 읽게 될 것을 생각하면 무척이나 흥분이 되고, 또 그 이후에 그가 나와 섹스를 나눌 때 나를 더욱더 사디스틱한 사랑으로 지배해줬으면 한다. 아니, 그보다는 지금보다 더 잔인하고도 음란한 사랑으로 나를 휘어잡아주면 좋겠다.

하지만 나는 그에게 더 이상 부담감 따위는 주고 싶지 않다. 그냥 그와 내가 지금처럼 쿨하게 사랑하는 걸로 족하다. 그리고 그와 내가 계속 말로만 하는 사랑이 아니라 몸으로 이야기하는 사랑을 하게 된다면 그걸로 충분히 만족스럽다. 그럼 이야기를 과거로 돌리도록 하자.

7교시 종합관 403호실 수업은 너무 버겁다. 가파른 언덕을 넘어야만 당도하는 종합관은 여학생들에겐 골칫거리다. 초미니스커트를 입고 온 날엔 뒤에서 보이지 않게 잘 가리고 다녀야 하고, 또 굽높은 킬 힐을 신고 언덕을 힘들게 올라가야 하기 때문이다. 그렇다고 내가 성적(性的)으로 보수적인 것은 절대로 아니다. 다만 나는 늘 노팬티로 다녀서 조금은 신경이 쓰인다는 것이다.

노팬티로 연세대 백양로(白楊路)를 걷노라면 시원하면서 야릇한 관능적 흥분을 자아내는 바람결에 흥건히 젖어오는 나의 아랫도리를 종종 느끼곤 한다. 나는 역시 너무 잘 뜨거워지는 요부 기질의 여자인 걸까? 하지만 요즘엔 몰카가 극성이라 한시도 안심할 수가 없다. 차라리 허락을 구하고 동영상을 찍으면 나로선 쉽게 허락해줄 텐데…….

　마광수 교수의 〈섹스의 기술〉 강의시간에 나는 늘 맨 앞자리에
앉는다. 앞자리에 초미니스커트를 말끔히 차려 입고 앉아서 눈과 귀
를 곤두세우고 듣는다. 물론 난 언제나 노팬티다. 예의상 다리를 오
므리고 앉지만 수업에 집중하다보면 자연스레 다리가 벌어져 한없
이 야한 상황이 연출되곤 한다. 분명 그는 내 모습을 보았을 것이다.
나의 아랫도리 계곡에 시냇물이 흘러내리는 광경을…….

　그가 그런 나를 볼 거라는 상상만으로도 나는 쉽게 흥분한다. 수
업시간 동안 야릇하게 섹시한 그의 음성으로 강의하는 야시시한 애
기를 듣고 나서, 강의가 끝난 뒤 화장실에 가보면 언제나 보지가 흥
건히 젖어있다. 몹시 흥분한 날엔 애액이 허벅지까지 흘러내린다.
이게 무슨 지랄인가? 아무튼 나는 마 교수를 미치도록 사랑하고 있
다. 그에게 어서 내 마음을 전하고 싶다.

　●[광수] 이번 학기 내 수업에는 예쁘고 야한 여자애들이 제법
있는 것 같아 흐뭇하다. 하지만 요즘 대학생 여자애들은 너무 약은
것 같아서 애정이 안 간다. 길게 기른 빨간 손톱도 예전보다 드문 것
같다. 오히려 세계적으로 프리섹스 운동과 히피 문화가 거세었던,
그러니까 내가 대학 다닐 때인 1970년대 여자애들이 훨씬 더 야했
지. 지금은 고상한 척 하는 년들이 대다수라서 꼴불견이다. 그래도
여름철에 많이 벗고 다니는 여자애들을 보면 마음 한 구석이 뻥 뚫
리는 카타르시스를 맛보게 된다. 그런데 유독 내 수업시간에 눈에

띄는 여자애가 하나 있다. 이름은 모르지만 매번 초초초 미니스커트를 입고 와서 앞자리에 앉아 다리를 살짝 벌리는 게 고의적으로 나를 홀리려는 것 같다.

요즘은 여학생들이 성희롱이니 뭐니 하며 선생 겁주는 세상이라서, 이런 애들이 대체 무슨 의도로 그런 식으로 내게 추파를 보내는지 생각하며 조심하게 된다. 세상이 각박해졌듯이, 나도 풍파가 많았던 세상살이에 찌들어 겁이 많아진 것일까?

오늘은 그애가 호피무늬 원피스를 입고 수업에 들어왔는데, 스틸레토 힐의 롱부츠가 무릎 위 허벅지까지 덮고 있어 나의 부츠 페티시즘 취향에 성적 자극을 주고 있다. 허벅지가 두껍고 퉁퉁하지 않게 잘 빠져있는 것이 먹음직스럽게 잘 익었다. 가끔 졸고 있는 그 여학생을 보면 금세 깨워주고 싶다가도, 졸면서 자연스럽게 벌어지는 두 다리를 바라보며 나는 틈틈이 그녀의 가랑이 사이를 주시하게 된다. 아무래도 노팬티인 것 같은데, 살색 계통의 팬티라 내가 착시현상을 일으킨 건지도 모르겠다. 노팬티라면 필시 보지 부근의 털을 면도했을 터인데……. 아, 생각만 해도 아찔하다.

★[야희] 교수님이 좋아하는 것들을 알아내었다. 그중에 오럴섹스를 삽입보다 좋아하신다던데 나는 잘 이해가 가질 않았다. 아직 내가 경험도 많지 않고, 남자가 되어보지 않아서 잘은 모르겠지만 교수님이 그렇다고 하면 그게 최고의 섹스 방법이라고 믿고 싶긴했다. 제발 저에게 가르쳐 주세요 교수님, 오럴섹스 잘하는 기술을!

사실 예전에 첫 남자친구도 삽입을 그다지 좋아하지 않았었다. 그 친구가 범생이라서 삽입성교를 할 용기가 없어서 그랬을까? 하지만 나 역시 그 당시에는 순결을 지키고 싶었기 때문에―중학교 2학년 때 였다―그런 남자친구가 고마웠었다. 하지만 그 아이는 당시 내겐 이상해보였던 성적 취향이 있었다. 그때 내 생각에는 그가 약간 변태 같기도 하였다. 그는 삽입 대신 요상하리만치 오럴을 원했는데, 내가 비위가 약해서 오럴섹스를 안 해주는 날엔 자기가 기어코 자신의 손으로 자지를 발기시키고서 흥분시킨 뒤에 사정을 하는 것이었다. 그런데 사정하는 곳이 다름 아닌 내 얼굴이라는 점이 나를 창녀가 된 것처럼 느끼게 했다. 물론 그러고 나면 기분이 그리 나쁘지는 않았다. 그런데 그 뒤에 만난 남자들도 다 그랬다. 남자들은 왜 여자 얼굴에 싸는 걸 좋아하는 걸까?

나는 그 이유가 오늘 배운 사디즘 비슷한 쾌감 때문은 아닐까 하고 옛 추억에 잠겨 생각해 본다. 그런데 난 정말 남자가 내 얼굴에 사정하는 걸 싫어한다. 화장도 엉망이 되고 퀴퀴한 밤꽃 냄새도 내겐 익숙치 않다. 정액의 그 농밀한 엑기스는 정말 소름이 돋는다. 그리고 그게 뜨겁기는 오부지게 뜨거워서 기분이 더 이상해진다. 남자들의 그런 습성의 이유가 궁금해서 나는 참을 수가 없었다.

그래……. 마광수 교수님 연구실에 불쑥 찾아가 물어보는 거야……. 그리고 연구실에서 섹시한 분위기가 농밀하게 무르익었을 때 나는 이렇게 나의 진면모를 보여줄 거야……. 내 상의를 벗어제껴 가지고 나의 C컵 수밀도 복숭아를 그의 손에 쥐어줄 거야…….

오늘이 만우절이라서 일부러 고교시절 교복을 입고 왔는데 마 교수님이 싫어하시지는 않을까? 내가 너무 어려 보여 애무할 기분이 안 난다고…….

•[광수] 진희한테서 전화가 왔다. 진희는 나의 요즘 애인이다. 우리 대학교 신입 교직원인데, 존 레논을 닮은 나의 외모에 반해서 먼저 강렬하게 프로포즈를 해와 동정삼아 사귀고 있다. 하지만 권태감을 늘 느끼면서 사는 나의 인생에 있어 지루하게 계속되는 상투적인 섹스는 이제 지겨워져만 간다.

내가 뭔가 새롭고 색다른 것이 필요하다고 절실하게 생각했을 때 그녀가 제안을 했다. 여군(女軍) 장교들이 입는 정장을 구해서 자기가 입고 제복 페티시 섹스를 하면 어떻겠냐고……. 나에게 여자의 제복 페티시를 좋아하는 성취향이 있다는 걸 어떻게 알았을까? 역시 진희는 머리가 좋다. 내가 먼저 말하기엔 조금 주저되는 것을 자기가 먼저 알아서 해주고 있으니 말이다. 그녀에게는 요부 기질이 있는 게 분명하다. 우리는 다음에 학교 밖에서 느긋하게 만날 때 내가 남자 쫄병 마조히스트가 되고 그녀가 장교 사디스트가 되는 제복 페티시 놀이를 해보기로 했다.

오늘은 점심시간에, 키가 170 센티가 넘는 그녀가 내 연구실로 불쑥 찾아왔다. 그리고는 소파에 앉아 옷을 마구 벗어제치기 시작한다. 나는 학교 안이라 약간 겁이 났지만 순간의 쾌감에 빠져들었다.

"잠깐만! 진희야……."

그녀는 내가 한 말을 듣고서 무심한 표정으로 나를 빤히 쳐다보았다. 무슨 불만이라도 있느냐는 듯한 표정이었다. 그녀의 눈빛이 참 귀엽고도 요사스러워 나는 그녀를 꼬집어 주고 싶었다.

"내가 네 옷을 벗겨줄게. 너 스스로 벗는 건 스릴이 없어 아까워. 내가 벗길래!" 하고 내가 말한다.

늘씬하게 잘 빠진 년들은 맨살보다는 팬티스타킹을 입혀 놨을 때 다리 라인의 진가를 발휘하게 된다. 아아……. 이년은 볼 때마다 느끼는 거지만 몸매가 너무나 잘 무르익었다. 나는 새삼 감탄하며 그녀의 옷들을 낚아채듯 벗겨나갔다.

★[야희] 마광수 교수님께 실망했다. 어제 연구실 문은 굳게 잠겨있었다. 그런데 문제는 연구실 안이었다. 여자의 야릇한 신음소리와 교수님이 무언가 소리치는 소리가 섞여서 들려왔다. 수상했다. 하지만 왜 그런지 확인하기는 싫었다. 내가 추측하는 게 맞다면 나의 인생 절반을 차지했던 마 교수에 대한 환상이 무너질 것이기 때문이었다. 나는 늘 노팬티로 다니지만, 오늘은 좀 색다른 분위기를 조성해서 교수님에게 보여드리기 위해 화장실에 가서 샤방한 레이스가 주렁주렁 매달린 MADE IN JAPAN의 고급 팬티를 걸치고 온 나 자신이 한심스러워졌다. 그리고 교수님께 찾아오며 가졌던 나의 불순(?)한 의도가 한없이 후회스러웠다.

그런데 방금 교수님 연구실에서 희미하게 들려온 어느 여자의 신음소리……. 어디서 많이 들어본 듯한 목소리다. 아마도 중앙도서관의 참고 도서실이었나? 음…… 누군지 대충 짐작이 간다. 그러나 질투 이전에 나는 그녀의 교성을 듣고 불현듯 자위행위를 하고 싶어졌다. 그래, 아까 팬티를 입었던 화장실에 가서 자위를 하기로 하자. 바이브레이터를 항상 가지고 다니는 건 아니지만, 오늘 아침엔 요상한 예감이 들어서인지 무심중에 그걸 가져와 학교 사물함에 모셔놓고 왔지. 가는 날이 장날이라고 나는 단숨에 사물함 있는 곳으로 달려가 바이브레이터를 꺼내가지고 화장실로 향했다.

●[광수] 진희와 나는 3번의 전희와 2번의 메인 게임과 3번의 후희로 오늘의 섹스 게임을 끝내고 소파 위에 뒤엉켜 누워 있었다. 갈수록 나의 체력이 약해져서 이제는 하루에 한 번 하기도 쉽진 않지만, 그녀의 관능적인 몸매는 섹스 횟수를 초월하게 하는 무언가가 있다. 소파에 누워있다가 문득 생각이 나서 나는 그녀에게 말했다.

"자기야. 너의 예쁜 몸을 내 기억 속에 오랫동안 간직하고 싶어."

"그렇다면 사진만한 게 있을까? 나도 사진 찍히고 싶으니까 멋지게 찍어줘요. "

나는 진희에게 요염한 포즈를 주문하고 미친 듯이 사진을 찍어대기 시작했다. 나는 핸드폰의 메모리 용량을 초과할 듯한 기세로 마구마구 찍어댔다. 사진 찍기에 빠져버린 우리는 어느 순간 우리가 연구실 밖으로 나가 바깥 계단에서 사진을 찍고 있는 것을 발견하고 창피해 하기에 앞서 자지러지게 웃었다. 다행히 계단엔 아무도 없었다.

그녀는 정말 관능적이다. 놀라운 점은 항상 저리도 높은 하이힐을 신고 있다는 점. 그녀는 섹스할 때도 킬 힐을 벗지 않는다. 난 그게 너무 좋다. 내게도 하이힐 페티시즘이 있어 킬 힐 신은 여자와 섹스하는 걸 좋아하기 때문이다. 완전 누드보다는 몸에 뭐라도 하나 걸친 게 좋다. 킬 힐 말고 예를 들자면, 아슬아슬해 보이는 T팬티를 걸치고서, 한쪽을 허벅지 윗부분까지 내리고 섹스하는 것 등이다. 예전에는 내게 하얀 양말 페티시도 있었는데 이제는 무지무지 높은 하이힐이 최고다. 하이힐은 인류 최고의 섹시한 발명품이 아닐까? 피임도구를 빼고서 섹스에 관계되는 것들 중에 고른다면 말이다. 진희가 방 바깥계단에서 대담하게 취했던 요부스러운 자태. 나는 그것을 고이고이 간직하려고 핸드폰의 '사진 영구보관' 버튼을 눌렀다.

★[야회] 화장실에서 자위를 하고 있다가 나는 눈물을 흘리고 있는 나 자신을 발견했다. 아……. 나는 진정으로 마광수 교수님을 사랑하고 있었단 말인가? 이제야 더욱 또렷이 알 수 있을 것 같다. 나는 그를 진심으로 원하고 있었다. 그의 퍼스트는 아니라도 세컨드로도 족했다. 세컨드도 안 되면 마 교수의 섹스 전용 노예가 되어도 좋을 것만 같았다.

나는 바이브레이터를 양변기에 쑤셔 넣고 곧장 마 교수의 연구실로 달려갔다. 화장실에서 나오는데, 양변기 안에서 기계가 요란히 덜덜거리는 소리가 났다. 그 소리를 들으니 팔뚝에 닭살이 돋으면서 다시 아랫도리가 젖어왔다. 마 교수에게 가서 쓰리썸이라도 좋다고 호소하면 받아주실까? 아니, 그냥 그들 둘이 섹스하는 걸 구경만 해도 좋으니까 내가 연구실에 있게만 해달라고 부탁해볼까? 마 교수님은 은근히 노출증도 좋아하시니까. 어쩌면 내 부탁을 허락하시지 않을까?

문과대학 건물의 교수 연구실들이 있는 층 복도를 지나가며 나의 머릿속엔 오만가지 생각이 스쳐지나갔다. 그러다가 다시 마 교수의 연구실 문밖에 서있는 나. 심장이 정말 터져나갈 것만 같다.

●[광수] 진희와의 정사 장면을 어느 여학생한테 들키고 말았다. 소변이 마려워 잠깐 화장실에 갔다오면서 그만 문을 다시 잠그는 걸 잊어버린 탓이다. 그 틈에 웬 여학생이 내 연구실 안으로 들어오고 말았다.

이거 또 신문이나 방송에 내 이름이 오르내리겠구나. 이렇게 자포자기하면서 체념하고 있는 도중에 학생이 입을 열었다.

"교수님, 교수님께 많이 실망했습니다."

대체 뭘 실망했단 말야? 내겐 사생활도 없냐? 하고 버럭 화를 내고 싶었지만 일단 저자세로 나가기로 했다.

"왜 그런지 말해보게나."

그녀는 말해서는 안 될 것 같은 것을 말하고 말았다는 표정을 하며 머뭇거리더니 마침내 입을 열었다. 옆에 실오라기 하나 안 걸치고 무지 높은 하이힐 하나만 달랑 신고 있는 진희가 보기에 안쓰러웠다. 여학생은, '저년은 내가 들어왔는데도 왜 옷을 안 입고 지랄일까? 하고 생각하는 듯하였다.

"사실은 교수님께 따지고 들려는 게 아니라…… 교수님이 섹스 하시는 걸 보고 싶어요……. 저…… 쓰리썸이라도 좋고요. 아무튼 시키시는 대로 할게요. 부탁이에요. 어쩌면 저는 교수님을 진심으로 사랑하기 때문에 이런 부탁을 드리는 건지도 몰라요……."

여학생의 얘기가 끝나기도 전에 나는 그녀의 심중을 알아채고 학생에게 달겨들어 옷을 벗기기 시작했다.

"니미럴 년 같으니라구……. 내가 괜히 겁먹었잖아."

"아…… 교수님…… 아아……. 이왕이면 무드 있게 천천히 벗겨주세요." 라는 여학생의 대답.

진희는 조금 놀란 듯한 표정을 짓더니, 내가 옷 벗기는 것을 가로막으며 혓바닥고리를 흔들면서 이렇게 말하고 있었다.

"교수님은 가만히 계세요……. 옷 벗기는 건 항상 내 몫이니까요."

★[야회] 뭔가 이상했다. 교수님의 섹스 파트너 여인이 다짜고짜 나의 옷을 찢어버릴 듯한 기세로 벗기는 것이 아닌가? 아…… 이건 내가 원했던 것과는 조금, 아니 많이 다른데……. 나는 교수님께 한 여자로서 사랑받고 싶었다. 성유희의 제물이 되는 건 아무래도 싫었다. 내가 이건 아니다 싶은 느낌에 하이힐만 신은 여자가 옷 벗기는 걸 거절하려는데, 마 교수님도 내게 달려들어 나의 손을 뒤로 하게 잡고서 나를 억압해 왔다.

나의 두 손이 교수님의 손 힘에 의해서만 잡힌 게 아니라고 느끼며 훨씬 더 자유롭지 못하다고 생각하고 있는데, 교수님의 넥타이가 없어진 걸 보니까 교수님 넥타이로 손목을 질끈 묶어버린 게 틀림없었다. 아 쓰발⋯⋯. 손목이 아파온다.

그런데 내 손목을 묶은 것이 조금 아까까지 교수님의 목에 묶여 있던 넥타이라고 생각하니 갑자기 마조히스틱하게 흥분이 되었다. 정말 순간적인 느낌의 변화였다. 그러면서 나는 너무나도 빨리 분수가 솟구치듯이 오르가슴 사정을 했다. 남자도 아닌 여자가⋯⋯. 발정난 암캐마냥 콸콸콸 애액을 사정해버린 것이다. 오줌인지 애액인지 분간도 못할 정도의 많은 양의 곧은 물줄기였다. 교수님도 다소 놀라하시는 표정이었다.

"엇, 학생 이게 뭔가? 평소에도 이렇게 오르가슴 사정을 하나? 내가 천연기념물을 얻은 것 같군. 허허허."

나는 옆에 있는 진희(?)라 불리는 여자의 따가운 질투의 시선을 느낄 수 있었다.

"그냥 오줌 아냐, 이거?"

앙칼진 그녀의 목소리가 들린다. 나는 순간적인 분노와 수치심이 뒤엉켜 나도 모르게 무의식적으로 그녀의 얼굴에 침을 뱉고 말았다. 감기 기운이 있어서 그런지 무척이나 농밀한 가래침이었다. 브라보⋯⋯.!

"이 좆같은 년이. 야! 너 무슨 과(科)야? 시발년아, 너 내가 누군지 알아? 아, 짜증나. 씨발년 같으니라구."

나도 뭐라고 그녀에게 응대를 해주려다 갑자기 사지가 오그라들었다. 마광수 교수님이 벌써 나의 아랫도리를 장악한 것이다. 그런데 아까 내가 자위를 너무 심하게 했는지, 아니면 오늘 샤워를 안 하고 와서 그런지, 나의 보지 냄새가 내 후각으로 맡아봐도 갑자기 심하게 진동을 하는 것이었다.

"학생. 이제 곧 여름인데 좀 씻고 다녀요. 퀴퀴한 오징어 냄새가 진동을 하잖아. 허허. 그런데 어려서 그런진 몰라도 오징어 냄새까지 신선하게 느껴지네 그려……. 어디 한 번 맛 좀 볼까?'

이렇게 말하면서 단숨에 마 교수님은, 아니 그이는 나의 아랫도리 깊숙한 계곡에 얼굴을 파묻고 있었다. 나는 보지 냄새 탓에 너무 창피했다. 이렇게 될 줄 알았으면 거기를 박박 씻고 올걸 그랬나보다, 하는 후회가 들었다.

"아 씨발년의 오징어 냄새가 좆나게 사람 죽이네. 정말 넌 좆같은 애야. 이 쌍년아!'

진흰가 뭔가 하는 그년의 성난 목소리가 들려왔다. 나는 이번에는 대꾸를 해주려고 했지만, 순간 다리 힘이 풀리면서 쾌락의 신음소리를 주체하지 못하게 되었다.

"아아악……교수님……아아……아악…… 저 정말 오늘 민감해요. 거기를 안 씻고 와서 죄송하지만…… 아앗……아…… 존나게 쌀 거 같아요. 교수님 얼굴에다 싸긴 싫은데…… 아……아……아…… 쓰발…… 금방 나올 거 같아……요."

"아 이년이 정말 색녀(色女)네. 고얀 년. 허허허……. 내 얼굴에 싸려면 싸라. 영광으로 알고 받아 줄테니."

마광수 교수님의 호방한 음성.

난 정말 부끄러웠다. 하지만 어쩔 수가 없었다. 나는 성감이 너무 민감해서 버스나 지하철에서 맘에 드는 남자와 스치기만 해도 바로 애액이 분출되다시피 한다. 그런데 지금 교수님의 혀가 나의 클리토리스를 사정없이 공략하고 있으니 정말 꿀맛이다. 게다가 마 교수님은 능숙한 손놀림으로 가끔 G-Spot 까지 만져주시는 세심함이 있어 나는 놀랐다. 나는 이내 두 번째로 활화산처럼 애액의 대폭발을 일으키고야 말았다. 찌이익…….

"허허. 이게 뭐야? 야. 진희야. 크리넥스 좀 가져와라. 밤꽃 냄새보다 더한 오징어 타는 냄새가 나네그랴. 하하하……. 퀴퀴하니까 오히려 좆 맛은 좋구만. 크리넥스 얼른 가져와, 거 되게 느리네, 스발."

나는 너무도 창피했다. 하지만 마 교수님이 진짜로 나의 보지 냄새를 싫어하시는 게 아니라는 걸 난 알고 있었다. 교수님은 폭력적이고 쌍스러운 언어를 구사해 가지고 나를 더욱 더 마조히즘의 흥분상태로 몰아가고 계실뿐이었다. 이만하면 나도 이제 마 교수님의 수제자가 다 된 것 같은 기분이었다.

진희라 불리는 여인네가 나의 보지 주변과 바닥에 흥건한 애액들을 닦고 있었다. 마 교수님도 당장 사정할 것 같은 기세로 자신의 자지를 팽창시키고 있었다.

"교수님. 제 몸에다 사정해주서요. 보지만 빼고요."

하고 내가 교수님에게 부탁드려보았다. 보지에 사정하지 말라고 한 건 임신이 걱정되서였다.

"이봐, 학생. 난 사정을 잘 안 해. 사정하면 지는 거야. 그만큼 나는 섹스에 관해선 '접이불루(接而不漏)'의 경지에 도달해 있지. 하하하. 아무튼 수고했어요, 학생. 보지 냄새까지 나를 흥분되게 하는 년을 만난 건 정말 오랜만이야. 자칫하면 내가 사정할 뻔 했다니까? 진희야. 넌 여기 흘린 거 다 치우고 도그(Dog) 자세로 저기 가서 똥꾸녕 벌리고 앉아 있어라. 알았지? 내 착한 귀염둥이야."

마광수 교수님은 정말로 변태 같았다. 어떻게 보면 상당한 지식인 같은 온화하고도 따뜻한 표정을 지으시다가도 갑자기 쌍쓰러운 육두문자를 내뱉으시니, 나는 나의 마음을 어디에다 두어야 할지 도무지 가늠할 수가 없었다. 하긴 그게 마 교수님의 매력이지만 말이다……. 그런데 도서관에 근무하는 진희란 여자는 아까부터 교수님 말이라면 껌뻑 죽는 것이 꼭 노예 같았다. 앗! 그렇다면 교수님과 그녀의 관계는 주종관계? 이른바 SM 관계?

하늘이 노래졌다. 내가 교수님을 소유하고 싶었는데……. 이미 교수님이 그녀와 SM관계라면 나에게 신경써주실 틈이 없으실 게 분명하다. 마광수 교수님은 문득 가방에서 오이를 꺼내시더니 불쑥 그녀의 항문에 틀어박았다. 나는 너무 놀라서 소리를 지를 뻔 했다. 교수님은 나의 시선에 아랑곳하지 않고 씨익 웃으시며 말씀하셨다.

"왜? 학생도 이렇게 하고 싶어? 이건 아무나 하는 게 아니야. 그러니 구경이나 해두라고. 보면서 자위를 해도 좋아. 단, 아까처럼 오르가슴 사정은 하지 마. 왜냐하면 네가 그렇게 사정하는 장면은 내가 너와 단 둘이 있을 때 자세히 보고 싶어서 그래. 아무튼 넌 천연기념물이야. 히히히."

이건 뭐 칭찬을 들은 건지 조롱을 당한 건지 잘 모르겠다. 나는 아까 두 번이나 사정을 해서 아랫도리가 후들거렸지만, 마 교수님과 그녀 두 사람의 행동이 신기하고 흥미로워서 나도 모르게 핸드폰을 열고 동영상을 찍고 있었다. 교수님이 모르게 조심해서 말이다. 나는 두 사람의 성희 장면을 바라보며, 여러 남자들이 한꺼번에 나를 강간하는 상상을 했다. 상상의 마지막엔 항상 나의 얼굴이 밤꽃향으로 뒤범벅이 된다……. 헉! 내가 평소에 가장 증오했던 부카키(정액 샤워)를 어느새 내가 상상하고 있다니. 이게 마 교수님의 위대한 마력 때문일까? 정말로 고마워요 마광수 교수님…….

●[광수] 진희의 똥구멍에 오이를 가져다 박아버렸다. 물론 프라이팬에 달걀 반숙을 할 때 식용유를 먼저 두루 듯, 사전에 윤활제를 똥구멍에 덕지덕지 바르긴 했다. 먹을 것 가지고 뭘 하는 것이냐 하고 따지고드는 이가 있을지 모르지만, 그녀의 항문에서 나오는 멀건 액체로 범벅이 된 오이 맛은 일품이다. 그러니 그걸 먹어보지 않은 자는 그만 입을 다물어라. 사실 좀 역겹긴 하다. 그러나 섹스 자체가 원래 더러운 것이다. 나는 성행위 이전에 꼭 샤워를 하고, 내게도 샤워하기를 강요하는 년이 있으면 그년을 죽여버리고 싶다. 섹스나 성희는 역시 더럽게 해야 제 맛이 난다. 나는 내가 먹다 남긴 오이를 항상 나의 귀여운 암캐인 진희에게 먹인다. 흐흐흐……. 이런 성희가 진짜 이심전심의 성희다.

그런데 저 여학생…… 곰곰히 생각해보니 내 수업 때 매번 앞자리에 앉아 다리를 벌리고 있는 초초초 미니스커트의 여학생인 듯하다. 허벅지가 눈처럼 새하얀 걸 보니 필시 그녀가 맞는 듯하다. 그런데 저렇게 애액이 콸콸콸 솟구치게 오르가슴 사정을 하는 여자애는 정말 처음이다. 이건 요부나 색녀나 팜므 파탈 수준을 넘어서 보통 여자완 다른 제 3의 생물체인 듯 싶다. 아무튼 나는 저 여학생을 다음에도 볼 수 있을까, 하고 걱정 아닌 걱정을 하며 다시금 오이를 진희의 항문에 넣고 박았다 뺐다 했다. 그걸 보면 여학생이 분명 자위행위를 할 거라고 생각했는데, 아까부터 저 여학생은 동영상을 찍고 있는 것 같다…… 빌어먹을…… 이건 위험하다. 도저히 안 되겠다.

"학생! 이리 와서 좀 거들어 주지? 사진은 그만 찍고."

"엇…… 네? 사진 안 찍었는데요…… 헤헷……. 친구한테 문자 보내고 있었어요. (웃음)"

이년이 제법 제법 구라를 잘 친다. 요상한 것 같으니라구. 그런데 그때 진희가 소리친다.

"아학……. 피 나는 거 같아!"

진희의 똥꼬에서는 선혈이 낭자했다. 분명 멘스는 아닐 테고……. 오이를 너무 큰 걸로 투여했나? 나는 뒷머리를 긁적이면서 화를 참지 못하고, "넌 제대로 된 암캐가 아냐!"라고 버럭 소리를 질렀다. 그녀의 똥꼬가 많이 아파하는 것 같아서, 착한 나는 오이를 빼내어 이번엔 보지에 틀어박았다. 그리고 다시 오이로 피스톤 운동을 하기 시작했다.

내가 도와달라고 했더니 학생년이 와서 도와주는 꼬라지 좀 봐라. 여학생년은 어느새 나의 자지를 자기 입에 꼴아 박고 펠라티오를 질퍽하게 해주고 있지 않은가? 사실 너무 고마웠다. 이년 역시 천연기념물이로구나……. 아무래도 경험이 많은 년 같다. 나는 진희에게 박았던 오이를 빼내어 던져버리고 이번엔 여학생에게 집중했다. 가만히 보니 굽이 무지 높은 하이힐을 신고 있다. 진희는 굽 높이가 20 센티나 되는 초특급 울트라 하이힐을 신고 다니지만, 이 여학생은 역시 수줍은 학생인지라 15 센티 정도 되어 보이는 하이힐이었다. 하지만 발가락과 발등이 아주 하얘서 나의 구미를 썩 당기게 했다. 나는 그래서 입을 열었다.

"오…… 스발…… 넌 살갗이 하얀 게 꼭 빙어(氷漁) 같구나!"

"으읍…… 읍…… 눼에? (펠라티오을 하고 있어서 그런지 제대로 된 발음이 안 나왔다)"

"아니야. 말로 대답할 필요가 없어. 넌 계속 빨기나 해. 내가 대답하랄 때만 말하고. 알았지? 이 귀여운 강아지 같은 년아……. 크크크, 되게 기분 좋다."

나는 사랑의 표시로 그녀의 약해 보이는 볼기짝을 찰싹 내리쳤다. 탐스러운 엉덩이 역시 매우 하얗다. 마치 눈이 내린 것처럼 하얗다. 그래! 너를 '눈의 여왕'이라고 이름 지을까? 하하핫. 이래서 역시 영계가 좋긴 좋구나. 여학생이 해주는 오럴섹스는 순진하면서도 은근한 잔기술이 녹아있는 거라서, 나는 그녀가 펠라티오를 해주는 동안 오랜만에 사정(射精)할 것만 같은 느낌이었다. 오라질 것 같으니. 이 요사스런 색녀를 어떻게 요리할 것인가? …… 허허헛…….

　나는 속으로 이렇게 생각하면서 그녀 가슴의 탐스러운 수밀도 복숭아를 놀고 있던 두 손으로 가볍게 움켜쥐었다. 뽀얗게 잘 익은 젖가슴이 물컹거리면서 나의 손가락을 튕겨 내었다. 유두의 색깔은 한없이 투명에 가까운 핑크빛이다. 오! 나의 핑크 팬더……. 아름다운 핑크 유두여!

　나는 다만 그녀가 손톱을 기르지 않은 것이 맘에 들지 않았다. 손톱을 길고 멋들어지게 기르면 못생긴 여자들도 금방 연예인 뺨치는 색기(色氣)를 뿜어낼 수 있을텐데 말이다. 애야……. 남자들은 대개 예쁜 여자보다는 색기있고 음탕해 보이는 야한 여자를 더 좋아한단다. 쯔쯔쯔…….

　어느새 우리는 69자세가 되어 서로 뒤엉켜 있었다. 오징어 냄새가 진동을 해서 토할 것 같았지만 꾹 참고 그녀의 계곡을 하반부부터 유린해가기 시작했다. 넘치는 애액이 그녀의 허벅지와 종아리 전체를 적시고 있었다. 얘가 무슨 병이라도 있는 거 아냐? 무슨 놈의 애액이 고장난 수도꼭지처럼 콸콸 나오네……. 자기가 무슨 천연 암반수라도 되나? 하지만 역시 맛은 좋다. 오랫동안 못마시고 참아왔던 이 맛이여!

　나의 충직한 암캐 진희는 역시 반응이 기민하고 빠르다. 오늘만은 자기가 버려진 여자란 걸 깨닫고 그걸 만회해보기라도 하려는 듯, 69자세로 헐떡이고 있는 여학생의 손으로 다가간다. 그러고는 자기가 가지고 다니는 스페어 인조손톱을 끼워주고 있다. 브라보! 나의 착하디착한 암캐여!

나는 긴 손톱이 끼워진 여학생을 보며 무척이나 흥분이 되었다. 역시 긴 손톱이 있어야 제 맛이지. 나는 여학생에게 긴 손톱으로 내 몸을 슬슬 할퀴라고 명령했다. 날카로운 손톱으로 인해 나의 몸엔 한 개 두 개 생채기가 나기 시작했다. 나는 관능적 쾌감의 극한점을 향해 치닫고 있었다.

★[야회] 그날에 있었던 교수님과의 첫 만남 이후로 나는 완전히 야한 여자로 변신했다. 이젠 손톱도 야하게 기르고 화장도 스모키하게 한다. 마치 너구리마냥. 그리고 나의 마조히즘 성향도 깨닫게 되었다. 물론 나는 지금 교수님의 노예가 되어있다. 〈섹스의 기술〉 과목 조교도 내가 도맡아 하고 있다. 강의 후엔 교수님 방에서 깔끔하게 섹스를 하곤 한다. 물론 아직 한 번도 삽입한 적은 없다. 피임 걱정도 할 필요가 없고 나에게 오직 만족스런 쾌감만 주시니 정말 한없이 고마운 분이시다. 물론 내가 만나고 있던 남친은 나를 이해해주지 않았다. 그래서 난 그에게 되물었다. 일부다처제는 너희 남자들이 원하던 게 아니었니? 그런데 여자는 왜 꼭 한 남자하고만 해야하지? 너는 나름대로 젊다는 매력이 있으니까 그 재미로 만나고, 나는 교수님의 섹스 방식이 너의 방식보다 좋으니까 섹스는 교수님과 할 뿐인데 말이다.

아무튼 그래서 남친과 나는 이별을 각오해야 했다. 그래서 교수님과 그 일에 관해서 상담을 하니 교수님은 그런 고지식한 어린애 나부랭이는 쓰레기통에 갖다버려야 한다고 말씀하셨다. 맞는 말씀이라 나는 그 조언에 따르기로 하였다.

오늘 밤은 축제 기간이고 기분도 들뜨고 하니, 노천극장에서 한밤의 야외섹스를 해보자고 수줍은 소년처럼 제의하시는 마광수 교수님. 누가 보면 어떡하냐는 나의 걱정에 교수님은 그 진흰가 뭔가 하는 교직원에게 명령해서 노천극장 입구를 철저하게 봉쇄하도록 시키겠다고 말씀하신다. 하지만 나는 안다. 그건 거짓말이라고……. 교수님이 진짜 원하고 있는 것은 길 가는 어여쁜 여학생이 우리의 섹스 장면을 목격하는 것이라는 걸 말이다. 노출증도 만족시키고 그 여학생을 쓰리썸 섹스 용(用)으로 유혹하기 위하여…….

그리고는 하염없이 내가 아랫도리 국물을 흘리는 것을 미리 상상하실 것 같다. 그런 야하디야한 교수님이 나는 정말로 좋다. 인생은 단 한 번 뿐. 남는 건 사랑도 아니고 재산도 아니고 오직 섹스뿐이다. 너라는 존재, 나라는 존재. 신촌 거리의 모든 사람들. 백양로의 활짝 핀 꽃들. 모두 다 섹스의 결과물이고 결국은 다시 섹스로 돌아갈 것이다. 우리가 죽어서 묻힐 땅도 섹스. 이 땅은 야외 섹스를 위한 땅. 공기도 섹스, 물도 섹스. 모조리 섹스다. 나의 머릿속에도 섹스. 그럼 나의 길디긴 손톱엔?

새빨간 매니큐어.

넷이서 즐겁게

내가 홍익대에서 교수로 있을 때의 일이다. 강의가 다 끝난 저녁 무렵에 알고 지내던 미술대 여학생 현아가 내 연구실로 찾아와주었다. 내심 기다렸던 차라 나는 무척이나 반가웠다. 그런데 이번엔 그녀 혼자가 아니었다. 여자친구 두명을 대동하고 있었다. 유유상종인지, 셋 다 키가 크고 섹시하게 생겨먹었다. 무엇보다도 화장을 다들 진하게 한 것이 마음에 들었다.

나는 화장을 전혀 안한 여자를 보면 온몸이 경직돼버리는 버릇이 있다. 순수해 보이지 않고 내숭스러운 이중인격자 같아 보이기 때문이다. 화장을 많이 한 여자의 얼굴에서는 순진무구한 본능이 빛(光)처럼 흐르고, 우선 내가 그녀에게 솔직하고 야하게 다가갈 수 있는 기틀을 마련해줘서 좋다. 그런 습벽(習癖)은 상대가 여대생들이라고 해서 예외가 아니었다.

세 명의 여자애들은 다 미술대에 다니는 여자애들이었다. 현아는 공예과였는 데 다른 두 명 (나중에 이름을 들으니 하나는 명미, 하나는 수민이었다)은 시각디자인과였다. 명미와 수민은 내 강의를 듣고 있지 않은 학생들이었는데, 현아의 자랑(?)과 선전에 이끌려 나를 방문한 것 같았다.

한참동안 소파에 앉아 이 얘기 저 얘기 하고 있는데, 문득 현아가 이런 제의를 해왔다.

"선생님, 오늘 저녁은 명미네 작업실에 가서 놀아요. 얘가 꽤 큰 작업실을 학교 앞에서 빌려 쓰고 있거든요."

미술대 학생들 중엔 작업실을 갖고 있는 애들이 꽤 많았다. 집이 너무 멀거나 집안에 그림 그릴 공간이 좁으면 공부를 위해서라도 작업실이 필요하기 때문이었다. 학생들은 작업실에서 먹고 자며 자취 생활도 하였다. 당시엔 홍대 앞이 학교 바로 앞의 거리를 빼놓고서는 거의 주택가였기 때문에, 작업실을 월세로 구하기는 요즘보다 쉬웠다. 아마도 명미라는 애가 꽤 큰 작업실을 갖고 있는 모양이었다.

나는 그러자고 대답하고 그들을 따라 나섰다. 학교에서 그리 멀리 떨어지지 않은 곳에 명미라는 여자애의 작업실이 있었다. 꽤 돈이 있는 집의 자식인 듯 작업실 공간이 상당히 넓고 아늑했다.

나는 현아에게 돈을 주어 술과 먹을 것을 사오게 하였다. 맥주와 안주를 사가지고 오자, 우리는 권커니 잣거니 하며 같이 술을 마시기 시작했다. 다들 술을 잘 마셨고 또 담배를 많이 피워댔다. 현아는 처음에 만났을 땐 담배를 안 피웠는데 이번엔 아주 줄담배였다. 아마도 첫 만남 때는 내가 좀 어려워서(그래도 '교수'니까!) 담배를 안 피웠던 모양이다.

우리는 다 함께 술을 마시며 질탕하게 놀았다. 그때는 내가 무지깡이 세던 시절이라서, 술에 만취하자 나는 옷을 몽땅 홀라당 벗어부쳤다. 그리고 여자애들더러도 벗으라고 했다. 그랬더니 걔네들도 잠시 주저하다가 다들 옷을 홀홀 벗어젖힌다. 어색하다는 표정을 짓는 애는 하나도 없었고, 그저 재밌다는 표정들이었다.

나는 기분이 몹시 유쾌해졌다. 강의시간마다 나는 학생들에게 "빨가벗고 몸 하나로만 뭉치자!"고 역설(?)해왔었는데, 이제 그 구호를 실현할 셈이었다. 빨가벗고서 술을 더 마시고 있노라니 조금 심심해졌다. 그래서 나는 객기를 부려 여자애들더러 나를 애무해달라고 했다. 그러면서도 속으로는 '내가 너무 과하게 노는 건 아닌가?' 하는 생각이 들어 겁이 나기도 했다.

그런데 이게 왠일이냐. 현아가 당장 내 자지를 향해 입을 벌리고 달러드는 게 아닌가? 나는 정말로 감개무량해져서 눈물이 핑 돌지 경이었다. 집단적인 '페팅 파티'를 벌이는 게 내 평소의 꿈이었기 때문이다.

곧이어 나는 명미의 입을 향해 달려들어 그녀와 짙은 입맞춤을 했다. 그리고 수민에게는 내 항문을 핥으라고 시켰다. 다들 군말 없이 내가 하라는 대로 했다. 참으로 1970년대 말(末)다운, 퇴폐적일 대로 퇴폐적인 풍경을 우리는 연출해내고 있었다(요즘 애들은 겉만 야했지 속은 오히려 안 야하다).

한참동안의 애무가 끝나자 나는 애무행위를 그치고 여자애들에게 기분이 어떠냐고 물어보았다. 현아와 명미는 배시시 웃을 뿐 별 말이 없었고, 다만 수민이가 한마디했다.

"사실 솔직히 말해서 좀 찝찝하네요."

하지만 그녀의 얼굴에서 불쾌하다는 표정은 보이지 않았다. 하나같이 진짜로 화통한 아이들이었다. 믿거나 말거나!

홀린 사나이

고풍스런 성(城)이 한 채 위풍당당한 모습으로 그들 앞에 서 있었다. 이 성을 건립할 당시만 해도 성주(城主)는 온갖 권세와 부(富)를 동원하여 무궁한 쾌락을 맛볼 수 있었으리라. 그러나 지금 이 성은 폐허처럼 황량한 분위기를 전해줄 뿐이다.

무표정한 대리석 벽돌들을 쌓아 만들어진 육중한 성벽은 이미 죽은 빛이 났다. 다만 성벽을 타고 올라가는 담쟁이덩굴의 안쓰러운 생명력만이, 이 성이 지금껏 겨우 살아 숨쉬고 있다는 것을 알려줄

뿐이었다.

하지만 성은 역시 웅장하고 화려했다. 지금은 낮 시간이라 그렇지, 밤이 되면 희뿌연 달빛과 함께 성채 전부가 휘황하고 신비스러운 빛을 내며 새롭게 살아나서 꿈틀거릴 것도 같았다. 한밤중엔 야성적인 눈빛을 한 드라큘라 백작과, 백작에게 피를 빨리면서도 그 황홀한 쾌감을 못 잊어 결국 백작의 귀첩(鬼妾)이 되기를 자원한 수많은 미녀들이, 한꺼번에 서로 물고 빨면서 광란의 축제를 벌일 것 같은 생각도 들었다.

성 주위에는 거울같이 맑은 수면을 자랑하는 하늘빛 호수가 빙 둘러져 있었다. 호수의 차고 맑은 수면 위로 햇빛이 은빛으로 반사되어 더욱 환상적인 느낌을 만들어냈다. 이럴 때의 성은 마치 안데르센 동화 속에 나오는 신데렐라가 화려한 야회복을 차려입고 잘생긴 왕자와 춤을 추고 있는, 환상의 성인 것 같은 인상을 주었다.

남자와 여자는 한동안 숨을 죽인 채 성 앞에 멍하니 서 있었다. 거대한 성채의 웅장함에 압도되어 그들의 신분이나 복장이 너무 초라한 것처럼 느껴지기도 하고, 흡사 두 사람을 빨아들이기라도 할 것처럼 버티고 있는 푸른빛 호수가, 그들에게 이상한 현기증을 일으켜주기도 하기 때문이었다.

두 사람은 지금 신혼여행 중이었다. 긴 연애기간 동안 두 사람은 정말로 기억에 남을 만한 환상적이고 로맨틱한 신혼여행을 꿈꿨다. 그래서 그들은 심사숙고 끝에, 이 오래된 성채를 1주일 동안 빌려 묵기로 했던 것이다.

이윽고 거대한 성문이 천천히 열리고, 성채와 육지를 연결하는 다리가 내려오기 시작했다. 두 사람은 다리를 건너 호수 위를 통과하여 성 안으로 들어갔다.

이 성의 주인은 옛날 영화롭던 시절의 성주는 이미 아니었다. 귀족이라는 칭호와, 선조가 물려준 이 성 한 채가 그의 재산의 전부였다. 별다른 수입이 없었던 그는 이 성을 자신의 사저(私邸)로는 도저히 사용할 수 없었다. 그래서 그는 시내에 거주하면서 작은 사업을 하고, 한 늙은 관리인에게 이 성을 맡겨 호텔 영업 비슷한 것을 음성적으로 하고 있는 것이었다.

남자와 여자는 약간 긴장된 표정으로 성 안으로 들어가 관리인과 인사를 했다. 성의 내부는 비록 퇴색해버린 흔적이 역력했음에도 불구하고 이루 말할 수 없이 화려했다. 옛날 그대로의 상태로 보존시켰기 때문에, 오히려 인공적으로 조작된 현대적 화려함보다 훨씬 더 현란한 느낌을 주었다.

중앙 홀에 늘어뜨려진 샹들리에, 서쪽 벽면에서 훨훨 타오르고 있는 거대한 벽난로⋯⋯. 홀의 양쪽 계단으로 이어진 2층에는 수많은 방들이 이어져 있었고, 옛날에 귀족부인들이 그 긴 비단 옷자락을 질질 끌며 애인들과 거닐었을 법한, 화려한 문양으로 조각된 베란다가 방마다 붙어 있었다.

남자와 여자는 마치 시간을 거꾸로 거슬러올라간 듯한 착각을 느끼면서, 여기저기 다니지 않고 이곳 한 군데만 빌려 신혼여행을 하기로 결정한 것이 썩 잘한 일이라고 생각했다.

1층에서 2층으로 통하는 중앙 홀의 양쪽 계단 옆 벽면에는 이 성의 역대 성주들과 부인들, 그리고 가족들의 초상화가 섬세한 필치로 그려져 걸려 있었다.

여자와 남자는 2층의 전망 좋은 방 하나를 택하여 짐을 풀었다. 그러고 나서 샤워를 했다.

그러자 아래층에서 저녁식사를 알리는 종소리가 울렸고, 두 사람은 나이트가운 차림 그대로 식당으로 갔다. 손님은 남녀 둘 이외엔 한 사람도 없었다.

늙은 관리인과 하녀 두세 명이 두 사람의 식사시중을 들어주었다. 늙은 관리인은 한평생을 이 성 안에서만 살았고, 앞으로도 목숨이 다하는 날까지 이곳에서 살아갈 것이라고 식사 도중 그들에게 말해주었다.

늙은 관리인은 마치 기나긴 역사를 가진 이 성채의 산 증인이기라도 한 듯, 가끔씩 성 안의 이곳저곳과 창밖의 먼 숲속을 응시할 때마다 힘없어 보이는 눈동자에서 이상한 광채가 뿜어져 나오는 것이었다.

저녁식사가 끝난 뒤 하녀들은 각기 제 방으로 돌아가고, 남녀 신혼부부는 2층으로, 그리고 늙은 관리인은 성 뒤뜰에 있는 조그마한 별채로 사라졌다.

성은 곧 이어 적막 속으로 빠져들어갔다. 너무나 조용해서 가끔씩 촛불이 타들어가는 소리만이 정적을 깨뜨릴 뿐이었다.

남자와 여자가 묵고 있는 방에는 큰 더블베드와 화려한 화장대, 그리고 욕실이 있었다. 타오르는 벽난로는 불빛과 창문 사이로 새어들어오는 붉은 황혼빛이 한데 어우러져, 그로테스크하면서도 에로틱한 느낌을 더해주었다. 방안은 온통 붉은 빛으로 물들어갔다.

남자와 여자는 비로소 옷을 벗고 양가죽 모포가 깔린 커다란 침대 위에 몸을 뉘었다. 그리고 뜨거운 포옹으로부터 시작하여 부드러우면서도 열렬한 애무를 이어나갔다. 두 남녀의 나신은 방안의 화사한 분위기와 하모니를 이루어 한폭이 그림처럼 아름다웠다.

남자의 가슴에 안기어 이미 초점을 잃어버린 눈으로 창밖의 저녁노을을 응시하며 신음하던 여자는, 한바탕의 격렬한 극치감 끝에 어느덧 새근새근 코를 골고 있었다.

남자는 가운을 다시 걸치고서 잠들어 있는 여자의 배꼽 위에 가벼운 키스를 보낸 후, 이불을 덮어주고 나서 베란다로 나왔다.

남자는 담배를 꺼내어 불을 붙였다. 그리고 길게 한 모금 빨아들인 후, 점점 희미하게 사라져가는 붉은빛 황혼을 바라보며 생각에 잠겼다. 그토록 기대해 마지않았던 첫날밤의 정사가 너무나 허무하게 끝나버린 것 같아 약간 씁쓸한 기분이 들었다.

담배를 끄고 나서 그는 침실을 통해 다시금 복도로 나왔다. 제일 먼저 눈에 뜨이는 것은 역대 성주 부부들의 초상화였다. 어두운 복도에서 초상화 속의 남녀들은 하나같이 그를 음험한 눈초리로 노려보고 있었다.

아래층으로 빠지는 계단의 중간쯤을 내려가고 있을 때였다. 남자는 어느 그림 앞에 서서 눈동자를 뗄 줄 모르고 망연히 서 있었다. 속이 다 들여다보이는 흰 나이트가운을 걸치고 흰 팔을 뻗친 채 침대 귀퉁이에 비스듬히 기대 서 있는 어느 여인의 초상화였다.

초점을 잃은 동공으로 무언가를 애타게 응시하고 있는 여인의 눈동자가 비수처럼 날아와 남자의 가슴에 박혔다. 여자의 눈에서는 금세라도 눈물방울이 흘러내릴 것만 같았다. 오뚝한 코와 붉디붉은 장밋빛 입술, 정말 기막히게 섹시하고 고혹적인 얼굴이었다.

그러나 그녀의 표정에는 무언가 음산한 그림자가 드리워져 있었다. 마치 강렬하고 변칙적인 사랑의 행위를 애타게 갈구하고 있는 것 같은 표정이었다.

남자는 초상화 속의 여인을 한참 동안 멍하니 바라보고 있다가 다시금 발길을 돌려 옥상으로 향했다. 이젠 황혼빛도 완전히 사라져버리고 칠흑 같은 어둠과 함께 세찬 바람만이 그의 주위를 감싸고 있었다.

남자는 자기가 이곳까지 오게 된 것이 순전히 자신의 뜻에 의한 것만은 아니라는 사실을 감지(感知)해낼 수 있었다. 그는 무언가에 홀린 듯 왠지 모르게 가슴이 두근거려오는 것을 느꼈다. 아름다우면서도 사악한 열정에 대한 일탈(逸脫) 욕구가 그의 호기심을 한껏 부채질해주고 있었다.

그때 갑자기 차가운 손길이 그의 어깨 위에 부드럽게 와닿았다. 남자는 순간 고개를 돌려 손길이 느껴진 쪽을 향해 시선을 고정시켜 보았다.

그 순간 남자는 "악" 하고 외마디소리를 지르지 않을 수 없었다. 아까 그림에서 보았던 그 여인이, 바로 그림 속에서와 같이 속살이 휜히 비치는 흰 나이트가운 차림으로 그의 목을 어루만지며 서 있었기 때문이었다. 그녀는 무언가 애타게 갈망하는 듯한 눈길로 그의 눈동자를 뚫어져라 응시하고 있었다.

남자는 마치 꿈을 꾸고 있는 것만 같은 생각이 들었다. 하지만 꿈은 아니었다. 그러나 놀라움은 잠시뿐, 얼마 안 가 그의 마음속에서는 공포심이 사라지고, 마치 그 여자와 오래전부터 알고 지냈던 사이 같은 생각마저 드는 것이었다.

그는 여자의 아름다운 얼굴과 자태를 좀더 자세히 바라보고 싶어 라이터를 켜들고 그녀 가까이 다가갔다. 그러나 그 순간 그녀는 온데간데없이 사라져버리고 말았다.

남자는 그녀를 찾아 온 성안을 미친 듯이 헤매었다. 그러다가 그는 다시 그 그림 앞에 이르렀다. 여인은 여전히 전과 같은 포즈로 변함없는 눈길을 보내고 있었다.

다음날 아침 남자가 눈을 떴을 때 해는 이미 중천에 솟아 있었고,

아내는 애교 섞인 표정으로 다가와 그의 입술에 따뜻한 입맞춤을 했다. 그러고 나서 아내는,

"무슨 남자가 이렇게 게을러요? 당신은 너무 늦게 일어나셨어요."

라고 말하며 장난기 어린 목소리로 응석부리듯 남편에게 말을 건넸다. 하지만 남자는 아직도 정신이 몽롱한 상태였다.

아침 식사를 끝내고 두 남녀는 늙은 관리인의 안내를 받으며 성 안 구석구석을 구경했다. 여자는 생글거리며 한껏 신이 나 있었지만, 사내는 계속 시무룩한 표정이었다.

마침내 일행은 옥상 위에 이르렀다. 넓은 옥상은 마치 운동장을 방불케 했다. 옥상에서 내려다보이는 성 주변의 풍경은 너무나도 아름다웠다. 옥상 위를 이리저리 걸어다니던중, 남자의 발길에 차이는 물건이 있었다. 바로 어젯밤에 그가 떨어뜨린 라이터였다. 그는 라이터를 집어서 호주머니 속에 집어넣었다. 순간 남자의 표정에는 두려움과 기쁨이 한데 엇갈리며 지나갔다.

관리인은 이윽고 수많은 초상화들에 대해서 설명해주었다. 그러나 이상하게도 그 여인의 초상화 앞에서는 그냥 못 본 체하고 지나쳐버리고 말았다. 남자는 그 까닭이 무척이나 궁금했지만, 관리인의 굳어진 표정 때문에 도저히 물어볼 용기가 나지 않았다.

저녁을 먹고 나자 다시금 성 안에는 정적만이 감돌았다. 침실에서 여자는 남자에게 사랑의 행위를 해달라고 졸랐다. 하지만 남자한테서는 아무런 반응도 없었다.

"오늘은 긴히 할 일이 있어서 그러니 먼저 자도록 해, 정말 미안해."

남자는 이렇게 말하고 나서 횡하니 방을 나가버렸고, 여자는 기가 막힌듯한 얼굴표정이 되었다.

남자는 관리인의 숙소를 찾아갔다. 문을 두드리자 관리인이 나와 그를 반갑게 맞아주었다. 그리고 술을 내왔다.

한참 후 남자는 그 여인의 초상화에 대해서 늙은 관리인에게 물어보았다. 순간 노인의 표정이 굳어졌다. 그러고는 연거푸 술잔을 입으로 가져갔다. 그러고 나서 잠시 후 노인은 입을 열었다.

"그렇게도 궁금하시오?"

"네, 그렇습니다. 당신은 못 믿으시겠지만 난 어젯밤 옥상에서 분명히 그 여자를 보았어요."

그러자 노인은 더 이상 숨길 수 없다는 듯, 체념어린 표정으로 이야기를 시작했다.

"무척이나 오래 전의 일이었습니다. 이 성의 주인이신 백작님은 이 나라에서 예쁘기로 소문난 여자를 아내로 맞이하는 데 성공했지요. 과연 그녀는 아름답고 고혹적이었어요. 섬뜩하리만치 요염한 얼굴표정이 보는 사람들로 하여금 그 자리에서 주눅들어버리게 만들었지요. …… 하지만 그 여자는 보통 여자완 달랐어요. 하도 많은 예찬자들을 가졌기 때문에 자기를 사랑하는 남자보다는 자기를 경멸해주고, 육체적를 강팍하게 유린해주는 남자를 좋아했습니다. 그러나 백작님은 허약한 체질인 데다가 성격도 온순하신 편이었기 때문에 마님을 만족시켜드릴 수 없었지요.

그래서 마님은 남편한테서는 얻을 수 없는 성적 기쁨을 당시 이 성의 집사로 있던 한 건강한 청년과의 정사로 얻어내곤 했지요. 그 청년은 상당한 사디스트여서 부인과 밀회를 즐길 때마다 온몸에 상처자국을 내곤 했습니다. 그것을 남편에게 들키지 않으려고 마님도 무척 조심을 했는데, 어느날 너무나 열렬히 정사를 벌이던 나머지 벽난로를 지피는 데 쓰는 가느다란 쇠막대기로 그만 마님의 가슴에 뚜렷한 상처를 남기고 말았답니다. …… 그러자 백작도 눈치를 채게 되어 그 집사를 쫓아내버렸고, 부인 또한 쫓겨나 숲속의 오두막에서 혼자 살게 되었습니다. 몇 달 후 그녀는 시체로 발견되었는데, 시체 옆에는 갓 낳은 듯한 핏덩어리 어린애가 울고 있었습니다. 아이를 낳다가 죽고만 거지요. 아이도 얼마 후 죽고 말았습니다."

노인은 더 이상 말을 잇지 못했다. 그래서 남자는 다시금 노인에게 물어보았다.

"노인장께서는 이 성에 꽤나 오랫동안 살고 계셨던 것 같은데, 무슨 이유라도 있습니까?"

노인은 더욱더 침통한 표정이 되었다. 그러고는 술을 들입다 벌컥벌컥 들이켜더니, 찢어지는듯한 목소리로 다음과 같은 말을 거칠게 내뱉었다.

"내가 바로 그 젊은 집사였소. 난 아직도 그 여자를 못 잊어요. 이 성에서 쫓겨난 후 수없이 많은 여자를 상대해가며 그 여자를 잊어버리려고 노력해봤지만 잘 잊혀지지가 않습니다. 그 여자만큼 완벽한 관능의 화신은 없었으니까요."

한참 동안 침묵이 흘렀다. 이윽고 집사는 울먹이는 목소리로 전후사정을 다 얘기해주었다. 백작은 부인과 아이가 죽은 후 곧 성을 팔아버리고 이사를 했다. 집사는 한참 후 새 주인에게 부탁하여 다시 집사가 되었는데, 그 까닭은 부인의 초상화라도 실컷 바라보기 위해서였다. 주인이 서너 번 바뀔 때까지 그는 계속 이 성의 관리인으로 있었고, 매일같이 그녀를 바라보는 낙으로 살아간다는 것이었다.

"하지만 나도 이젠 너무 늙어버렸소, 그 여자는 내게 싫증이 났는지 내 앞에는 한번도 모습을 드러낸 적이 없지. 그런데 어젯밤 당신에게 모습을 드러냈다니, 어지간히 당신에게 반한 모양이오, 당신이 정말 부럽군, 아무쪼록 잘해보시오."

이렇게 말하며 늙은 관리인은 구슬픈 얼굴표정을 지었다.

다음날 남자는 그 초상화 앞에 가서 다시금 자세히 살펴보았다. 과연 전에는 무심코 지나쳐 버렸던 부분에 가느다랗게 불을 데인 상처자국이 남아 있었다. 그렇다면 이 초상화는 그녀가 집에서 쫓겨나기 직전에 그려진 것일까……

그 성에 들어온 지 3일째 되는 날부터 남자는 아내와 더 이상 잠자리를 같이하지 않았다. 남자는 저녁을 먹고 나면 어김없이 방을 나섰고, 이튿날 새벽이 돼서야 쾌감과 고통이 한데 섞인 묘하게 일그러진 표정을 하고서 녹초가 된 채 비실비실 걸어들어오는 것이었다. 그리고는 피곤한 듯 침대 위에 쓰러져 잠을 자기만 했다. 여자는 점점더 자존심이 상했고, 더 이상 같이 있고 싶지도 않았다.

신혼여행의 마지막 밤이 되었다. 남자는 저녁을 먹고 나서 베란다로 나가 담배를 피워 물고서 깊은 생각 속에 잠겨 있었다. 여자는 앙탈을 부리며 그에게 쏘아대었다.

"이젠 정말 못 참겠어요. 도대체 왜 이러는 거죠? 그리고 밤새도록 대체 무엇을 하는 거예요? 이젠 당신 얼굴만 봐도 무섭고 징그럽다는 생각만 들어요."

여자가 따지듯 물어댔지만, 대답도 없이 방문을 나서는 남자의 눈동자는 이미 초점을 잃고 있었다. 마치 몽유병 환자와도 같았다. 입가에서는 이상하게도 한 줄기 음산한 미소가 감돌고 있었다.

남자가 나간 뒤 여자는 문득 호기심이 생겨 촛불을 들고 그의 뒤를 따라나섰다. 남자는 계단을 내려가는가 싶더니 그 뒤론 자취를 보이지 않았다.

한참을 추적하던 중, 여자는 드디어 그 여인의 초상화가 있는 계단에까지 오게 되었다. 무심코 그림을 들여다본 여자는, 비명을 지르며 그 자리에 주저앉고 말았다.

아름답고 선정적인, 그리고 무서우리만치 요염하면서도 슬퍼 보이는 표정을 지닌 그 여인의 초상화 속에서, 남자는 벌겋게 달구 어진 쇠막대기를 든 채 야릇한 미소를 지으며 아내를 쏘아보고 있었다.

선수가 선수에게 당하다

"드르르르르 드르르르르 드르르르르"

침대에서 꿀맛 같은 단잠에 푹 빠져 있던 나는, 눈을 간신히 뜨고 성가신 소리가 나는 쪽으로 힘겹게 고개를 들었다. 핸드폰이 마치 온몸으로 절규하듯 진동 소리를 울리며 책상 위를 서서히 돌고 있었다.

천근만근 무거운 몸을 이끌고 책상으로 가서 핸드폰을 보니, 일주일 전에 홍익대 앞 클럽에서 만나 하룻밤을 나름대로 재미있게 보냈던 하수라는 남자애의 전화였다. 나는 버튼을 이용하여 그 애의 전화를 음성메세지로 전환시키고서, 핸드폰을 손에 쥔 채 달콤한 잠을 다시 청하기 위해 침대에 누웠다.

잠시 후 다시 걸려오는 전화, 또 다시 하수였다.

"뭐야, 이 정도까지 눈치가 없는 남자였단 말인가. 시시하게 스리."

나는 원래 원나잇(One Night)을 한 남자와는 연락을 하고 지내지 않는다. 이것은 바람둥이의 기본적 원칙과도 같은 것이다. 클럽에서 만나든 술집에서 만나든, 이런저런 대화를 나누다보면 전화번호를 주고받게 되긴 하지만, 그것은 단지 섹스를 하기 위한 하나의 과정일 뿐 다시 또 연락을 주고받을 목적은 결코 아닌 것이다.

그렇기 때문에 나는 하룻밤의 먹잇감으로는 최소한 이런 플레이보이 법칙쯤은 이미 꿰뚫고 있는 부류—이를테면 프리섹스주의자 같은 성적(性的) 진보주의자—들을 선택하곤 하는데, 하수란 녀석은 며칠째 그의 전화조차 받아주지 않는 나에게 바보 같은 미련 따위를 보이고 있다. 이런 녀석은 정말 싸가지가 없다. 그날 밤 정력이 센 척, 연애의 룰(rule)이 쿨한 척하더니, 나로서는 정말 실망이다.

나는 할 수 없이 전화를 받자마자 인사도 없이 대놓고 냉소적인 말투로 본론으로 들어갔다. 우선 그가 씨부렁거리는 소리부터 들어주었다.

"아…… 드디어 전화를 받는구나. 내가 몇 번이나 전화 했는지 알아?"

"음, 됐어. 미안하지만 다시는 나한테 연락하지 마. 다시 만날 사이였으면 그날 너랑 자지도 않았어."

나의 대답이다.

나는 그의 말을 끊고서 전화도 그렇게 끊어버렸다. 이런 일이 있을 땐 마음이 썩 좋을 수 만은 없다. 주위의 사람들이 알고 있는 내 모습과 진정한 나의 모습이 판이하게 다를 때가 가끔씩 있다. 다른 이들이 알고 있는 나를 설명하면 대략 이렇다. 나는 중학교 때부터 미국으로 유학을 가서 명문대를 다니다가, 현재는 한국의 명문대인 Y대에서 공부를 하기 위해 잠시 나와 있다. 키도 크고, 꽤 예쁘게 생긴 편이고, 매너도 그만하면 좋다. 유복한 가정에서 자랐고 학벌도 괜찮은 편이라서, 한 마디로 말해 '귀족녀'라고 할 수 있다. 물론 이런 것은 단지 표면적인 요소들이다. 내 속 깊숙이 내재돼 있는 또 다른 나의 자아(自我)를 주변 사람들은 모르고 있다. 즉, 나는 엄청 색(色)을 밝히는 년이라는 것이다. 그것이 때로는 스스로 죄책감을 느끼게 하여 날 괴롭히기도 하지만, 어떨 땐 나에게 황홀한 카타르시스를 제공하기도 한다. 남들이 모르는 나의 이중성, 항상 육체적 쾌락에 굶주려하는 나의 섹스 마니악(sex maniac) 같은 면모는, 그것이 은밀하기에 오히려 더욱 진한 향기를 풍기며 나의 활력소가 돼주기도 하는 것이다.

그렇다고 오해는 하지 마시라. 나는 그저 삽입(intercourse)을 통해 남자들의 정액을 흡입(吸入)하길 원하는 단순한 욕정덩어리일 뿐, 변태적이거나 괴이한 성 취향을 가진―예컨대 코스튬 플레이를 즐긴다든지, 일반적으로 SM 이라고 알려진 사도마조히즘적 취향에 치우쳐 있다든지, 나아가 시애(屍愛)를 꿈꾸거나 인분(人糞)을 먹고 싶어 한다든지 하는 등—초현실적 색정광(色情狂)은 아니다. 나는 그저 사춘기 시절에 성적으로 개방된 미국이라는 나라에서 혼자 생활하다보니 성(SEX)에 대한 자유로운 의식과 함께 일찍 성경험을 하게 됐고, 다른 여자들과 마찬가지로 남자를 따먹을 때마다 기똥찬 성취감을 느끼며 즐거워할 뿐이다.

나는 겉보기에 이런저런 야한 요소들을 다 갖추었기 때문에, 킹카 남자들을 꼬드길 확률이 높다는 것을 스스로 알고 있었다. 그리고 꼬시기 쉬운 남자를 어떻게 유혹하고 어떻게 다뤄야 하는지도 알고 있었다. 미국에서나 한국에서나 혼자 자취를 하는 나로서는, 내가 원하는 만큼 섹스를 손쉽게 즐길 기회가 많았기 때문이었다. 그리고 무엇보다도 어릴 때부터 남들의 눈을 의식하며 외모를 가꿔가지고, 미적(美的) 경쟁의 승리자가 되도록 북돋으며 세뇌시켜준 부모 덕이 컸다. 그래서 나는 고상한 체하거나 똑똑한 체하면서 그 썩어빠진 '품위'를 지키지 않아도 되었고, 나의 야하디야한 연애 취향을 실컷 만족시키면서 살아갈 수가 있었다.

한국 Y 대에 와서 내가 첫 번째로 한 일은 전공과는 상관없이 살아있는 성(性) 문화재(?)라고 할 수 있는 마광수 교수의 강의를 듣는 것이었다. 가식의 허울을 훌훌 털어버리고 프리섹스를 거침없이 외쳐대는 그의 수업을 통해서, 나는 여러가지 변태성욕에 대한 정보를 얻을 수 있었다. 그의 수업을 듣고 내가 내린 결론은, 결국 난 상당히 노멀(normal)한 성취향을 가지고 있다는 사실이었다. 내가 고작 해본 비정상적인(?) 성행위는, 애널 섹스를 하다가 남자의 항문에 빼빼로 과자나 작은 오이를 재미삼아 넣어 본 것이 전부였다. 그리고 그렇게 한 것은 극히 초보적인 호기심의 범주에서 벗어나 있지 않았다. 사실 그럴 수밖에 없었던 것이, 나는 선천적으로 비위가 약했다. 그래서 자지에서 풍기는 퀴퀴한 냄새조차 싫어해서, 꽤 오래간 남자 친구에게도 오럴 섹스를 해주지 않는 극한적인 이기주의자였다. 그러니 성에 대한 관심과 호기심은 많아도 극히 제한된 범위 안에서만 섹스의 쾌락을 즐길 수 있었던 것이다.

섹스를 좋아하면서도 제대로 즐기지 못했던 내게 특별한 선물이 다가온 건 불과 3일 전의 일이었다. 조금 아까 하수라는 남자의 전화를 받는 내 태도를 봐서도 알겠지만 (불과 7일밖에 되지 않아 그에 대한 관심이 얄팍해서인지도 모르지만), 나는 슬기라는 이름의 남자를 만나고 나서부터는 딴 남자들에게 티끌만큼의 관심도 가질 수가 없었고 눈길조차 줄 수가 없었다. 그러면서 도저히 그의 생각에서 헤어날 수가 없었다. 더 정확하게 고백하자면, 그날 그와 나누었던 짜릿한 행위의 기억들이 또렷이 머릿속에 아른거려 아무것도 할 수가 없었다. 당장이라도 내 보지로 그의 자지를 내 몸안으로 빨아들이지 않고서는 도저히 견딜 수가 없었다. 이런 생각을 하다 보니 벌써 내 아랫도리가 축축해지며 예민한 반응을 보이려고 한다.

나는 눈을 감은 채 그 날의 기억으로 돌아간다.

"아아……슬기, 슬기야……!"

3일 전의 일이었다. 나는 또 다시 몸이 근질거려오기 시작했다. 하수와 하룻밤을 즐긴지 4일이나 지났고, 4일이면 애액이 차도 자궁 속 깊은 곳까지 차올랐을 시간이었기 때문이었다. 연달아 며칠째 내 게 전화를 해오고 있는 하수를 만나서 재미를 볼 수도 있었을 것이다. 하지만 그건 원 나잇 스탠드를 쌈빡하게 즐기는 선수의 도리가 아니었다. 나는 학교 수업을 마치고 신촌에 위치한 원룸 자취방에서 숙제를 하고 나서 TV를 보았다. 그러다가 밤 10시가 넘자 샤워를 하고 진하게 밤화장을 한 뒤, 홍대 앞 클럽 가(街)로 향했다.

평일이지만 잘 나가는 홍대 앞 클럽은 쉴 틈이 없을 만큼 사람들로 붐빈다. 제발 물이 좋기를 바라며 한 클럽에 들어서자 쿵쾅거리는 비트 뮤직에 이미 많은 청춘남녀들이 넋을 빼고 자유로워져 있었다. 리듬에 맞춰 몸을 대충 흔들면서 서서히 스테이지 중앙 쪽으로 전진하며 주위를 살폈다. 매번 느끼는 거지만, 남자에게 작업을 걸기엔 손님들이 터져 나가는 주말보다는 여유가 있는 평일이 훨씬 좋다. 주위를 둘러보기도 용이하고 다가가기도 쉽고 해서 말이다.

나는 여느 여자들과 마찬가지로 남자의 가슴과 엉덩이와 헤어스타일에서 관능적인 매력을 느끼곤 한다. 예전에 만났던 남자는 흑인과 백인의 피가 섞인 혼혈이었는데, 몸매나 피부의 탄력이 흑인의 피를 그대로 물려받아 매우 맛이 좋았었다. 옷을 입었을 때는 그저 조금 풍만해 보이던 엉덩이가 침대 위에선 어찌나 야성적으로 놀아

나는지. 내 위에 올라타고서 말을 타듯 엉덩이를 위 아래로, 때로는 양 옆으로 흔들면서 내 보지를 겨냥하는 느낌이 참 좋았다. 그를 만나고 나서야 나는 여러 호색녀(好色女)들이 말하는, '남자는 역시 몸매'라는 말에 공감할 수 있었다.

섹스에 굶주린 나의 시선을 기민하게 눈치채고 반응하는 남자 중에서. 엉덩이와 몸매만 받쳐주면 일단은 OK 라는 생각으로 탐색을 계속해나갔다. 그런데 그날따라 영 먹음직스러운 남자가 보이지 않는 것이었다. 그래서 나는 짜증을 내며 클럽 구석에 있는 바(Bar)로 가서 보드카 한 잔을 시켰다. 종업원에게 보드카를 받고서 문득 뒤를 돌아다보았더니, 한 눈에 봐도 내가 좋아할만한 스타일의 남자가 혼자 벽에 기대어 음악에 취해 몸을 뒤척이고 있었다. 우선 몸매가 상당히 마른 편이라서 마음에 들었다. 보라색 셔츠를 일부러 쇄골과 가슴이 노출되게 입고 있었고, 바지는 피부에 착 달라붙는 저지 옷감으로 만든 붉은 색깔 쫄쫄이 바지였다. 바지에는 마치 연예인의 옷 마냥 화려한 꽃무늬가 들어가 있었고, 다리가 너무나 매끈하게 잘 빠져 있었다.

그리고 그렇게 야한 사내라면 당연히 신고 다닐 노란색의 날렵한 구두는, 굽의 높이가 족히 8센티미터는 넘어보였다. 그는 눈을 감고 음악에 빠져 있다가 오른 손으로 자신의 눈가에 흘러내려와 있는 머리카락을 뒤로 넘겼다. 그런데 그때 나는 그 남자의 긴 손톱을 보고 그가 혹시 게이가 아닐까 생각했다. 아무튼 그 남자는 꽃미남 스타일을 한 몹시도 여성적이고 야한 남자였다. 그는 쪽 빠진 가느다란 손가락에 달려있는 긴 손톱에다가, 눈에 확 띌 만큼 진하고 번쩍거리는 주황색 매니큐어를 칠하고 있었다. 사실 그의 스타일은 내가 선호해왔던 육감적인 남자와는 사뭇 달랐다. 그렇지만 나는 그 남자한테서 미묘한 매력을 느꼈다. 키가 크고 마른 몸매에 남자치고는 진한 화장. 그리고 너무나 새하얗게 보이는 얼굴과 대조되는 빨간 입술. 무엇보다도 크고 동그란 눈. 분명 예쁜 미남형 얼굴이었지만, 그 남자의 얼굴은 여느 게이들과는 전혀 다르게, 관능적인 야한 매력을 풍기고 있었다.

마치 양성구유자(兩性俱有者)처럼 보이는 그는 무척이나 뇌쇄적이었다. 그는 강의 시간에 마광수 교수가 숱하게 말해왔던 고대 그리스 시대의 미소년 같았다. 그는 고대 그리스의 미소년들이 갖고 있었다는, 여자보다 더 색스러운 매력을 풍기는 아름다운 남자였다. 그리스 시대에는 당당한 동성애의 대상이 되었던 미남자, 옷을 화려하게 입고 굽 높은 구두를 신고, 긴 손톱을 잘 관리해온 남자가 바로 내 눈앞에 서있었다. 그래서 나는 그를 너무도 유심히 오랫동안 쳐다보게 되었고, 결국 그의 눈과 내 눈이 정면으로 마주치게 되었다. 나는 내가 프리섹스의 선수임을 망각한 채, 그의 야하고 대담한 외모에 눌려 반사적으로 고개를 수줍게 돌렸다. 옆으로 돌아앉아서 어색하게 보드카를 마시는 척 하고 있는데 내 옆에서 인기척이 느껴졌다.

"Y대 다니시죠? 전 이슬기라고 합니다."

그는 다짜고짜 내 귀에다 이렇게 말을 걸어왔다.

"어…… 어떻게 그걸 아셨어요?"

내가 소심해 보였기 때문이었을까? 그는 피식 하고 웃었다. 하지만 내가 싫은 눈치는 아닌 듯했다. 몹시도 당황해 하는 내가 그에겐 귀여워 보였던 모양이었다.

"학교에서 오가다가 여러 번 봤거든요. 항상 머리를 숙이고 귀에 이어폰을 꼽고 다니시던데, 여기 클럽에 와서는 뚫어져라 남자를 쳐다보시네요. 하하."

Y대에 다니고 있는 남자, 머리가 비지도 않았을 뿐더러, 말투나 행동에서 당당함을 느낄 수 있으며, 자신을 야하게 꾸밀 줄 아는 남자. 나는 아까 직감적으로 슬기가 상당히 멋있는 남자임을 알고는 있었지만, 처음 만남 때부터 그에게 기(氣)가 눌리지는 말아야겠다고 생각했다.

"학교에서 절 여러 번 봤다면, 그 쪽은 항상 학교에서 여자들을 쳐다보면서 다니나보죠? 아니면 지나가는 제가 마음에 들었거나. 어쨌거나 학교보다는 클럽에서 여성한테 관심을 보이는 게 더 낫지 않나요?"

"하하하하!"

그는 시끄러운 음악이 묻힐만큼 큰 소리로 호탕하게 웃었다. 외모와는 전혀 다른 웃음이었다.

"그건 맞아요. 아무튼 쭉쭉빵빵한 당신의 몸매와 요사스런 얼굴이 마음에 들었어요. 이건 아부가 아니라 진짜로 말하는 거예요."

그는 흐트러지지 않은 눈빛으로 또렷또렷하게 내 눈을 바라보면서 말했다.

결과부터 먼저 얘기해보기로 하자. 우리는 마치 수순에 정해진 것처럼 이런저런 얘기를 나누고 춤을 추었다. 그러다가 다른 곳으로 옮겨 술 몇 잔을 가볍게 더 마시고서, 드디어 모텔로 향했다. 원래 나는 그가 진심으로 마음에 들기도 하고 또 같은 학교에 다니기도 해서, 앞으로 서로 연락하며 지내기로 하고 오늘은 그냥 집으로 가야겠다고 마음먹고 있었었다. 원 나잇 스탠드로만 즐기기엔 그가 너무 아깝다고 생각되었기 때문이었다. 그런데 우리 둘의 섹스가 너무나 가볍게 당장 이루어진 것이었다. 먼저 우리는 클럽을 나와 다른 술집에서 술을 마시며 이런저런 얘기를 하였다. 그러던 중에 슬기는 자기가 상당히 자유분방한 성격이라는 것을 여러 차례 강조해서 말했다. 그러더니 그는 끝내 우리가 모텔로 직행하도록 만든 것이었다.

우리 두 사람 모두 술을 마시긴 했지만 몹시 취한 정도는 아니었다. 보면 볼수록 그가 마음에 들었지만, 나는 모텔로 향하면서도 어쩐지 찝찝한 기분을 머릿속에서 지울 수가 없었다. 서로 사랑하는 사이가 되려면 속도를 줄여 조금 천천히 나갈 필요가 있다고 생각했기 때문이었다. 그런데 막상 모텔 방에 들어서니 이 먹음직스러운 남자를 당장 내 것으로 만들어 굴복시키고 싶은 생각이 치밀어 올랐다. 그가 가방을 구석에 던져놓고 화장실에 들어가려고 몸을 돌리는 순간, 나는 급하게 내 혀를 그의 입술 사이에 집어넣었다. 이렇게 여자가 모텔에 들어서자마자 성급하게 덤비면, 남자들은 대개 우선 씻고 나서 하자는 둥의 말을 하면서 시간을 끄는 게 보통이다. 그렇지만 그는 기다렸다는 듯이 내 혀의 뿌리까지 억센 구강의 힘으로 잡아당기는 것이었다.

나는 키스만으로도 흥분이 극에 치달아 그의 셔츠를 밑에서부터 위로 벗기고 바지도 벗겼다.

"팬티는 내가 벗을 게."

하고 그가 말한다. 술집에서부터 어느 샌가 우리는 서로에게 말을 편하게 놓고 있었다. 그는 빨가벗은 채로 침대 위로 올라갔고, 나 역시 옷을 하나둘씩 다 벗고 완전한 알몸뚱이로 그의 옆에 누웠다. 슬기의 겨드랑이 털과 음모가 침대 밑으로 한두 가닥 떨어지는 게 보였다. 나는 슬기의 가슴과 유두를 한 살 먹은 아기처럼 입으로 쪽쪽 빨아 당겼다. 그러면서 그에게 말했다.

"나는 내숭 없는 여자야. 내일 어떻게 될지 모르는 인생이니 이왕 할 거면 우리 제대로 놀기! 오케이?"

그는 옅은 쾌락의 신음 소리를 내다가 나에게 동의라도 하듯 거세게 키스해왔다. 나는 그의 딥 키스에 미묘한 떨림과 희열을 느끼며 그의 자지에 손을 급하게 갖다 대었다. 이미 그의 꽃(?)자지에서는 한두 방울의 정액이 흘러나와 있었다. 자지가 흡사 물에 적셔진 듯 축축해져있었다.

"손은 쓰지 말고 혀로만 해줘."

그가 이렇게 부탁하자 나는 그의 다리 사이로 들어가 열심히 그의 자지를 핥고 빨아대기 시작했다. 이상하게도 그의 자지에서 풍겨

나오는 퀴퀴한 냄새가 전혀 싫지 않았다. 오히려 그 냄새를 더 맡고 싶었다. 이런 내 마음을 슬기도 알았던 것일까. 그가 곧이어 이렇게 주문해왔다.

"거기에 네 코를 박고서 킁킁 대봐. 개처럼말야."

침대에서 나를 좌지우지하는 그의 카리스마 있는 말투에 나는 주체할 수 없이 마조히스틱한 흥분을 느꼈다. 보통 때 나는 항상 침대에서 남자를 주도했었는데 이렇게 무기력한 순한 양이 되다보니, 오히려 내 보지가 그 어느 때보다도 꿈틀꿈틀 몸부림치고 있었다. 나는 개처럼 그의 자지에 코를 갖다 대고 킁킁 거리기 시작했다. 그러다 갑자기 그가 몸을 일으켜 나를 똑바로 눕혔다. 그리고는 내 얼굴 위에 다리를 벌리고 엉거주춤 꾸부린 자세를 취했다. 그래서 내가 그의 자지와 불알을 핥고 빨아주기가 한결 편해졌다.

나는 입술은 쓰지 않고 혀만 날름거렸다. 그는 마치 비데를 사용하듯 자기가 원하는 곳에 서 내 혓바닥 애무를 받기 시작했다. 그의 옅은 신음소리가 꽤 짙은 신음소리로 바뀌고, 그는 그제서야 흡족해졌는지 내 얼굴 위에서 내려왔다. 그는 이제 자기의 혓바닥으로 내 보지를 샅샅이 핥고 빨아주었다. 이미 발기가 될 대로 된 내 클리토리스는 성적 흥분을 감추지 못하고 애액 한두 방울을 흘리고 있었다. 슬기는 그의 길고 섹시한 엄지손가락을 이용하여 내 음순을 헤치고서 클리토리스를 삐죽 들어내고는, 거기에 자기의 자지를 갖다 대고 음란하고 예리하게 비벼댔다. 나는 그 순간 위압갑을 느꼈지만 그것마저 황홀한 엑스타시로 승화되고 있었다. 슬기는 그러고나서도 내가 그 어떤 남자한테서도 받아보지 못한 최상의 오럴 서비스를 해주기 시작했다.

그의 오럴은 상당히 헌신적인 동시에 기술적이었다. 오럴을 억지로 하는 것이 아닌, 정말 자신이 즐겨서 하는 듯 최선을 다해 나를 만족시켜주려고 했다. 입술을 동그랗게 모아 입술 뒤에 이빨을 감추고, 보지의 중간이나 위에서부터 빠는 게 아니라, 보지의 뿌리에까지 혀끝을 깊숙이 넣은 뒤, 밑에서부터 위로 강하고 부드럽게 빨아주고 핥아주는 것이었다. 그의 너무나 놀라운 기술에 내 몸안의 신경 하나하나가 미세하게 반응하면서 그를 더욱 사랑스런 눈초리로 바라보게 하였다. 잠시 후 그는 이번엔 급하게 내 몸뚱어리 위로 올라가 내 보지에 그의 자지를 깊숙이 박아넣었다.

나는 앙칼진 신음소리를 내뱉었고, 그는 나의 아랫도리 움직임에 맞춰 자지를 박았다 뺏다 하면서 페이스를 조절해 나갔다. 슬기와 나는 점점 더 섹스에 몰입하기 시작했고, 슬기는 그가 맛보는 쾌감을 그의 긴 손톱을 이용하여 내 등에다가 가학적으로 표현했다. 길고 뾰족한 그의 손톱이 내 등을 따갑게 찌르기 시작했고, 나는 아픈만큼 더 희열을 느끼며 더욱 강하게 허리를 움직여주었다. 그러다가 갑자기 그가 사정할 것처럼 흥분하는 것을 느끼며 나는 불안한 표정으로 내 몸을 그의 몸에서 성급히 분리시켰다.

"벌써 싸려는 건 아니겠지? 천천히 해. 그래야 더 씹질할 맛이 있으니까."

쾌락의 절정을 좀더 느긋하게 즐기기 위해 삽입의 완급(緩急)을 조정해달리고 하는 나의 주문을 그는 역전 노장답게 금세 이해하고서, 능숙하게 삽입의 한 템포를 늦춘다. 그러고 나서 그는 나를 침대 위에 무릎을 꿇고 엎드리게 했다. 그러고는 마치 수캐가 암캐 뒤에서 섹스할 때 취하는 자세처럼 내 뒤에 앉더니 오른 팔을 쭉 뻗어 내 보지를 위아래로 쓰다듬으면서 혀로는 내 목덜미를 핥아주고 있었다. 나는 황홀경에 빠져 신음을 내뱉었고, 그는 더욱 부지런히 나의 목 언저리와 귓불 등을 핥고 빨아주었다. 나는 슬기의 정성이 고마워 나도 그의 몸을 핥고 빨아주고 싶었다. 그래서 난 슬기를 침대에 엎드리게 하고서 목덜미와 등짝을 섬세하게 핥아주었다. 그러다가 나는 진심으로 그의 항문을 애널링구스(analingus) 해주고 싶어 내 혓바닥을 그의 항문에 갖다 댔다. 묘한 냄새가 났다. 분명 좋은 냄새가 아니라 옅은 구린내였는데 그 냄새가 나를 너무나 흥분시키는 것이었다.

"왜? 냄새 나?"

"응. 그런데 너무 좋아."

"그럼 좆나게 빨아 봐. 맛있을 거야. 빨고 나선 나한테 키스해줘. 나도 그 맛을 음미해보고 싶거든."

"넌 진짜 변태 같아. 더러운 놈, 딴 년들한테도 이렇게 해줬니? 쓰발 놈아!"

나는 너무 흥분을 하면 욕을 하면서 더욱 큰 쾌감을 느낀다. 예전의 남자 친구가 내가 욕을 해주면 무지 좋아했었다. 그래서 그런 습관이 생겼는데, 이번에도 저절로 욕이 터져나오고 말았다. 하지만 보통 때 원 나잇을 하는 경우에는, 서로 서먹서먹하기 때문에 이렇게 욕을 하며 남자를 대한 적은 한 번도 없었다. 어쨌든 욕을 하고 나니까 내 몸이 더 달아올랐다.

방안이 무드 있게 조금 어둡고 음탕한 붉은 빛이 나는 조명으로 되어있었지만, 나는 욕을 듣고서 순간적으로 반짝거리는 슬기의 눈빛을 분명히 목격할 수 있었다. 슬기는 자기의 항문을 내 입에 더욱 밀착시켰다. 나는 그의 항문을 핥고 빨은 혓바닥으로 그의 입술에 키스를 하며 여러가지 냄새를 한데 섞어 음미했다. 자지와 보지 냄새, 그리고 그와 나의 항문 냄새가 우리의 합쳐진 입 안에 고루 섞여 있었다. 나는 그의 풍만하진 않지만 잡기 좋은 엉덩이에 손을 올리고서 그의 자지를 다시 내 보지 안에 넣어주었다. 슬기는 능숙하게 내 보지를 받아들이다가, 그의 긴 검지손가락를 이용하여 자지의 피스톤 운동이 전개되고 있는 보지 바로 위에 있는 클리토리스를 빠르게 자극하고 있었다. 오르가슴을 빨리 느끼고 싶어하는 나의 욕구를 충족시켜 주고 싶었던 모양이었다.

나는 그 어느 때보다 딱딱하게 긴장하고 있는 클리토리스를 느낄 수 있었고, 그것은 내가 오르가슴의 절정에 도달하도록 만들어주었다. 슬기 역시 음험한 소리를 내며 내 배 위에다 질외사정을 했다. 잠시 후 그가 다시 단단해진 자지로 내 클리토리스를 자극하자, 내 입에서는 다시금 쾌락의 신음소리가 터져나왔고, 그 소리는 고양이의 앙칼진 목소리와 닮아 있었다. 슬기가 이번엔 내 얼굴에다 질외 사정을 하며 오르가슴을 느낀 뒤, 얼마 지나지 않아 나도 다시 절정을 향해 치닫기 시작했다. 슬기는 오르가슴을 이미 느꼈음에도 불구하고 열심히 리듬에 맞춰 열정적으로 자지를 꼽아대고 있었다.

"이번엔 내 배나 얼굴에 싸지 말고 보지 속에 싸."

그가 거의 사정 직전에 이르렀을 때 내가 이렇게 말했다. 그는 약간 놀란 얼굴을 하며 내 보지 안에다가 신나게 사정을 한다. 그러고 나서 내게 묻는다.

"너 정말 이래도 되니? 임신하는 게 걱정이 안 돼?"

그가 하는 말을 듣고 나는 속으로 코웃음을 쳤다. 그리고 이렇게 대답해주었다.

"너는 날 뭘로 보는 거야? 난 원 나잇을 시도 때도 없이 즐기는 선수란 말야, 선수! 이젠 피임약 먹기도 귀찮고, 또 남자가 콘돔을 끼면 씹질하는 맛이 없어져서, 아예 자궁 안에 피임기구인 루프를 장착하고 다녀. 씹질의 참맛은 역시 정상적인 삽입에 있으니까. 자, 일단 보지 속에 한번 사정을 했으니까 이번에 별미(別味)를 좀 맛보게 좆물을 침대 위에다 발사해줘."

그는 한참 더 자지로 피스톤 질을 한 후, 내 명령대로 침대 위에다 정액을 고스란히 뿜어냈다. 그러자 나는 한 마리의 음란한 고양이가 되었다. 그래서 고양이가 등을 한껏 구부린 채 바닥에 떨어진 우유를 맛있게 핥아먹듯이, 침대 위에 뿌려진 그의 정액을 한 방울도 남기지 않고 핥아먹었다. 그리고 조금은 손가락에 묻혀가지고 내 보지 속에도 집어넣었다.

"맛있어?"

사정을 하고 긴장이 풀린 그가 반쯤 넋이 나간 사람처럼 실실 웃으면서 내게 묻는다. 나도 즐거운 시간을 보냈다는 듯 헤헤거리고 웃어주었다. 그리고 이렇게 말했다.

"직접 먹으면 쓴데, 이상하게 이렇게 핥아 먹으면 하나도 안 쓰다. 크크."

그러고 나서 슬기와 나는 몸을 씻지도 않고 침대에 누워 서로를 끌어안은 채 뜨거웠던 정사(情事)의 아쉬움을 달래고 있었다. 다시 내가 슬기에게 말했다.

"너를 처음 클럽에서 봤을 때, 무슨 생각을 한줄 알아?"

"무슨 생각?"

하고 그가 되묻는다.

"마광수 교수가 너를 보면 참 좋아하겠다는 생각이 들었어. 너는 그 분 취향에 맞는 것 같았거든. 진한 화장에 긴 손톱. 굽 높은 구두, 야한 느낌, 모두 다."

"하하하! 나 그런 얘기 학교에서 친구들한테 수십 번도 더 들었어. 하지만 마광수 교수가 동성애자는 아니잖아."

이렇게 말하면서 그는 신기하다는 듯 손바닥을 쳐가며 웃어댔다.

"나는 저번 학기랑 이번 학기에 그 분 수업 듣거든. 네가 그 사람 취향이라는데 마 교수님 강의가 궁금하지 않니?"

"난 대학은 딴 데서 나오고 대학원생으로 Y대에 온 거야. 그래서 학부 수업을 들을 수는 없지. 실은 청강해보고 싶은 적이 있긴 했는데, 그랬다가 그 교수가 나 좋다고 쫓아다니면 어떡하니? 캬캬캬. 나는 보다시피 색마라, 그 사람이 나랑 항문섹스하다가 복상사(腹上死)로 죽어버리면 안 되잖아! 크크크."

그는 자기가 하는 농담에 저 혼자 박장대소하며 즐거워했다. 그렇게 얘기를 좀 더 나누다가 우리는 씻고서 잠을 청했다.

그런데 다음 날 아침에 눈을 뜨니 슬기는 내 곁에 없었다. 이렇게 갑작스레 나를 혼자 남겨놓고 갈 것을 전혀 예상하지 못했던 터라서 나는 좀 어안이 벙벙해졌다. 전화번호도, 이름 외에 다른 인적 사항도 전혀 알아두지 못한 상태였기 때문이었다. 또 그의 이름이 진짜 이름이라는 보장도 없었다. 슬기라는 독특한 한글 이름이 어째 가명일 것 같은 생각이 들었다. 내가 남자들을 하룻밤의 먹잇감으로 처리해왔듯이, 그는 나와의 하룻밤 섹스만을 깔끔하게 분리수거해 간 것이었다.

내 이성은 그렇게 냉철하게 분석을 하고 있었지만, 내 감정은 3일이 지난 지금도 그날 밤의 기억을 현실로 받아들이지 못하고 있다. 어제도 혹시나 슬기를 만날 수 있을까 하는 기대감으로 학교 안 여기저기와 홍익대 앞의 이 클럽 저 클럽을 헤매다녔다. 그러다가 들입다 술만 퍼 마시고 집으로 돌아와서 그만 필름이 끊어진 상태로 뻗어버리고 말았다. 오늘 아침에도 나는, '내가 다시 슬기를 만날 수 있을까? 혹시 학교에서 마주친다고 해도 그가 날 아는 척이라도 해줄까?' 하는 생각이 들었다. 그러다가도 문득 잘 나가던 바람둥이였던 내가 하룻밤 즐긴 남자 때문에 그런 망상에 사로잡혀 있다는 사실에 머리끝까지 화가 치밀어 오른다.

그때 손에 쥐고 있던 휴대폰이 요란하게 진동하며 나를 다시 현실 속으로 데려다 놓는다. 또 다시 하수의 전화다. 나는 꼭 한번만 만나달라는 그의 애원을 듣고나서 신경질적으로 혼자서 궁시렁거린다.

"하룻밤 깔끔하게 자줬으면 됐지 왜 그래? 내가 자기를 싫어한다는 것도 눈치 못 채는 구질구질하고 모지란 놈 같으니라구. 넌 원 나잇 스탠드 선수로서의 기본이 안 돼있어, 기본이!!"

…… 그나저나 슬기는 대관절 어떻게 찾지?

변태는 즐거워

꿀같이 달콤했던 신혼시절(?)이 끝나고, 우리가 동거를 시작한 지 6개월째 접어들면서부터, 그이의 태도가 좀 수상해졌다. 별것 아닌 일 가지고 자주 짜증을 내고, 자주 피곤해하고, 반찬 투정을 몹시 하며, 게다가 저녁때 늦게 들어오는 일이 잦아진 것이다. 일찍 퇴근 시간에 맞춰서 들어온다고 해도 공연스레 신문을 들척거리거나 찌뿌드드한 얼굴로 텔레비전 앞에 앉아 화면만 들여다볼 뿐이다. 얘기를 붙여 보아도 귀찮아하기만 한다. 같이 잠자리하는 것조차 부담스러워 하는 눈치였다.

　나는 처음엔 덩달아 신경질을 부려도 보았으나, 곰곰 생각해 보니 이게 바로 남들이 말하는 '권태기'로구나 하는 생각이 들었다. 우리 둘은 우선 2년을 1차 한도로 정하고 소위 계약 동거라는 것을 하고 있는 것이기 때문에 권태기가 이렇게 빨리 찾아올 리가 없는데 벌써 권태기라는 좀 억울했다. 아이는 절대 낳지 않기로 했기 때문에, 아이가 사랑의 장애물이 될 리도 없었다. 하지만 그이만이 아니라 나 역시 요즘 습관적인 섹스에 무언지 모를 불만을 느끼고 있던 터라 그만을 나무랄 수도 없었다.

　우리는 대학교 때 맺어진 '캠퍼스 커플'이다. 우리는 같은 2학년 때 만났는데 학교는 세칭 일류대학이었고, 둘 다 공부 잘하고 얼굴도 꽤 괜찮게 생긴 편이어서 남들의 부러움을 샀다. 그런데 우리 두 사람이 손해보기 싫어하는 이기적 개인주의 기질과 모범생 기질을 한데 합쳐 놓은 성격을 갖고 있었기 때문인지, 아니면 너무 우리 사이의 정신적 사랑의 깊이만을 믿는 정신주의자들이라서였는진 몰라도, 3년의 연애기간 동안 성행위를 해본 적은 한번도 없었다. 친구들 가운데 남자에게 몸을 주고 나서 덜컥 임신이 되어 울고불고하다가 유산을 시켜 버리는 '바보 같은 짓거리'를 하는 애를 많이 보아온 터라, 꽤 똑똑하다고 자부했던 나의 머리가 그것을 허용하지 않았던 것이다.

　또 그 역시 평범한 보수적인 집안에서 자라났고 또 친구들의 마구잡이 잡식성(雜食性) 성욕을 경멸하고 있었던 터라 우리는 언제나 위험 수위를 모면할 수 있었다. 물론 키스나 애무 정도는 남 보란 듯이 자주했다. 우리는 술집에서 술을 마시며 서로 토론하기를 즐겼고(지금 생각해 보면 다 부질없는 개똥철학이었다), 다른 커플보다 더 진하게 서로의 몸을 끌어안고 주물럭거렸다. 그래서 학교 친구들은 우리가 꽤 야한 연애를 하고 있는 줄 알았으나, 사실은 그놈의 알량한 '과시욕' 때문이었는지, 진짜 섹스나 페팅의 재미는 잘 모르고 있었던 것이다. 아무튼 그래서 우리는 숫총각, 숫처녀인 상태로 자연스레 동거에 들어갔다.

'동거'라는 진보적 형태의 결합 형식을 택하기까지에는 꽤 오랜 시간의 진통을 겪었다. 나나 그이나 섹스의 면만 빼놓고는 모든 생각들이 진보적이고 급진적(急進的)이었다.

남녀간의 관계 문제에 있어서도 그랬는데, 그래서 우리는 데이트를 하며 진지하게 토론을 벌일 때마다 남녀 평등이니 여성 해방이니 하는 문제들을 자주 토론의 주제로 삼았고, 장차 우리 두 사람 사이의 사랑을 어떤 형태로 발전시켜 나갈 것인가 하는 문제에 대해 머리를 쥐어짜 보았다.

다행히도 그이가 군대를 마치고 나서 복학한 뒤에 나를 만났기 때문에, 졸업한 뒤에 군대 문제로 서로가 떨어져 있을 필요는 없었다. 캠퍼스 커플들 가운데는 남자가 군에 입대할 때 친구들을 불러 놓고 이른바 '언약식'이라 하여 촌스러운 해프닝을 벌이는 애들이 많았는데, 그때마다 나는 속으로, '아니 서로가 서로를 얼마나 못 믿기에 저따위 거추장스러운 짓거리들을 하는 것일까' 하고 코웃음을 치곤 했었다. 그러나 막상 우리 두 사람의 졸업이 코앞에 닥치고 보니, 은근히 그가 병역 의무를 마치고 난 뒤 우리의 연애가 시작된 것이 다행스럽게 여겨졌던 것이다.

여자 대학생들 사이에는 남자 복학생이 인기다. 특히 '복사꽃'은 여학생들의 관심의 표적이 된다. '복사꽃'이란 말은 군대를 마친 복학생으로서 4학년이 된 남학생을 가리키는 말인데, 요즘 같이 동갑내기끼리의 결혼이 가장 이상적인 결합으로 간주되는 대학가 풍토에서는, 애인 없는 3, 4학년 여학생들 사이에서 그네들의 인기가 높을 수밖에 없다.

나이가 같은 동갑이든 학년이 같은 동갑내기든, 아무튼 서로 비슷한 교육 환경과 가치 기준, 그리고 서로 탁 트고 지내며 마음껏 '말싸움'을 벌일 수 있는 비슷한 '말빨'을 가진 친구 같은 사이의 커플이 요즘 대학생들이 원하는 이상적 커플이다. 아마도 핏대 세워가며 남녀 평등을 주장하는 여학생들의 목청이 점차 먹혀 들어가고 있는 분위기 탓인지도 모르겠다.

하지만 여학생들은 아직도 '결혼'에만은 쉽사리 초연해질 수가 없는 게 요즘 실정이다. 부모들이 딸의 혼기를 놓칠까봐 '마담뚜'들에게 저자세로 부탁까지 해 가면서 한시바삐 임자를 정하라고 자식들을 들볶아대기 때문이라고도 하겠지만, 지금 생각해 보니 아무래도 여자라는 동물은 어딘가에 소속되어야만 안심하는 동물이고, 일단 소속이 정해진 뒤라야 다른 일도 할 수 있는 속성을 선천적으로 지니고 태어났기 때문인 것 같다.

그래서 대학가에서는 여학생들 사이에 '2말 3초'라는 유행어가 퍼지고 있다. 풀어서 설명하자면, 대학 2학년 말이나 3학년 초에 임자—단순한 애인이 아니라 남편감으로서—가 정해져야만 여학생은 비로소 안정될 수 있다는 얘기이고, 또 다른 측면으로 설명하자면 대학 2학년 말이나 3학년 초 때의 여자가 제일 예쁘고, 싱싱발랄한 '영계' 구실을 해서, 가장 비싼 값으로 팔려갈 수 있다는 얘기도 된다.

그런데 최근 입수한 정보에 의하면 '4말 역전'이라는 말이 새로 생겼다나? 4학년 말에 가서 판도가 바뀐다는 뜻이다. 애인이 일찍부터 있던 애는 그때쯤 되면 오랜 연애에 지쳐서 헤어지게 되고, 애인이 없던 애는 역전승을 거두어 근사한 애인을 구하게 된다는 거다.

아닌게 아니라 조교 형들 얘기로도, 마담뚜 아주머니들이 심심찮게 과 사무실로 찾아와 여학생 신상기록부를 보자고 부탁하는 일이 많은데, 그때마다 아줌마들은 주로 3학년 여학생들에게 온 신경을 집중시킨다는 것이었다.

그래서 나는 졸업 후에 홀몸으로 방황하지 않게 된 것을 하느님께 감사드렸고, 그이도 역시 나와 똑같은 심정이었다. 그이는 지방 출신이라서 지금껏 자취를 해왔는데, 서울에서 취직을 하게 되면서 이제 그 지긋지긋한 홀아비 생활에서 한시바삐 벗어나고 싶어 했기 때문이다.

오랜 토론 끝에, 우리는 일단 계약 동거로 밀어붙이기로 결심하였다. 우리 두 사람 다 진보주의자임을 자부하는 처지였기 때문이다. 무턱대고 혼인신고부터 해서 뭐 하나, 사랑의 기술은 웃으며 헤어지는 기술이다. 혹시 두 사람 사이에 금이 가더라도 홀가분하게 헤어질 수 있도록 계약 동거로 시작해 보자는 게 우리들의 공통된 생각이었다.

계약 기간 동안 아이는 절대로 갖지 않는다. 2년이 끝난 뒤 정식 결혼 여부를 의논해서 결정한다. 물론 동거 시작 직후부터 섹스는 한다. 이런 것들이 우리 둘 사이에 오간 계약 조건이었다. 물론 부모님들은 펄펄 뛰며 반대하셨지만, 결혼식을 올리지 않은 것과 법적으로 부부가 아니라는 것 말고는 다른 건 똑같았으므로 양가 부모님들도 결국 허락해 주셨다. 그리고 2년 뒤에는 절대로 헤어지는 일 없이 정식 결혼을 해야 한다는 조건으로 살림밑천까지 장만해 주셨다. 그이도 나도 꽤 괜찮은 직장에 취직이 되어 우리는 의기양양하게 신접 살림을 시작할 수 있었다.

그런데 그만 그놈의 권태기란 놈이 6개월도 채 못 되어 우리 사이에 들이닥친 것이다. 딱부러지게 그 원인을 찾아볼 수도 없고, 그렇다고 우리 두 사람이 서로를 미치도록 증오하게 된 것도 아니니 섣불리 헤어져 버릴 수도 없는 일이고…….

괴롭고 우울하고 심드렁한 나날들이 어정쩡한 상태로 몇 달이나 흘러갔다.

가끔씩 의무적인 섹스를 시도해 보기는 했다. 하긴 지금 생각해 보니 동거 직후의 한 두 달 동안만 빼놓고는, 그뒤로 우리는 계속 의무적이고 습관적인 섹스만을 했던 것 같다. 동거를 시작한 첫날 밤에는 그가 나의 나체를 보고 흥분하여 전희(前戲)고 자시고 없이 무조건 용감무쌍하게 돌진해 왔다. 나도 그런 공격이 싫진 않았다. 그런데 같이 산 지 두 달이 넘어서부터 그는 나를 보고도 별로 흥분을 느끼지 못하는 빛이 역력했다. 나 역시 별로 쾌감을 느끼지도 못하는 상태에서 습관적으로 그와 자게 될 뿐, 정말 답답한 노릇이었다.

그도 나를 '사랑'하고는 있었던지라(지금 생각하면 그건 사랑이 아니라 단지 '정'일 뿐이었지만), 권태기를 극복하려고 무진 애를 쓰는 것 같았다. 어디서 포르노 비디오라도 보고 배워왔는지 별별 색다른 시도를 해보곤 했지만 나는 그저 덤덤할 뿐이었고 그 역시 별로인 것 같았다.

그러던 어느날, 실로 우연한 기회에 우리는 서로 만족스런 쾌감을 경험하게 되었고, 권태기를 멋지게, 정말 기적같이 극복해 낼 수 있게 되었다. 지금도 그 생각을 하면 가슴이 달아오르고 하느님께 감사하다는 말밖에 할 말이 없다.

어느날 밤, 그가 어디서 배워왔는지 아니면 순간적 직관력에 의해서였는지 몰라도, 찌뿌드드한 성교 중에 무언가 날카로운 부분으로 내 가슴을 할퀴는 것이었다. 너무나도 돌발적인 일이라 통증도 느끼지 못할 만큼 놀랐으나 어찌 된 일인지 갑작스레 기분이 너무나 상큼해졌다. 표현할 수 없는 짜릿함, 오금이 저려오는 듯한……. 나는 더욱 뾰족한 것으로 찔리고 싶어 미칠 지경이었다.

그가 사용한 것은 성냥개비였다. 나는 곧 순발력을 발휘하여 내 머리의 실핀을 뽑아 그에게 건네 주었다. 그는 잠시 의외인 듯 멈칫거리더니 갑자기 야수처럼 변하여 사정없이 나의 온몸을 핀으로 찌르고 할퀴기 시작하였다.

그러나 그날 밤의 해프닝이야말로 내겐 정말 황홀한 체험이었다. 나중에 보니 온몸이 할퀴어져 있어 보기에도 처참했다. 그뿐만 아니라 너무나도 열을 올린 나머지 온몸에 자잘한 두드러기까지 나 있었다. 하지만 나는 난생 처음 느껴본 기묘한 오르가슴에, 마음속 깊이 우러나오는 고마움의 표시로 그의 발바닥까지 핥아 주었다.

말하자면, 나는 근본이 마조히스트였던 것이다. 인체 구조상 여성은 마조히스트가 많다는데 그걸 뒤늦게 깨닫게 된 것이 억울했지만, 아무튼 더 늦기 전에 발견했으니 그나마 다행이었다.

요즘 우리 사이는 행복하다. 이젠 우리는 소위 고상하고 점잖은 잠자리는 갖지 않는다. 그나 나나, 낮에는 신사숙녀, 밤에는 탕남탕녀가 된다. 그도 차츰 사디스트의 기질을 발휘하여(그가 사디스트라는 게 얼마나 다행한 일이라! 난 정말 운이 좋았다) 나에게 거친 말을 쓰고 모든 행동이 명령적으로 되었다.

직접적인 신체 자극 외에도 나는 성행위 중에 그가 원색적인 말을 해 주는 것에 굉장히 흥분한다. 정말 이상한 일이다. 보통 때는 남들이 조금만 쌍소리를 해도 그들의 인격을 의심하게 되는데, 관계 중에는 오히려 짜릿한 쾌감을 느끼게 되니 말이다. 한때 여성해방주의자였던 내가, 그리고 모든 남성들이 갖고 있는 '가부장적(家父長的) 권위 의식'에 소리 높여 반기를 들었던 내가, 밤마다 그이의 노예로 변하여 포근한 안식감과 형언할 수 없으리만큼 짜릿한 극치감을 맛보게 되었다는 것은 참으로 신기한 변화였다.

밤마다 사디즘과 마조히즘을 응용하는 러브게임을 하는 게 즐거워지고, 또 게임의 메뉴를 다양하게 준비하는 데 즐거운 마음으로 신경을 쓰다 보니 대학 시절까지만 해도 꽤 신경질적이었던 내 성미도 한결 부드러워지고, 그래서 직장에서도 일에 능률이 나고 동료 사원들과 윗사람들한테 사랑도 많이 받게 되었다. 아마 그이도 나처럼 된 것이 틀림없었다. 반찬 투정이 싹 없어지고 예전에는 하기 싫어하던 설거지며 집안일까지 싹싹하게 잘 도와준다.

밤에만 마조히즘을 즐길 수 있다는 게 아쉬운 생각이 들어서, 난 낮에도 하루종일 사도마조히즘을 연상하며 '관능적 상상력의 나르시시즘'을 즐길 수 있는 방법은 과연 없을까 하고 생각하게 되었는데, 마침 좋은 책 하나를 발견했다. 마(馬) 아무개가 쓴 책이었는데 말 마(馬)자가 꼭 마귀 마(魔)자처럼 눈에 들어와 책을 읽기도 전에 벌써부터 내 가슴속에 괴상한 설레임을 선사해 주는 것이었다.
　그 책에는 뾰족하고 긴 손톱이 주는 사도마조히즘의 이미지에 대한 글이 많이 실려 있었다. 나는 처음엔, '이 사람 정말 지독한 〈손톱 광(狂)〉이로구나' 하고 웃으며 읽어 넘겼는데, 다시금 자세히 읽어 보니 은근히 일리가 있었다. 그래서 나는 거기서 힌트를 얻어 나도 한번 손톱을 길러 보기로했다. 처음엔 손을 쓰기가 좀 답답했지만 차츰 익숙해지다보니 정말 묘한 쾌감이 왔다.

낮에 직장에서 근무할 때도 틈만 나면 뾰족한 손톱 끝으로 슬슬 손바닥을 긁어보거나, 또 뾰족하게 튀어나온 손톱 끝을 손가락으로 만져가면서 논다. 다른 사람들에게 들킬 염려도 없고, 또 들켜봤자 '저 여자 참 손톱 다듬는 데 신경 많이 쓰는군' 하는 게 고작이다.

따끔따끔 살갗을 파고드는 긴 손톱의 감촉이 좋아, 나는 하루종일 섹스를 하는 듯한 기분을 맛보게 되었다. 처음엔 너무 긴 내 손톱에 직장 상사들이 눈살을 찌푸리곤 했으나 이제는 서로들 내 손톱을 흘끔흘끔 보느라고 정신이 없는 듯한 눈치다. 집에 돌아와서도 러브 게임을 할 때 그이의 온몸을 긴 손톱으로 슬슬 긁어준다.

어쨌든 지금 우리 커플은 지독하게 행복하다. 우리가 계속 그 지겹고도 상투적인 '인터코스'만 되풀이했더라면 지금쯤 어떻게 되었을까? 섹스의 묘미는 '사정(射精)과 수정(受精)'에 있는 것이 아니라 관능적 상상력을 통한 성희(性戱)들로부터, 아니 개성적이고 창조적인 변태 게임으로부터 우러나온다는 사실을 이제 나는 확실히 깨닫게 되었다. 룰룰루 랄랄라, 변태는 즐거워!

우울한 청춘

우리는 리츠 호텔에 있는 스탠드 바 'PARIS'에 앉아 술을 마시고 있었다. 내 곁에 앉아 있는 리리를 보니 앞에 놓인 촛불 때문인지 얼굴이며 몸매가 한결 그윽하게 아리따워 보였다. 나는 지금 내 곁에 리리가 있어, 내 속깊은 외로움을 잊을 수 있다는 사실이 새삼 행복하게 느껴졌다.

나는 리리의 찢어진 치마 틈새로 손을 밀어넣어 그녀의 허벅지를 천천히 어루만졌다. 리리도 한 손을 내 허벅지 위에 얹어놓고 뾰족한 손톱 끝으로 무릎에서 사타구니 언저리 사이를 슬근슬근 긁어주고 있었다. 바지를 통해서 간접적으로 전달돼 오는 날카로운 손톱의 촉감이, 맨살 위에 직접 와닿는 촉감보다 오히려 더 자극적으로 느껴졌다.

나는 그때를 떠올리며 새삼 감회에 젖어있다가 무심코,

"그래, 리리는 앞으로 무얼 할 셈이야?"

하고 리리에게 물어보았다.

"무얼 하다니요? 그냥 요즘처럼 트렌스젠더 바(bar)에서 접대부 노릇이나 하면서 살아가는 거지요."

리리는 무심한 어조로 대답했다.

"그래도 뭔가 보람된 목표가 있어야 하지 않겠어?"

"무슨 뜻으로 '목표'라는 말을 쓰신 거죠? 무슨 '일'을 해야 한다는 뜻인가요?"

"말하자면 그런 얘기가 되겠지. 네가 평범한 보통 여자처럼 시집가서 애낳고 살긴 어려울 테니까, 뭔가 창의적인 일을 해봐야 할 것 같은 생각이 들어서 말야."

"글쎄요……. 한국은 특이한 성적(性的) 정체성을 가진 사람들을 구박하는 풍토의 나라니까 제가 무슨 일을 정식으로 해나가긴 어려울 거예요."

"꼭 그렇지만은 않다고 보는데……. 이를테면 패션 디자이너나 작가 같은 건 얼마든지 해볼 수 있지 않겠어? 어딘가에 소속되지 않고서도 혼자서 할 수 있는 자유업이니까. 리리는 문학을 좋아한다고 했는데 소설 같은 걸 써볼 생각을 해본 적은 없나?"

"어떻게 하루 아침에 작가가 될 수 있겠어요. 그건 디자이너도 마찬가지구요. 지금 같아선 모든 게 다 귀찮기만 해요. 이렇게 빈둥거리며 지내다가, 늙어서 몰골이 추해지면 성큼 자살해 버리고 마는 게 가장 좋은 삶이 아닐까 하는 생각이 들 때가 많아요."

"그것도 썩 괜찮은 생각이군. 하지만 자살이 어디 그리 쉬운가?"

"쉽진 않겠죠. 그러니까 제가 나이 먹어 추해 보인다고 생각되실 때 저를 죽여 주세요."

무섭고 섬뜩한 제안이긴 했지만 나는 리리의 허무주의적 인생관이 그런대로 마음에 들었다. '허무주의'란 사실 가장 정직한 삶의 태도라는 생각이 지금까지 나의 삶을 이끌어왔기 때문이었다.

'허무'와 '퇴폐'가 없는 삶이란 사실 위선적인 삶이 아닐까? 도덕에 대한 순종과 소시민적인 성실로 일관하는 삶이란 기실 그 속을 들여다보면 자기 자신에 대한 이중적 기만으로 점철된 삶일 경우가 많다. 나는 리리의 마음속이 진짜 '실존적인 허무'로 가득 차 있다는 생각이 들어 그녀가 새삼 우러러보였다.

"리리는 '나이 먹어 추해지면'이라는 말을 썼는데, 도대체 몇 살 때쯤을 가리키는 거야? 한 서른 다섯?"

한참 있다가 내가 리리에게 물었다.

"그때쯤까지 지금 같이 섹시한 상태로 있을수 있다면 참 좋겠죠.

하지만 더 젊었을 때부터 추해지기 시작할 수도 있을 거예요"

"요즘은 미용 기술이 발달해서 그렇게 되지는 않을 거야. ……아무튼 나로선 가슴이 뭉클해지는 제안이긴 하지만 그러겠다고 약속을 해줄 수는 없군. 정말 그렇게 한다면 내가 살인범이 될 테니까 말야."

"하긴 그렇군요. 자살은 역시 나 혼자서 결단을 내려 가지고 실행에 옮겨야만 하는 행위일 거예요……. 아무튼 저는 추하게 늙은 여자, 아니 추하게 늙은 쉬메일(shemale)이 되고 싶진 않아요. 선생님도 트랜스젠더 바(bar) '오르가슴 카페'의 김마담 언니를 보셨죠? 얼마나 불쌍해 보여요?"

"늙은 나이에도 예뻐보이려고 안쓰럽게 애쓰는 모습이 불쌍해 보이는 건 쉬메일이나 일반 여자나 마찬가지야."

"그게 전 참 억울해요. 남자는 그렇지가 않거든요."

"남자도 마찬가지지. 그래서 난 아예 멋내기를 포기하고 있어. 그냥 평범하게 늙어가려고……."

"그렇게 않아요. 남자는 늙은 나이에도 그런대로 멋을 낼 수가 있어요. 그래도 여자처럼 추해 보이지는 않기 때문이죠."

"그렇게 남자가 부러우면 그냥 남자인 채로 있지 왜 쉬메일이 되었어?"

"다 제 팔자 때문이죠. 운명이나 팔자는 결국 '유전인자'예요. 유전인자를 속일 수는 없죠."

"아예 성전환 수술을 받아볼 생각은 없나?"

"그럼 저와 결혼해주시겠어요?"

리리가 뜬금없이 '결혼'이라는 말을 꺼내자 괜히 속이 뜨끔해왔다. 하지만 나는 태연한 체 표정을 바꿔 리리의 말을 받았다.

"정식 결혼을 말하는 건가, 동거를 말하는 건가?"

"요즘은 성전환 수술을 받으면 호적의 성(性)까지도 바꿀 수 있는 길이 열렸대요. 그러니까 정식 결혼을 할 수도 있겠죠. 다만 아이를 못 낳는 게 문제인데. 선생님은 아이를 좋아하시지 않잖아요?"

"결혼은 싫어. 적어도 법적(法的)으로만큼은 난 평생 혼자이고 싶으니까. 그러니까 동거 정도는 가능할 수도 있겠지."

"그럼 꼭 제가 성전환 수술을 받을 필요도 없지 않겠어요? 선생님은 오럴 섹스만 가지고도 만족할 수도 있는 분이니까요."

"어떻게 그렇게 속단하지?"

"사람들한테서 들은 말이 있어서요."

"난 여자들과 오럴 섹스만 하진 않았는데……."

"사람들 말로는 선생님이 그쪽을 훨씬 더 좋아하시는 것 같다고 했어요."

"그건 사실이야. 또 내가 삽입 성교를 할 때 힘이 없어 보였을 수도 있고……."

"전 호모가 아니라 쉬메일이라 그런지 삽입 성교든 항문 섹스든 찌르고 쑤시는 것에는 별 관심이 없어요. 그러니까 선생님같은 탐미주의자를 좋아하는거구요."

나는 리리가 무슨 의도로 결혼이나 동거 얘기를 꺼냈는지 통 알수가 없었다. 내 마음을 떠보려고 농을 걸고 있는 것 같기도 하고, 진심에서 우러나온 말인 것 같기도 했다. 그래서 나는 담배를 한대 피워물고서 한참 생각에 잠겨 있다가 리리에게 말했다.

"아무튼 난 결혼이나 동거는 싫어. 부담스러우니까."

"결국은 저 같은 성적(性的) 소수자보다 정상적인 여자를 더 사랑하고 계신다는 말씀이시군요."

"왜 그렇게 비약을 하지?"

"선생님은 어느 시(詩)에다 '권태는 변태를 낳고 변태는 창조를 낳는다'고 쓰지 않으셨어요? 그러니까 이른바 '변태'인 저를 보통 여자보다 응당 더 좋아해야 하는 거 아니에요?"

"난 누구하고도 동거나 결혼 같은 건 생각해 본 적이 없어. 또 생각해 볼 수도 없었고. 나는 지금 독신주의자니까. 오히려 리리가 여장 남성이라는 사실이 나로 하여금 리리에 대한 '홀가분한 접근'을 가능하게 해줬다고 볼 수도 있지……. 내가 싫어하는 애를 낳을 염려가 없으니까."

리리는 내 말을 듣는 둥 마는 둥한 태도를 보였다. 그러더니 담배를 한대 꺼내 입에 물었다. 내가 라이터로 불을 붙여 주자 그녀는 담배 연기를 한모금 들이켜고 나서 이렇게 말했다.

"이젠 됐어요. 더이상 골치 아픈 얘기는 안 꺼낼게요. 지금까지 한 얘기는 그저 한번 재미삼아 해본 얘기였어요."

말을 끝내고 나서 리리는 내 양복 상의를 벗기더니 내 무릎과 그녀의 무릎 위에 펼쳐서 올려놓았다. 그러고는 덮어진 양복 아래에서 내 바지 지퍼를 열어 자지를 꺼낸 다음, 긴 손가락으로 계속 내 자지를 조물락거렸다. 살짝살짝 스쳐가는 날카로운 손톱의 느낌이 좋았다. 또한 앞에서 왔다갔다하는 바텐더의 눈길에 신경이 쓰여 묘하게 기분좋은 스릴과 긴장감을 느낄 수 있었다.

리리가 그녀의 찢어진 치마 틈새로 들어가 있던 내 손을 더 위로 끌어당겨 그녀의 불두덩을 어루만지게 했다. 물컹한 돌기물의 촉감이 나의 심장을 더욱 흥분된 기분으로 벌렁벌렁 뛰게 했다. 내 손은 리리의 페니스를 오랫동안 주무르다가 더 위로 올라가 그곳에 있는 무성한 거웃 수풀을 매만지고 있었다.

기분이 묘하게 에로틱해져서 나는 폭탄주를 두 잔 더 만들어 리리와 같이 마셨다. 리리는 술을 단숨에 마시고 나서 내 입술에 열렬한 키스를 퍼부었다. 바(Bar) 안에 있던 손님들 모두가 우리를 쳐다보고 있는 것 같아 나는 오히려 의기양양할 수 있었다.

키스가 끝나자 곁에 혼자서 술을 마시고 있던 미국 남자가, 나를 보고 한쪽 눈을 찡긋 감았다. 그리고는 오른손 엄지손가락을 위로 치켜올려 응원의 뜻을 표시했다. 리리가 내 어깨를 노골적으로 얼싸안았다. 그리고 내 뺨을 널름널름 혀로 핥았다. 아무래도 나의 담력(膽力)을 시험해 보려는 것 같았다.

그때 홀 구석에 있는 그랜드 피아노 앞에 한 무명 가수가 와서 앉는 것이 눈에 띄었다. 그 남자 가수는 여자같은 목소리로 노래를 부르기 시작했다. 아마도 자작곡인 것 같았다. 노래가사의 첫머리가 무척이나 가슴에 와 닿았다.

　　내가 외모가 미치도록 야한 여자를 만나
　　사랑에 빠져들며 은근히 정력 걱정을 하고 있는데
　　그녀가 내게 울며 고백해 오네.
　　자기는 'Shemale'이라 오럴 섹스와 항문 섹스밖에 못해 준다며…….

재생

1

'아 알았다니까요 !!!' 나는 마음속으로 폭발했다.

'야 이 씨발년아. 알았다고. 알았으니까 그만 좀 해'라고 외치고 싶었다. 하지만 나는 한 마디도 할 수 없었다.

"어……알겠어요……제가 안 팔리는 글을 써서 미안해요……"

나는 3년 째 소설을 출판하지 못하고 있다. 내 머릿속엔 아무런 영감도 남아 있지 않았다. 출판사들의 출판 거절과 빈정거림만 남았을 뿐이다. 출판사의 여사원 앞에서 나는 한없이 작아졌다. 하루하루 커지는 스트레스가 나를 무겁게 짓눌렀다.

나는 63살의 소설 작가다. 한때는 잘나갔었다. 내 처녀작은 문단에서 나름대로 큰 반향을 불러일으켰다. 대중적인 히트도 쳤다. 물론 군데군데 몇 문장 읽어보고 3류 야설이라고 매도하는 인간들은 항상 있었다.

하지만 최근엔 글도 잘 써지지 않는다. '3류 야설 작가', 이제는 그 말이 나에게 딱 어울린다는 생각도 가끔 들었다. 내 소설은 힘을 잃었다. 하루하루 말라가는 나만큼이나 내 문장도 죽어갔다. 내 작가 인생을 걸고 시작한 이번 소설. 내 인생 최고의 작품이 될 거란 기대감에 미칠 듯이 써내려간 적도 있었지만, 이내 내 일상의 공허함이 내 소설도 잠식해버렸다.

2년째 매달리고 있지만 뭔가 느낌이 부족했다. 섹스는 늘 내게 영감을 줬지만 안 한지도 벌써 3년이다. 돈을 주고 사서 하는 섹스는 재미가 없다.

나에겐 어떤 신선한 자극이 필요했다. 지금의 나는 스트레스에 눌려 죽어가는 욕구 불만에 가득 찬 무능력한 작가일 뿐이었다.

모친에겐 출장을 간다고 하고 휴가를 갖기로 했다. 모친은 글쟁이가 무슨 출장이냐며 비웃듯 말했지만 내심 반기는 눈치였다. '너무 하신다…….' 나는 속으로 이렇게 외치며 지긋지긋한 집을 나섰다. 내 목적지는 교외의 한 리조트였다. 대중에게 잘 알려지지 않은 비밀스런 리조트인데, 상류층 인사들의 은밀한 만남이 이뤄지는 곳이라는 소문이 파다한 곳이었다. 평소에 목을 빳빳이 들고 다니던 사모님들이 어떤 모습을 하고 있을지, 괜히 실없는 상상을 하며 그곳으로 향했다.

2

야외 수영장이었다. 수영 좀 하다가 선 베드에 누워 주변 여자들을 살폈다. 형형색색의 화려한 비키니들이 내 눈을 사로잡았다.

한 여자가 내 눈에 들어왔다. 탱탱한 엉덩이. 그리고 걸을 때마다 스치는 허벅지. 그녀의 비키니는 금색 빛을 냈다. 아주 얇은 끈이 그녀의 젖꼭지 부분만을 덮고 있었고, 허리는 시원하게 드러났다. 그녀의 치골이 보였고 문신이 내 눈길을 사로잡았다. 문신은 그녀의 음부까지 이어지는 것 같았다. 허리까지 내려오는 그녀의 머리는 밝은 금색에 핑크색 보라색 등 형형색색으로 물들어 있었고, 물에 젖은 그녀의 머리카락이 그녀의 허리를 스치듯이 감싸고 있었다.

그녀의 긴 손톱은 검은색과 파란색으로 특이한 무늬를 하고 있어서, 그녀의 머리칼과 함께 매우 그로테스크한 분위기를 자아내었다. 길이가 족히 10cm는 되어 보이는 듯했다. 보통 비키니를 입은 여성은 매우 자연적이고 건강한 아름다움을 뽐내기 마련인데 그녀는 인공적인 아름다움을 뿜어내면서 뭔가 어긋난 느낌이었다. 그 어긋남이 나에게 묘한 자극을 주었다. 그녀는 관능적인 눈초리로 나를 흘겨봤다. 고혹적면서도 동시에 당장이라도 나를 덮쳐달라는 무언의 신호 같기도 했다. 그녀는 나를 한동안 바라보다가 이내 가버렸다. 그녀는 사라져버렸지만 그녀의 이미지는 내 머릿속에 강하게 남았다. 나의 자지가 한참동안 불룩해져 있었다.

3

그날 밤 꿈속에서 그녀를 만났다. 꿈속에서 나는 페르시아의 왕이 되어 있었다. 내 궁전에는 수 천 명의 노예가 있었다. 내 침대는 항상 남자 노예들이 떠받치고 있었다. 나는 침대에 누워서 궁전 곳곳을 누비고 다녔다. 침대가 조금이라도 흔들리거나 가는 도중 멈추면 병사들이 가차 없이 노예들을 죽였다. 나는 그렇게 궁전의 이 방 저 방을 돌아다니며 매일 새로운 여자들과 놀았다. 노예 계집들은 실오라기 하나 걸치지 않은 상태였고, 나 또한 아무것도 입지 않았다.

궁 안에서는 웃음이 끊이지 않았고 노예들은 서로를 탐닉했다. 남자와 여자, 여자와 여자, 집단 성교. 나는 신음소리로 가득한 방 안에서 섹스하는 걸 즐겼다. 나는 궁을 돌아다니며 마음에 드는 여자들을 눈짓으로 골랐고 내 선택을 받은 노예 계집들은 눈을 가린 채로 내 침소로 옮겨졌다.

포도주를 가득 채운 욕조에서 즐기기도 했다. 거대한 야외 욕조 형태였는데, 식민지 곳곳에서 보내온 진귀한 포도주로 욕탕을 채웠다. 욕탕 안에서 여자 노예들과 물고 빨며 시간을 보내다가, 향에 취해 몽롱한 상태가 되면 욕탕에서 나왔다. 내가 목욕탕을 나서면 여자 노예들이 달려들어 내 몸의 포도주를 혀로 핥았다. 나는 노예들의 머리카락을 잡고 때때로 뺨을 때리기도 했다. 노예들은 정신없이 내 온몸 구석구석을 핥았고, 나는 좀 더 즐기기 위해 내 가슴팍에 포도주를 더 붓기도 했다. 노예들은 나에게 달라붙어서 정신없이 내 사타구니와 자지를 애무했다.

하루는 이웃나라의 여왕이 포로로 잡혀왔다. 여왕은 낮에 본 그 여자의 얼굴을 하고 있었다. 여왕은 주렁주렁 화려한 장신구를 달고서 풍성한 금발의 긴 머리를 갖고 있었다. 나는 나를 노려보는 여왕의 옷을 한 올 한 올 벗겨나갔다. 그녀의 속살은 어떤 모습일지 궁금했었는데, 풍만한 가슴과 엉덩이, 그리고 음모 또한 풍성했다. 여왕의 몸은 상처 자국 하나 없이 깨끗했다.

나는 칼을 뽑아 그녀의 허벅지를 살짝 베었다. 피가 흘렀고 나는 노예들을 시켜 그 피를 핥게 하였다. 그녀는 몸을 부르르 떨었다. 그 떨림엔 수치심도 있었지만 쾌락도 담겨 있었다. 그녀의 온몸이 마조히스틱하게 반응하고 있었다. 나는 그녀를 무릎 꿇리고 내 검을 그녀의 목에 대었다.

"핥아라."

그녀는 나를 똑바로 노려봤다. 나는 이번엔 그녀의 허리춤을 살짝 베었다. 그녀는 작은 신음소리를 냈다. 피가 그녀의 가녀린 허리를 타고 흘러내렸다.

"핥아라."

그녀는 이내 검을 핥기 시작했다. 혀를 살살 돌리며 자신의 피가 맺힌 검 끝과 칼날을 핥았다. 다음에는 검 끝을 물고 빨더니 내 눈을 바라보면서 서서히 내 손 쪽으로 핥으면서 올라왔다.

나는 주체할 수 없는 흥분을 느꼈다. 그녀의 혀는 이내 내 엄지손가락에 닿았고 나는 온몸에 전율을 느꼈다. 그녀는 내 엄지손가락을 빨기 시작했다. 엄지손가락부터 새끼손가락까지 하나하나 빨던 그녀는, 피로 물든 자신의 혀를 돌리면서 다시 한 번 나를 응시했다.

"짐은 이제 만찬을 즐길 것이다. 이년을 묶어 그곳으로 끌고 오너라."

그녀는 노예들에 의해 개처럼 끌려왔다. 나는 거의 실신 상태인 그녀를 내 앞에 두었다. 나는 그녀의 몸을 그릇 삼아 음식을 즐겼다. 그녀의 입 속, 가슴골 사이, 허리춤에 놓인 음식을 빨아먹으니 색다른 재미가 있었다. 나는 눈앞의 스프를 보고서 기발한 생각이 들어 그녀를 똑바로 눕히고 다리를 들어 올려 뒤로 젖혔다.

남자 노예들로 하여금 그녀의 다리를 붙들어 매게 한 후에 나는 스프를 그녀의 보지에 부어넣었다. 그녀는 떨리면서도 날카로운 비명을 내질렀고, 그녀의 보지가 다 담지 못한 스프가 그녀의 엉덩이로 흘러내렸다. 나는 그녀의 엉덩이부터 핥아올라가 그녀의 음부에 담긴 스프를 먹기 시작했다. 그녀의 오줌과 애액 그리고 스프의 향이 어우러져 매우 독특한 풍미를 만들어냈다. 나는 정신 없이 핥고 빨고 물었다. 그녀는 계속해서 비명을 질렀고 나는 그녀의 엉덩이와 허벅지를 때리면서 나의 만찬을 즐겼다.

4

　다음 날 저녁 나는 리조트에 딸린 재즈 바(bar)에 갔다. 나는 위스키 한 잔을 마시면서 찬찬히 홀 전체를 살펴보았다. 그러자 수영장에서 본 여자가 내 눈에 들어왔다. 그녀는 많은 사람들에게 둘러싸여 있었지만 나는 한 눈에 그녀를 알아볼 수 있었다. 그녀의 머리칼은 수영장에서 봤을 때보다 훨씬 더 부풀어 있었다. 아마 붙임머리를 한 듯 했는데 사자 갈기처럼 풍성했고 전보다 더 형형색색으로 물들어 있었다. 그녀는 등이 파진 검은색 실크 드레스를 입고 있었는데, 가슴골을 드러낸 드레스는 그녀의 몸에 착 달라붙어 그녀의 실루엣을 그대로 드러냈다. 특히 밑자락이 길어서 땅에 질질 끌릴 정도였다.

　그녀는 15cm가 족히 되어 보이는 하이힐을 신고서도 드레스를 전혀 밟지 않고 사뿐사뿐 걸었다. 마치 아무것도 걸치지 않은 것처럼 편안하게 걸었다. 무엇보다 그녀의 긴 손톱은 하나하나 색이 다르게 새로 칠해져 있었고, 발톱도 매우 길었다. 인조 발톱이 있다고 들었는데 아마 그것인 듯했다. 나는 그녀가 거울을 보며 발톱을 붙이고 칠하는 모습을 상상해 보았다. 아마도 그녀는 자기 자신을 지독하도록 야하게 꾸미는 여자이리라.

　그녀가 걸을 때마다 그녀의 얇은 발목이 드러났는데 뭔가 반짝이는 게 보였다. 피어싱이었다. 나는 발목에 피어싱을 한 여자는 처음 보았다. 얇고 하얀 발목에 작고 빛나는 피어싱 여러 개를 박아 놓아서 걸을 때마다 피어싱이 반짝거렸다. 그녀는 수영장에서 봤을 때보다 훨씬 더 관능적이었다.

그녀는 웃으면서 다가와 나에게 말을 건넸다.

"너무 대놓고 보시는 거 아니에요?"

"아 죄송합니다."

"죄송할 건 아니고요. 제가 할아버지를 아는데……."

내가 할아버지라는 소리를 들을 나이가 됐단 말인가. 그녀는 내 표정을 보더니 까르륵 웃으면서 말했다.

"아 할아버지라는 말이 거슬리셨어요? 그럼 이번엔 제가 사과할게요. 평소에 좋아하는 작가님이라서요."

"저를 아세요?"

"그럼요, 팬인 걸요. 작가님 책 속의 여자처럼 많이 꾸며봤어요. 이거 모조 발톱 붙이느라 꽤 애먹었는데 어때요?"

"좀 더 길었으면 좋았을 텐데 말이죠. 음…… 색은 좀 더 그로테스크하게요."

"다음엔 그렇게 해볼게요. 여기서 작가님을 뵙다니 영광입니다."

"저야말로 영광이죠."

"선생님 책은 저에게 항상 영감을 줘요. 저는 이것저것 야한 화장을 시도해보는 걸 좋아하거든요. 제가 마조히스트라서 학대당하는 것을 즐기고요. 근데 뭔가 항상 부족해요. 2프로 정도가요. 선생님이 그 2프로를 채워주실 수 있을 것 같은데요."

그녀는 뼛속까지 야한 여자였다. 나는 그녀에게 어젯밤에 꾼 꿈을 얘기해줬다. 그녀는 스프 대목에서 크게 웃으면서 내 귀에 대고 '변태'라고 귀엽게 속삭였다. 그녀는 내 무릎에 올라타더니 장난스레 속삭였다.

"페르시아의 왕이시여. 소녀는 어제 꿈속의 그 여인이옵니다."

나는 그녀의 허벅지를 쓸어올리며 두 손가락을 그녀의 보지에 찔러 넣었다. 그녀는 드레스 안에 아무것도 걸치지 않고 있었다. "저는 원래 잘 안 입어요"라며 그녀는 수줍게 웃었고 나는 그녀의 귓불을 물었다. 나는 계속해서 그녀의 클리토리스를 자극하면서 말했다.

"핥아줄까요? 나는 핥는 거 좋아해요. 맛보고 싶어요."

그녀는 내 자지를 문지르면서 대답했다.

"나도 핥는 거 좋아해요. 나는 섹스할 땐 내가 아닌 것 같아요. 다 잊어버리거든요. 내 몸으로 이것저것 해보는 것을 좋아해요. 거울 보면서 하는 거 좋아하고요. 더 흥분되거든요."

"우리 뭐를 해볼까요?"

"나 선생님 책에 나오는 쾌락 도구들을 다 들고 다니는데⋯⋯."

"신음소리를 듣고 싶어요. 나는 소리에 민감하거든요."

품안에 쏙 들어오는 그녀를 안고서 우리는 자리를 옮겼다.

"이름이 뭐에요?"

"아라요, 박아라."

5

비로소 나는 내 소설을 완성했다. 관능적 상상의 실천이 나에게 큰 활력을 주었다. 나는 일상으로 돌아가지만 이제는 더 솔직하고 대담해지기로 했다. 더 이상 나른하고 무의미한 시간은 없다. 그녀는 나의 뮤즈다. 찢기고 조각났던 삼류 소설가 마광수는 더 이상 없다.

박사학위와 오럴 섹스

홍익대 학교 교수로 재직하던 중에 나는 드디어 박사학위 논문을 쓰게 되었다. 요즘에는 박사학위가 교수 자격증 같이 돼 버려가지고, 이른 나이(대략 30세 전반)에 박사학위를 받는 일이 흔하다. 대학원 박사학위 과정은 3년인데, 그래서 4, 5년 만에 학위를 받는 이들이 꽤 많은 것이다.

그러나 내가 박사학위를 받을 때까지만 해도 학위를 줄 때 꼭 '나이'를 따졌다. 적어도 35세는 넘겨야 박사학위를 받을 수 있는 나이로 인정했고, 보통은 40세를 넘겨야 학위를 주었던 것이다. 말하자면 그때의 박사학위는 요즘의 '명예박사' 비슷한 의미로 통용되었던 것이다. 또 꼭 대학교수로 재직하고 있어야만 학위를 주었다.

그 대신에 당시에는 박사학위가 없더라도 대학의 전임교수가 될 수 있었다. 원칙적으로는 석사 이상이었고, 내가 홍익대 전임교수가 될 때는 박사과정 수료 이상이었다. '수료'란 대학원 박사과정에서 요구하는 학점을 다 이수하고 소정의 시험을 통과한 후, 학위논문 제출만 남겨 놓은 상태를 말한다.

나는 박사과정을 막 수료한 상태에서 홍익대 교수가 되었다. 그리고 교수가 되자마자 박사학위 논문을 집필했다. 하루라도 빨리 지긋지긋한 피교육자 신세를 면하고, 박사학위 논문 심사의 중압에서 벗어나고 싶어서였다.

그래서 1979년 9월에 나는 학위논문을 다 써가지고 연세대 대학원에 제출했는데, 국문학과 교수회의에서는 내 나이가 어리다는 이유로(그때 나는 28세였다) 논문 심사 자체를 보류시키기로 결정해 버렸다. 그때 내가 몹시 분노로 치를 떨었던 기억이 지금까지도 선명하게 떠오른다.

사실 내가 박사과정에 들어갈 때도 그 과정이 상당히 힘들었다. 나는 연세대 국문학과 대학원 '신제(新制)' 박사과정의 현대문학 전공 첫 번째 입학자였다. 그 이전까지는 '구제(舊制)' 박사학위라고 해서, 대학교수로 15년 이상 재직한 경력이 있는 학자에게만 학위를 주었고(그런 이들에게는 학점 이수가 요구되지 않고 단지 논문만 가지고 심사했다), 학점을 이수하는 '신제' 박사과정은 아예 없었다.

그러다가 신제 박사학위 과정이 생기긴 했다. 하지만 입학시험을 너무 까다롭게 내서, 합격자가 단 한 사람도 없었던 것이다. 또 내가 들어갈 당시에는 박사과정 신입생을 1년에 1명 정도로 제한했었다.

그때 내가 제출했던 학위논문은 『상징시학』이었다. 이 논문은 지금 단행본으로 나와 있는데, 내가 출간한 문학이론서 가운데 가장 독창적인 것이라는 평가를 받아서 내가 제일 만족스러워하는 논문이다.

그러나 내가 몇 년 있다가 다시 학위논문을 제출할 때는 그 논문은 접수가 안되었다. 일반 문학이론이지 국문학 논문이 아니라는 이유에서였다. 그렇게 된 까닭은 애초의 논문 지도교수가 은퇴하고 새 지도교수를 만나게 됐기 때문이었다. 그래서 나는 다시 새로 『윤동주 연구』라는 논문을 썼는데, 쓸 때는 두 번 노동하는 게 무척이나 속이 상하고 억울했지만, 결과적으로는 학술서적을 두 권 출간하게 되는 소득이 있었다.

『윤동주 연구』는 윤동주의 시에 대한 한국 최초의 장편논문으로서, 지금까지도 계속 판(版)을 거듭하며 윤동주 연구자들에게 단골로 인용되고 있다. 내가 그 논문을 쓸 당시만 해도 윤동주의 인기는 그저 그랬었다. 그런데 지금 윤동주의 시는 국민 누구나가 좋아하는 최고로 인기 있는 시가 되었다.

그때는 컴퓨터가 없어 원고를 일일이 손으로 써야 했다(하긴 지금도 나는 원고를 200자 원고지에다 손으로 쓰지만). 그리고 활판으로 인쇄를 해서 최종적으로 제출해야 하기 때문에 돈이 많이 들었다. 활판 인쇄란 인쇄소의 식자공들이 납으로 된 활자를 한 자 한 자 골라내어 제판(製版)해서 찍는 인쇄를 말한다. 그리고 무엇보다 교정 보는 절차가 무척이나 복잡했다.

어쨌든 나는 초고를 지저분한 필체로 다 썼고, 그것을 다시 원고지에 또박또박 손으로 정서(淨書)하는 일이 남았다. 그걸 심사위원들에게 제출하여 일단 합격시키기로 결정이나면, 심사위원 5명에게서 수정할 곳들을 일일이 지적을 받은 다음, 비로소 활자로 옮겨 인쇄하는 순서였다.

그래서 나는 200자 원고지 1000매 분량의 초고를 정서하는 일을 내 애인 비슷한 관계였던 홍익대의 두 여학생 진희와 주미에게 맡겼다.

요즘 학생들로서는 상상도 못할 중노동이었다. 내가 직접 하기엔 너무 귀찮고 성가신 일이었다.

그랬더니 진희와 주미는 그 일을 군말 않고 열심히 해주었다. 진희는 그때 내가 자기 말고 주미와도 만나고 있다는 사실을 알고 있었고, 그런데도 별로 질투를 하지 않았다. 정말 착한 아이였다. 두 여자 애들이 그 일을 다 끝내자, 나는 그걸로 1차 심사를 받아 통과

되고, 지적받은 사항을 다 수정하여 활판 인쇄에 붙였다. 그런 다음 교정보는 일만 남은 상태였다.

그런데 혼자서 교정을 보자니 너무 심심하고 짜증스러웠다. 그래서 나는 내가 교정을 볼 동안에 나의 노동을 섹스로 위안(?)해줄 보조자를 찾았는데, 그게 바로 주미였다. 주미는 내가 교정을 보고 있는 동안, 내 밑에 쭈그려 엎드린 상태로 줄곳 내내 나의 자지를 빨아주었던 것이다.

교정을 보는 장소로는 주로 세검정 '올림피아 호텔'(지금은 없어졌다)을 이용했다. 내가 침대 위에 비스듬히 기대 앉아(물론 빨가벗고서) 교정을 보는 동안에, 주미 역시 빨가벗고서 내 발치에 엎드려 줄곧 내 자지를 핥고 빨아주었다. 한번에 서너 시간씩 걸리는 일이었는데도, 그녀는 군소리 한마디 안 하고 땀을 뻘뻘 흘려가며 펠라티오 노동을 내게 베풀어줬던 것이다.

실로 감개무량한 순간들이었다. 지금 생각해봐도 그때의 황홀했던 쾌감이 뇌리 속에 선명하게 떠오른다. 나는 실로 '무심(無心)한 달관(達觀)'의 상태에서 그녀의 일방적인 섹스 서비스를 받았던 것이다.

특별히 고마워한다거나 황송해한다거나 미안해한다면, 쾌감의 진정한 교환(交驩)이 이루어지지 않는 법이다. 내 머리는 교정 작업에 몰입해 있었고, 오로지 내 자지만이 쾌감을 즐기고 있었다. 물론 내가 주미에게 쿤닐링구스를 의무적으로 해줬을 리 없다. 그런 '주고 받기 식(式)'의 섹스 행위는 순수한 쾌감을 교란시키기 때문이다.

어쨌든 주미는 무지막지하게 착한 여자였던 게 틀림없다. 절대로 생색내지 않는 섹스 서비스를 베풀어줄 줄 아는 여자 — 그것이 내가 내린 '착한 여자'의 개념이었다.

그러다가 나는 드디어 연세대 졸업식장에서 박사학위를 받게 되었다. 그때는 박사학위를 받는 사람이 아주 적어 학위증을 줄 때 총장이 일일이 악수를 해가며 수여했다. 진희와 주미도 졸업식장에 꽃다발을 들고 와서 축하해줬는데, 서로 샘내거나 하지 않는 게 퍽이나 신통방통했다.

하느님은 야한 여자닷!

나는 젊은 여대생이다. 나는 어느날 대낮에 문득 정신이 혼미해지는가 싶었다. 그러다가 한참 후 정신을 차리고 보니 내가 있는 곳은 우리집이 아니었다. 원색의 물방울이 통통 튀어 오르는 이곳이 어딘지 무척이나 궁금했다.

저 멀리서 까만 피부의 육감적인 여자가 나에게 다가온다. 키가 한 175cm 되어 보이는, 카펫처럼 뒤로 축 늘어진 여자의 머리카락은 투명한 것 같기도 하고 금빛 같기도 하고 은빛 같기도 해서, 잘 알아볼 수가 없었다. 햇빛에 비추어 뭔가 자꾸 반짝거려서 얼굴은 통 알아볼 수가 없었던 것이다.

까무잡잡한 피부와 대비되는 스판덱스 하얀색 탱크톱을 가슴 언저리에 걸친 그 여자는, 호피 무늬의 일본식 부르마를 입고 있어 귀여운 고등학교 학생의 이미지가 연상되었다. 저 호피 무늬로 봐서는 정글의 왕자 타잔의 애인인 제인이 아닌가 하는 생각이 들었다. 탱크톱과 부르마 안에 있는 가슴과 엉덩이는 바늘로 콕 찌르고 싶은 충동이 들 정도로 부풀어 있었다. 그리고 오른쪽 가슴에서 배꼽으로, 배꼽에서 등 뒤로 연결된 '도롱뇽 문신'이 그녀의 피부를 더 탄력적으로 보이게 했다. 배꼽과 골반은 피어싱을 하여 직경 8cm의 여러 고리로 연결되어 있었다. 배꼽과 짧은 옷들에 비해 신발은 무릎까지 올라오는 길이의 굽 높은 빨간색 가죽 부츠를 신고 있었다.

부츠가 타이트하게 다리를 감싸쥐고 있어서 그녀가 내 앞으로 걸어올 때마다 다리 근육의 움직임 하나하나가 감지될 정도였다. 점점 가까이 다가오는 그녀를 보니, 반짝거리는 것이 목걸이와 귀걸이였음을 알 수 있었다. 적어도 백 개의 총천연색 비즈로 연결된 목걸이는 그 하나하나에서 뿜어나오는 빛과 옆에 있는 비즈로 인한 빛이 충돌되어, 새로운 빛깔의 아름다운 색채를 뿜어내고 있었다. 무거운 귀걸이는 크리스털로 만들어져, 그녀가 한 걸음 한 걸음 걸을 때마다 맞부딪치며 짜르르 하는 소리를 만들어냈다.

그녀의 얼굴이 점점 보인다. 비즈 목걸이로 인해 얼굴에서 광채가 나고 있다. 완벽한 몸매만큼이나 얼굴도 그 자체가 예술이다. 그 녀의 형광톤 연두색 속눈썹은 뜨거운 태양빛을 차단할 수 있는 차양 효과를 지닐 만큼 길고 풍성하다. 당장에라도 빨려들어갈 것같은 커다란 눈은 한쪽은 연보라색, 다른 한쪽은 오렌지색인 '오드 아이'다. 눈 바로 아래에는 눈물점 같이 다이아몬드를 박아 놓아 청순한 매력까지 느껴진다. 높진 않지만 오똑한 코, 아무것도 바르지 않은 크고 도톰한 입술이 관능적으로 보였다. 그런데 도대체 이 여자는 누구 일까?

그녀가 누워 있는 나에게 왼손을 내밀었다. 그녀의 손가락 마디마다 끼워진 가지각색의 반지에는 금줄이 길게 연결되어 있었다. 나는 그녀의 손을 잡고서 일어났다.

"오오, 젊은 여인이여, 네가 바로 야한 여자로구나!"

나는 이 여자가 나를 '야한 여자'로 인정해줬다는 사실에 놀랐다.

"당신이 어떻게 나를 알고 있죠?"

"난 다름아닌 '하느님'이니라. 너는 나를 그저 보통 여자로만 생각하고 있었지?"

맙소사! 이렇게 관능적으로 생긴 여자가 하느님이라니! 지난 21년간 살면서, 그리고 19년간의 신앙생활을 하면서, 나는 하느님이 여자일 것이라는 것을 꿈에도 생각 못했었다. 더군다나 마릴린 먼로보다 더 멋진 몸매와 얼굴을 가진 여자라니!

나는 그녀의 손을 다시 한 번 살펴보고 '관능의 군침'을 삼켰다. 길디긴 손톱들이 나의 레즈비어니즘을 부추기고 있었다. 그녀는 나에게 지금 내가 있는 이곳이 어디인지에 대해 설명해주었다. 다음과 같은 내용이었다.

　사람이든 동물이든 식물이든지 간에, 일단 죽음을 맞이하게 되면 모두 천상으로 올라가게 된다. 그러고는 다시 인간으로 환생을 할 것인지, 아니면 식물 또는 동물로 환생할 것인지, 점수를 책정하는 적격 심사를 받게 된다고 한다.
　내가 있는 곳은 적격 심사를 받으러 가기 전에 쉴 수 있는 쉼터 비슷한 곳인데, 여기서 최대한 이틀을 쉴 수 있다고 한다. 말을 듣고 나서 주위를 둘러보니 정말 마음이 편해지는 것을 느낄 수 있었다. 내가 쓰러져 있던 풀밭은 이 평원에서 아득히 먼 곳까지 이어져 있었고, 주변에는 풀과 나무, 꽃들이 산재해 있었다. 공기도 어찌나 맑은지 지상 세계에서 안구건조증으로 안약을 한시도 손에서 놓지 않고 있던 나였지만 여기서는 안약은커녕 눈에 핏줄 하나 서지 않았다.

　나는 하느님의 이야기가 끝난 후 다음과 같이 물었다.
　"그러면 이곳에는 오고 가는 사람만 있겠네요? 저는 이렇게 푸른 나무와 꽃들이 있는 곳이 너무나 좋아요. 여기서 더 머물 수는 없을까요?"

그러자 '하느님'은 이렇게 대답했다.

"얼마든지……. 이곳의 공식 명칭은 사실 '야하디야하라'일세. 그리고 이곳에는 잠시 휴식을 취하는 영혼들을 달래주고 적격 심사장으로 가는 길을 알려주는 사람이 두 명 있지. 그들의 이름이 지구상에서는 '아담'과 '이브'로 알려져 있지. 지구상에서 제일 많이 팔린다는 『성경』이란 책을 보면, 그들이 선악과를 따먹음으로써 나와의 신뢰 관계가 무너지고 내가 곧바로 응징을 내리는 것으로 쓰여 있지만 그것은 다 억측일 뿐일세.

자 나를 보게. 내 요염한 모습을……. 내가 그렇게 매몰차게 보이는가? 사람들은 나를 숭배하는 듯한 입에 발린 말을 할 대로 다 해놓고서, 아담과 이브에게 바로 죗값을 치르게 하는 나쁜 사람으로 만들어내고 말았어. 얘기가 나와서 말인데, 『성경』이라는 책에는 내가 이브에게 아이를 낳는 고통을 주고, 아담에게는 땀을 흘리고 일을 해야만 하는 고통을 주었다고 나와 있더군. 사실 그건 내가 준 벌이 아니라네. 특히 성욕은 다만 자연적인 욕구일 뿐이지. 세상에서 가장 중요한 욕구가 무엇인지 아는가? 대부분 '식욕'이라고 생각할 거야. 하지만 식욕 이전에 '성욕'이라는 강한 욕구가 잠재해 있다네. 그럼 '배가 고파죽겠는데 어떻게 성욕이 생길 수 있느냐'는 반문이 곧 튀어나오겠지…….

물론 인간의 생명 활동을 일차적으로 지배하고 있는 것은 식욕이네. 하지만 식욕의 대상, 즉 음식물은 어디서 오는가? 잘 생각해보게. 우리가 먹는 음식물들은 육식이건 채식이건 모두 성욕의 결과로 만들어진 것들이야. 즉, 생식 욕구로 인해 동식물들이 생산해 놓은 씨앗, 열매, 고기들이 바로 우리가 먹는 음식물들인 걸세. 결국 우리의 생명 활동에 일차적으로 중요한 식욕 역시 성욕의 도움을 받아야만 충족될 수 있다는 것이지.

그러니 이브가 아이를 낳는 고통을 갖게 된 것은 죗값으로 받게 된 것이 아니야. 그건 섹스에 부수되는 또 하나의 '즐거운 고통'일 뿐이지. 그리고 아담이 땀 흘리고 일을 한다는 의미는 지상 인간들이 해석한 직업적 개념의 '일'이 아니야. 아담의 진짜 '일'은, 여자와의 섹스인터코스로 인해 땀을 흘리는 것을 의미하는 거라네."

나는 하느님의 색다른 논리에 순간 당황했다. 아담과 이브의 잘못으로 우리가 고통스러운 삶을 살아가고 있는 것으로 생각했었는데, '원초적 본능'으로 인한 즐거움이 그들로부터 시작됐다는 것이 아이러니했다. 그러나 대체로 수긍할 수 있는 말이었다.

나는 잠시 생각에 잠겼다가 다시 하느님에게 물었다.

"무슨 일이 생겨 하느님의 도움이 필요할 땐 어쩌죠? 저는 혼자 있는 데 익숙하지 않아서요."

"내가 필요할 때는 '엘리엘리 라마 사박다니'라고 큰 소리로 외치게. 내가 굳이 변명할 필요는 없지만, 이 말 역시 '주여, 왜 날 버리시나이까?'란 뜻이 아니라네. 진짜 뜻은 '주여, 감사함에 몸서리칩니다.'라는 의미일세. 내 원 참, 지상 세계 인간들은 뭐든지 자기 스스로에게 편한 대로 해석을 해서 문제야. 내가 남자관계가 조금 복잡해서 예수가 어느 남자로부터 나온 아인지는 기억이 잘 안 나네만, 어쨌든 예수는 나의 아이네. 아이 낳고 몸이 망가질까봐 마리아에게 섹스하는 일을 대신 시켰지만 말이야.

예수가 십자가에 못박힐 때 어떤 감정인지 생각해봤나? 예수는 죽으면서 카타르시스를 느꼈지. 프로이트가 말한 '타나토스', 즉 '죽고 싶어하는 본능'이 그것이야. 예수는 피학(被虐)을 통해 쾌감을 느끼는 마조히스트가 된 것이지.“

하느님의 설명을 듣고 나니, 지금까지 내가 속고 살아온 기분이 들었다. '종교'라는 것을 만들어가지고 자신에게 유리한 쪽으로만 기술한 사람들이 가증스럽고 우스워졌다.

무엇보다도 나는 하느님이 여성이라는 사실이 무척이나 유쾌하였다. 그래서 나는 이렇게 소리높이 외쳤다.

“쾌락주의 만세! ……여자 하느님 만세!”

어느 금요일에 받은 편지

애인 없이 보내는 금요일 오후는 언제나 외롭다. 나는 어느 금요일 오후에 학교 연구실에서 고독에 몸부리치고 있었다.

그날 오후 내내 내가 급박한 외로움과 관능적 열정에 사로잡히게 된 것은, 그날 받아본 어떤 편지 때문이었다. 학부 때 내게 배운 제자인 윤희한테서 편지가 왔던 것이다. 그녀는 연세대 의상학과 졸업 후 미국 샌프란시스코에 있는 어느 미술대학으로 유학을 갔는데, 유학 가서 처음 보낸 편지의 내용이 나의 외로운 성감(性感)을 잔뜩 자극했던 것이다. 그 편지의 일부분을 소개하면 이렇다.

　…… 한국에서 대학 다닐 때는 마음대로 멋을 못 냈는데 (남학생들이 자꾸 핀잔을 주고 저 자신도 왠지 어색해서요), 여기서는 선생님이 좋아하시는 대로 손톱을 길게 기르고 각각 다른 색깔의 매니큐어를 칠하고 다닙니다. ……학교에 가면 학생들의 개성적인 치장이 저의 눈을 즐겁게 해줘요. 모두 각각 다른 스타일의 헤어스타일이지요. 한국에서처럼 획일적인 유행의 머리를 한 애들은 한 명도 없답니다. 머리색, 옷, 모두 제각각이죠.

　대체로 여자 아이들은 머리가 길고 거의가 염색을 했어요. 금발 염색이 많고 빨강, 파랑도 있어요. 신발은 끈을 묶는 가죽 운동화, 청바지는 대개 무릎 위를 잘라 실밥이 너덜거리게 하고, 남자 아이들은 머리를 짧게 깎아 무스로 세우거나 길게 길러 묶고 다니기도 합니다. 여학생들 가운데 가장 눈에 띄는 애는 일본 인형처럼 얼굴에 새하얀 분칠을 하고 눈꼬리를 클레오파트라식으로 길게 올려 그어 고양이같이 한 여잔데, 머리털을 하얗게 탈색하고 메두사처럼 길렀더군요. 옷은 레이스가 주렁주렁한 치마를 입고 다니고요. 또 한 여자애는 눈썹을 싹 밀어 버리고 눈두덩에 넓고 진하게 아이섀도를 바른 것이 인상적이었죠.

　선생님이 좋아하시는, 적어도 10cm 이상 되게 길게 손톱을 기른 여자가 여기는 너무도 흔하답니다. 지난번에 사우나 탕에 가서 목욕을 하는데 어떤 흑인 여자가 들어와요(백인과의 사이에서 태어난 튀기인지 얼굴빛도 흰 편이고 체격도 참 늘씬하고 예뻤어요). 무심코 그녀의 손을 보고 전 너무나 깜짝 놀랐지요. 열 손가락의 손톱길이가 모두 다 적어도 15cm는 넘는 것 같았어요. 그렇게 손톱을 길게 기르다 보니 손톱들이 다 제각각으로 구부러져 휘감겨 들어갔는데, 손톱엔 매니큐어 칠을 안 했더군요. 그게 오히려 더 인상적이었죠.

그런데 그 여자는 그 긴 손톱이 매달려 있는 손을 가지고서도 비누를 잡거나 타올로 몸을 씻을 때 전혀 불편을 느끼지 않는 것 같았어요. 손을 움직일 때마다 긴 손톱들이 손가락 사이로 교묘하게 들어가면서 절묘한 손동작을 보여주더군요. 그 여자의 손놀림이 너무나 퇴폐적이고 고혹적으로 보여서 저는 한참 동안 넋을 잃고 멍하니 바라볼 수밖에 없었죠. 정말 그 여자의 손톱을 사진 찍어 선생님께 보내드리고 싶었습니다…….

편지를 읽어가면서 나는 점점 온몸이 달아오르는 것을 느꼈다. 특히 머리를 하얗게 탈색했다는 여자와, 눈썹을 밀어버렸다는 여자의 얘기는 내게 한없는 관능적 상상력을 불러일으켜 나의 온몸을 축축한 경련으로 전율케 했던 것이다. 15cm나 되는 손톱 얘기 부분에서 나는 더 이상 참을 수가 없었다. 내 손이 저절로 바지 사이로 들어가고, 나는 탱탱하게 부풀어 오른 자지를 붙잡을 수 있었다. 거기서 손으로 전달돼 오는 따스한 온기…….

나는 수음(手淫)을 하고 싶은 미칠 듯한 충동을 느꼈다. 그래서 황급히 방문을 걸어 잠그고 나서 수음을 했다. 느긋한 기분으로 긴 손톱이 주는 관능적 이미지를 상상할 여유도 없었다. 나는 헐떡이며 금세 허연 액체를 쏟아내고 말았다. 사정(射精) 후에 나는 내가 너무나 비참하고 궁색한 사내라는 생각이 들어 허탈감에 사로잡혀 한동안 꼼짝할 수도 없었다.

긴 허탈 상태로부터 깨어난 후, 나는 내가 혼자서 달콤한 감상(感傷)에 빠져들어가며 술을 마시기엔 너무나 처절한 상태가 되어버렸다는 것을 깨달았다. 그래서 누가 (특히 여자라면 더욱 좋고) 혹시 전화라도 안 걸어주나 하고 계속 멍하니 기다리고 있었다. 이런 걸 가리켜 무아지경(無我之境)이라고 하는 것일까? 순간적인 배설은 나를 긴장감으로부터 급격히 이완시켜 나의 온몸을 나른하게 했고 머릿속을 텅 비게, 정말 깨끗하게 비어 있는 공백 상태로 만들어 주었던 것이다.

그러나 저녁 늦게까지 내 방에 지켜 앉아 있어도 찾아와주는 사람 하나 없고 전화 한 통 없었다. 그래서 난 그냥 집으로 돌아가려고 했다. 이렇게 비참한 기분으로 술을 마셔봐야, 아무리 개인주의적 분위기의 내 단골 술집인 '낭만'이라고 해도 나의 비참하고 비굴한 얼굴 표정에 신경을 쓰지 않을 자신이 없었다. 그냥 집에 가서 술 마시며 텔레비전이나 보다가, 아니 내친김에 포르노 비디오를 보며 자학적인 배설을 한 번 더 해버리고 나서, 그 피곤함에 편승하여 잠에 곯아떨어져 버리려고 했다.

아, 빌어먹을 놈의 금요일 저녁! 평일에는 얼렁뚱땅 바쁘게 지내다 보면 아무리 저녁때 혼자 있어도 그럭저럭 견딜 만한데, 그리고 토요일과 일요일엔 목욕하고 낮잠 자고 하다 보면 그렁저렁 시간이 가게 마련인데, 왜 금요일 저녁은 사람을 이토록 비참한 외로움에 빠뜨려가지고 성적(性的)기아증에 시달리는 색정광(色情狂)으로 만들어버리는 걸까.

참을 수 없으리만치 처치 곤란한, 그러면서도 항상 나의 삶을 그나마 지탱케 해주는 얄밉고 험상궂은 그 본능적 성욕이란 놈이 나의 온몸을 천근 같은 무게로 내리눌렀다.

그래서 택시를 타고 집으로 가려하는데, 누군가 노크를 하고서 내 연구실로 들어왔다. 누군가 했더니 문과대학 건물의 수위 아저씨였다. 그는 어떤 여학생이 방금 맡기고 갔다고 하면서, 내게 다음과 같은 내용의 편지를 전해주는 것이었다.

사랑하는 광마(狂馬)에게

　광마. 우리가 그 날 밤 그 곳엔 어떻게 가게 된 것일까요. 술기운 때문이었을까요. 이미 밤은 늦을대로 늦었고, 아니 오히려 밤이라기 보단 이른 새벽에 가까운 시각이었죠. 물 옆이라 그런지 바람이 차가웠고, 제 몸은 바르르 떨렸어요. 당신이 움츠린 제 어깨에 손을 올렸죠. 당신은, 당신의 이름을 '광마'라는 별명으로 부르고, 어쩌다 반말도 내뱉는 스무 살 여대생은 내가 처음이랬어요. 우린(사실 나만이었을지도 모르겠어요) 술에 취해있었고, 저는 대담해져서 당신에게 마구 말을 털어놓았었죠. 내가 이제까지 섹스를 했던 남자들에 대해 얘기했었죠. 선배, 후배, 아저씨, 옆 집 오빠, 바텐더, 동기 친구, 헌팅남 등등. 나에겐 모두 시시했다고 그랬어요. 난 진지한 관계는 원하지도 않았지만, 그들은 젊음 빼면 시체인 철부지들이었단 말도 했죠? 거의 사실이었지만 일부는 당신을 도발하기 위한 멘트였어요. 저는 당신에게 술 좀 깨게 산책을 같이 가자고 했어요. 그리고 당신은 나를 호텔 가까이에 있는 한적한 호수로 데려갔죠. 밤의 그림자와 새벽의 어스름이 드리워진 적막(寂寞)한 호수였고, 유일한 빛이라곤 표면에 비친 별빛이 전부였어요. 내가 '이런 분위기에서, 유치하지만 블루스나 췄으면 좋겠다'고 말하려는 찰나, 당신은 담배 한 개비를 꺼내 입에 물더군요. 나는 당신이 담배를 피우는 모습을 찬찬히 들여다보았어요. 담배를 잡은 길고 가느다란 손가락…… 담배 연기를 들이마실 때 쪼그라드는 입술…… 부풀어 오르는 가슴팍…… 다시 연기를 내뿜으며 내밀어지는 입술…… 뿌연 담배 연기 사이로 보이는, 번민(煩悶)과 애수(哀愁)를 띤 가느다란 두 눈…… 특히 당신의 좁고 가느다란 손톱에는 왠지 매니큐어를 칠해주고 싶단 생각이 들더군요. '저 손가락으로 내 보지를 깊숙이 쑤셔주면 어떨까, 저 입술로 나를 빨아주면 어떨까' 하는 생각만으로도 벌써 유두가 빳빳해지고 아랫도리가 뜨거워지는 게 느껴졌어요. 나이 차이로 말하자면 내 두 배가 넘는 연상의 이 늦은 중년의 남자. 그러나 난 그를 더 이상 보고 있을 수만은 없었어요. 당신이 다시 담배 연기를 내뿜으려 입술을 내미는 찰나, 나는 당신의 입술을 덮쳤어요.

예상대로 당신은 능숙했어요. 우리의 혀는 뒤엉켜서 어느 혀가 누구 것인지 알 수 없을 정도였어요. 내 혀가 당신의 혀 위에서 당신의 타액에 젖어 미끄러지는 느낌은 저를 달아오르게 했어요. 키스만으로도 당신은 저를 흥분시키기에 충분하다는 사실이 놀라웠어요. 당신의 혀는, 섬세하고 예민한 당신의 겉모습과는 달리 거침없이 맹렬하게 내게 달려들었어요. 사실 예상했던 바였지만 실제로 경험해보니 놀라울 따름이었어요. 당신의 혀는 내 입술에서 귀로, 목으로, 쇄골로, 가슴으로 타고 내려왔어요. 밤 기운이 쌀쌀해서 나는 어깨에 살짝 걸쳐지는 오프숄더 스웨터를 입고 있었는데, 당신은 내 옷 위로 애무를 시작하시더군요. 나는 평소에 브래지어나 팬티는 거추장스럽다고 생각하고 잘 안 입기 때문에, 굵고 거칠거칠한 털실조직이 곧장 유두를 자극해오는 게 짜릿하고 미칠 것 같았어요.

당신이 한참 제 가슴을 아기처럼 빨고 있을 때, 당신의 자지가 우뚝 솟아있는 것을 보았어요. 귀두 부분이 빨갛게 탐스럽게 익어 있는 것이 매우 맛나보였어요. '언제부터 내가 이렇게 야한 여자였지?'라는 생각이 들면서, 당신의 사타구니에 얼굴을 들이밀었어요. 입안에서 느껴지는 묵직하고 축축한 느낌. 내가 이제까지 섹스를 했던 남자들은 모두 당신보다 어렸는데, 그들의 젊음을 무색하게 할 정도로 당신의 자지는 너무 단단하고 커서 제 목구멍이 막혀버릴 것 같았어요.

나는 내 이빨로 살짝살짝 당신의 자지를 깨물면서, 그리고 내가 당신 좋아한다는 이유만으로, 매일 영양제를 바르며 길러온 나의 10cm 짜리 열 손톱으로 그것을 긁어주면서(네일 케어를 받는데 10만원이나 들었어요) 최선을 다했어요. 특히 내 손톱에 긁혀 당신의 하얀 허벅지에 분홍빛 스크래치가 나는 게, 그리고 그 따끔거림에 당신이 전율하는 걸 보는 게 날 더욱 흥분시켰어요. 나는 내가 SM 취향은 없는 여자라

고 생각했는데, 역시 당신 말씀대로 내 본성의 심연(深淵)에
는 변태적 기질이 숨겨져 있었던 거예요. 주위의 시선 때문에
그걸 외면하며 살아 온 나 자신이 가증스럽기도 하고 불쌍하
기도 했어요. 그리고 날 깨우쳐 준, 날 자유롭게 해 준 당신에
게 감사했어요.

그러자 나는 이제 당신에게 압도당하고 싶다는 생각이 들
었어요. 펠라티오를 하는 내 머리통을 거칠게 쥐어달라고 요
구했어요. 머리카락이 뜯겨 나갈 것 같았지만 묘한 쾌감이 들
었어요. 나는 승전(勝戰)하고 돌아온 장군 같이 마초적인 남
성의 모습을 보고 싶었어요. 나는 사실 쿤닐링구스를 좋아하
지만 당신과 하기에는 너무 시시한 것 같았어요.

"박아줘요."

나는 거친 숨을 몰아쉬며 말했지요. 이미 애액이 봇물 터
지듯 터져서 내 가랑이를 타고 뚝뚝 흘러내리고 있었어요.

"뒤에다 박아줘요, 뒤에다."

난 호수 앞 벤치 위에 발라당 엎어졌어요. 내가 나의
15cm 킬힐을 벗으려고 하니까(18cm를 신고 싶었지만 그러
기엔 내 키가 너무 컸어요) 당신은 그대로 두라고 했지요. 그
리고 힐 한 쪽을 벗기어 그 날카로운 굽의 끝으로, 내가 신은
속이 훤히 보이는 스타킹을 찢어 나갔어요. 그 차가운 물체가
다리를 훑어 지나갈 때 온몸이 쭈뼛 서는 것이 스릴 만점이었

어요.

아아앙 ―― 그대의 자지를 품은 내 항문은 어떤 모양이었을까요. 그때를 회상하며 글을 쓰자니 또 욕정이 치밀어 오르네요. 아쉬운 대로 자위라도 하고 와서 마저 써야겠어요.

잠시만요…….

어디까지 얘기했었죠? 아, 그래요, 자기가 피스톤질을 할 때, 나는 내 항문이 그대의 자지를 빠는 모습이, 담배를 피는 당신의 입술 모양과 비슷하지 않을까 상상을 해봤어요. 연기를 들이마실 때 쪼글쪼글 앙다무는 앙칼진 입술. 그리고 내쉴 때 입술선을 부드럽게 세우며 이완되는 섹시한 입술…….

우리는 호수에 인접한 벤치에서, 나는 벤치를 잡고 엎드린 자세로, 당신은 내 뒤에서 엉덩이를 포갠 자세로 있었잖아요. 당신이 피스톤질을 하면서 긴 손가락으로, 팽팽히 달아오른 내 클리토리스를 비벼대고, 내 유두를 뜯어댔을 때, 난 정말 당신과 섹스를 하며 내 몸이 부서졌으면 좋겠다고 생각했어요. 아아! 그리고 당신의 정액이 내 몸 안에서 폭탄처럼 터지면서 우리가 절정에 다다랐을 때, 온 힘이 빠져나가면서 우리는 그대로 호수로 나자빠졌어요.

풍덩 ―― 기억나나요? 그때는 이미 새벽이었고 물은 어둡고 차가웠어야 하는데, 이상하게도 물은 뽀얀 우윳빛이었어요. 그리고 물의 촉감도 아닌, 미적지근하고 미끈미끈하고 끈적끈적한 체액(液)의 느낌이었어요. 야한 색깔, 야한 냄새, 야한 촉감 ―― 그야말로 야(野)함의 호수였어요. 거의 벗겨졌지만 그나마 걸쳐져 있던 내 옷은 다 젖어서 내 살갗에 찰싹 달라붙었고, 그것이 내 오뚝 선 유두와 벌어진 보지를 더 도드라져 보이게 했어요. 우리는 물 안에서 숨도 쉴 수 있고, 헤엄을 치지 않아도 자유롭게 움직일 수 있었어요. 마치 자궁 속에 들어와 있는 듯한 아늑한 느낌이었지요. 물이 마치 오일과 같아서 나는 내 전신을 이용하여(주로 가슴이었죠) 그대의 몸을 마사지하였어요. 그 물을 마시면 당신의 정액 맛이 났어요. 내 입에 담으면 자꾸 물이 흘러내려 내 온몸은 그것으로 얼룩졌어요. 우린 그 신비스런 물을 입에 담아 서로에게 뿌리기도 하고, 서로의 성기 구멍에 문질러주기도 했죠. 아아, 그때 나는 천국이 있다면 이런 곳임이 틀림없다고 생각했어요. 내가 경험한 최고의 황홀경이었죠.

그곳에선 모든 것이 치유되는 것 같았어요. 당신이 내게 정액을 뿌리면 그 정액 한 방울 한 방울이 내 음모와 머리카락 한 올 한 올에 붙어 오색빛깔로 찬란하게 빛나며 나를 무지갯빛으로 밝혀줬어요(내 배꼽과 클리토리스에 달아 놓은 피어싱들은 더 황금빛을 띠었지요). 그리고 그 색깔 하나하나에는 당신의 지난 아픔들이 서려 있었어요. 당신이 사랑했던, 그러나 매정하고 냉정했던 당신의 과거 여자들에 대한 기억. 성에 대해 탐미주의적인 당신의 성향을 알아보지 못한 거만하고 무지했던 여자들이 준 상처. 시대를 앞서 간 당신의 문학적 천재성을 알아보지 못한 세간의 비난과 감옥살이. 권위주의적이고 강압적인 한국의 찌질한 위선자들이 당신의 등에 꽂은 비수…… 등등.

마치 우리의 정액과 애액으로 이루어진 것 같은 이 호수 안에서 내 머리카락은 영롱한 빛을 내는 당신의 정액으로 범벅이 된 채, 나는 누구보다 야하고 관능적으로 빛났었죠. 그리고 내가 당신과 다시 몸을 합쳤을 때, 당신은 아기와 같은 평온한 표정에 빠져 들었어요. 나는 당신 머리를 내 가슴에 눕히고 유유히 그렇게 호수 속에서 얼마나 있었는지 모르겠어요. 내 가슴에서 흘러나오는 모유빛과 같은 이 호수가 오래도록 그대를 감싸안아주기를, 그대의 몸 구석구석, 세포 하나하나를 모두 치유해주기를 바라면서.

광마. 당신은 내가 말한 그날 밤을 기억해요? 아니면 당신에 대한 연모로 나 혼자서 꾼 꿈을 꾼건가요? 강의실의 많은 학생들 사이로 강단에 서 있는 당신의 모습을 희미하게 볼 수밖에 없으니 답답해요. 그날 밤은 그렇게 긴밀한 사이였는데, 내 귓가에서 가쁘게 숨을 몰아쉬던 당신인데, 강단 위에 서 있는 광마는 왜 이렇게 멀어 보이나요?

오늘 저녁 5시 30분, 우리 학교 앞 모텔촌(村)에 있는 '벗자 모텔' 앞에서 기다리고 있을게요. 당신이 상상하는 것보다 훨씬 더 강렬하고 화려하게꾸미고 나갈 거예요. 결코 실망하지 않을 거예요. 다만 날 바람맞히지만 말아줘요.

Sincerely yours,
당신의 귀여운 Pet 야한 년 드림

고통과 쾌감 사이

1

"아파요?"

나는 천천히 고개를 저었다.

투두둑.

날카로운 피어서(piercer)가 살과 살의 경계를 지나는 소리. 곧 이어 차가운 손가락이 다른 쪽 음순을 매만진다. 손톱이 음순을 누르자 따끔따끔하다.

"아파요?"

고저가 없는 피어싱 시술자의 목소리. 그리고 땀 냄새가 섞인 역겨운 향수 냄새. 나는 이를 악물고 통증을 참아내며 역시 천천히 고개를 저었다.

투두우두둑…….

왠지 소리가 거칠다. 그래서 그런지 몹시 아프다. 음순을 뚫을 때 느껴지는 통증은 귀나 젖꼭지를 뚫을 때와 천양지차로 다르다. 마취를 안 할 뿐더러(하긴 모든 피어싱 시술에는 마취를 안 하지만), 내가 양쪽 음순에 금으로 된 꽤 크고 무거운 종(鐘)을 하나씩 매달기 위해, 음순고리가 아닌 '음순걸이'용(用) 굵은 금속 막대를 음순에 꿰어달라고 요구했기 때문이다.

피어서가 살과 살 사이의 경계를 지나기 전 아주 찰나의 시간 간격이 있다. 그때 나는 숨을 죽이고 곧이어 찾아올 끔찍한 고통에 대한 찰나적 공포를 느낀다. 하지만 괴로운 공포감이 아니라 달콤한 공포감이다.

피어서 바늘이 지나간 자리가 욱신욱신하다. 손을 펴보니 손바닥엔 손톱자국이 깊이 박혀 있었다. 고통을 참으려고 내가 뾰족한 손톱으로 손바닥을 꽉 누른 탓이다. 손금 사이사이에 땀도 맺혀 있다. 뚫기를 마치자 피어싱 가게의 사내는 주의사항이 적힌 쪽지를 건네주며 언제나처럼 성의 없이 말했다.

"하루에 한 번씩 소독하고 후시딘 같은 건 바르지 말고요. 한 달쯤 지나면 나을 거예요."

쪽지에서는 쉬어빠진 땀 냄새가 난다. 가방 안에는 이미 똑같은 쪽지가 세 개 들어 있다. 얼마 전에 젖꼭지와 입술과 배꼽을 뚫었기 때문이다. 참았던 오줌이 마려워 흘리듯 인사하고 화장실로 뛰어 갔다.

오래 참은 것도 아닌데 오줌을 누고 나니 힘이 하나도 없다. 그래서 변기에 앉은 채로 귀고리 중에서 제일 두껍고 무거운 것 하나를 살살 빼냈다. 내 귀에는 한쪽마다 다섯 개씩의 구멍이 있고, 귀걸이, 귀고리, 귀찌, 귀찝게 같은 것들이 달려 있다.

피어싱 가게 사내는 바늘로 귓불을 찌르기 전에 항상 물었었다. 아파요? 귀를 뚫을 땐 피어서 바늘을 느끼지 못하게 하기 위해 손톱으로 뚫을 부위를 꾸욱 누른다. 주사를 놓을 때 엉덩이를 짝짝 때리는 것과 같은 이치다. 사내는 그때마다 "아파요?" 하고 물었다. 나를 기억하는지 못하는지 매번 같은 주의사항이 적혀 있는 쪽지를 들려주면서.

오줌을 누고서 아래를 닦는데 미끌미끌한 게 묻어나온다. 뭘까? 성병에라도 걸렸나? 아니면 아까 겪은 통증 때문인가? 아무래도 통증의 쾌감과 관련이 있는 것 같다. 아까 분비된 애액이 시간이 지나 점액처럼 된 걸거다.

나는 "아파요?"라는 물음에 한 번도 대답한 적이 없다. 그저 멍하니 앉아 고개를 젓기만 했었다. 사내는 입술을 뚫을 때도 또 물었었다. 아파요?

내 속옷을 봤다. 음순을 뚫을 때 어지간히 아팠는지 땀에 젖어 있다. 나는 한참을 좌변기에 그대로 앉아 있다가 축축한 휴지 위에 코를 풀었다.

2

잠을 자려는데 문득 음순고리 구멍 생각이 났다. 왼쪽 음순를 만지작거리다 사내가 하던 것처럼 손톱으로 꾹 눌렀다. 따끔하더니 곧 얼얼해졌다. 좀 더 세게 누르니까 아프게 통증이 오다가 다시 얼얼해졌다. 손톱을 떼자마자 피가 확 쏠리면서 불에 덴 듯 화끈화끈하다. 묘하다. 온몸이 축 늘어지고 나른해지긴 하는데 통증 때문인지 잠은 안 온다.

내 방은 덥다. 바람이 들어오지 못하도록 일부러 꼭꼭 닫아놓아서다. 덕분에 한여름이 아닌데도 나는 땀이 나는 걸 느낀다. 나는 바람이 싫다. 공해에 찌든 더러운 공기를 몰아오기 때문이다.

한참을 그렇게 늘어져 있다가 몸이 끈적거리는 걸 깨달았다. 속옷 안으로 손가락을 살짝 넣어봤다. 땀에 젖어 있다. 더운 땀내가 훅 끼친다. 단내가 난다.

3

선잠이 들면서 나는 꿈속에서 입을 앙다물었다. 내 몸 안의 음란한 소리가 새나가는 것을 용납할 수 없었다. 애액에 젖은 부드럽고 붉은 보짓살 사이로, 자궁 속에서 어서 남자의 정액을 달라고 보채대는 소리가 난다. 그런 소리가 몸 밖으로 새나갈 수 있을 때는 오직 한 순간뿐이다. 실제로 남자와 섹스할 때다. 자위행위를 할 때, 특히 꿈속에서 자위할 때는 절대로 소리가 안 난다.

우악스럽게 잡힌 머리채째 목이 갑작스레 젖혀진다. 순식간에 목를 문 것은 날카롭고 투박하리만치 단단한 이빨. 그렇다. 내가 유일하게 사랑하는 드라큘라의 이빨이다. 그제서야 '소리'가 나온다. 내 뱃속 깊은 곳에서, 내 머릿속에서, 아니면 아주 어둡게 가라앉은 내 자궁 한 구석에서 흘러나오는 오르가슴의 비명소리.

한 번 더 날카롭게 물어대는 예쁜 짐승같은 드라큘라에게 여자의 '소리'는 중대한 의미를 가진다. 그것이 '피를 부르는 소리'이기 때문이다. 나는 드라큘라에 대한 마조히스틱한 성욕 때문에 온몸을 주체할 수가 없다. 사타구니가 삐걱거리고, 손가락이 경련을 일으키고, 다리가 덜덜 떨리고, 나와 천장의 간격이 점점 더 좁아지고……. 그러다가 아무 생각도 나지 않고 나는 허공에 떠 있다.

아. 아. 조금만, 조금만 더…… 내 목을 그의 아름다운 이빨로 아프게 물어줬으면…….

4

시술대에 엎드려 몸이 안정되기를 기다리는 동안 사내는 소독약을 솜에 묻혔다. 사지를 늘어뜨리고 있는 내게 다가와 클리토리스를 손으로 눌렀다.

"아. 살살."

묘한 손놀림으로 클리토리스에 압박을 가하는 그에게서 솜을 빼앗았다.

"살을 잡아당길 때는 좀 살살 해줘요."

남자가 코웃음을 쳤다. 비웃는 듯한 웃음을 띤 채 사내는 소독약을 클리토리스에 통째로 부었다. 내가 따끔거려서 얼굴을 찡그렸다.

"고통과 쾌감은 한 끗 차이라고, 누군가 말했었지요."

그가 이런 말을 하든 말든 내 시선은 시술방(施術房) 저 너머 가게 유리벽을 향해 있었다. 산산이 부서진 크리스탈 술잔처럼 햇살이 눈부시게 부서지는 날이었다.

5

사람은 각자 체취가 다르다. 홀아비 냄새, 자취방 냄새, 땀에 절은 냄새, 이틀 된 속옷 냄새, 그런 걸 말하는 게 아니다.

나는 후각이 너무 예민하다. 그래서 향수는 꿈도 꾸지 않는다. 아무리 향취가 약한 향수라도 내게는 역하게 느껴지기 때문이다.

대학 근처에는 모텔이 많다. 좁은 골목에서 갓 나오는 연인들에게서는 단내가 난다. 역한 단내. 그들이 풍기는 단내는 좋은 내음이지만, 이 커플 저 커플 여러 커플들이 모텔 방에 남기고 간 여러가지 향수 냄새들이 거기에 달라붙어 역한 냄새로 변해 있다. 그래서 나는 모텔을 좋아하지 않는다.

피어싱 가게의 사내에게서는 단내가 난다. 단내가 섞인 땀내. 갈 때마다 내 육체 어딘가를 뚫기 위해 내게 몸을 숙일 때마다 얼핏 보이는 가슴패기와 목덜미에서 단내가 난다.

다른 냄새가 체취에 섞여 있는 걸까. 아니면 그게 사내의 체취인 걸까.

아랫배가 살짝 찌릿, 하다. 섹스가 땡긴다.

6

2주일 후 다시 피어싱 가게를 찾았다. 해가 중천이라 무척 더웠다. 가게 안에는 선풍기 한 대가 돌아가고 있었다. 그 앞에 앉은 사내는 단정치 못한 차림이었지만 손님들의 시선에 개의치 않는 표정이었다. 나는 진열대를 눈으로 훑는 척하며 손에 닿는 대로 코고리 두어 개를 끄집어냈다.

고통과 쾌감은 종이 한 끗 차이다. 나는 어렸을 때부터 그것을 몸으로 체득했다. 아프지 않다,로 시작한 오기가 하나의 가치관으로 승격화한 것은 머리가 굵어지면서부터였다. 나는 다른 아이들보다 아픔을 덜 '느꼈다'. 물론 어른들이나 선생들이 갑자기 때리는 것 같은 경우는 별개의 문제다. 느껴지는 아픔 속에 인간의 '감정'이 들어가 있기 때문이다.

아스팔트에 무릎을 부딪쳐 피가 철철 흘러도 나는 아픈 것을 잘 몰랐다. 물로 씻고 소독할 때, 그리고 그 상처가 나아감에 따라 곪고 딱지가 갈라지는 것은 정말 아프고 겪기 싫은 일이었다. 하지만 상처가 생긴 그 순간만큼은, 뭐라 말해야할까. 나를 흥분시켰다. 매끄럽던 살에 거친 굴곡이 생기고, 그 사이로 피가 배어나오고, 알알이 방울져 떨어지고, 볼 수 없었던 안쪽 속살까지 벌려져 있다. 나는 자주 그런 것을 관찰했다.

하지만 그 이후 나아가며 몸이 겪어야 하는 과정은 칠색 팔색을 할 만큼 싫었다. 상처가 나는 찰나, 전광석화처럼 아주 잠깐 몸서리쳐지게 아픈 순간은 아프지가 않고 오히려 좋았다. 예를 들어 영화 「타이타닉」에서 암초에 뱃머리가 찢기는 찰나의 순간, 나는 에로틱하게 흥분되는 내 몸을 진정시키기 위해 손톱이 손바닥을 파고들도록 주먹을 쥐어야 했을 정도였다. 여러 모로 봐도 나는 아픈 찰나의 순간을 좋아한다. 종이에 손을 벨 때도 지독히 좋다.

따져서 생각해보면, 나는 아픈 것을 좋아하는 것이 아니라 고통과 쾌감의 경계를 찾아낸 것이다. 아주 오묘하고 예민한 것이라 한 발짝, 아니 아주 조금의 움직임에도 흐트러지고 마는 그 한 곳의 경계를.

자라나면서 나는 이것을 하나의 유희로 만들었다. 이 유희에는 몇 가지 절대적인 규칙이 있는데, 그중 첫 번째가 몸을 소중히 할 것. 나는 고통 자체를 즐기는 것이 아니었다. 나는 고통 자체를 아무런 성적 쾌감 없이 즐기는 신체 훼손 중독의 마조히스트처럼 미치지는 않았기 때문에, 일부러 상처를 내는 등의 행위를 통해 고통스러운 상황을 만들지는 않았다. 하지만 십대가 되어 처음 귀를 뚫었던 것은 나에게 전율을 안겨주었다. 그냥 내버려두자 구멍은 곧 아물었다. 그러면서부터 나에게는 피어싱 취미가 생겼다. 지극히 보통 사고를 가진 동네 친구들에게 그런 피어싱 쾌감에 대한 얘기를 들려줘봤자 좋을 게 없었다. 그래서 나는 자연스레 동네 바깥을 맴돌게 되었다. 곧이어 대학생이 되자 이런 걱정거리는 사라졌다. 대학은 자유분방한 사회였고, 다양성이 공존했고, 타인에 대한 무관심과 몰이해(沒理解)가 만연했다. 이는 어느 대학가도 마찬가지였다. 대학에서 나는 '홀로 있어도 되는' 천국을 만났다.

그렇기 때문에 이대 앞 대학가에 있는 피어싱 가게의 그 사내는, 내가 무거운 귀걸이 때문에 찢어져 피가 흐르는 귀를 가지고 찾아가도 아무것도 묻지 않고 관심도 두지 않는다. 내가 그에게 귀를 잘못 뚫었다고 따지지만 않으면 나와 그 사내의 관계는 편리한 무관심으로 유지되어가는 것이다.

나른한 손길로 내 육체 어딘가를 누르고, 피어서가 살을 통과하면서 꽤 심한 통증이 올 때 나는 즐거운 전율을 느낀다. 손바닥을 날카로운 손톱으로 세게 찌르는 듯한, 아니 그것보다는 좀 더 민감한,

날카로우면서 간헐적인, 살을 에는 듯 거친, 단내가 나는, 더운 숨결이 와닿는, 땀이 맺힌, 사랑에 메마른, 그 모든 것들이 소리와 감각과 냄새와 호르몬과 뒤범벅되어 내 살을 뚫는 게 그렇게 기분 좋을 수가 없다. 그래서 내가 자주 그 사내를 찾는 것이다.

그 피어싱 가게에는 문신을 전담하는 사내도 있다. 문신을 하러 오는 손님들은 대개 성실한 회사원 타입과는 거리가 멀다. 한가한 오전이 시술하기 좋기에 그 시간으로 약속을 잡는다. 그것을 몰랐던 나는 내 살을 뚫기 위해 세 번째로 가게를 찾았던 날 비로소 그 사내를 만나게 되었다. 그리고 사내는 나와의 두 번째 만남에서 뒤에서 나를 밀어붙이며 똥구멍에 자지를 박았다.

7

그 사내는 짐승처럼 예민하다. 그래서 내가 어디에 흥분하는 지를 안다. 그리고 그 사내는 내가 그 가게에 가면 갈수록 내 성감(性感) 알아맞추기에 익숙해졌다. 내가 살을 뚫은 다음 날이면 성욕이 고조된다는 것을 알고, 그는 더욱 광폭하게 나를 쾌락으로 몰아간다. 그리고 자기도 흥분한다. 그러다가 성행위가 끝나면 내 보지를 핥듯이 나의 피어싱 구멍을 소독한다. 다행히 상처가 덧난 적은 한 번도 없다. 대신 오른쪽 입술은 오돌토돌한 상처를 가지고 있다. 수많은 바늘이 지나간 흔적이다.

첫 만남 때 사내는 나를 시술대에 눕혔다. 자기는 이렇게밖에는 귓불을 뚫지 못한다고 말했다. 나는 하늘하늘한 마직(麻織) 원피스를 입은 채 엎드려 나를 뚫을 피어서(바늘)를 기다렸다.

사내는 예고 없이 손톱으로 내 귀를 꽉 눌렀고 바늘이 살을 뚫기 전 살짝 표피를 찔러보았다. 나는 왠지 모르게 갈증이 났다. 닥쳐올 통증에 대한 공포로 인해 내게서는 약간의 땀이 흘렀다. 그러는 한편, 나는 고통에 대한 갈망으로 역시 약간의 애액을 흘리고 있었다. 몸이 떨리지 않게 한 번에 뚫어주었으면 싶었다. 사내는 잠시 전화를 받으러 나갔고 돌아와서 귀를 뚫었다.

나는 시술대에서 내려왔지만 다리가 후들거리는 걸 멈출 수가 없었다. 고통에 대한 기다림으로 긴장했던 탓이었다. 내려오는 동안 사내는 묘한 눈으로 나를 훑어보았고, 화장실에 가서야 나는 내 아랫도리가 잔뜩 젖어있다는 것을 알았다.

그리고 두 번째 만남 때 남자는 나를 엎드리게 하고 뚫은 지 한참 돼 아물어가고 있는 피어싱 구멍을 긴 손톱으로 눌렀다. 나는 뚫린 구멍에서 느껴지는 이상야릇하게 경쾌한 통증을 음미하면서, 그제서야 그 사내가 손톱을 길게 기르고 있다는 걸 알았다. 나는 시술대의 질긴 가죽 위에서, 사내의 긴 손톱에 더 눌리고, 아니 찔리고 싶은 간절한 소망을 느꼈다. 그래서 그 뒤로 그 사내가 왠지 마음에 끌려 괜한 구멍들을 더 뚫으려고 그 사내를 찾아갔다.

8

나는 시술대에 발가벗은 채로 누웠고, 사내는 시술할 클리토리스에 뚫을 구멍을 점으로 표시하기 위해 한쪽 손을 시술대에 받쳤다. 나는 순식간에 아랫도리가 젖어오는 걸 느꼈고, 그 사내 보기가 조금 창피하다고 느꼈다. 사내의 단내, 체취, 땀 내음. 가슴패기에 나 있는 털, 이런 것들이 나를 관능적으로 흥분시켰다. 그리고 시술대 위에 나체로 누워 있는 내가 사내의 칼질을 산채로 기다리고 있는 생선으로 여겨졌다.

내가 사내와 피어싱 시술을 할 날짜 약속을 잡았던 건, 사실 피어싱으로 멋을 내기 위해서가 아니라 그 사내한테서 묘한 마조히즘적 흥분을 맛보기 위해서였다. 사내를 찾는 것은 나였고 만날 날짜를 정하는 것도 나였다.

사내가 내게 말을 걸었다. 다음엔 언제 다른 곳에다 또 구멍을 뚫을 것인지. 나는 구멍을 뚫더라도 다른 피어싱 가게에 가서 뚫을 거라고 대답해 주었다. 나는 더 이상 이 사내에게 빠져들고 싶지 않았다. 그러자 사내도 단골 고객인 나를 더 이상 붙잡지 않았다. 나는 이제 좀 더 손톱이 길고 날카로운 남자 시술자를 원했다. 나는 뾰족한 손톱에 눌리는 게 아니라 비수처럼 날카로운 손톱에 살을 베이고 싶었다.

9

다음날 나는 다른 피어싱 가게를 찾았다. 그곳은 사실 피어싱만이 아니라 서구의 마조히스트들 사이에서 요즘 한창 유행하는 '낙인(烙印)'을 새겨주는 가게였다. 이번에도 시술자는 역시 남자였다. 남자는 한쪽 입꼬리로 웃으며 내 원피스를 걷어 올렸다. 뒤로 돌아앉아 있던 나를 남자가 똑바로 눕힌 후 엎드리게 했다. 남자는 손톱이 날카롭게 길진 않았지만, 그 대신 얼굴에 일부러 낸 칼자국이 있었다. 서구의 남자 사디스트들이 자신의 용감한 전투성을 보여주기 위해서 내는 얼굴의 칼자국. 책에서나 봤던 그 칼자국을 보니 나도 모르게 마조히스틱한 전율이 느껴졌다. 그래서 나는 큰 맘 먹고 낙인을 찍기로 했다.

남자는 다리를 수직선으로 당당하게 세우고 서서, 나를 거칠게 몰아붙이며 낙인 시술을 시작했다. 남자의 손에 들려진 섭씨 1,000도가 넘게 달궈진 낙인의 모양은, 내가 미리 주문해놓았던 흡혈귀 드라큘라의 입술 모양이었다. 물론 입술에서는 네 개의 날카로운 송곳니가 튀어나와 있었다.

남자는 내 항문 바로 윗쪽 엉덩이를 도려낼 듯 헤집었다. 그리고 고통을 입을 앙다물고 참을 수 있도록 내 입에 한 웅큼의 손수건 뭉치를 물려주었다. 나는 낙인으로 인해 생기는 빨간 상처 자국이 극도로 음산하고 사디스틱한 모양이 되기를 속으로 빌었다.

드디어 빨갛게 달궈진 낙인이 약 20초간 내 엉덩이 살을 깊게 누르며 머물렀다. 정말 깊고 넓게 아프다. 죽을만큼 아프다. 몸 전체가 타들어가는 것 같다. 배에 붙어 있는 가죽 시술대 밑으로 내 몸이 한없이 추락하는 것 같기도 하다. 사내의 드라큘라처럼 싸늘한 시선이 내 낙인 위에 머물고 있는 것도 같다. 나는 벌써 죽어 있는 것도 같고, 남자의 땀 냄새가 나는 것도 같고, 소독약 냄새가 나는 것도 같다. 아무튼 잘 모르겠다. 그 고통의 와중에도 내 보지에서는 애액이 흘러내린다.

한참 후 나는 아픔을 참고 간신히 일어섰다. 그러면서 나는 이제껏 알지 못했던 것을 알아챘다. 남자의 얼굴이 정면으로 보였기 때문이었다.

남자는 나를 비웃듯이 바라보고 있었다. 나는 왠지 모르게 희미하게 웃었다. 내 살이 타들어가는 냄새가 더욱 강해졌다고 느꼈다. 남자의 손이 내 목줄기를 더듬었다. 내가 웃으며 그의 얼굴에 난 상처를 핥자 순식간에 그의 손이 다가와 내 목을 조른다. 나는 화를 내며 나무라듯 남자를 바라보았고, 남자는 다시 손에서 힘을 빼고 어루만지는 듯한 특유의 묘한 손길로 내 뺨을 쓰다듬었다. 어느새 비웃는 듯한 표정의 그의 얼굴이 시야에서 사라지고, 내 살이 타들어가는 냄새만 남았다.

저 너머로 햇살이 파고들어 눈꺼풀에 부딪히며 찬란히 부스러졌다.

마광수 교수, 지옥으로 가다

20xx년, 위대했던 마광수 교수가 타계했다. 권위주의에 찌든 교활한 문학계의 억압에 당당히 맞섰던 그는, 파격적으로 노벨문학상을 받으며 그의 진정성을 인정받았었다. 하지만 기쁨도 잠시, 노벨상 수상 2년 후 그는 돌연 사망하고 말았다.

"아 쓰발, 더러운 세상 잘 떠났다."

마광수 교수의 영혼이 중얼거렸다. 마광수 교수의 영혼은 거리를 배회하며 신문 기사를 보고 있었다. 역시나 교활한 이문혈이란 놈은 위로하는 척 하면서 끝까지 그 지긋지긋한 일장 훈시를 늘어놓는 것이다.

'마광수 교수의 죽음은 애도하지만, 그의 작품은 수준 미달인 것으로 재평가 되어야 한다.'는 제목의 신문 기사를 보면서 마광수 교수는 혀를 찼다.

"에이 쓰발놈 아직까지 지랄이야. 하여간 욕먹는 놈이 오래 산다니까."

아무래도 이문혈은 욕을 어지간히도 얻어먹었었나보다.

며칠쯤 지났을까, 마광수 교수를 알아보는 사람이 다가왔다. 영혼으로 변한 자신을 알아보자 마광수 교수는 놀랐지만, 곧 그들이 저승사자라는 것을 알아챘다.

"하하 내가 드디어 저승으로 가는군요. 그래 나는 천국이오, 지옥이오?"

"마 교수님은 지옥으로 가게 되었습니다."

마광수 교수는 쓴웃음을 지었다. 교회나 좀 다녀놓을 걸……. 하지만 다 뒤늦은 후회였다.

마광수 교수는 저승사자들을 따라 지옥으로 향했다. 그런데 웬 걸, 지옥 하면 불구덩이에 온갖 고문 기계가 즐비할 줄 알았는데 그냥 일상적인 현대의 도시가 아닌가? 설마 천국은 구름 위고 지옥은 현세라 그런 말인가?

마광수 교수의 궁금증은 늘어갔다. 저승사자를 따라 얼마를 갔을까. 드디어 염라대왕이란 놈 앞에 불려가게 되었다.

"당신이 바로 마광수 교수군요!"

마광수 교수는 흠칫 놀라고 말았다. 검은 곤룡포를 입고 왕관을 쓰고 흉악한 표정에 긴 수염을 기른 염라대왕을 상상했는데, 눈앞의 염라대왕은 육감적인 몸매를 자랑하는 늘씬한 미녀였던 것이다! 금발의 긴 머리는 무릎까지 내려오고, 눈가에는 스모키 화장을 짙게 했다. 은백색 피부에 검은색 립스틱을 바르고 있으니 왠지 모를 섹시함이 느껴졌다.

투명한 망사 브래지어를 하고 하반신엔 티팬티를 입고, 무릎까지 오는 검은 킬힐 가죽 부츠를 신은 모습이 전라의 모습보다도 더 흥분되는 것이다. 검은색 매니큐어를 칠한 손톱은 30cm가량 늘어져 섹시함을 더하고 있었다. 그리고 허벅지 옆에 찬 채찍을 보니 염라대왕, 아니 염라여왕은 사디스트가 분명했다.

염라여왕의 주변에는 귀엽게 생긴 미소년과 근육질의 꽃미남 두 명이 애완견처럼 여왕의 허리에 걸린 개 줄에 목을 걸고 있었다. 흡

사 주인의 채찍질을 고대하는 것처럼 보이는 저 미소년들은 마조히
스트일 것이라고 마 교수는 확신했다.

"저희는 마광수 교수님을 기다리고 있었답니다."
"아니 저 같이 늙은 놈을 기다려서 무엇 합니까?"
"교수님은 늙지 않았어요. 거울을 보셔요."

마 교수는 늘씬한 미녀들이 대령한 전신 거울을 보고 깜짝 놀라
고 말았다. 잘생기고 혈기 있는 젊은 모습으로 돌아온 것이 아닌가?
마 교수는 자신의 몸을 더듬으며 흥분을 감추지 못했고, 주름이 없
어진 자신의 긴 손가락과 되돌아온 머리숱이 무엇보다도 만족스러
웠다. 또한 더더욱 만족스러운 것은, 여왕의 관능적 미모를 보고서
꼿꼿이 솟은 자신의 자지였다.
"영혼은 그 생명이 가장 약동했던 순간의 모습을 하고 있답니
다."
"아하, 그렇군요……. 그런데 저를 기다린 이유가 무엇입니까?"
"사실 중세시대까지 지옥은 온갖 성화에 나타나는 끔찍한 모습
그대로였답니다. 하지만 무신론을 주장하면서 쾌락주의적 계몽주
의 사상을 가진 많은 영혼들이 지옥으로 유입되면서부터 저희 지옥
은 이렇게 변모해 온 것이지요. 예를 들면 에피쿠로스나 사드, 카사
노바, 자허마조흐, 보들레르, 오스카 와일드, 돈 주앙 같은 분들이
죠."

"으하하 그렇습니까. 여왕님의 복장을 보니 이해가 되는군요. 헌데 명색이 지옥인데 형벌은 받지 않습니까?"

염라여왕은 웃으면서 이렇게 대답했다. 현세에 원하며 했던 일을 그대로 실행하며 사는 것이 형벌 아닌 형벌이라는 것이다.

마광수 교수는 여왕의 안내에 따라 자기에게 배정된 방으로 인도되었다. 그 도중에 두 미소년은 개처럼 기어서 여왕의 앞을 마치 산책하는 개처럼 기어가고 있는 것이었다. 마 교수의 '죄실(罪室)'인 약 100평에 이르는 큰 방에는 온갖 섹스 놀이 도구들이 갖추어져 있었고, 더욱 놀라운 것은, 자신이 소설에서 묘사한 '사라'가 바로 눈앞에 서있는 것이 아닌가!

사라는 그동안에 엄청나게 더 야해져 있었다. 그녀를 다시 만났을 때 제일 먼저 눈에 번쩍 뜨인 건 발굽 아래까지 치렁치렁 흘러내리며 방바닥 위로 드넓게 펼쳐져 있는, 정말 정말 너무나 긴 그녀의 숱 많은 머리카락이었다. 색색가지 무지개 색깔로 염색되고, 머리카락 가닥마다 달려있는 작은 금방울 은방울들이 만들어내는 마치 사찰의 풍경 소리 같은 경쾌한 음율이 마 교수의 숨을 멈추게 했다.

곧이어 마광수 교수의 시선은 벌거벗고 있는 사라의 몸뚱어리 전체에 골고루 꿰어져 있는 갖가지 모양의 피어싱들로 향했다. 마 교수가 그녀의 피어싱들이 주는 사디스틱한 관능미에 도취되어 눈을 떼지 못하고 있자, 사라는 빙그레 웃으며 반투명의 시스룩 망사 리본들을 여러 개의 집게 모양 피어싱 고리에 꿰어서 고정시켰다. 아아…… 그렇구나, 이게 바로 란제리 피어싱이란 거로구나, 하고 마 교수는 마음속으로 부르짖었다.

살을 뚫고서 다닥다닥 매달려있는 피어싱 고리들과 무지개 색의 긴 리본들이 정말로 기막힌 하모니를 이루어내고 있었다. 피어싱 고리들과 리본들을 제외하고 그녀의 몸뚱어리에서 볼 수 있는 것은 오직 피부 밖으로 왕창왕창 튀어나와 있는 숱 많고 꼬불꼬불한 보라빛 음모(陰毛) 뿐이었다. 무성한 모조 음모는 다이아몬드로 만든 배찌가 둘려져 있는 곳까지 주욱 연결되어 돋아나 있었다. 진짜 진짜 나태(懶怠)스럽게…….

"교수님은 평생을 걸쳐 성해방을 위해 노력하셨으니, 사라와 함께 지옥에 더욱 진보된 성문화를 전파시켜 주시는 것이 형벌이랍니다. 원하신다면 교수님의 페티시즘을 만족시켜 드릴만한 길디긴 손톱의 요염한 시녀를 더 넣어드리지요."

염라여왕이 웃으면서 말했다. 마광수 교수는 미소를 머금고 혼잣말로 중얼거렸다.

"역시 지옥에 오길 잘했어. 천국을 갔으면 맨날 찬송가만 부르고 있었겠구만."

질투와 허무의 변주곡

　김 형사는 두어 번 헛기침을 하며 앞자리에 앉은 젊은 여자를 힐끔 바라보았다. 당최 국내 최고 명문대학 중 하나로 꼽히는 Y대를 다니는 여대생이라고는 상상할 수가 없었다. 다리를 꼬고 앉아 손톱 끝으로 책상을 톡톡 치는 H양의 손톱은 적어도 10cm는 넘어 보였고 손톱마다 칠해진 형광색 매니큐어가 형광등 불빛 아래 반짝였다.

　이쪽을 바라보는 그녀의 얼굴은 꽤나 무표정했다. 번진 건지 아니면 일부러 저렇게 한 건지 긴가민가한, 검은색과 남색이 절묘하게 섞인 아이섀도, 보라색 아이라인, 부담스러울 정도로 길쭉한 인조 속눈썹, 그리고 금색을 덧칠한 마스카라는 얼굴 아래 실핏줄까지 보이는 투명한 피부색과 대비되어 푸른빛 컬러 렌즈를 착용한 그녀의 눈을 더욱 깊어보이게 만들었다.

스모키한 화장으로 눈을 강조할 때는 입술 색을 죽이는 것이 관건이라지만 그녀는 립컨실러로 아예 색을 모조리 죽여 입술이 없는 것 같은 인상을 주었다. 징이 잔뜩 박혀 투박한 느낌을 주는 목걸이는 그녀의 하얗고 긴 목을 꽉 조이고 있었고, 하얀색 밍크코트 안으로 반짝이는 은색 속옷이 보였다.

속옷 사이즈가 그녀의 가슴 크기에 비해 조금 작은지 속옷 위로 삐죽 튀어나온 터질듯한 가슴이 꽤나 커서 김 형사는 자꾸만 그녀의 가슴골로 향하는 시선을 간신히 저지하며 마른침을 삼켜야 했다.

속옷 주위로 반짝거리는 금속 물체들은 피어싱인 듯했다. 김 형사는 분명 젖꼭지에도 피어싱이 달려 있으리라고 자신도 모르게 생각하고 있었다. 그녀의 몸에는 유독 피어싱이 많았다. 귓불, 귓바퀴는 물론이거니와 입술 아래, 눈썹, 심지어 코고리까지 뚫려 있었다.

그 많은 피어싱들은 팔찌, 발찌와 함께 그녀가 몸을 움직일 때마다 영롱한 빛을 발하며 합창하듯 딸랑 딸랑 소리를 내는 것 같았다. 어디서 들은 얘기로는 피어싱이 마조히스트적 특성을 반영한다던데, 김 형사는 이 여자가 그렇다면 엄청난 마조히스트리라 생각했다.

체크해둬야지, 수사에 도움이 될지도 모르니. 김 형사는 진술서의 특이 사항 항목에 적었다. 'L 양, 온몸의 피어싱으로 보아 마조히스트적 끼가 다분함.' 그녀는 미끈한 뱀 가죽 미니스커트를 입고 있었는데, 다리를 꼬고 앉은 탓에 사타구니뿐만 아니라 '노 팬티'로 인한 연두색 음모(陰毛)까지 다리 사이로 보였다. 김 형사는 아랫도리에서 느껴지는 묵직한 느낌을 가라앉히기 위해 마음속으로 '애국가'를 불렀다. 처음으로 지하철에서 건너편 여자의 속옷을 핸드폰 카메라로 훔쳐 찍는 '한심한' 남자들의 마음이 이해될 것 같기도 했다. 살이 비치는 망사 스타킹을 신은 그녀의 쭉 뻗은 다리 길이로 봐서 그녀의 키는 족히 175cm는 되어 보였다. 발에 신겨 있는 약 20cm가량 되는 아찔한 높이의 킬힐은 그녀의 옷에 포인트를 줄만한 빨간색 에나멜 소재로 되어 있었는데, 굽 부분만 금색나는 금속 재질이어서 왠지 뱀의 날카로운 송곳니를 보는 것 같은 기분을 자아냈다.

무서운 여자야, 김 형사는 속으로 중얼댔다. 저기에 한번 찔리면 정말 죽겠어.

경찰서 안은 쥐죽은 듯 고요했다. 다들 업무를 보는 척하면서 이쪽에 신경을 쓰고 있는 눈치였다. 그도 그럴 것이 국내에서 엄청나게 유명한 교수의 실종 사건인 데다가, 범상치 않은 기운을 폴폴 풍기는 야한 여자가 그 남자의 실종과 가장 밀접한 관련이 있는 사람으로 지목되었기 때문이다. 게다가 그 여자의 섹시한 옷차림은 보는 남자들로 하여금 왠지 모를 흥분감마저 주었다.

"사건에 대해서 말씀해 주시겠습니까?"

그녀가 손동작을 일순간 멈추었다. 기분이 나빴나? '사건'이라는 단어를 아무래도 잘못 쓴건 아닐까? 말하기 싫은 건가? 허공에서 마주친 그녀의 눈빛은 길 가는 셰퍼드에게 깨갱, 하고 꼬리를 내리는 말티즈마냥 피하고 싶을 정도로 차가웠다. 하지만 피할 수는 없었다. 그녀의 차가운 눈빛이 문어의 빨판처럼 김 형사를 스멀스멀 휘감는 것 같았다. 빠져나가려고 발버둥 칠수록 더욱 단단하게 휘어가는, 김 형사는 문득 어린 시절 미역이 발에 감겨 바다에 빠져 죽을 뻔했던 숨막히는 기억을 떠올렸다.

"어디서부터 말하면 되죠?"

내연녀라던가, 이혼한 남자와 관계가 있었던 젊은 여자를 두고 내연녀라고 말하는 건 좀 이상했지만 아무튼 모두들 그렇게 말했다. "실종된 그 남자의 내연녀라고. 취향 한번 독특한 남자였나봐", "야야, M 교수잖아." 그 여자가 경찰서에 들어섰을 때 경찰서는 한바탕 술렁였다. 아직까지 결정적 증거는 발견하지 못했지만 김 형사는 그녀가 수상했다. 그건 형사의 직감이었다.

"그냥 아시는 대로 전부 말씀해 주시면 됩니다."

그녀가 고개를 푹 숙였다. 숱이 많은 그녀의 머리는 아래로 흘러내려 그녀의 얼굴을 완전히 덮었다. 꾸불꾸불하게 파마를 한 그녀의 머리는 민트색과 금색, 은색이 절묘하게 섞인 색으로 얼굴 양 옆으로 흘러내린 모양새가 굽이쳐 흐르는 두 갈래의 폭포수를 연상시켰다. 증명사진에서는 분홍색 바탕에 연두색, 파란색, 노란색 등 다양한 색이 가닥가닥 포인트로 염색된 머리를 엉덩이까지 길게 기르고 있었기 때문에 처음에 여자를 알아보지 못했었다. 머리 색깔을 자주 바꾸는 것이 취미라고 하던데, 어떻게 그렇게 자주 염색을 하면서 저만한 머릿결을 유지하는지는 참으로 의문이었다.

"처음이었어요."

한참 동안 말이 없는 그녀가 드디어 입을 열었다. 타다닥, 하고 김 형사가 재빠르게 자판을 두드리는 소리가 뒤따라 들려왔다. '처음'이라, 거 참 요상한 시작이군. 도통 무슨 소린지 모르겠다는 표정으로 이쪽을 바라보는 동료를 향해 김 형사는 어깨를 한번 으쓱해 보였다.

"교수님은, 처음으로 저를 이해해주는 사람이었어요. 그전까지는 저에게 다가오는 사람이 아무도 없었거든요. 그렇다고 먼저 다른 사람들에게 다가갈 정도로 밝은 성격도 못되고 해서 저는 늘 혼자 지냈죠. 부모님은 제가 아주 어렸을 때 사고로 돌아가셨어요. 그래서 저는 제대로 된 사랑을 받아본 적이 없었어요. 그리고 한 번도 다른 누군가에게 사랑을 준적도 없었죠. 제 스타일도 다른 사람들에게 그다지 호감을 주는 편도 아니고요. 고등학교 때 담임선생으로부터 너 자신을 좀 바꿔보면 어떻겠냐는 충고도 들어봤는데, 다른 사람들의 시선을 의식해서 제 취향을 바꾸고 싶지도 않았고, 별로 그렇게

까지 하면서 다른 사람들과 어울려 지낼 필요성도 못 느꼈어요.

그렇다고 딱히 외롭다고 생각한 적도 없었어요. 계속 혼자 지내다 보니깐 거기에 익숙해졌으니까요. 그러다가 우연히 2학기에 그 수업을 듣게 됐어요. 주변에 어떤 강의인지 알려주는 사람도 없으니 아무것도 모르고 그냥 '섹스의 이해'라는 강의명만 보고 수강 신청을 한 거였어요. 그리고 거기서 교수님을 만났죠. 사막 한가운데에서 오아시스를 발견한 다면 그런 느낌일까요. 교수님께서 자신의 취향이라고 말한 스타일, 이를테면 긴 손톱이나 킬힐 같은 것들도 저와 완벽하게 일치했어요.

저는 태어나서 처음으로 저와 같은 취향을 지닌 사람과 만났어요. 수업 시간 내내 교수님의 저를 향한 눈빛을 느꼈죠. 외로운 사람은 외로운 사람을 알아본다잖아요. 교수님도 저와 마찬가지였을 거예요. 사회로부터 비난받고, 동료 교수들로부터 따돌림 당하고, 교수님의 시선은 마치, 교수님이 제게 끊임없이 '나는 너를 이해해'라고 말하는 것만 같았어요."

김 형사는 어느새 그녀의 말에 맞추어 고개를 끄덕이고 있었다. 경찰대학에 다니던 시절, 자신은 무척이나 모범적인, 나쁘게 말하자면 지나치게 성실한 학생이었다. 일탈 같은 건 꿈에도 모르며 늘 최상위권의 성적을 기록하는 그런 김 형사의 모습이 다른 사람들의 눈에 좋게 보였을 리는 만무했다. 그는 대학 시절 내내 거의 혼자였다. 그러나 딱히 외롭다고 느낀 것은 없었다. 어떤 기분인지 알겠는걸,

살짝 멍해지며 과거를 회상하던 그는 이내 그녀의 말에 다시 집중하기 시작했다.

"정신을 차려 보니까 어느새 수업이 끝나고 저는 교수님의 방 앞에 서 있더라고요. 아무렇지 않다고 생각하면서 살았는데 실은 저, 참 많이 외로웠었나 봐요. 칠흑같이 어두운 고독의 심해에서 헤엄치는 저에게 한줄기 빛이 들어온 것처럼 반가웠으니까요. 문이 열리자마자 교수님을 끌어안고 펑펑 울었어요. 왜 그렇게 눈물이 났는지는 모르겠어요. 교수님이 제 뒤에 있는 문을 닫고 걸어 잠그는 걸 느꼈지만 전혀 무섭지 않았어요. 오히려 안심이 되었어요. 아, 여긴 이제 우리 둘 뿐이구나. 아무도 우리에게 손가락질하는 사람이 없구나.

교수님은 제 뺨을 타고 흘러내리는 눈물을 핥아주었어요. 마치 고양이가 우유를 마시듯, 천천히, 그리고 부드럽게요. 교수님은 제 어깨를 붙잡고 그대로 소파를 향해 밀어서 눕히고 키스를 하며 입고 있던 윗옷을 말아 올려 벗겨내었어요. 옷을 벗길 때 저의 긴 손톱이 닿지 않게 하기 위해서 교수님은 아주 천천히 옷을 벗겼어요. 제 아래에서 부스럭대던 소파의 감촉이 지금도 생생해요. 저는 울면서 웃었던 것 같아요. 왜냐고요? 기뻤으니까요.

교수님은 저를 상대로 무척이나 야한 섹스를 하셨어요. 한마디로 하자면 가장 인간다운 섹스였죠. 삽입 이외의 방법만으로도 충분히 희열을 느낄 수 있는 존재는 인간뿐 이니까요. 그저 삽입만 한다면 동물의 그것과 전혀 다를 바 없죠. 하지만 그전까지 저는 섹스라고 하면 무조건 삽입 성교만을 떠올렸었어요. 그 전까지 가졌던 몇 번의 섹스들이 모두 그러했고, 보통 섹스라고 하면 떠올리는 이미지가 그렇잖아요.

어쨌든 교수님은 브래지어를 벗겨냈어요. 가슴을 꼭 조이는 압박감에서 해방되자 저는 크게 숨을 들이마셨어요. 저는 교수님이 입고 계시던 와이셔츠 단추를 하나하나 풀었어요. 단추를 하나씩 풀어 내리는 일은 정말 짜릿했어요. 저는 꽤나 남자의 와이셔츠와 단추에 집착하는 편인지라 평소에도 와이셔츠 단추를 두어 개쯤 푼 남자만 지나가도 흥분되었거든요. 손톱이 상하지 않게 하기 위해서는 손가락 마디로 단추를 풀어야 했어요. 그렇기 때문에 손놀림이 매우 느릿느릿할 수밖에 없었죠. 저는 그게 너무나도 불편하고 한시라도 빨리 교수님의 옷을 풀로 싶었기 때문에 손길을 관두고 이빨과 혀를 이용해서 단추를 풀기 시작했어요.

와이셔츠 안에 입은 러닝셔츠까지 입을 사용해 모두 벗기고 나서는 손으로 교수님의 벨트와 바지 앞쪽을 지분댔어요. 교수님의 입술은 쉴 새 없이 움직이며 목을 타고 내려가 일자로 뻗은 쇄골 위를 빨아 당겼어요. 두 손으로는 저의 양쪽 가슴을 터질듯 움켜쥔 채였죠. 저는 바지 앞에서 손을 떼고는 쉬지 않고 교수님의 얼굴을 어루만졌죠. 제 뾰족하고 긴 손톱이 간간히 두 뺨과 목덜미를 스칠 때마다 교수님은 기뻐하셨어요. 교수님은 제 긴 손톱이 정말이지 마음에 든다고 하셨어요. 교수님은 저의 가슴을 강하게 빨아 당기고 젖꼭지를 깨물면서 동시에 제가 입고 있던 딱 붙는 검은색 가죽 스키니 바지, 그리고 팬티를 벗겨내셨죠.

그러고 나선 제 다리를 들어 올리고 아직 벗지 못한 하이힐 끝에서부터 쭉 핥아 내려오셨어요. 교수님의 혀가 금색으로 빛나는 하이힐을 타고 내려오는 모습을 지켜보며 곧 제 다리로 내려올 상상을 하자 온몸이 저릿해지면서 허리가 뒤로 젖혀졌어요. 종아리를 거쳐 허벅지쯤 도착하자 교수님은 제 양 다리를 힘껏 벌리셨죠. 마침내 그 목적지에 도착한 교수님의 혀가 제 보지 위에서 춤추듯이 움직일 때 저는 밀려드는 쾌감을 이기지 못하고 긴 손톱으로 교수님의 등을 위에서부터 아래로 긁어내렸어요. 교수님의 등을 타고 빨간 핏물이 흘러내렸어요. 제 손톱이 너무 뾰족했던 탓이겠죠. 손톱을 보니 손톱 끝에 교수님의 살점이 붙어 있기까지 했으니까요.

통증이 느껴졌는지 교수님은 간간히 인상을 찌푸리셨어요. 하지만 결코 부정적인 표현은 아니었어요. 오히려 그 고통을 즐기는 것처럼 보이기도 했죠. 교수님은 보지를 핥으며 이따금 제 얼굴을 바라보셨어요. 저는 교수님의 얼굴을 내려다보며 손톱 끝에 붙은 핏물을 혀로 할짝할짝 핥았어요. 비릿한 쇠 냄새가 입안에 가득했어요. 그 비린 쇠 맛을 느낀 건 비단 저뿐만이 아니었을 거예요. 사실 이건 저와 교수님만 알고 있는 비밀인데, 제 보지에 은색 피어싱을 했거든요. 교수님이 보지를 핥을 때마다 그 움직임에 맞추어 제 피어싱도 함께 흔들렸어요. 그 느낌은 어느 누구도 감히 말로 표현할 수 없을 거예요.

저는 몸을 돌려서 교수님의 발쪽으로 저의 얼굴이 향하게 했어요. 교수님의 엄지발가락엔 한두 가닥의 털이 나있었어요. 이빨로 그 털을 물어 살짝 잡아당기자 교수님의 몸이 움찔하는 것이 느껴졌어요. 저는 교수님이 움찔하는 모양이 귀여워서 몇 번 더 털을 잡아당겼어요. 그리고 나선 입을 벌려 발가락을 감쌌어요. 예전에 어떤 수업 시간에 들은 내용인데, 뇌의 체감각 피질 중 성기와 발가락이 붙어 있어서 발가락을 빨아 주는 것이 오랄을 하는 것과 비슷한 느낌을 준대요. 과연 그런지 실험해보고자 저는 교수님의 엄지발가락을 혀끝으로 핥기도 하고 아기가 어머니의 젖을 빨듯이 세차게 빨기도 했어요.

정말로 그런지 교수님은 약하게 몸을 떨고 제 보지를 핥는 혀의 움직임도 더욱 간헐적으로 변했어요. 교수님은 몸을 일으켜 세워 벗겨진 교수님의 와이셔츠로 저의 두 팔을 등 뒤로 돌린 후 강하게 묶었어요. 그리고 저의 윗옷으로 눈을 가렸죠. 교수님이 무엇을 하실지 알 수 없게 되자 저는 급격하게 흥분되었어요. 교수님은 잠시 어디론가 향하더니 매우 차가운 물체를 저의 배 위에 올려놓았어요. 저는 너무 차가워서 몸을 크게 들썩였어요. 딱딱하고 차가우면서 피부에 닿을 때마다 느껴지는 끈끈한 느낌의 그것은 아이스크림이었어요. 아이스크림은 차가웠지만 저의 몸은 다음 동작을 예측할 수 없는 교수님의 손길에 흥분을 더해가 온도를 높여갔어요.

교수님은 아이스크림 끝으로 저의 턱에서부터 시작해 목, 쇄골, 젖꼭지, 배꼽, 허리까지 몸통을 적시고 지나가더니 보지 구멍에 그것을 집어넣었어요. 차디찬 아이스크림이 닿자 저는 그 이질감에 허리를 튕겼어요. 제 몸속이 뜨거웠기 때문에 아이스크림이 빠른 속도로 녹아내려가는 것이 느껴졌어요. 교수님은 아이스크림을 앞뒤로 집어넣었다 빼기를 반복했어요. 아이스크림은 줄줄 녹으며 제 양쪽 다리와 엉덩이를 타고 내려갔어요. 교수님은 아이스크림 녹은 물이 몸 밖으로 빠져나가지 못하게 하려고 제 다리를 들어 올려 위쪽으로 향하게 했어요.

아이스크림이 녹으면서 그 크기가 점차 작아졌지만 교수님의 표정이나 제가 눈을 가리고 두 손이 묶인 채 다리 사이에 막대 아이스크림을 꽂고 있는 모습을 상상하는 것, 그리고 녹아내리는 아이스크림이 뱃속에 차오르는 느낌은 저를 충분히 흥미롭게 했어요. 아이스크림이 어느 정도 녹자 교수님은 제 보지에 입을 대고는 쪽쪽 빨아들이켰어요. 그 모습은 마치 엄마의 젖을 한 방울이라도 놓치지 않고 모두 먹어버리려고 하는 탐욕스러운 아기나 남자를 만족시키기 위해 자지에서 흘러나오는 정액을 남김없이 먹는 여자를 보는 것 같았죠."

경찰서는 마치 아무도 없는 것처럼 조용했다. 그녀의 입에서 쉴 새 없이 그녀의 잊을 수 없는 성경험에 관한 직설적인 표현들이 흘러나왔지만 어느 누구도 먼저 나서서 말릴 생각을 하지 못했다. 아니, 오히려 집중해서 그녀의 이야기를 듣느라 대부분 반쯤 입이 벌어진 상태였다. 김 형사도 마찬가지였다. 어느 누가 말했었다. 모든 걸 다 보여주는 동영상보다 상상할 여지를 남겨주는 소설이 더 자극적이라고. 김 형사는 애써 그의 머릿속에서 맴도는 그녀의 반쯤 벗은 몸을 떨쳐내려 하다 이내 포기하고 말았다.

"아마 그 다음날이었을 거예요. 수업이 끝나고 어둑해진 길을 걸어 자취방으로 가고 있는데, 뒤에서 누군가 따라오는 느낌이 들었어요. 이렇게 또각또각 하는 구두 소리가 나면 그 뒤를 따라 저벅저벅하고 발자국 소리가 들렸거든요. 혹시나 싶어서 일부러 천천히 걸었다가 빨리 걸었다 했는데 그때마다 발자국 소리는 저의 걸음걸이를 따라 그 속도를 달리했어요. 약간 질질 끄는 것 같은 그 발소리의 주인을 저는 단번에 알아챌 수 있었어요. 그래요, 그 사람은 교수님이었어요.

교수님의 미행은 그날부터 계속되었어요. 처음에는 그저 제가 집에 들어갈 때까지 멀리서 바라보는 데에 그쳤지만 며칠이 지나가 반투명한 저의 창문으로 교수님의 형체가 보일 정도였어요. 기분이 나쁘거나 무섭지는 않았냐고요? 전혀 그렇지 않았어요. 오히려 기분이 좋았죠. 교수님이 저를 따라오는 그 발소리는 제 심장을 두근대게 만들었어요. 아아, 저는 그 설렘을 정말 좋아했어요. 그 설렘은 아마, 누군가가 저에게 가져주는 관심에서 비롯되었는지도 몰라요. 교수님은 매일같이 저의 뒤를 따라오셨어요. 그리고 저는 저를 지켜보는 교수님을 실망시켜드리고 싶지 않았죠. 혹시나 저에게서 흥미를 잃고 떠나가 버리면 안되니까요.

저는 교수님을 즐겁게 해드리고 싶었어요. 그래서 저는 어떻게 하면 교수님이 좋아하실까 생각해보았어요. 그리고 여느 때와 다름 없이 교수님이 저의 뒤를 따라온 어느 날, 일부러 집에 들어가자마 자 창문을 살짝 열어두었죠. 역시나 교수님은 얼마 지나자 창문 틈 으로 저를 몰래 훔쳐보고 계셨어요. 교수님의 희끗희끗한 머리칼이 살짝 열린 창문 사이로 보였죠. 저는 교수님을 더욱 기쁘게 해드리 고 싶었어요. 마침 옷을 갈아입지 않은 상태였기 때문에 교수님이 보는 앞에서 옷을 갈아입기로 했어요.

저는 창문을 향해 뒤돌아서서 천천히 옷을 벗기 시작했어요. 양 손으로 티셔츠를 말아 올려 벗겨내고 브래지어의 끈을 풀었어요. 브 래지어 끈이 어깨선을 타고 주르륵 흘러내려갔어요. 곧 바닥에 툭 하고 브래지어가 떨어지는 소리가 났고요. 저는 긴 제 머리칼을 귀 뒤로 한번 넘겼어요. 부드러운 머리카락이 제 등에 닿는 기분은 간 질간질했어요. 마치 교수님의 손이 제 등을 쓰다듬는 것 같은 느낌 이었죠. 저는 그리고 천천히 다리 위의 스타킹을 벗겼어요. 교수님 이 이 장면을 보고 계실 것을 상상하는 일은 무척이나 흥분되었어 요. 심장이 터질 듯 쿵쾅댔어요.

저는 스타킹을 벗겨낸 후 옷장에서 잠옷을 꺼내 바로 갈아입었 어요. 오늘은 첫날이니 교수님이 앞으로도 계속 저를 찾아오게 만 들려면 이 이상으로 나아가선 안 된다고 생각했거든요. 그 다음날 엔 커텐을 쳤어요. 그 커텐은 얇은 실크 재질로 되어 있어서 밖에서 도 안이 비쳤죠. 하지만 커텐을 쳤다는 이유 하나만으로도 저는 훨 씬 더 대담해진 것만 같았어요. 그건 저를 숨겨주고 보호해주는 엄마의 자궁 같았죠. 그 안에서라면 무슨 짓도 다 할 수 있을 것만 같았어요.

그날 입었던 옷은 붉은 색으로 속이 훤히 비치는 시스루 재질이었어요. 물론 안에는 아무것도 입지 않았죠. 모양새는 목욕 가운하고 비슷하게 되어 있었는데 끈 하나만 풀면 온몸을 감싸던 천들이 모두 벗겨지도록 되어 있었어요. 저는 책상 위에서 바디 오일을 꺼내다가 몸에 골고루 바르기 시작했어요. 약간 끈적하면서도 미끈한 오일은 중력을 따라 제 몸을 타고 아래로 흘렀어요. 옷은 아직 벗지 않은 상태라 그렇지 않아도 속이 보이는 옷 위로 저의 몸이 드러나 마치 비에 젖은 것 같은 느낌을 주었어요.

저는 오일이 제 몸을 타고 흐르는 감촉을 교수님의 손이 제 몸을 감싸는 감촉이라고 상상하고 그대로 두기도 하고 때로는 골고루 손으로 문지르기도 했어요. 고개를 뒤로 젖히고 오일 두 방울을 떨어트리자, 방울들이 저의 젖꼭지 위를 따라 내려갔어요. 젖꼭지 끝과 젖꼭지고리에 오일이 살며시 닿는 그 느낌은 무척 짜릿했어요. 불을 훤히 켜 두었기 때문에 다른 집에서 볼 수도 있었지만 그건 상관없었어요. 물론 교수님에게만 보여드리고 싶은 저의 모습이었지만 교수님 외에 또 다른 누군가가 이 장면을 지켜볼지도 모른다는 사실이 감출 수 없을 정도로 저를 흥분시켰거든요.

옷 옆에 다리 부분이 훤히 트여 있었는데 저는 그 트인 부분을 들추고 교수님이 보는 앞에서 보지를 애무하며 자위했죠. 원래 몽땅 다 벗은 것보다 상상의 여지를 남겨 두는 편이 더 에로틱하잖아요.

오일이 애액과 섞여 보지가 정말 미끄러웠기 때문에 이따금 제 손이 빗겨갈 때도 있었는데 오히려 그런 의도치 않은 손동작이 더욱 짜릿했어요. 저는 탄성을 내뱉으며 교수님의 이름을 불렀는데 교수님이 그걸 정말 좋아하신다는 사실을 방 안에서도 느낄 수 있었어요. 간간히 교수님의 신음소리가 창문을 타고 들려왔으니까요. 아아, 형사님, 교수님은 저희 집 창문 밖에서 저를 훔쳐보며 무엇을 하고 계셨던 걸까요?

아 참, 교수님은 때때로 저에게 선물을 보내 주기도 하셨어요. 하지만 아마 형사님이 생각하시는 그런 선물은 아닐 거예요. 좀 더 특별한 것이었으니까요. 그 선물들은 바로 손톱이나 발톱, 머리카락 등 교수님의 신체 일부분이었어요. 그것들은 종이 박스에 담긴 채 저희집 문 앞에 놓아져 있었어요. 저는 수업이 일찍 끝날 때면 집으로 돌아와 그것들을 가지고 놀았어요. 교수님의 분신쯤으로 여기고 말을 걸었던 적도 있어요. 교수님이 무슨 생각으로 그런 선물을 주신 건지는 모르겠어요.

제가 느낄 외로움을 미리 알고 보내주신 거였다면 더 좋았겠지만 이유야 어떻든 상관없었어요. 저는 교수님의 선물이 아주 마음에 들었고, 그걸고 충분했어요. 그리고 그 선물들을 무척이나 소중하게 보관했어요. 하루에도 몇 번씩 잘 있는지 확인하고 어렵거나 힘든 일이 있으면 가장 먼저 꺼내보았어요. 교수님과 직접적으로 만나서 했으면 했던 말들, 그러나 왠지 교수님을 직접 찾아가면 교수님과 나의 스토킹으로 맺어진 관계가 끝이 날까봐 꼭꼭 숨기고 있어야만 했던 말들을 나누기도 했었어요."

　손톱과 발톱, 머리카락이 한 사람의 친구가 될 수 있다니, 김 형사는 그 여자가 측은해지기 시작했다. 동시에 그녀를 이 지경까지 이르도록 몰아넣은 세상의 무관심함에 분노했다. 그래, 그녀가 보통 사람들과는 조금 다를지도 모른다. 하지만 그렇다고 해서 어떻게 단 한명도 그녀에게 먼저 다가갈 생각을 하지 못했던 걸까. 먼저 다가 가면 나도 함께 따돌림을 당할까봐? 자신의 분노는 진정으로 그녀에 대한 연민에서 비롯된 것이 아니라 자신을 홀로 지내도록 내버려 둔 대학시절 동기들에 대한 기억에서 비롯된 것인지도 몰랐다. 어쨌든, 김 형사는 그녀의 말을 듣고 분노하지 않을 수 없었다.

　"교수님이 쓰신 소설을 바탕으로 만들어진 연극인 〈가자, 장미 여관으로!」가 공연을 시작하는 날이었어요. 저는 교수님을 축하해 드리기 위해서 장미꽃을 사들고 연극을 보러 찾아갔어요. 그날 교수님은 무대 위에서 마이크를 잡고 주인공 육체파 여배우인 L양과 기자 회견을 열었어요. 질문 하나 하나에 대답하는 교수님은 L양 옆에서 기분 좋은 미소를 짓고 계셨어요. 그때부터 기분이 좀 좋지 않았죠. 교수님이 다른 여자 옆에서 웃고 있는 모습을 가만히 지켜보는 일은 정말이지 화가 났으니까요.
　특히 L양을 어떻게 생각하느냐는 한 기자의 질문에, 교수님이 매우 만족한다며 L양과 눈을 마주치면서 웃을 땐, 당장이라도 무대 위로 뛰어 올라가고 싶었을 정도였어요. 하지만 교수님의 기자회견과 첫 연극을 망칠 수는 없었으니 참고 연극을 끝까지 볼 수밖에 없었죠. 그녀의 큰가슴이 도드라지게 드러나는 파란색 물빛 드레스를 입은 L양은 확실히 같은 여자인 제가 보기에도 섹시했어요. 마이크를 잡고 웃을 때마다 출렁거리는 가슴에 기자들은 연달아 카메라 플래쉬 세례를 터트렸어요. L양도 그걸 알고 일부러 과장된 웃음을 짓고 드러난 가슴이 잘 보이는 자세를 취하는 게 눈에 보였죠.

그녀는 자신이 어떨 때 가장 섹시해보이고 남자들이 좋아하는지 매우 잘 알고 있는 듯했어요. 그러니 옆에서 그걸 지켜보는 교수님은 어땠겠어요. 이해가 전혀 가지 않는 것은 아니지만 매일같이 저를 스토킹했던, 완전히 저의 남자라고 믿었던 교수님이 L양에게 마음을 빼앗겼다는 상실감과 그녀를 향한 엄청난 질투심이 밀려들었어요.

연극이 끝난 후 저는 혼자 집으로 들어갔어요. 그리고 교수님은, 그날 저희 집으로 찾아 오시지 않았어요. 저는 좀처럼 잠에 들지 못했어요. 혹시 조금 지나면 오시지 않을까하는 작은 기대감에 뜬눈으로 밤을 지새웠어요. 하지만 교수님은 결국 오시지 않았어요. 저는 더 이상 참을 수 없었어요. 다른 생각은 아무것도 들지 않았어요. 그저 교수님을 확실하게 나의 남자로 만들고 싶다는 마음뿐이었어요. 나 아닌 다른 누구도 손댈 수 없는, 나만의 것으로요. 그래서 저는 골똘히 생각했죠. 어떻게 하면 교수님을 완전히 내 것으로 만들 수 있을까 한참을 고민한 끝에 해결책이 나왔어요. 그건 바로 …… 교수님을 살해하고 그 시체를 갖는 거였어요.

저는 계획을 실천에 옮기기 위해 다음날 교수님의 집 앞으로 찾아갔어요. 제가 매일 신고다니는 킬힐로 교수님의 머리를 찍어 누른다면 교수님을 죽일 수 있을 것이라고 생각했어요. 하지만 막상 초인종을 누르고 얼마 지나지 않아 문이 열고 나오신 교수님의 얼굴을 보니 마음이 흔들렸어요. 그 앞에 서서 머뭇거리고 있자 교수님께서 제 얼굴을 빤히 바라보시더니 저를 집안으로 들이셨어요. 여기까지 오느라 추웠을 텐데 뭐라도 따뜻하게 마시라며 차를 내오는 교수님을 보곤 잠시나마 그런 마음을 먹었던 것을 후회했어요.

교수님은 소파에 앉으셨어요. 막 샤워를 끝내고 나오셨는지 머리는 촉촉하게 젖어 있고 맨몸 위에 단추를 모두 풀고 셔츠를 걸치고 계셨어요. 저는 교수님 뒤에 서서 교수님의 풀어헤쳐진 셔츠 위의 맨가슴에 손을 얹었어요. 길쭉한 손톱이 교수님의 젖꼭지 위에 닿았어요. 저는 그 상태로 교수님의 가슴팍을 위아래로 쓰다듬었어요. 그리고 교수님에게 솔직하게 모든 것을 고백하려던 참이었어요.

"기절 놀이를 해본 적이 있니?"

그 순간 교수님이 저에게 갑자기 물으셨어요. 목을 졸라 기절시키는 놀이 말이야. 저는 해본 적 없다고 고개를 가로저었어요. 사람들이 그러는데, 목이 졸리는 순간 쾌감을 느낄 수 있대. 저는 교수님이 무슨 이야기를 하시고 싶으신 건지 알 수 없어 그저 교수님의 얼굴만 멀뚱멀뚱 바라보았어요.

"…… 그래서 말인데, 내 목 좀 졸라줘."

저는 깜짝 놀라 그럴 수 없다고 말했어요. 아무리 교수님이 원하시고 좋아하시는 일이라고 해도 교수님의 목을 제 손으로 조른다는 것은 상상할 수조차 없었어요.

"어서, 나는 네가 매일 밤 한 일들을 다 알고 있어. 자, 어서. 내 목을 졸라."

교수님은 제 두 손을 잡아 자신의 목 쪽으로 끌어당겼어요.

"너라면 괜찮아. 어서, 목을 졸라준다면 네가 한 모든 행동들을 용서해줄게."

용서? 교수님은 제가 교수님을 죽이기 위해 왔다는 것을 알고 계셨던 걸까요? 그런 것들을 고민할 새도 없이 어느새 교수님의 완강한 손힘에 이끌려 저는 교수님의 목을 조르고 있었어요. 교수님의 얼굴이 차차 붉게 물들고 이마엔 핏줄이 불거지며 고통으로 일그러져 갔어요. 긴 손톱 때문에 힘을 강하게 줄 수도 없었고 손을 떼려 했지만 교수님이 워낙 제 손을 강하게 잡고 계셨기 때문에 손을 뗄 수가 없었어요. 오히려 고통스러운 얼굴에서 점차 환희에 찬 얼굴로 변해가는 교수님의 표정을 지켜보며 더 이상 교수님이 힘을 줄 필요가 없을 정도로 저 스스로 손가락과 손바닥에 더욱 세게 힘을 가했던 것 같아요."

그것은 웃는 것 같기도 하고 우는 것 같기도 한 소리였다. 그녀의 목을 타고 올라와 살색 입술을 비집고 새어나오는 그 기이한 소리에 김 형사는 섬뜩함과 알 수 없는 짜릿함을 느꼈다.

"제가 이 이야기를 한다면 형사님은 아마 믿지 못하실 지도 몰라요. 아니면 제가 꾸며낸 이야기라고 생각할지도 모르죠. 혹은 저의 살인에 대한 변명거리쯤으로 여기실지도 몰라요. 형사님이 어떻게 생각하신다고 해도 좋아요. 모든 건 다 저의 착각이었으니까요. 스토커는 교수님이 아니라 저였어요. 여태껏 단 한 번도 사랑을 받아본 기억이 없는 저는 저에게 사랑을 줄 수 있는 사람을 소유하고 싶었기에 매일 밤 교수님의 집 앞으로 찾아갔던 거였어요. 제가 교수님을 의식하며 했던 행동들도 그저 저 혼자만의 행동이었어요. 교수님이 저에게 보낸 선물들은 선물이 아니라 제가 몰래 교수님의 방에 들어가 훔쳐 나온 것들이었고요.

기억을 반대로 조작한 이유는 잘은 모르겠지만 지독하게 외로웠기 때문이 아닐까요? 스토킹이라도 좋으니 사랑받고 싶었어요. 하지만 현실은 너무나도 서글펐어요. 그러니 자신을 외로움과 우울의 극한에서 구하기 위해서라면 기억을 조작하는 수밖에 없었을 거예요."

"그럼 저는 이제 어떻게 되는 건가요?"
"자세한 사항은 형사 재판이 끝나야 나올 겁니다. 가시죠."
수갑을 찬 채로 김 형사를 올려다보는 눈매가 고양이 같았다. 손톱이 상하지 않게 조심해 달라는 그녀의 말에 온갖 신경을 곤두세워 수갑을 채우느라 보통 사람들보다 시간이 훨씬 많이 걸렸다. 사실 수갑을 빌미로 그녀의 가느다란 손목을 좀 더 오랫동안 음미하기 위한 것이었는지도 모른다. 아무튼 수갑을 차고 그녀가 앉은 자리에서 일어나는데 그 반동으로 가슴이 출렁였다. 사춘기 때 우연히 받아 본 SM 동영상이 떠올랐다. 그때 그 영상에 등장했던 여자도 꼭 이런 모습이었다. 이렇게 수갑을 차고, 망사 스타킹을 신고, 빨간 구두를 신고.

〈실종된 Y대 M 교수, 사망한 것으로 밝혀져…… 범인은 여제자〉

김 형사는 M 교수의 사진과 함께 신문 1면에 떡하니 뜬 기사를 보며 인상을 쓴 채 깊게 담배 한 모금을 빨았다 내뱉었다. 그의 숨결을 따라 담배 끝이 붉게 물들었다가 이내 사그라들었다. 오른손에 들린 담배를 톡톡 두 번 털자 회색 담뱃재가 바람결을 따라 팔랑이다 걸터앉은 경찰서 계단 바닥으로 사뿐히 가라앉았다. 잔뜩 인상을 쓴 탓에 미간에 깊게 주름이 잡혔다.

한동안 도무지 그렇다 할 만한 화젯거리가 없다가 간만에 사람들의 이목을 끌 수 있는 자극적인 내용의 기삿거리가 뜬 통에 신문과 뉴스에서는 온통 그 이야기뿐이었다. '자세한 내용은 A3 면에.' 김 형사는 주름진 미간을 문지르며 기사의 뒷부분을 읽기 위해 신문을 펼쳤다.

"참 무서운 세상이야. 그치?"

형사반장인 장 형사가 옆구리에 온갖 파일을 낀 채 자판기 커피를 양 손에 들고 다가왔다. 아마도 그가 읽고 있던 신문 기사의 제목을 본 모양이다. 장 형사는 김 형사의 경찰대학 동기로 이번 M 교수 살인 사건을 담당하고 있어서 관련 자료들을 받기 위해 잠시 그곳에 들른 참이었다. 김 형사는 그가 편하게 앉을 수 있도록 왼쪽으로 자리를 살짝 비켜주었다. 장 형사는 그의 옆에 앉아 종이컵에 담긴 커피를 후루룩 소리가 나게 한 모금 마시고 다른 한손에 들린 커피를 내밀었다.

"그러게 말이다. 그래도 별 문제 없이 범인 잡고 시신을 찾아서 다행이야."

말을 마치고 비흡연자인 장 형사를 배려해 담배꽁초를 구두 굽으로 짓이겨 끄면서 김 형사는 한숨을 내쉬었다. 뱉어낸 숨이 담배 연기와 섞여 하얀빛으로 착잡하고 묵직한 공기를 갈랐다. 그 장면은 옅은 은발로 염색된 그녀의 머리털 같기도 했다. 커피를 주기 위해 내민 손이 머쓱했는지 장 형사가 헛기침을 하자 그제야 연기가 흩어지는 모습을 멍하니 바라보느라 눈치 채지 못했던 장 형사의 손을 알아차리고 '아. 땡큐—' 하며 건네주는 커피를 받았다.

"아 참, 시신은 어떻게 찾았어? 끝까지 어디 있는지 말 안했다면서. 뭐, 하긴 네 능력이야 대학 다닐 때부터 소문이 자자했지만."

그렇게 말하는 장 형사의 어조는 꽤나 비꼬는 투였다. 공부밖에 모르던 재수 없는 놈이 이런 '대박 터트린 사건'에서 주목을 받는 형사로 뜬 데에 새삼 질투가 났는지도 모른다. 아니면 이번 사건으로 진급이 확정된 김 형사에게 잘 보이기 위함일지도 모른다. 이유야 어찌되었던 장 형사의 칭찬 아닌 칭찬을 듣는 김 형사의 기분은 언짢았다. '처음이었어요.' 작게 떨리는 목소리로 말문을 열던 그 여자의 모습이 눈앞에 아른거렸다.

"아아, 그거 …… 그 여자가 나가기 전에 나한테 그러더라. '형사님, 앞으로 시간이 많이 흐른 뒤에 인간 복제가 가능할거라고 생각해요? 전 지금과 같은 인간의 과학 발달이라면 충분히 가능하리라 믿어요. 그럼 그땐 복제인간들을 사서 집에다가 냉동 보관한 다음에 보고 싶을 때마다 꺼내 전자레인지 같은 걸로 데워서 함께 놀 수도 있게 될 거예요. 그럼 제가 교수님을 죽이지 않았어도 괜찮았겠죠? 라고."

"그러니까 그 여자는 M 교수를……."

"자신의 냉동고에 넣은 뒤 보고 싶을 때마다 꺼내서 볼 생각이었던 거지. 결국엔 완벽하게 소유한 거라고나 할까. 더 이상 손톱이나 머리카락 같은 신체의 일부가 아니라 M 교수 자체를. 그리고 하나 더, 이건 좀 자극적이라고 해야 하나 충격적이라고 해야 하나, 아무튼 그래서 매스컴에는 밝히지 않은 건데 사체 부검 결과 혀가 잘려 있었대."

"왜? 무슨 말로 상처받은 적이라도 있는 거야?"

"그 여자가 M 교수 신체 부위 중에서 가장 좋아한 곳이 혓바닥이었대. 그래서 항상 가지고 다닌 모양이야.”

김 형사는 신문을 착착 소리가 나게 접었다. 접힌 면으로 '범인은 여제자'라는 글자가 보였다. 하얗게 질린 듯한 장 검사와는 반대로 인쇄된 활자를 바라보는 김 형사의 입가엔 약간 야릇한 미소가 지어져 있었다.

“아 참, 근데 형량 높게 때리는 건 좀 힘들지 싶다. 여자가 죽인건 맞지만 목을 조르는 행위는 M 교수가 원했던 거니까. 현장에서 정액도 검출됐고.”

김 형사는 종이컵에 남은 커피를 모두 마셨다. 추운 날씨 탓인지 커피가 금방 미적지근하게 식어 있었다. 종이컵 아래에는 냉동고에 잔뜩 낀 성에마냥 설탕이 한가득 가라앉아 있었다. 몇 번 흔들어 남아있는 설탕 찌꺼기까지 모두 먹을까 하다 그만두고 종이컵을 한손으로 꽈악 구겼다. 형편없이 구겨진 종이컵을 보고 있자니 알 수 없는 승리감이 감돌았다.

“그럼 이만 가볼게. 잘해봐.”

자신의 말에 충격받은 듯 멍 찐 얼굴을 한 장 형사의 어깨를 한대 툭치고 김 형사는 일어서서 구겨진 종이컵을 쓰레기통에 던져 넣었다. 나이스 샷. 문득 그 여자의 얼굴과 야하디 야한 옷차림이 떠올랐다. 여러 사람들 앞에서 취조 받는 상황 중에도 스스럼 없이 자신과 M 교수의 관계를 모조리 이야기하던 그 대범함이라면 섹스도 참으로 대범하리라.

체포를 위해 손목에 수갑을 채울 때 자신을 고양이 같은 날카로운 눈매로 올려다보던 그 얼굴이 자신의 자지를 입 안 가득 물고 올려다보는 모습으로 오버랩 되었다. '그 여자라면 감옥 생활도 평범하진 않을 것 같은데, 간간히 들러봐야겠어……'라고 생각하며 경찰서 안으로 유유히 걸어 들어가던 김 형사가 흐뭇한 미소를 지었다.

암사마귀의 사랑

여자의 모습은 조금 괴기스러웠다. 우선 그녀의 요망스러운 육체에 대해 말해보자. 이쑤시개같이 마른 몸과 길쭉하게 뻗어있는 팔다리가 괴기스러웠다. 차라리 그 팔다리가 조금 짧기라도 했으면 나으련만, 비정상적으로 보일 정도로 길게, 그리고 각지게 뻗어있었다.

사뭇 요즘 수많은 여성들이 바라는 몸매인 것도 같기도 하지만 그녀는 괴기스러웠다. 이 기이함에는 비정상적일 정도로 마른 몸과 긴 팔다리도 한 몫 했지만, 얼룩덜룩하게 묻어있는 페이스 페인팅의 흔적도 한 몫 했다.

온 몸에 초록색, 연두색, 진보라색, 청록색 물감이 덕지덕지 칠해져 있었다. 그녀는 무엇을 연상시키고 싶었던 것일까. 그런데 무엇보다도 눈에 띄는 것은 그녀의 손끝이었다. 그녀의 손은 무척이나 가늘었다. 가는 팔, 가는 손목, 가는 손바닥 그리고 가는 손가락. 특히 다섯개의 가는 손가락이 중지를 중심으로 모여 있었다. 그리고 그 끝에는 길고 날카로운 손톱이 곧게 뻗어있었다. 길고 날카로운 열 개의 손톱이 모이자, 마치 사람을 찔러 죽이는 창 같았다.

그녀는 역시나 볼살이라고는 찾아볼 수 없는 마른 얼굴형이었다. 얼굴에도 칠해진 녹색빛의 물감 때문에 잘 보이지는 않았지만 얼굴은 말 그대로 백지장처럼 하얀 빛이었다. 그 하얀 빛은 '아기 피부' 같다거나 '부드러울 것 같은' 하얀 피부는 아니었다. 혈색은 찾아볼 수 없는 그저 창백한 피부는 오한이 들게 했다. 보기만 해도 차갑고 만지면 으스러질 것 같은 건조함이 느껴졌다. 그 위의 녹색 페이스 페인팅은 어쩌면 이 때문에 더 빛을 발했는지도 모른다. 눈 두덩 주위에는 그저 검은색 섀도우가 칠해져 있었다. 공들여 칠한, 여성의 화장이 아니었다. 눈 위 뿐만 아니라, 그냥 온 눈두덩이가 검은색 섀도우로 뒤덮여 있었다. 눈썹이 있는지 조차 보이지 않을 정도로.

사실 여자의 몸이 볼륨감 있지는 않았다. 삐쩍 마른 몸에 어울리게, 그녀의 젖가슴은 빈약했다. 그녀의 엉덩이도 흔히 포르노에서 볼 수 있는 그런 탐나는 엉덩이가 아니었다. 그럼에도 불구하고 그녀가 매혹적인 것은, 그녀가 뿜어내는 치명적인 분위기 때문이다.

아름다운 육신 전체에서 느껴지는 건조함. 특히 가늘고 날카로운 손끝과 그 끝을 이어받고 있는 길고 뾰족한 손톱에서 느껴지는 날카로움. 그녀는 확실히 매혹적이었다.

오늘은 여자에게 특히나 중요한 날이었다. 화장대 앞에 앉아있던 그녀는 시계를 흘끗 보더니 서랍을 열었다. 남자가 올 시간이 다 되어가는 것처럼 보인다. 뒤이어 그 안에서 조그마한 손톱깎이를 꺼냈다. 그녀는 손톱깎이를 조심스레 들었다. 긴 손톱 때문에, 손톱깎이를 잡는 것 조차 힘들어 보였다. 그럼에도 불구하고 그녀는 손톱을 짧게 자르지는 않았다.

손톱깎이로 끝을 마치 새끼 고양이를 다루듯 조심스레 가다듬었다. 더욱 뾰족하고 날카롭게. 하나하나 집중해서 세심하게.

'딩동'

송곳 같이 날카롭게 가다듬은 손톱에 조금의 흠집이라도 용납할 수 없다는 듯, 그녀는 온 신경을 손톱에 집중하고서 문 앞으로 다가갔다. 그리고 양 손바닥으로 문고리를 마주 잡고 돌렸다. 손톱 때문에 한 손으로는 할 수가 없었다.

남자의 표정은 비장했다. 곧 이루어질 여자와의 정사에 이미 흥분했는지 약간은 상기됐지만 결코 쾌락에 찌들기만 한 얼굴은 아니었다. 남자는 여자의 손 끝을 바라보았다. 녹색 얼룩 속에 비치는 마네킹 같이 정교한 손이 관능적이면서도 그로테스크하다. 그것은 남자도 그 아름답고 유혹적인 손톱이 자신을 옥죄일 것을 이미 알기 때문이 아닐까.

여자는 처음부터 나체 위에 칠해진 물감 이외에는 아무것도 걸치지 않았기에 시간을 끌 필요가 없었다. 남자가 그의 마지막 속옷을 벗어내리기도 전에, 여자는 날카로운 손톱으로 천천히 남자의 몸을 쓸어 내렸다. 간지러우면서도 베일지도 모른다는 긴장감이 남자를 흥분시켰다. 작은 손짓에도 극도로 예민해진 남자에게 여자의 손짓은 어떤 애무보다도 자극적이었다. 온 몸의 모든 신경이 여자의 손톱이 지나가는 곳에 집중되어 있었기에, 여자가 앙다문 입술로 팬티를 벗기는 것에 신경 쓸 수 없었다. 남자는 여자의 가시 같은 손톱이 주는 묘한 긴장과 쾌감에 취해버렸다.

여자는 천천히 남자를 빨아대기 시작했다. 목에서부터 가슴까지 천천히, 그러나 잡아먹을 듯이 집요하게 빨아댔다. 그러더니 곧 남자의 자지를 물고 빨기 시작했다. 남자도 질 수 없었다. 여자의 그리 크지 않은 가슴을 거세게 움켜쥐며 주물럭댔다. 남자는 여자의 젖꼭지에 달려있는 조그마한 링을 그제서야 발견했다. 손가락 사이로 튀어나온 여자의 젖꼭지가 귀엽게 솟아오르자, 손톱으로 젖꼭지를 긁는 듯이 만져주었다.

링을 살짝살짝 건드릴 때마다 여자는 격하게 반응하며 입에서 금새 교태 어린 신음소리가 흘러나왔다. 남자는 이에 자극받아 여자의 젖꼭지를 빨기 시작했다. 혀에 닿는 금속성의 느낌이 묘하게 자극적이었다. 남자는 더욱 흥분했다. 남자의 한 손이 여자의 허리를 부드럽게 쓸고 내려가 곧 여자의 보지에 닿았다. 많지도 적지도 않은 적당한 음모에 감탄한 남자는 여자의 보지에 손가락을 집어넣어 격렬히 애무하기 시작했다. 여자의 보지는 애액으로 인해 질퍽거리면서도 부드럽고 따뜻했다.

쾌감에 취해 땀과 애액으로 뒤덮인 채 남자의 애무를 받기만 하던 여자는 어느 순간 남자를 떼어내기 위해 몸부림쳤다. 의아해하는 남자가 멈칫거리는 틈을 타, 여자는 이제는 자신의 차례라는 듯 다시 거칠고 공격적으로 남자를 애무하기 시작했다. 자지를 입으로 힘껏 빨고 주무르더니, 때로는 조심스럽고 감미롭게 그리고 끈적끈적하게 혀로 음미했다. 그러다가는 긴 손톱으로 남자의 자지와 그 언저리를 살며시 할퀴거나 찔렀다. 남자는 스릴과 공포에 휩싸이면서도 그 쾌감에 취했다.

남자는 더 이상 못 참겠다는 듯 그녀의 엉덩이를 잡았다. 그러고는 애액이 흐르는 그녀의 보지 구멍 속으로 자신의 딱딱한 자지를 꽂아 넣었다. 찌걱거리는 소리와 함께 남자의 자지가 매끄럽게 빨려 들어갔다. 남자는 격렬하게 자신의 자지를 여자의 보지에 박아 넣었다. 여자의 보지가 자지를 너무 쪼였는지, 남자는 격한 신음을 토해냈다.

남자는 여자의 가녀린 다리를 양 옆으로 더 벌리고 끊임없이 상하운동을 반복했다. 남자는 더 이상 참을 수 없는 지경에 이르자, 여자의 보지 안에 정액을 토해냈다. 남자는 여운을 느끼려는 듯 여자의 입술에 거칠게 키스했다. 여자도 한차례의 격정적인 흥분을 가라 앉히면서, 동시에 남자의 자지를 다시 부드럽게 쓸어내렸다. 남자의 자지는 다시 부풀어오르기 시작했다. 또다시 두 사람의 뜨거운 정사가 시작되었다.

몇 차례나 반복되었을까. 마지막으로 남자가 여자의 입안에 그의 정액을 토해내고, 그의 자지는 더 이상 힘을 잃었다. 여자는 한 손으로 흘러내리는 남자의 정액을 닦으면서 입안에 가득 찬 그의 정액을 꿀꺽 삼켰다. 여자는 남자를 삼켜버렸고, 남자는 셀 수 없이 계속된 정사 끝에 기진맥진해져서 누워있었다.

"즐거웠어."

여자가 계속된 신음소리로 인해 쉬어버린 목소리로 허스키하게 말했다. 여자는 계속된 정사에 지쳐 꼼짝도 하지 못하고 있는 남자에게 다가갔다. 뾰족하게 갈아놓은 그녀의 손톱이 유난히 반짝였다. 여자의 손톱이 남자의 목을 파고들었다. 동맥을 찾을 때까지 손톱으로 남자의 목을 찌르기를 반복했다. 얼마 안 있어 남자의 목은 피범벅이 되었고, 여자의 손톱은 붉게 물들었다.

배가 고픈 여자는 아직 싱싱한 남자를 먹기 시작했다. 5−6시간 동안 쉬지 않고 분출한 남자의 정액을−물론 일부는 여자의 몸 속에 남아 있겠지만 - 여자는 와인 잔에 받아놓았었다. 여자는 남자의 정액을 남자의 피와 섞어 한 모금 삼켰다. 적당히 검붉고, 적당히 끈끈한 액체가 목구멍을 타고 넘어갈 때마다 여자는 남자가 그녀 안에 살아 있음을 느꼈다. 여자는 굶주린 배를 달래기 위해 식사를 계속했다.

그녀의 향기

1

그녀를 처음 본 것은 어느 우중충한 휴일 아침의 일이었다. 온통 회색으로 뒤덮인 싸구려 아파트에 사는 나는, 그 날도 청소를 하다가 먼지를 내보내기 위해 현관문을 열고 복도로 나왔다. 바깥 공기가 시원해서 몸을 난간에 기대고 잠시 주변을 둘러보고 있던 참이었다. 맞은편 255동 5층 복도에 서있던 그녀는 엉덩이까지 내려오는 긴 황금빛 머리카락을 늘어뜨리고 난간에 서서 아래를 내려다보고 있었다. 이렇게 지어놔도 건축법에 안 걸리나 싶을 정도로 희한한 구조를 하고 있는 아파트 단지에서, 255동과 257동은 가장 가깝게 만나는 자리에 지어져 있다. 그래서 257동에 사는 내가 맞은편 255 동에 그녀가 서 있는 것을 볼 수 있었던 것이다. 그녀는 눈부시게 하얀 블라우스를 걸치고 가슴께에 푸른 브로치를 달고 있었다. 브로치 색깔이 그날의 회색빛 풍경 가운데서 유일하게 생기있게 빛나고 있어서 나는 자연히 그녀에게 눈이 갔다. 그녀는 한눈에 보기에도 무척이나 청초하고 여성스러운 아름다움을 지니고 있었다. 나는 큰 키에 다소 사나워 보이는 인상 탓으로, 남들에게서 여자가 뭐 그리 드세냐는 소리를 자주 들어왔다. 그래서 나는 그런 남자 같은 성격 탓인지, 그녀에게서 약간의 이성애적(異性愛的) 동경과 동성(同性)으로서의 질투심을 함께 느끼고 있었다. 생각해보면 다소 어이없는 일이었다.

어쨌거나 아름다움이란 역시 좋은 것이다. 인간이라면 모두가 다 미(美)를 사랑할 것이다. 미(美) 그 자체를 질투하는 경우는 사실 많지 않다. 미의 기준은 각자 조금씩 다를 테지만, 아무튼 아름다운 것을 보는 것은 우리의 눈을 즐겁게 한다. 완벽한 아름다움에 감탄하지 않을 사람이 어디 있겠는가. 세상에서 가장 아름다운 여자를 질투하는 여자라면 아마도 세상에서 두 번째로 아름다운 존재이거나, 세상에서 가장 아름답지 않은 추녀일 것이다. 나는 자기도 모르게 미녀에 대한 시기심이 생겨나는 생리를 이해할 수 있다. 그렇게 이해하면서도 그녀보다 못생긴 나는 내심 서글퍼할 테지만 말이다.

아무튼 그래서 나는 건너편 아파트의 그녀가 자리를 뜰 때까지 잠시 감상의 시간을 갖기로 했다. 나는 눈부시게 아름다운 그녀가 정말로 건너편 아파트에 사는 건지 우선 궁금했다. 내가 매일 새벽같이 나가서 밤 늦게 들어오는 것도 아니기에, 저 정도로 눈에 띄는 여자를 못 보았을 것 같지가 않았기 때문이었다. 더구나 이렇게 가까이 붙어 있는 255동에 사는 여자라면 말이다. 내가 이렇게 이런저런 생각을 하고 있는 동안에 그녀는 고개조차 한번 돌리지 않고 계속 땅 위의 무언가를 응시하고 있었다. 나는 문득 그녀가 무얼 보고 있나 싶어 덩달아 난간 밖으로 몸을 내밀고 아래를 내려다보았다.

한동안 훑어보았지만 시선을 끌만한 것을 찾지 못하고서 나는 다시 고개를 들었다. 그때 나는 미처 피할 새도 없이 그녀와 똑바로 시선을 마주치게 되었다. 그리고 마치 시간이 멈춰버린 것 같은 착각에 빠져들었다. 내가 6층 난간에 서 있었기 때문에 그녀가 나를 조금 올려다보았다. 그래서 나는 어쩐지 내 쪽에서 위압당한 것 같은 느낌을 받았다. 그녀의 선연한 눈동자와 마주쳤을 때 나는 먼 옛날의 기억을 떠올렸다. 어릴 적에 딱 한 번 가 본 아버지의 고향 마을에서 내려다보이던 묘한 빛깔의 새벽 바다 풍경이었다. 끝이 살짝 치켜 올라간 그녀의 섬세하면서도 강렬한 청회색 눈이 이쪽을 뚫어져라 바라보고 있었다. 나는 놀라서 아무런 반응도 할 수가 없었다.

나는 멍한 기분으로 홀린 듯 정신을 놓고 있었다. 눈을 내리깔고 있을 때는 상상도 못했던 그녀의 눈빛이 또렷하게 뇌리에 박혀. 나는 그녀의 눈을 통해 그녀 영혼의 단면을 본 것만 같은 생각이 들었다. 그녀는 언뜻 보기에 가녀리고 청순해 보이는 겉모습 속에 맹수 같은 마음을 숨기고 있는 듯하였다. 특별히 사납거나 포악하다는 게 아니라, 태어나면서부터 자연스레 지니고 있는 것 같은 고고한 맹수의 기품이 느껴졌다. 나는 등줄기를 타고 오는 전율을 느끼면서 얼어붙은 듯이 서 있었다. 청소하기에 걸리적거려서 아무렇게나 틀어 올렸던 내 치렁치렁한 머리카락이 어느 틈에 다 흘러내린 것도 나는 모르고 있었다.

그런데 그녀가 갑자기 눈길을 돌려 시선을 조금 아래로 향했다. 나를 보고 있기는 한데 내 얼굴이 아니라 내 손을 보고 있는 것 같았다. 그래서 내가 멍하니 내 손을 내려다보는 순간, 집에서 들고 나왔던 빗자루는 내 손을 떠나 6층 아래로 낙하하고 있었다.

"어......!"

나는 의미도 모를 외마디 소리를 지르고 나서 엘리베이터를 탈 생각은 꿈에도 못 한 채 계단을 달려내려갔다. 끝부분이 멋지게 깨져버린 빗자루를 들고 다시 올라왔을 때 그녀는 어느새 보이지 않았다.

2

나는 한창 바쁘게 출근 준비를 하고 있었다. 그리 늦은 것은 아니었지만 여유롭게 시간을 보내다가는 꼼짝없이 지각을 할 판이었다. 시간이 모자라 대충 대린 블라우스를 걸치고, 그 위로 정장 치마를 올려 입고 재킷을 팔에 걸쳐들었다. 블라우스가 형편없이 구겨지지는 않았는지, 치마가 돌아가지는 않았는지 잠시 거울을 살피며 옷매무새를 정리했다. 아직 채 다 마르지 않은 내 길고 풍성한 적갈색 굽슬굽슬한 머리카락이 오늘따라 유난히 튀어 보인다. 내 머리는 원래부터 이렇게 굽슬굽슬했다고 한다. 덕분에 다른 헤어스타일을 시도해 본 적이 별로 없다. 대학 시절 머리카락을 싹둑 잘라서 반듯하게 펴고 샛노랗게 염색해 본 적이 있지만, 눈 깜짝할 사이에 길어져서 다시 곱슬로 돌아오는 내 머리카락의 질긴 관성에 나는 두 손 두 발 다 들었었다. 그 시절 주위에서는 내 머리에 대해 호평과 악평이 딱 반반으로 갈렸었던 것 같다. 지금도 머리카락이 무섭게 빨리 길어지기 시작하던 때를 떠올리면 웃음이 나온다. 노란 머리카락 뿌리께에서 빼꼼히 고개를 내밀던 원래의 붉은 머리카락. 머리카락을 이용해 전위적인 미술 작품을 만든 거냐면서 친구들은 나를 볼 때마다 배꼽을 잡고 웃어댔었다.

다소 빠듯하게 일어난 탓에 제대로 화장할 시간이 없었다. 아이섀도는 더더욱 그랬다. 그래서 나는 피부 톤만 대충 정리해 주고 안

경 대신 렌즈를 끼고, 입술에 와인색 립글로즈를 바르는 것으로 채
비를 끝내고서 거울로 상태를 확인했다. 어머니를 닮아서 그런지,
슬슬 삭아가는 20대 후반의 나이지만 피부는 여지껏 그런대로 잘 버
텨 주고 있다. 특별히 따로 운동을 하는 것도 아니다. 하지만 나는
내 또래 여자들에 비해 근육량도 많은 편이고, 다이어트 같은 건 생
각도 해 본 적이 없다. 지금 이대로의 건강한 내 몸이 좋아서다. 나
는 태어나서 지금까지 잔병치레를 해 본 기억이 거의 없다.

　마지막으로 고개를 돌려 시계를 보니 어느덧 10분 내로 나가 봐
야 할 시간이다. 적당한 귀걸이를 고르고, 작은 펜던트가 달린 가느
다란 은색 목걸이를 목 뒤로 두르고, 왼쪽 팔목에 시계를 찼다. 백
을 메고 현관을 나서면서 10센티 검정색 기본 힐을 신었다. 이걸 신
으면 키가 180센티를 넘어가 버리고 마는데, 그 훌쩍 높아진 느낌이
정말 좋다. 오래 신고 있으면 발이 고단하기는 하지만 말이다. 언제
어디서나 킬 힐만 고집하다가 허리에 문제가 생겨 병원을 찾아가면
서도 킬 힐 신는 버릇을 버리지 못하는 친구의 딱한 심정이 이해가
간다.

　날씨는 엊그제와는 딴판으로 화창했다. 세상을 오렌지색으로 따
스하게 물들이는 햇빛이 기분 좋았다. 비록 딱히 특출난 구석은 없
지만, 나는 우리 집 근처와 직장까지 가는 길의 주변 풍경을 무척 좋
아한다. 너무 번화하지 않은 거리에 적당히 옹기종기 늘어서있는 건

물들, 적당히 푸른빛을 띠고 있는 가로수들. 햇빛을 받으면서 싱그럽게 빛나는 아침의 도시 풍경이다.

내가 근무하는 출판 디자인 연구소는 집에서 걸어서 약 30분 남짓이면 도착할 수 있는 꽤나 가까운 거리에 있다. 출판 디자인 기술뿐만 아니라 인쇄 관련 연구도 함께 하는데, 비록 화려한 직업은 아니지만 최근에 특히 디자인의 중요성이 대두되면서 나름대로 스포트라이트를 받고 있다. 하는 일도 다른 직업과 비교하면 그리 많지 않고, 보수도 나쁜 편은 아니고, 무엇보다도 내가 좋아하는 일이니까 난 참 운이 좋은 편이라고 생각하고 있다. 돌담이 끊기는 지점까지 오자 어느새 연구소가 있는 언덕이 저 앞에 보였다.

3

모처럼 일이 일찍 끝나서 아직 햇볕이 쨍쨍한 오후에 퇴근을 하게 된 나는 집으로 돌아오는 길을 걷고 있었다. 나는 오후의 거리를 아침만큼은 좋아하지는 않는다. 길을 지나다니는 자동차들이 내뿜는 매연은 분명 아침과 같은 성분일 텐데도 어쩐지 아침보다 탁하게 느껴진다. 횡단보도 앞에 서서 신호가 바뀌기를 기다리고 있는데 문득 건너편에 있는 가게 하나가 눈에 들어왔다. 지금까지는 무심코 지나쳐서 그 가게를 몰랐지만, 그리 크지는 않아도 외관이 깔끔하고 아기자기한 꽃집이었다. 평소 같으면 날도 저물고 피곤해서 신경을 쓰지 않았겠지만 오늘만큼은 문득 가게 안에 들어가 보고 싶은 생각이 들었다. 비록 내가 원예에 대해서는 잘 모르지만, 가끔씩 친구와 함께 남산 식물원에 들어갔다 나오면 가슴 한가득 채워지는 꽃향기가 마음을 나른하고 행복하게 만들어 주곤 했었다. 그래서 나는 오랜만에 꽃향기도 맡을 겸, 삭막한 집안에 생기를 더해 줄 화분도 하나쯤 살 겸해서 꽃집에 들어가기로 했다. 꽃가게의 문을 밀고 들어가면서 어쩐지 달콤한 가슴의 두근거림이 느껴졌다. 하지만 그것에 딱히 다른 이유가 있으리라고는 생각하지 못했다.

가게 저편에서 등을 돌리고 화분을 정리하고 있던 그녀는 문에 달린 종이 울리는 소리를 듣고서 이쪽을 돌아다보았다. 그 광경이 내게는 마치 한 10배쯤의 저속으로 느리게 돌아가는 슬로우 모션 같아 보였다. 내 심장이 믿을 수 없을 정도로 갑자기 철렁하고 내려앉아서, 나는 그 순간 내가 이 여자에게 사기라도 치고 도망친 적이 있었던가 하고 생각해야 했다.

"어서 오세요. 특별히 찾으시는 것이라도 있으세요?"

하고 그녀가 말했다. 그러나 발끝까지 추락한 나의 심장은 도로 올라올 기미를 보이지 않았다.

"어서 들어오셔서 천천히 구경하세요."

다시 그녀의 말.

"제가 이미 찾은 것 같네요. 그런데 꽃이 아니라 바로 당신이에요."

멍한 마음으로 나는 이런 말을 하려고 하였다. 그러나 그 말이 입 밖으로 나갈 정도로 나는 정신이 아주 나가 있지는 않았다. 다행스러운 일이었다.

평소에 내가 100퍼센트 헤테로(異性愛者)라고 생각했던 적은 없었다. 동성에게서 고백을 받아 본 적도 몇 번 있다. 내가 그런 사랑을 받아준 적은 한 번도 없었지만. 그래도 내게 이런 날이 올 줄은 꿈에도 몰랐다. 하지만 한편으로는 이러고 있는 나 자신을 납득하는 나의 자아를 발견했다. 그녀는 내가 지금까지 본 어떤 남자나 여자보다도 훨씬 더 매력적이었으니까. 다시 한 번 마주치게 된 그녀의 새벽 바다 빛깔 눈동자에 나는 이미 반해 있었다. 게다가 가까이서 본 그녀는 내가 예상했던 것보다도 더 이상적인 모습이었다. 단아하고 조화롭지만 어딘지 모르게 불완전하고, 곧고 강하지만 부드럽고, 섬세하지만 신경질적이지는 않은 사람. 그녀는 외모뿐만이 아니라 분위기와 아우라 자체가 그런 사람이었다. 첫눈에 그런 것이 느껴진다는 게 나 스스로 생각해도 이상하긴 했지만, 어쩐지 내 직감이 결코 틀리지 않을 것이라는 확신이 들었다.

체감적으로 꽤 오랜 시간이 흐른 것 같이 느껴졌다. 시계를 보니 시간이 많이 흘러간 것도 아니었다. 나는 형형색색의 화분들을 들여다보면서 잠시 망설였다. 다짜고짜 이름을 물어볼 수도 없고 해서. 나는 그냥 지나간 기억대로 정직하게 물어보기로 했다.

"저, 혹시 ○○ 아파트에 사세요? 어디선가 뵌 것 같아서요."

삼류 영화에나 나올 법한 작업 멘트로군, 하고 생각하며 나는 저절로 한숨이 나왔다.

"아, 혹시 저번 주 주말에 우리가 만나지 않았던가요?"

그녀의 대답에 나는 화들짝 놀라서 얼굴을 치켜들고 그녀를 바라보았다. 그녀는 이쪽을 향해 씨익 웃어보였다. 나는 잠시 할 말을 잃고 눈을 동그랗게 뜨고 있다가 겨우 그녀에게 물었다.

"그럼…… 255동 복도에 서 계시던 그 분이신가요?"

"네, 맞아요. 그때 그 빗자루는 괜찮아요?"

하하하하하. 우리는 서로 마주보고 깔깔대며 웃었다. 갑자기 긴장이 탁 풀어지면서 잔뜩 얼어 있던 나 자신이 우습게 느껴졌지만 그것마저도 썩 기분이 좋았다.

4

그 뒤로 나는 이따금씩 꽃집에 들르며 그녀와 급속도로 친해졌다. 그녀의 이름은 이안나였고, 나와 같은 나이인데 아직 대학을 다니고 있었다. 부모님은 다른 도시에서 화훼 관련 사업을 하시고, 그녀는 이 근처에서 자취하면서 이모가 운영하는 꽃집 일을 가끔 돕는다고 했다. 이야기를 나눠볼수록 그녀는 나와 무척이나 마음이 잘 들어맞았다. 당연히 애인이 있지 않을까 생각했지만 예상 외로 지금 사귀는 사람은 없는 것 같았다. 둘이서 수다를 떨다가 가끔 전에 사귀었던 남자친구 이야기가 나오면 그녀는 말없이 웃기만 했다. 그럴 때면 나는 아무런 생각이 없다가도 어쩐지 가슴이 두근거려오곤 했다.

그녀를 처음 봤을 때는 분명히 내가 그녀에게 반해 버린 거라고 생각했지만, 함께 웃고 떠들다 보면 아주 오래 전부터 알고 지낸 친구인 것처럼 마음이 편안해졌다. 그냥 그녀를 보고만 있어도 내 마음이 온화해졌고, 그녀가 웃는 얼굴을 바라보면 따라서 웃게 되었다. 나는 소소한 일상(日常)도 이렇게 행복한 것이 될 수 있다는 것을 이제서야 깨닫게 되었다.

오늘은 차를 운전해서 2시간쯤 거리에 있는 XX 자연 식물원에 함께 가 보기로 했기 때문에 아침 일찍부터 채비를 했다. 눈에 렌즈를 끼고 자연스러운 듯하면서도 약간 포인트를 준 메이크업을 하였다. 그리고 평소에는 잘 입지 않는 원피스에 굽이 거의 없는 샌들을 신었다. 나는 좋게 말해서 카리스마가 있어 보이고, 더 풀어 말해서 무서워 보인다는 소리를 듣는 인상이었기 때문에, 이렇게 차린다고 해서 부드러워 보일 리 만무했다. 하지만 나도 좀 상냥하고 예쁘게 보이고 싶을 때가 가끔 있었다. 나는 거울 앞에서 웃는 연습을 몇 번 해보다가 스스로 우스워져서, 애꿎은 머리카락만 한번 세게 잡아당기고서 집을 나섰다.

일기예보는 역시나 틀리라고 있는 것인지, 밤부터 내릴 거라고 했던 비가 가는 길 도중에서부터 부슬부슬 내리기 시작했다. 식물원 앞에 도착하자 날씨가 그런데다가 평일이라 그런지 주차된 차들이 얼마 없었다.

"지혜, 너 우산 있어?"

하고 안나가 내게 묻는다.

"응, 차에 있긴 한데 하나뿐이야."

하고 내가 대답한다.

"비가 그렇게 많이 내리지는 않으니까 괜찮겠지?"

"정 많이 내리면 어딘가 우산 파는 데가 있을 거야."

산기슭에 꽃과 나무들이 마음대로 자라도록 풀어놓은 자연 식물 원은 규모가 무척 컸다. 인위적으로 꾸며놓은 다른 식물원들과는 달리 친근하면서도 편안한 느낌이 들어서 좋았다. 오늘 온 관람객들이 원체 없기도 했지만, 부지가 하도 넓은지라 30여분이 지나도록 다른 사람들과 마주친 횟수는 한 손에 꼽을 정도였다. 우리는 한가하게 산책하듯 빗길을 걸었다. 촉촉하고 싱그러운 공기가 코끝에 스며들었다. 실내 전시관을 보고 나서 야외의 온갖 꽃과 풀과 나무들을 둘러보며 우리는 둘 다 마음이 들떠서 어린아이들처럼 재잘거렸다. 그리고 어쩌다 중간중간 침묵이 이어져도 하나도 어색하지가 않았다. 안나의 눈은 시종일관 순수한 호기심으로 가득차 있었다. 나도 신이 나서 무심코 우산 밖으로 벗어났다가 빗물에 옷을 적시곤 했다.

"우리 저 위쪽으로 올라가 볼까?"

하고 내가 안나에게 묻는다.

"그럴까?"

안나의 대답과 함께 우리는 나란히 나무로 된 꽤 긴 계단을 올라 갔다. 조금 미끄러운 길을 조심조심 걸어 마침내 꼭대기에 다다랐다.

"와, 멋지다!"

안나가 탄성을 지른다. 나도 눈앞에 펼쳐진 광경에 눈을 크게 뜨고 숨을 들이쉬었다. 산기슭을 따라 이어진 언덕이 온통 흐드러지게 핀 들꽃으로 넘실거렸다. 빗속에서 흔들리는 연보랏빛 꽃들은 그곳으로 성큼 달려가 눕고 싶을만큼이나 매혹적이었다. 10년만 어렸다면 나는 정말 그렇게 했을지도 모른다. 문득 습관처럼 그녀가 있는 쪽을 돌아다보니 그녀도 나를 보고 있었다. 그녀의 곧고 강렬한 아름다운 눈매에 나는 또다시 가슴이 철렁 내려앉았다. 괜시리 눈을 한두 번 깜박이며 혼자 어색해하다가 씨익 웃었다. 그녀도 활짝 웃으며 다시 앞쪽으로 시선을 향했다.

"좀더 들어가 볼까?"

"그래."

안나의 응락에 따라 우리는 꽃밭 한가운데로 난 길을 반쯤 올라 갔다. 그때 갑자기 빗줄기가 굵어지기 시작했다. 우리가 쓰고 있는 우산이 원래 작은 우산이어서 우리 두 사람 모두 어깨가 젖었다. 하지만 혼자 우산을 써도 흠뻑 젖을 만큼 비가 억수같이 쏟아지기 시작하자 도저히 걷잡을 수가 없었다. 우리는 거의 소용없어진 우산을 대충 받쳐들고 어깨동무를 한 채로 산기슭의 커다란 바위 밑으로 뛰어들었다.

우리는 숨을 고르면서 우산을 접고, 젖지 않은 돌 위에 걸터앉아 비에 젖은 치렁치렁한 머리카락을 손으로 쓸어 넘겼다. 안나는 옆에 앉아 한기(寒氣)로 인해 약간 파르스름하게 질린 입술로 언 손에 입김을 불고 있었다. 그러면서 그녀는 언제나처럼 맑고 이지적인 음성에 웃음기를 담아 내게 물어왔다.

"괜찮아?"

"응. 우리 감기 안 들게 조심해야겠다."

"후후, 근데 오랜만에 비 맞으니까 기분이 왠지 좋아."

"맞아." 하고 나는 웃으면서 대답했다.

나는 예전부터 이상한 모험 욕구 같은 것이 있었다. 그래서 학창 시절에 방과 후 집으로 돌아갈 때 장맛비가 퍼부어도, 학교 건물 현관에서 우산이 없어 발을 동동 구르던 아이들을 지나쳐 비가 퍼붓는 길로 망설임 없이 걸어나가곤 했었다. 안나와 나는 뛰느라 비에 젖은 흙이 들어간 샌들을 벗어들고 팔을 쭉 뻗어 빗물 속으로 내밀었다. 진흙이 씻겨내려가는 광경 뒤로 빗속에서 흔들리는 꽃밭이 흐릿하게 보였다. 나는 참 좋다, 하고 지나가는 말처럼 멍하니 중얼거렸다. 그러고는 아련히 떠오르는 옛 기억을 떠올리듯 생각을 멈추고서 하염없이 앞을 바라보았다. 그러고 있는데 문득 안나가 내 정면으로 시야에 들어왔다.

처음에는 비에 젖은 그녀의 목덜미가, 그 다음엔 미소를 띤 그녀의 입술이, 그리고는 웃음으로 살짝 접힌 그녀의 새벽 바다 빛깔의 눈이 크게 확대되어 내 눈 속으로 들어왔다. 그녀는 어느샌가 자리에서 일어나 내 앞으로 와서는 허리를 낮추고 눈높이를 맞추고 있었다. 그녀가 내 어깨에 두 손을 얹었을 때도, 내 시선을 사로잡은 그녀의 눈동자가 내게 가까이 다가 올 때도, 나는 상황을 미처 파악하지 못하고서 계속 멍하니 있었다.

5

그녀의 보드라운 입술이 내 입술에 닿았을 때 나는 눈을 한 번 깜빡였다가 다시 감으며 팔을 뻗어 그녀의 촉촉한 머리카락 사이로 손가락을 미끄러뜨리면서 집어넣었다. 그리고 내 목덜미와 등으로 그녀의 혀가 부드럽게 얽히는 순간, 나는 마치 편안한 잠을 자는 도중 같다고 생각했다. 깨어나고 싶지 않은 달콤한 잠이었다. 그녀가 내 어깨에 얹었던 손끝으로 쇄골을 쓸었을 때, 나는 내 마음 속에 잠들어 있던 장난스런 충동이 서서히 온도를 높여가고 있는 것을 느꼈다. 내 피부의 온도와 가슴의 온도와 머리의 온도가 점점 높아져가면서, 젖은 종이가 손바닥에 매끄럽게 달라붙듯 내가 나의 체온을 그녀에게 온몸으로 전달했다. 한순간 서늘하게 차갑다가 이윽고 뜨거운 온도로 달아오르는 내 욕망의 양면성이 느껴졌다. 나는 장난스럽게 안나의 가디건을 젖히고 민소매 옷의 어깨끈을 끌어내렸다. 안나가 작게 소리내어 웃으며 오른팔을 뻗어 내 원피스 등에 채워진 지퍼를 잡아당겼다. 내가 그녀의 브래지어의 후크를 능숙한 솜씨로 풀었을 때 그녀가 나를 끌어당겨 우리는 그대로 꽃밭 위에 풀썩 쓰러졌다.

꽃향기가 비 냄새에 섞여 바람을 타고 물씬 풍겨왔다. 조금 가늘어진 빗줄기가 우리의 얼굴을 간지럽혔다. 우리는 누운 채로 서로의 얼굴을 마주보고 웃다가 내가 재빨리 먼저 일어났다. 우와, 네 가슴 진짜 예쁘다. 나는 무심코 속으로 탄성을 질렀다. 여자라도 가끔 다른 여자의 가슴을 만져 보고 싶을 때가 있다. 비에 젖은 채 드러난 새하얀 안나의 가슴 위로 손을 미끄러뜨렸다. 안나는 간지럼을 타는 듯이 웃다가 내 목을 끌어당기고는 내 브래지어의 끈을 끌어내렸다. 그녀는 웃으면서 나의 왼쪽 목덜미에 키스 마크를 만들고 나서 물었다. 립스틱 묻혀도 돼? 당연하지. 나는 내 가슴을 부드럽게 어루만지는 안나의 손길에 쿡쿡 웃음이 나왔다. 안나는 보드라운 손길로 내 가슴을 마사지하듯 주무르다가, 손끝을 내 코에 대면서 장난스럽게 서로의 코끝을 맞댔다. 지혜 젖가슴은 C컵? 나랑 비슷한가? 그녀가 말했다. 바로 맞췄네. 하하하. 나의 대답. 내가 손가락 끝으로 안나의 유두와 그 주변을 간질이자 그녀가 몸을 움츠리며 웃었다.

내가 고개를 숙여 입술 끝으로 안나의 젖꼭지를 물자 그녀는 털썩 누워서 가슴으로 숨을 몰아쉬었다. 그녀의 쇄골 언저리에 빗물이 살짝 고여 있었다. 흐웃, 하아…… 짓궂어. 안나가 말했다. 음 그래? 오랜만에 들어보는 얘기라 반갑네. 내가 웃으면서 능청스럽게 대답해주고 나서, 내 혀로 그녀의 유두를 할짝 핥았다. 비에 젖어 색이 한층 짙어진 내 붉은 곱슬머리가 맨등에 찰싹 달라붙어있었다. 안나의 손이, 젖은 채로 다 흘러내린 내 원피스 자락을 제치고 내 허벅지 안쪽을 쓰다듬었다. 갑작스레 차가운 느낌이 들어 나의 근육이 살짝 경련을 일으켰다. 물기를 흠뻑 머금은 안나의 붉은 입술이 유혹적인 원(圓)을 그리며 벌어졌다. 아아, 진짜 예쁘다. 너의 입술, 아……. 하고 내가 말했다. 안나는 그녀의 입술을 내 가슴에서 배로, 허리로, 허벅지로 미끄러뜨렸다. 마치 바다 위를 순항하는 배처럼 기분 좋은 매끌거림이 내 피부로 전해져 왔다. 안나가 내 팔을 잡고서 내 몸을 일으켜 세우고는 내 가슴에 그녀의 입술을 묻었다. 피부를 강한 흡착력으로 빨아들이는 느낌에 황홀해하며 나는 고개를 젖혔다. 이번엔 척추를 따라 내리긋는 그녀의 길고 날카로운 손톱이 느껴져서 나는 흠칫 몸을 떨었다. 정말 뜨거워……. 나는 속으로 이렇게 중얼거리며 안나의 다리 사이에 내 허벅지를 끼워넣고 느리게 마찰시키면서 키스했다.

어느새 흠뻑 젖어 버린 두 몸뚱어리가 서로에게 이끌려 들어갔다. 골치 아픈 현실을 잊고서 서로의 손가락 끝으로 상대방의 클리토리스를 자극하고, 찾아올 듯하면서도 찾아오지 않는 오르가슴의 절정에 안달을 했다. 서로가 젖은 몸을 맞대고서 쾌감 때문에 떨리고 있는 속눈썹 끝에 방울져 맺힌 빗방울을 핥았다. 우리는 숲의 초록색 파도에 둘러싸여 서로의 몸을 느꼈다. ⋯⋯ 온몸의 근육이 일시에 수축했다가 걷잡을 수 없이 떨려오면서 시야가 아득해졌다. 그때 나는 황홀경 속으로 한없이 떨어져가는 나를 걷잡을 수 없다는 것을 깨달았다. 나는 문득 휘젓듯이 손을 뻗었다. 절박한 쾌감에 떨고 있는 내 손안에서 꽃송이 하나가 이지러졌다. 흡사 찔러오기라도 하는 듯 나를 향해 빗줄기를 떨어뜨리는 하늘을 눈부신 환희의 눈길로 노려보았다. 그러다가 나는 나른하고 온화한 안나의 손길에 이끌려 털썩 몸을 뉘었다. 쾌감의 밀물과 썰물 가운데서 오직 그녀의 그윽하고 아찔한 향기만이 선연했다. 통째로 내 정신을 휩쓸고 보듬어서 가져가버릴 것만 같은, 아득한, 그녀의, 향기.

기습

지금 개미 나라의 온 궁전 안이 온통 시끌시끌하다. 사내새끼들은 모두 오늘 있을 나, 즉 여왕의 〈남편감 고르기 식(式)〉을 대비해 어떻게든 자기를 뽐내보려고 안달이 났다. 한 쪽에서는 얼굴로 승부하겠다는 건지 잔뜩 화장을 하고 있지를 않나, 한쪽에서는 정력에 좋다는 약을 먹고 있다. 저 구석에서는 허리를 돌리며 난잡한 성교를 미리 연습하고 있다. 이미 체념했는지 그냥 앉아만 있는 새끼도 있네. 그렇다. 오늘은 내가 평생을 기다려온 결혼 준비 날이다. 수백 명의 남자들 중에서 나를 남편 있는 여왕으로 만들어줄 진짜 남자는 한 명. 나머지는 모두 사형이다. 나도 최고의 모습으로 나타나야 한다. 준비를 서둘러야겠다.

방으로 들어왔다. 머리부터 손질을 하기 시작했다. 곧게 탄 가르마를 타고 내려오는 직모는 내가 봐도 아름답다. 평소에는 내가 좋아하는 빨강, 초록, 금, 핑크색을 적절히 섞어 염색하지만 오늘만은 순도 백 퍼센트의 은발로 준비했다. 거울을 보고 있자니, 평소에 화려하던 내 머리에 비해 너무 심심하고 재미가 없다는 생각이 든다. 하지만 남편감 간택은 하루뿐이니까, 참을 수 있다. 옆선이 트여있는 짧은 미니스커트를 입고 배꼽이 드러나고 금색 징이 잔뜩 박혀있는 금색 탱크 탑을 입었다.

내 몸은 '머리—가슴—배'로 나뉜다고 할 수 있을 만큼 내 가슴은 거대한데, 탱크 탑은 너무 짧았다. 유두가 가려지지 않을 것 같았는데 간신히 가려진다. 잘못 상체를 숙이면 바로 젖꼭지가 드러날 것 같아 걱정이다. 미니스커트도 괜찮은 것 같다. 오른쪽과 내 하반신의 Y 자(字)에 이 기둥을 정확히 가로지르는 이 부분. 이 부분이 트여진 미니스커트다. 유치하게 밑 부분만 살짝 트였다면 당연히 탈락이었겠지만, 트인 부분은 아예 투명했다. 투명한 끈으로 연결되어 있다. 걸을 때마다 내 오른쪽 허벅다리가 보인다. 노팬티이기에, 거뭇한 내 앞부분의 음모가 보이는 것은 당연하다.

갑자기 신경질이 났다. 오늘은 내가 유부녀 여왕이 되는 날인데,

너무 아이 같은 옷차림이다. 유치하다. 다시 옷장을 뒤졌다. 탱크 탑을 벗어 던지고 맨몸에 가죽 재킷을 걸쳐봤다. 가죽 재킷이 젖꼭지를 살짝살짝 가린다. 움직일 때마다 조금씩 보이는 게 마음에 든다. 가슴골은 그대로 보인다. 하지만 뭔가 부족하다. 오늘을 위한 옷은 이게 아니다.

옷장을 한참 뒤지다 적절한 옷을 찾았다. 검은색. 그래 오늘은 검은색이다. 목을 둘러싼 긴 검은색 끈이 가슴을 지나면서 살짝 굵어진다. 젖꼭지만 아슬아슬하게 가린다. 다른 사람이 입었다면, 가슴도 살짝 가릴 수 있을 것 같은데, 내 젖가슴은 하나도 가리지 못한다. 두 끈이 분리된 채로 그대로 내려오다가 음모가 시작되는 부분에서 만나, 내 은밀한 곳을 가린다. 가릴 곳은 다 가렸다. 이 정도면 충분하다. 게다가, 이런 옷은 장신구로 나를 뽐내기에도 적절하지 않은가? 두꺼운 체인으로 된 금귀고리를 왼쪽에 3개, 오른쪽에 4개 걸었다. 가느다란 금 링 코걸이를 걸었다. 중앙에는 다이아몬드 큐빅이 요염하게 박혀있다. 가죽에 징이 잔뜩 박힌 팔찌를 왼팔에 둘렀다. 오른 팔목에는 플라스틱으로 된 링을 걸었다. 빨강, 주황, 노랑, 초록, 파랑, 보라, 핑크, 은색, 금색, 다양한 색상이 한데 어우러져 썩 아름답다.

시간이 되었다. 시종들이 나를 모시러 왔다. 그들의 인도에 따라 남편감 선별을 하기 위해 출발했다. 오늘은 특별한 날이기에 18 cm 하이힐을 신었더니 걷기가 쉽지는 않았다. 풀숲까지 걸어갔다. 풀숲이 가까워질수록 수컷의 냄새가 몰려왔다. 한 명, 두 명, 세 명……

다 셀 수 없을 것임을 안다. 수백 명의 남자들이 나의 간택을 기다리며 나체로 서있었다. 승리자는 한 명뿐이기에 모두가 미리 자신의 자지를 발기시켜 놓았다. 작은 것들은 이미 안중에 없다. 사실 나는 얼굴이고, 몸매고 중요하지 않다. 자지의 크기를 둘러보았다. 대체적으로 만족스러웠다.

남편 간택의 시작은 여왕인 내가 해야 한다. 나는 옷을 벗기 시작했다. 옷을 벗는 일이 쉬운 일은 아니었다. 내 손톱 때문이었다. 적어도 15센티는 넘게 길러진 내 손톱은 그 길이 때문에 끝이 살짝 말려있긴 하지만, 형형색색의 매니큐어가 칠해져 있다. 빨강, 핑크, 오렌지, 파랑, 보라색 등등. 몇몇 손톱에는 큐빅 장식도 잔뜩 붙여놔서 더 눈에 띈다. 손톱은 길지만 날카롭기에 충분히 위협적이다. 천천히 옷을 벗었다.

내가 옷을 벗자마자, 남자들이 달려들었다. 누군가는 나의 마음에 들기 위해 내 사타구니 밑에 얼굴을 박고 보지를 빨아주었다. 누군가는 자지를 손으로 문지르며 정액을 토해내어 내 몸을 마사지 해주었다. 다른 녀석은 달려들어 보지를 빨아주던 남자를 떼어내 발기한 자지를 내 엉덩이에 쑤셔 박았다. 준비가 덜 된 터라 항문이 찢어질 듯한 고통이 밀려왔다. 나는 손톱으로 이 남자를 강하게 찔렀다. 내 뜻을 알았는지, 다른 남자들이 내 엉덩이에 자지를 집어넣는데 정신 팔린 이 남자를 떼어냈다.

누군가 벌써부터 정액을 토해내려고 하는 잔뜩 부푼 자지를 내 얼굴에 들이밀었다. 나는 입술을 서서히 벌려 미끌미끌한 자지의 끝 부분을 삼켜주었다. 입안이 포만감으로 충만해졌다. 자지가 점점 부풀어 올랐다. 목구멍 깊숙이 까지를 찔러 구토감이 밀려왔다. 남자의 자지를 입 밖으로 뱉어냈다. 그 사이에 누군가 내 젖가슴을 빨고 있었다. 젖꼭지를 물고 혀끝으로 돌기를 건들이며 장난을 치는 게 귀엽다. 누군가 내 코걸이를 잡아당겼다. 내 얼굴은 이를 따라갔다. 그러더니 내 얼굴에 자신이 마스터베이션으로 뿜어낸 정액을 뿌렸다. 입 주위의 정액을 핥아보았다. 괜찮은 맛이다.

남편 고르기가 계속되었지만 내 마음에 드는 한 명을 찾기란 쉽지 않았다. 내 보지는 신성한 영역이었기에 쉽게 남자들은 자지를 들이대지 못했다. 자지를 넣는 순간, 즉시로 처형당할 것이기 때문이다.

그때 겁 없는 한 남자가 다가왔다. 다른 남자들과 달리 그의 손에는 가죽으로 된 채찍을 들고 있었다. 내게 다가온 그는 가죽 채찍으로 거침없이 나를 휘갈겼다. 다른 남자들은 놀라 가지고 어안이 벙벙해져 있었다. 이것이 말로만 듣던 SM인가. 나는 내가 마조히스틱한 쾌감을 즐길 것이라고는 생각을 못했다. 나는 한번도 SM 플레이를 해본 적이 없었다. 나는 이 남자를 택하기로 결정했다. 남자는 만족스러운 웃음을 보이며 눈앞에 가죽으로 된 채찍뿐만이 아니라 재갈, 초, 안대, 수갑, 족쇄를 보여주었다. 가슴이 두근거려왔다.

절망적인, 너무나 절망적인

나는 연구실 책상 앞에 앉아 담배에 불을 붙이며 한숨을 한번 내쉰다. 휴우…….

니코틴 한 모금이 폐 속에 퍼지면서 느껴지는 이 쾌감이 좋다. 병원에 갈 때마다 의사는 내게 지금이라도 담배를 끊어야 한다며 겁을 주지만, 이 담배란 놈은 도무지 끊을 수가 없다. 요즘 내 생활에 담배 말고는 도무지 낙이 없어서다. 나이가 들면서 여자도 안 꼬이고 몸도 쇠약해져 가기만 하고, 사는 게 통 재미가 없는데 담배라도 피워야지.

몇 년 전에 위장에 구멍이 나서 술도 못 먹는데(안 먹는 게 아니라), 이 놈의 담배조차 없으면 늙은 내가 무슨 재미로 살아가겠는가. 아 쓰발, 졸라게 외롭구나……. 내가 젊었을 적엔 연구실에서 내가 소파에 비스듬히 기대 누워 담배를 피고 있고, 그러는 동안 싱싱발랄한 여대생 애들이 내 밑에 꿇어앉아 내게 오럴 서비스(펠라티오)를 해주는 게 연중무휴(年中無休)로 벌어지는 일이었는데 말이다.

나는 눈을 지그시 감고 담배 연기 한 모금을 빨아들이면서, 내가 젊고 싱싱해서 잘 나가던 시절을 처량하게 생각해 본다.

나는 내 인생의 황금기였던 28세 때부터 33세 때까지 근무했던 홍익대 교수 시절을 한참 추억하고 있었다. 그러다가 문득, 요즘 내 강의를 듣는 연세대 여자애들 가운데 한 명이 머릿속에 떠올랐다.

요 며칠 전부터 수업시간에 들어오는 여자애인데, 분명히 학기 초부터 수업에 꾸준히 들어온 학생은 아니었다. 나는 예쁜 여자를 한 번 보면 절대 잊어버리지 않는데, 그 여자애는 분명히 지난주부터 내 수업시간에 들어왔다. 청강생이든지 아니면 출석 카드만 찍고 놀러 다니다가 중간고사 기간이 다 되어 수업에 들어오는 학생일 것이다. 그녀의 정체는 모르겠지만 내가 좋아하는 스타일임은 분명하다.

허리께까지 내려오는 금빛 파마 머리와 175cm 정도 되어 보이는 훤칠한 키에 길고 가는 다리를 가지고 있는 그 여학생은, 늘 15cm쯤 되는 높은 하이힐을 신고 '초초초 미니'의 짧은 치마를 입고

서 앞자리에 다리를 꼬고 앉아 있었다.

특히 내 마음에 드는 건 역시 아주 긴 손톱이었다. 요즘 연세대 여학생들 중엔 수업시간에 손톱을 길게 기르고 들어오는 여자애들이 거의 없다. 정말 나로서는 속 터지는 일이었다. 요즘 유행은 손톱을 길러도 일 cm 이상은 안 기르고, 짧은 손톱에 전혀 섹시하지 않은 무난한 색깔의 매니큐어를 칠하는 것이라서 여자애들은 도통 손톱을 길게 기를 줄 모른다. 네일 아트샵에 가서 돈 내고 손톱 미용을 할 것도 없이, 그냥 손톱이 길디길게 자라는 대로 내버려두면 누가 잡아가기라도 하냐 말이다.

그렇게 생각에 잠겨 있는데, 갑자기 똑똑똑 문을 울리는 노크 소리가 들렸다. 그래서 나는 내 관능적 상상이 들키기라도 한 것 같아, 약간 놀라며 잡생각에서 깨어났다.

"예. 들어오세요."

라고 내가 말하자 문이 끼익 조금 열리면서, 조금 전에 나와 상상 속에서 페팅을 하던 그 여학생이 고개를 빼꼼 내민다.

"저…… 교수님, 죄송하지만 지금 면담 좀 해주실 수 있으신가요?"

속으로는 하느님 부처님 다 찾아가며 만세 삼창이라도 부르고 싶었지만, 그래도 명색이 교수인지라 점잖은 말투로 어서 들어오라고 하고는 응접용 테이블 소파에 앉으라고 했다. 면담이라는 핑계로 나를 꼬셔보려고 내 연구실에 야한 여자애가 처들어오는 게 대체 얼마만이더냐. 십 년은 더 된 듯하다.

하도 오랜만에 겪는 일이라 심장이 갑자기 요동치면서 발작을
한다. 내 나이에 심장이 이렇게 흥분하면 안 좋은데 큰일이다. 이러
다 심장 마비로 죽는 건 아니겠지. 하긴 저런 애랑 섹스하다가 죽으
면 그것도 썩 나쁘진 않을 것도 같다. 하루하루 재미도 없고 외롭고
고달프게 살아가고 있는 게 지금의 내 형편이지 않은가.

예전에 한창 여자가 꼬이던 시절엔 여자애들 입맛대로 마시라고
커피, 차, 주스까지 다 구비해 놓던 시절도 있었다. 그러나 지금 대
접할 거라고는 일회용 봉지 커피밖에 없다. 그래서 나는 이거라도
마시라고 커피믹스를 뜨거운 물에 타서 내놓으며 여자애랑 마주 앉
았다.

가까이서 흘낏 보니 수업 시간에 보던 것보다 훨씬 섹시한 인상
이었다. 아니, 얼굴이 섹시하다기보다는 전체적인 뉘앙스가 섹시했
다. 얼굴만 따지자면 섹시하다기보다 귀여운 어린애 같은 인상이었
다. 약간 동그란 눈매에 작지만 오똑한 콧날, 그리고 약간 도톰해 보
이는 입술이 교복을 입혀놓으면 영락없는 고등학생이었다. 하지만
길면서 굵게 웨이브가 들어간 머리 스타일과 초미니 원피스 차림은
과감할 정도로 섹시했다. 물론 여기서 내가 말하는 과감하다는 것은
다른 연세대학교 여학생들에 비하면 과감하다는 뜻이다. 1970년대
에 히피 문화에 심취한 여대생들이 걸쳤던 과감한 섹스어필 의상에
는 비할 바가 못 된다.

"교수님 말씀만 듣다가 직접 뵙게 되어서 영광입니다."

나는 여자애의 허벅지와 길디긴 손톱에 심취하여 잠시 넋을 놓고 있다가, 여학생의 목소리에 정신이 번쩍 들어 다시 점잖은 교수의 목소리 톤으로 대답했다.

"영광이라고 할 것까지야……. 난 지금 늙고 지친 글쟁이일 뿐인걸."

"교수님, 죄송하지만 제가 지금 시간이 부족해서 길게 설명드릴 시간이 없어요. 제가 하는 대로 가만히 따라와 주시면 감사하겠습니다."

여학생은 핸드백에서 보온병 비슷하게 생긴 물건을 꺼내서 테이블에 올려놓는다. 그러더니 내 옆자리로 와가지고 나의 허리춤에 손을 뻗어 급하게 나의 허리띠를 풀기 시작했다. 여학생의 너무나 갑작스런 행동에 나는 반사적으로 몸을 움츠렸다가, 이내 곧 내 몸을 그녀에게 맡겼다.

그녀가 해주는 갑작스럽고 적극적인 펠라티오에 나는 급격히 흥분하기 시작했다. 귀두와 불알을 오가며 헛바닥으로 오럴 서비스를 해주면서, 자기 입 안에 내 자지를 넣을 때는 목구멍 끝까지 최대한으로 집어넣었다. 그래서 나의 자지 끝 부분까지가 그녀의 입 안에 들어갔다. 나이가 든 이후로 내가 이렇게 흥분됐던 적은 없는 것 같았다. 여학생의 능숙한 혀놀림 때문인지 나는 금방 사정하고 싶은 충동까지 느꼈다.

결국 펠라티오를 시작한지 십여 분 만에 내 자지가 그녀의 입안에서 요동치며 정액을 내뿜기 시작했다. 그녀는 내가 마지막 정액한 방울을 쥐어짤 때까지 나의 자지를 입안에 머금고 있었다. 그리고 입에 가득 담긴 정액을 보온병처럼 생긴 물건에 뱉어내어 담고서는 다시 또 내 자지를 또 빨아대기 시작한다.

그렇게 한지 두 시간 이상이 지나 내 자지는 대여섯 번이나 그녀의 입안에 정액을 뿌려댔다. 내가 마지막으로 정액을 싸고 그녀가 그걸 보온병에 담자, 빨간색 램프가 초록색으로 바뀌면서 보온병의 마개가 자동으로 회전하며 닫혔다.

그녀도 힘들었는지 소파에 옆으로 길게 누운 채 내 허벅다리를 베개 삼아 베고서 몇 분 동안 숨을 고르는 것 같았다. 그녀는 그렇게 누운 채로 나에게 이야기를 하기 시작했다.

"교수님, 제가 살고 있는 미래 세계는 도덕제일주의 독재 때문에 자유로운 사상과 표현이 탄압받는 곳이랍니다."

"미래라니……. 그렇다면 당신은 미래에서 온 사람인가요?"

"예. 저희 세상에선 마광수 교수님이 일찍부터 자유로운 사상을 무기로 가식적인 도덕독재에 맞서 싸운 독립투사 같은 분으로 전해 내려오고 있어요. 그래서 저에겐 일주일 동안에 선생님의 정액을 채취해 가야 할 임무가 부여돼 있었습니다. 그런데 교수님을 직접 뵌 김에 교수님의 자유로운 사상을 더 자세히 배우고 싶은 욕심이 생겨 교수님 수업을 계속 듣게 됐지요. 그러다 보니 일주일이 금세 지나가버렸어요. 그래서 지금 급하게 정액을 채취하게된 거예요. 너무 무례했던 점 부디 용서해주세요."

"용서라니요…… 나한테는 매우 즐겁고 짜릿한 순간이었답니다. 그런데 내 정액을 채취해서 어디다 쓰려는 건가요?"

"저희 세상엔 자유로운 사상을 가진 사람이 아주 극소수만 남아 있어요. 그리고 나머지사람들은 모두 극단적 도덕주의에 세뇌되어 있어, 적어도 겉으로만은 도덕적인 척하며 살아가는 데 아주 익숙해져 있지요. 자유주의 사상은 범죄로 취급되어 정신훈련소에 감금되므로, 지배엘리트들이 만족할 만큼 세뇌되기 전에는 나올 수가 없어요. 저는 그런 법령(法令)과 도덕 파시즘에 반대하는 모임인 대한섹스자유사상독립군의 조직원이랍니다."

그녀는 성적 흥분 끝이라 그런지, 잠시 말을 멈추고 숨을 고르고 있다가 다시 이야기를 이어나갔다.

"…… 헌데 저희 조직이 이미 발각되어 대부분의 대원들이 다 체포되었고, 저와 몇몇 조직원만 남게 되었어요, 그래서 강한 정신력과 타고난 자유사상을 가진 사람이 더 필요하여, 마광수 교수님의 정액을 채취하는 극단적인 방법을 선택하게 되었습니다. 이 정액을 가지고 돌아가 남은 여성조직원들에게 주입해가지고 2세를 많이 낳을 계획입니다. 우리는 마 교수님 같이 강력한 자유주의 사상을 가진 아이들이 태어나길 바라고 있어요."

나는 그녀의 이야기를 듣고 나서 잠깐 동안 멍해지는 기분이었다. 아무 생각도 들지 않았다. 미래에서 온 독립군이라니……. 그럼 미래에는 지금보다도 더 심한 상상력 탄압이 이루어진단 말인가? 어떻게 그런 일이 일어날 수 있단 말인가? 나는 가슴이 몹시 답답해져 왔다.

"정말 미래가 지금보다 더 상상의 자유를 탄압하는 세상이 된다는 말입니까? 난 이해가 되질 않습니다. 역사에서 권력이 수직에서 수평으로 퍼져나가듯이, 자유 또한 세월이 지날수록 더욱 퍼져나가는 것이 순리일 텐데……. 미래가 정말로 그런 문화의 암흑시대가 되어 있다는 건가요?"

"네……. 권력이 수평으로 퍼져나가는 것을 꺼려하는 자들이 많아서 그래요. 그들은 자신들의 권력을 유지하기 위해 도덕주의를 내세워 국민들의 사고를 구속하고 있어요. 그리고 현재로선 아직 아무도 그들에게 대항하지 못하고 있지요. 저희 조직이 와해되면서 희망도 사라져버렸어요."

그녀는 잠시 말을 멈추고 눈물을 몇 방울 흘렸다.

"하지만 마 교수님의 정액을 손에 넣었으니 저희에게도 희망이 생겼어요. 마 교수님의 후손들이 이 세상을 변화시킬 수 있을 거예요."

그러고 나서 그녀는 소파에서 일어나 보온병을 백에 넣고는 문을 나서려 했다. 그러면서 그녀는,

"마광수 교수님, 정말 감사했습니다."

라고 말하며 머리를 꾸벅 숙여 인사를 했다. 그러고는 다시 이렇

게 말했다.

"자기 마음을 진솔하게 표현하며 정직한 쾌락을 추구하시는 마 교수님의 모습을, 비밀로 전해 내려오는 역사책에서만 보았던 마광수 교수님 강의 내용을 통해 직접 들을 수 있어서 너무나 황홀했어요. 앞으로 태어날 교수님의 분신인 이 아이들에게 마 교수님의 사상을 잘 전달하겠습니다. 안녕히 계셔요."

그녀가 문을 열고 나간 뒤에도 나는 한 동안 바지를 올릴 생각도 않은 채 멍하니 앉아 있었다. 너무나 허망한 이야기여서 가슴이 막혀왔다. 정말 미래가 그렇게 암울하게 된단 말인가? 내가 이렇게 핍박받으며 세상을 변화시켜보려고 노력했는데도, 결국 세상은 자유로운 상상을 더 탄압하게 된단 말인가? ……나는 윗도리 옷에서 담배를 한 대 꺼내어 입에 물었다. 라이터가 어디 있더라……. 나는 무릎 밑으로 내려간 바지 주머니에서 라이터를 찾아 불을 붙였다. 나도 모르게 '휴우' 하고 긴 한숨이 흘러나왔다.

어느 호스트 바에서

강남에 위치한 한 유흥업소의 좁은 방안, 어두운 불빛 아래, 대리석으로 된 꽤나 큰 테이블이 있고, 그 위엔 독한 양주와 맥주들로 셋팅이 되어있다. 지현과 소희는 술잔에 술을 가득 채우고 누군가를 기다린다.

"똑똑." 노크 소리가 나며 사내들이 들어온다.

"초이스 들어가겠습니다. 1조부터 1번 2번 3번 4번 5번입니다. 원하시는 분이 있으면 바로 골라주세요. 자, 2조도 뒤따라 들어가겠습니다."

이내 20 대 초반의 건장한 남자들이 좁은 방 안에 들어와 일렬로 서서 자신을 뽑아달라는 듯 멋진 미소를 짓고 있다. 지현과 소희는 그런 청년들의 얼굴을 훑는다. 먼저 '2조 1번이요'라고 지현이 술잔을 비우며 말했다. 이어 소희도 마음에 드는 듯한 남자를 한 명 고른다.

"감사합니다. 그럼 저희는 나가볼게요. 좋은 시간 되십시오."

들어왔던 열댓 명의 남자들이 방을 나갔다. 웅성거렸던 소리가 사라지고 지금 어두운 방에는 지현과 소희가 여유로운 듯 앉아 있고, 그 옆엔 사람들이 흔히들 알고 있는 남자 보도 2 명이 지금 막 합석했다.

"이름이랑 나이?"

지현이가 호기심 어린 눈으로 자신 바로 옆에 앉아 있는 남자에게 말을 건넨다.

"최인호, 스무 살이요."

라는 말과 함께 사내가 대답한다.

지현은 자신보다 두 살이 어린 남자가 꽤나 맘에 드는 듯 해 보였다. 소희 옆에 앉아 있는 남자의 이름은 남기진. 인호와 같은 스무 살이고 서로 어릴 때부터 친구인 듯 친해 보였다. 하지만 지현은 서로 친구든 뭐든 딱히 관심이 없다. 설령 서로가 맘에 든다고 할지언정 마음을 줄 필요는 없는 남자라는 걸 알고 있다. 어차피 하루 보고 안 볼 사이인데 무슨 말이 더 필요하겠는가.

얼마 지나지 않아 테이블 위로 양주가 쉴 새 없이 오가고 분위기도 최고조로 흘러갔다. 소희는 이미 정신을 잃은 듯 해 보였고, 지현은 만취해 있는 소희를 위해 정신력으로라도 버티기 위해 애를 쓰는 중이다.

"야 니네 나가 우리 너무 취했다. 집에 갈래."

지현은 눈이 반쯤 풀린 채 의지와는 다르게 굴러가는 혀로 힘겹게 말을 내 뱉는다.

"알겠어요. 조심해 들어가시고…… 오늘 즐거웠어요."

인호가 지현을 보며 대답했고 인호와 기진은 자신의 핸드폰과 담배를 챙기며 자리에서 일어난다.

"아니! 최인호 넌 나랑 한 잔 더 해야지!"

지현은 급히 마음을 바꾸며 인호를 다시 앉혔고 취한 듯 한쪽 입꼬리를 올린 채 인호를 검지손가락으로 가리키며 말했다. 자리에서 일어났던 인호는 멋쩍은 미소를 띠며 다시 지현의 옆자리에 앉았고, 기진은 별 수 없다는 듯 고개를 저으며 방을 나간다.

이제 방에 남아 있는 사람은 세 사람뿐. 소희는 취한 채로 잠이 들어서 깰 생각조차 없어 보이고, 지현은 인호 품에 안겨 오른손에 들려있는 술잔을 다시 한번 비운다. 그러자 바로 인호가 술잔을 뺏으며 입을 연다.

"누나 이제 그만 마셔. 옆의 누나처럼 잠들면 나 누나 놓고 간다?"

"누가 누굴 놓고 가?"

흑심(?)을 품은 지현이가 장난스럽게 웃으며 인호가 입은 셔츠의 단추를 하나씩 풀면서 인호에게 딥키스를 한다.

방안엔 적막한 고요함만이 흐르고 있다. 지현은 자세가 불편한지 인호가 앉아 있는 다리 위에 올라 앉아 다시금 서로의 타액을 나눈다. 곧 지현은 왼쪽 손으로 인호의 머리를 감싸고 오른쪽 손으로는 뒷목을 쓸어올리며 천천히 드라이 섹스(dry sex)를 하기 시작한다. 지현이가 발기된 인호의 자지에 자신의 음핵을 맞대고서 위로 아래로 조금씩 움직이자, 금세 흥분됐는지 키스를 중단하고서 인호의 자지 쪽으로 입술을 옮긴다.

"하아…… 하아……."

지현은 자신도 모르게 신음소리를 내뱉는다. 그녀가 인호의 벨트를 풀고 바지를 벗기니까 인호의 발기된 성기가 팬티 위로 불쑥 튀어나온다. 인호는 자연스레 소파에 누웠고, 지현은 인호의 팬티를 벗기고는 한쪽 손으로 인호의 자지를 만져주면서, 입으로 고환을 핥아주다가 곧 펠라티오를 해주기 시작한다.

시간이 얼마나 지났을까? 인호가 흥분했는지 블로우 잡(blow job)을 하고 있던 지현을 밀어내고 그녀가 신고 있던 검정색 시 스루 스타킹을 찢은 다음 지현의 속옷을 벗긴다.

"아……."

지현은 깜짝 놀라 작은 신음소리를 내뱉으며 크게 뜬 눈으로 인호를 바라보았고, 인호는 지현과 눈을 마주친 채 애무를 건너뛰고 곧바로 지현의 보지에 자지를 삽입한다. 인호가 애무를 해주지 않았기 때문에 쿠퍼액이 나오지 않은 지현은 인호의 성기가 들어왔을 때 고통을 느꼈지만, 인호는 아랑곳하지 않고 자신의 쾌감을 위해 빠르게 피스톤질을 시작한다. 곧이어 인호가 지현의 유두를 핥으며 애무를 해주었고 지현의 쿠퍼액이 조금씩 흘러나오며 소파를 적신다.

한동안 두 사람의 신음 소리만이 고요한 방을 채운다. 그리고 잠시 뒤 옆에서 들려오는 부스럭 소리에 지현과 인호가 고개를 돌리고서 어느새 잠에서 깬 소희를 발견한다. 언제부터 시작된 건지 소희는 하의를 벗은채 혼자서 자위행위를 하며 오르가즘을 맛보고 있다. 눈을 감고서 쾌락에 집중하고 있는 소희는, 자신을 바라보고 있는 지현과 인호를 발견하지 못한 듯 해 보인다. 그러다가 소희가 게슴츠레 힘없이 눈을 뜨며 인호를 주시하면서 입을 뗀다.

"인호야……하아…… 나도 삽입해줘……."

그리고 나서 소희는 지현과 인호가 있는 소파쪽으로 걸어가며 인호를 자기쪽으로 끌어당기면서 자기의 다리를 벌린다. 인호는 잠시 망설이는 듯 싶더니 지현을 누이고 피스톤 질을 하기 시작한다. 옆으로 온 소희는 인호가 자기에게 오지 않자 다시 혼자 자위행위를 하기 시작하며 그녀의 보지를 애액으로 적셨다. 지현에게만 집중하던 인호는 소희의 흥분된 모습을 보며 소희를 옆으로 기대게 한 후, 지현과 섹스를 계속하며 소희의 보지 입구에 손가락 두 개를 삽입한다. 그리고서 넣었다 빼기를 반복한다. 그러자 소희는 기분이 좋은 듯 격한 신음 소리를 내뱉었고 인호는 손가락 하나를 더 집어넣어 소희를 더욱 흥분하게 했다.

"하아…… 더 빨리…… 더 빨리 해줘…… 인호야 더……"

인호의 손이 더 바빠질수록 소희의 신음소리는 더욱 더 커져만 가고 그녀의 쿠퍼액도 쉴새없이 흘러나온다. 하지만 인호는 두 여자에게 집중하기가 불편했는지 지현에게 자세를 바꾸라고 요청한다. 어느새 인호는 소파에 누워있고 지현이가 인호의 위로 올라가 앉은 채로 인호의 자지를 자신의 보지 속으로 삽입한다. 지현은 인호 위에서 펌프질을 하며 신음소리를 내고 있다. 인호와 지현의 자세가 바뀌자 소희는 누워있는 인호의 입에 자신의 보지를 들이민다. 그러자 인호는 소희의 보지를 자신의 혀로 부드럽게 감싸고서 핥아 준다. 소희의 쿠퍼액이 인호의 입가에 흘러내리며 세 사람 모두 절정감을 느끼고 있다.

어느새 시간은 새벽 5시를 가리키고 있다. 하지만 그들의 섹스는 멈출 생각이 없는 듯해 보인다.

"똑똑."

누군가가 방문을 노크하는 소리가 들려온다. 그들은 그들만의 행위에 집중하여 그 누구도 노크 소리를 듣지 못하였다. 설령 노크 소리를 들었더라도 아무도 그들이 하는 행동을 멈추지는 못했을 것이다. 노크 소리가 들리고 몇 초 뒤 방문이 열린다.

"저기 손님, 이 방 계산 들어가야 하는데요……."

방에 들어온 사람은 다름 아닌 이 유흥업소의 웨이터였다. 영업을 마치는 시간이 다가와 마감 계산을 위해 들어온 것이었다. 그는 그가 본 광경에 잠시 놀랐었지만 어느새 자신의 성기가 발기된 것을 느낀다. 하지만 앞에 있는 사람들은 그가 맡은 손님들이라 이도저도 하지 못한 채 혼자 서서 고민에 빠져있다. 지현과 소희와 인호는 아직도 웨이터가 들어온 사실을 알아채지 못하고 오직 섹스에만 열중하고 있다.

웨이터는 한동안 그렇게 서서 그들을 바라보고만 보다가 이내 결심을 하고 소희에게 다가간다. 인호가 해주는 오럴 섹스를 즐기고 있던 소희는 웨이터를 의식하고 고개를 든다. 웨이터는 소희를 힘을 주어 소파에 눕히고서 자기의 바지를 벗고 소희의 보지에 자신의 자지를 삽입한다. 그의 행동에 놀란 소희는 외마디 비명을 질렀지만 이내 그의 유연한 피스톤 운동에 쾌감을 느끼고서 만족해한다.

잠시 후, 웨이터는 소희를 뒤집어놓고 도기 스타일(Doggy style)로 뒷치기를 시도한다. 소희는 그게 좋은 듯 끊이지 않게 신음 소리를 내었고, 웨이터는 소희의 엉덩이를 오른손으로는 강하게 내리치고 다른 손으로는 소희의 가슴을 쥔 채 굵직한 목소리를 내며 섹시한 신음소리를 내뱉는다. 이들의 행동을 발견한 인호와 지현은 괜한 경쟁심이 생겨 색기를 돋구는 강렬한 신음소리와 표정을 만들며 보란듯이 섹스를 한다.

그러나 지현은 만족하지 못했는지 갑자기 일어서서 인호의 팔을 붙잡고 소희와 웨이터에게로 걸어간다. 그리고는 잠시 망설이는가 싶더니 소희를 밀어내고 웨이터의 자지에 입을 가져다 대고 펠라티오를 하기 시작한다. 웨이터는 기분 좋은 소리를 내며 눈을 슬며시 감았고, 잠시 후 일어나 테이블에 있는 야채 안주 중 오이를 들어 옆에 앉아 있는 소희의 보지에 삽입한다. 까칠한 오이의 표면이 주는 감촉에 소희는 더욱 흥분을 느끼고 있었고, 그녀를 가만히 지켜보던 인호는 펠라티오를 하고 있는 지현의 항문에 그의 자지를 삽입한다. 지현은 고통스러움을 참고 펠라티오를 계속해나갔고, 인호는 그녀의 좁게 조여오는 항문 때문에 더욱 큰 쾌감을 느꼈다.

그렇게 그들은 넷이 뒤엉켜 2대 2의 섹스를 즐기고 있었다. 잠시 후, 웨이터 손의 움직임이 빨라지며 소희는 쾌감의 절정에 다달았고, 이어 소희는 웨이터에게 펠라티오를 해주고 있는 지현을 강하게 밀쳐내며 웨이터를 앉히고 그의 위로 올라가 그의 자지를 자신의 보지에 삽입하며 위 아래로 빠르게 펌프질을 하기 시작했다.

"하아……하아……하아……"

소희의 신음소리가 빠르고 명확해지며 그녀의 움직임이 더욱 빨라진다. 웨이터도 그녀와 함께 움직이며 흥분하고 있었고, 이어 소희가 자신의 클리토리스를 손가락으로 자극하며 섹스를 이어나갔다. 그리고 얼마 지나지 않아 웨이터는 절정에 다다른 듯 그녀의 보지 안에 사정을 했다. 그리고 나서 둘은 만족한 듯 미소를 지으며 부드러운 키스를 한다.

그들의 섹스가 끝났을 무렵, 지현은 테이블 위에 두 손을 얹은 채 서 있었고, 그 뒤에서 인호가 두 손으로는 그녀의 가슴을 애무하며 뒷치기를 하고 있었다. 그리고 인호도 절정에 다달았는지 그녀의 가슴을 애무하던 한쪽 손으로 지현의 성기에서 클리토리스를 찾아 자극을 준다. 인호의 마지막 깊은 삽입에 두 사람은 오르가즘을 느끼며 그들의 성행위를 마친다. 그렇게 그들은 흥겨웠던 섹스를 마치고 아무도 모르게 유유히 호스트바를 빠져나간다…….

마광수 교수의 마누라

연세대학교에 입학해서 2학년 1학기가 되었다. 1학년 때 갓 대학생이 된 기분에 제대로 참여한 수업이 하나도 없었던 나는, 이제 좀 괜찮은 수업을 들어보고 싶어졌다. 그런데 친했던 동아리의 어떤 선배가 마광수 교수의 "문학과 섹스"라는 수업이 배울 점도 많고 재미있는 명강의라길래, 나는 그 과목을 수강하게 되었다.

마광수 교수에 대한 첫인상은 매우 좋았다. 그는 큰 키에 꽤 어울리는 정장을 입고 있었고, 가슴 한 귀퉁이에 고급스러운 느낌이 나는 손수건을 꽂은 채로 출석을 부르고 있었다. 나처럼 오똑한 코와 새하얀 피부를 가진 그한테서는 귀족스런 느낌이 났다. 그리고, 얇은 보라색 안경테로 만들어진 그의 안경은 지성미를 강조해주고 있었다. 25세 때부터 대학 강단에 섰다는 그의 경력을 소문으로 듣고서 대단히 똑똑한 사람일 것이라고 생각했다.

그러나 혹시라도 그가 위선적인 행동을 하는 사람은 아닐까, 하고 추측해보기도 했다. 대학교수들에 관한 각종 루머들을 접하게 되면서, 그네들은 반듯한 체 하지만 속은 우리들과 별 다를 것이 없다고 느꼈기 때문이었다. 그러나 신기하게도 마 교수는 일반적인 교수들과는 달리 매우 개방적이고 솔직한 사람이었다. 그는 첫 수업시간부터 "섹스는 역시 오럴섹스가 최고"라는 발언 등으로 많은 학생을 놀라게 하기도 했다. 마 교수의 열려있는 사고와 그만의 유머 감각 때문에 그의 수업은 항상 즐겁게 느껴졌다.

그러던 어느 날 내게 강한 호기심이 생겼다. 저렇게 멋진 마광수 교수를 매혹시킨 그의 아내는 과연 어떤 사람인지 궁금해진 것이다. 그건 사실 호기심이라기보다는 새로운 먹이감을 향한 갈망이었다. 별로 섹시하지도 않은 여자애들을 매일같이 상대하는 일이 이젠 슬슬 지겨워지기 시작했기 때문이다. 학교 여자애들과 뜨겁게 딥키스를 나누다가 가슴을 좀 만져주면, 여자애가 흥분한다. 그런 다음엔 그녀가 내 바지를 벗겨내리고 자지를 빨기 시작하고 나도 그녀의 보지를 핥아준다. 그러다가 내 자지가 빳빳해졌다 싶으면 여자의 보지에 찔러넣었다 뺏다 하며 왕복운동을 반복하는 게 공식이었다. 새로운 체위를 시도하거나, 다른 여자와 잘 때는 잠시 즐거웠지만, 이젠 그것도 재미가 없었다. 그래서 나는 마광수 교수의 아내를 내 것으로 만들어 이색적인 스릴과 서스펜스를 맛보기로 결심했다. 그러기 위해 나는 먼저 그가 거주하는 집을 알아냈다.

마 교수는 원래 술을 즐기고 학생들에게 술 사주는 것을 좋아하는 인물이다. 때문에 그가 지도하는 문과대학 연극반인 〈문우(文友) 극회〉의 마지막 저녁 공연이 있는 날을 '디 데이(D Day)'로 잡고 거사를 계획했다. 연극 공연 마지막 날 저녁엔 마 교수가 학생들과 더불어 새벽까지 뒤풀이 술잔치를 벌인다는 얘기를 들었기 때문이었다.

거사 당일 날 저녁에 마 교수의 집에 도착해보니 누군가 집에 있는지 불이 켜져 있었다. 나는 초인종을 누른 후, 급한 소포를 전달하러 왔다고 말하여 문을 열게 했다. 현관문이 열리고 집안에 들어가게 되었을 때, 나는 순간 온 몸이 얼어붙었다. 너무나도 아름답고 섹시한 여자가 내 앞에 서있었기 때문이었다. 마 교수의 부인인 듯한 그녀는 풍성한 금빛 머리다발을 풀어헤친 채 진하디진한 화장을 하고 있었다. 그녀의 피부는 우유처럼 희고 고왔고, 짙고 넓은 쌍꺼풀과 그 위의 빨강색 아이라인, 두텁게 칠해진 검은 색 아이섀도 등이 내 눈을 사로잡았다.

그녀는 속옷을 입지 않고 단지 핑크색 실크 나이트가운만을 걸치고 있었는데, 마침 나이트가운 속으로 빛이 투사되어 그녀의 몸이 마치 달빛에 아른거리는 실루엣처럼 환상적으로 보였다. 족히 20 센티미터는 되어보이는 형형색색의 손톱을 기르고, 섹스할 때 쓰는 모양인 뒷굽이 20 센티미터가 넘고 앞굽은 없는 '초(超) 스텔레토' 하이힐을 신고 있었다. 현관에 나온 그녀는 정말 마 교수의 표현처럼 야하디야하게 생겨먹은 여자였다. 단지 그녀의 모습만 보았는데도 나는 바지의 앞부분이 팽팽해지는 것을 느꼈다.

그 다음엔 아무 말도 필요하지가 않았다. 그녀가 내게 무슨 일이냐고 묻지도 않고 짙은 선홍색 입술로 미칠듯 달려들었기 때문이다. 나는 얼씨구 좋다, 라고 마음 속으로 부르짖으며 그녀의 입술에 내 입술을 맞대고 비비면서 혓바닥을 들이밀었다. 그러고 나서 내 입술은 그녀의 입술을 비비고 쓰다듬고 핥고 빨며 서로의 타액을 나누었다. 그녀는 처음부터 젊고 잘생긴 내가 마음에 들었던 모양이었다. 처음에는 약간 소극적이던 그녀의 혀는 어느덧 내 입안으로 들어와, 이빨과 입천장, 목젖까지 넘나들며 이곳저곳을 훑기 시작했다.

야하디야한 여자답게 그녀의 혀에는 날카로운 혀고리가 꿰어져 있었다. 그녀의 혀가 내 입속을 헤맬 때 나는 조금 통증을 느꼈지만 오히려 그것이 쾌감을 더욱 증대시켜 주었다. 몸을 서로 부둥켜안고 꼭 붙어가지고 이리저리 입과 혓바닥을 굴리다보니 그녀의 몸에서 묘한 향수 냄새가 나는 것이 느껴졌다. 은은한 레몬향과 비슷한 달콤한 그 향기에, 나는 더욱 더 마 교수의 마누라가 사랑스럽게 보였다.

나는 그녀를 안은 채 침실로 들어갔다. 신발을 벗을 새도 없었다. 지금 느끼고 있는 쾌감을 어떻게 해서든지 지속시켜 나가야만 했다. 물론 그녀도 스틸레토 하이힐을 신은채 내 품에 안겨 깊은 키스를 나누고 있었다. 아주 커다란 침대가 있는 방에 들어갔더니, 그 방은 벽 전체를 거울이 둘러싸고 있어서 우리가 하고 있는 행위가 그대로 비춰보였다. 지금까지 살면서 해본 어떤 섹스보다도 흥분되는 시간이 될 것 같았다.

나는 일단 그녀를 침대에 누이고 나서 옷을 벗겼다. 나이트가운을 훌렁 벗겼을 때 그녀의 젖꼭지와 배꼽, 그리고 음순에 모두 피어싱 고리가 달려있었는데, 그 모양이 모두 남녀의 성기를 본뜬 것들이었다. 그녀 또한 내 바지를 벗겨내리고 성이 날대로 나 있는 나의 자지를 만진다. 나는 그녀의 젖꼭지를 혀로 핥으면서 젖꼭지에 달려 있는 피어싱 고리를 힘껏 빨았다. 그럴 때마다 그녀는 "하아앙……" 하는 신음소리를 크게도 내질렀는데, 그 소리가 나를 더 흥분 시켰다. 나는 그녀의 가슴을 주무르면서 가슴골에 키스하다가 허리를 핥기 시작했고, 당연히 그녀의 사타구니에 혀를 박았다. 클리토리스에 있는 자지 모양의 피어싱 고리를 혀로 빨아들일 때마다 그녀는 신음 소리를 더 크게 내었다.

그녀는 자기도 뭔가 하고 싶었는지, 우리의 자세를 바꾸어 69 모양으로 포개고는 내 자지를 빨기 시작했다. 그녀가 뾰족한 혀고리로 내 자지를 애무할 때, 나는 절정에 다다른 마조히즘의 환희를 느꼈다. 그녀는 내 불알을 입에 넣어 수없이 굴리고, 내 불두덩을 살짝 깨물기도 하면서 항문도 샅샅이 핥아주었다. 그 후 내 자지를 손으로 잡고 자기 입안에서 이리저리 왕복운동을 하기 시작했다. 야하게 생겨먹은 여자가 내 자지를 펠라티오 해주고 있으니 도저히 참을 수가 없었다. 이윽고 정액이 쏴아악 분출되었다. 그래서 그녀의 얼굴은 불투명한 밀크로 범벅이 됐다.

행복한 표정을 지으며 나의 정액을 모두 빨아먹은 그녀는 희한하게도 "넣어달라."는 요구를 하지 않았다. 마광수 교수의 부인답게 오럴섹스가 가장 훌륭한 성교라고 생각하는 모양이었다. 나 또한 허리를 강도 높게 사용하고 나면 다음날엔 지쳐가지고 아무것도 못하는 경우가 많았기 때문에, 단순히 핥고 빠는 것으로만 최고의 쾌감을 느낄 수 있는 오럴섹스가 더 좋았다. 내가 그녀의 클리토리스를 계속해서 짓궂게 빨아대자 그녀의 보지에서도 애액이 흘러나왔고, 서로의 분비물을 거의 다 분출한 우리는 잠시 침대에 누워 쉬고 있었다.

잠시 쉬고 나자 여자는 조금 아쉽다는 표정을 지었다. 난감한 상황이었다. 삽입성교는 하기가 꺼려졌고, 오럴섹스는 이미 둘 다 좆물, 보짓물을 다 싸버린 상황이라 별로였다. 그래서 내가 고민하고 있을 때 그녀가 입을 열었다.

"저기…… 날 좀 때려줄래요?"

그 말을 듣고 흠칫 놀랐다. 마 교수의 수업에서 SM에 대한 이야기를 들었지만, 한 번도 실제로 해본 적이 없었기 때문이었다.

많은 여자와 성행위를 해보았지만 사디즘적이거나 마조히즘적인 섹스는 한 번도 해보지 않았던 나였다. 그런 생각을 하는 순간, 그녀는 내 자지를 입에 넣고 더욱 가열차게 빨기 시작한다. 그러면서 날카롭고 기나긴 손톱으로 내 허리와 엉덩이를 사정없이 난도질했다.

잠시 후 나는 그녀가 가져다 준 채찍을 들고 서서 그녀를 채찍질했다. 사디즘과 마조히즘적 쾌락이 동시에 느껴지는 황홀한 순간이었다. 내 숨소리는 점점 거칠어졌고, 내 자지는 쾌감을 견디지 못하고 다시 한 번 그녀의 목구멍에 정액을 한바탕 발사해버렸다. 그녀는 켁켁거리면서 꿀꺽 소리와 함께 정액을 모두 받아마셨다. 여인은 정액을 다 빨아 먹고 나서도, 한동안 내 자지에 사랑스런 시선을 보내며 자지를 입에 물고 있었다.

볼일을 다 끝내고 나서, 나는 그녀를 꽉 껴안아 주었다. 그녀는 내가 누군지 묻지도 않고 배고프지 않냐며 음식을 가져다주었다. 물론 보통 음식을 가져온 것은 아니다. 그녀가 가져온 것은 각종 견과류와 과일, 그리고 술이었는데, 이것들을 특이한 방법으로 먹여주는 것이었다.

술의 경우엔 그녀의 입에 술을 머금었다가 내 입에 흘러넣어 주었다. 그녀의 타액과 섞인 보드카 한 모금이 눈물나게 달콤했다.

또 그녀는 땅콩 등의 견과류와 포도, 딸기 등을 내가 먹기 전에 반드시 자기 보지에 쑤셔넣었다가 꺼내서 입으로 먹여주었다. 먹을 걸 보지 구멍 안에 끼워넣고서 조금 시간이 지나면 긴 손톱을 이용해 그것을 꺼낸 후 내 입에 넣어주는 식이다. 생선회를 초장에 찍어 먹는 것과 비슷한 이치였다. 그렇게 해서 허기진 배를 달래고 난 뒤, 나는 서둘러 마 교수의 집에서 나왔다. 마광수 교수는 워낙 개방적이고 남자다운 사람이라 자신의 부인이 다른 남자와 성관계를 가진 것에 대해 뭐라고 할 사람은 아니었지만, 왠지 우리의 정사(情事) 사실을 누군가에게 들키기는 싫었다.

그 후에도 한동안 나는 마 교수의 마누라를 찾을 수밖에 없었다. 내가 하고 싶은 섹스를 그녀만큼 변태적으로 야하게 해주는 여자가 좀처럼 흔하지 않았기 때문이었다. 대학에서 만나게 되는 여자애들은 예쁘다 싶으면 순결이라든가, 사랑을 확인하려해서 날 귀찮게 하는 일이 많았고, 좀 덜 예쁜 애들은 왠지 성욕이 생기지가 않았다. 어떻게 키스까지 연결하더라도 별로 옷을 벗기고 싶지가 않았다. 다른 여자들과 잠자리를 많이 했어도, 마 교수 마누라만큼 펠라티오를 잘하고 내 몸 이곳저곳을 페팅해주는 여자는 없었다.

다른 여자들을 만날 때는 쉽사리 수그러들던 성욕이 그녀와 만나면서부터는 오히려 점점 더 강해져갔다. 그녀를 찾는 횟수가 점점 늘어났고, 거의 매일 같이 그녀의 집에서, 혹은 모텔에서 그녀와 섹스하게 됐다. 어쩌면 그래서 내가 그녀를 진정으로 사랑하게 되었는지도 모른다.

그러던 어느 날, 평소와 같이 그녀의 집, 그러니까 마광수 교수의 집에서 그녀와 한바탕 섹스잔치를 벌이고 있을 때, 갑자기 마광수 교수가 집에 돌아왔다. 그래서 나는 죄지은 게 있어 고개를 수그리고 있는데, 이상하게도 마 교수 부인은 샐샐 웃으며 하나도 겁을 내지 않는 것이다. 내가 이상하다고 생각하며 얼굴이 굳어진 표정을 하고 있자. 마광수 교수는 호탕하게 웃으면서 이렇게 말했다.

"자네 참 그동안 수고 많았네. 내 와이프의 간식용(間食用) 먹잇감이 돼줘서 말이야. 자, 그럼 어디 한번 우리 신나게 놀아볼까? 나도 껴서 쓰리썸으로 말야."

그로테스크

나는 1992년 8월에 출간한 장편소설 『즐거운 사라』가 야하다는 이유로 그 해 10월 29일 뜬금없이 구속되었다. 판매금지 처분만 해도 울화통이 터질 판인데, 형사범 취급에다 역사상 유례가 없는 긴급체포(그것도 강의가 한창 진행되고 있던 학기 중에!)였으니 기통이 터질 노릇이었다. 도주 및 증거인멸의 우려가 없는데다 현행범도 아닌데 전격 구속이라니…….

그런 황당한 법 집행인데도 구속적부심 신청은 기각되었고 보석

신청도 기각되었다. 그래서 나는 꼬박 두 달 동안 구치소 신세를 져야 했는데, 당시 언론의 하이에나 같은 작태와 꽉 막힌 지식인들의 비이성적 마녀사냥 취미로 봐서는 집행유예로 풀려나온 것만도 다행이었다.

감옥 생활이 끝나긴 했지만 재직하고 있던 대학에서도 직위해제를 당해 할 일이 없었다. 원고 청탁도 없었고 방송출연 요청이나 강연 요청도 없었다. 어느새 나는 사회에서 가혹하게 버림받은 희생양이 돼버린 것이다. 교권과 표현의 자유를 유린당한 데 대한 울화까지 겹쳐, 글을 쓰는 것은 고사하고 책 한 권조차 읽을 수 없는 형편이었다.

그래서 집에서 빈둥빈둥 놀며 하릴없이 한(恨)만 쌓아가고 있는데, 그런 내가 딱해 보였는지 화가 친구 한 명이 스트레스도 풀 겸 그림을 한번 본격적으로 그려보라고 권했다. 그 친구는 1991년 봄 〈4인의 에로틱 아트전(展)〉을 열면서 나를 끼워넣어주었던 친구였다. 내가 내 책의 표지화나 연재소설 삽화를 그리는 것을 보고, 화가도 아닌 나를 전시회에 참여시켜주었던 것이다.

그런데 그땐 내가 글쓰는 일로 바빴고 또 작업실도 없었던지라, 먹 하나만으로 그린 작은 크기의 문인화(文人畵)만 출품할 수밖에 없었다. 그래서 큰 크기의 유화나 아크릴화를 그려보고 싶은 욕심이 생겼었는데, 내가 그림을 50점 정도 그린다면 화랑을 주선하여 초대전(招待展)까지 열어주겠다고 했다.

전시회 얘기를 들으니 나는 문득 겁이 나 한동안 망설일 수밖에 없었다. 취미로 문인화나 수채화, 파스텔화 같은 것을 그려보긴 했지만, 캔버스를 펼쳐놓고 유화 등의 본격적인 그림을 그려본 적은 한 번도 없었기 때문이었다. 그렇지만 아무 하는 일 없이 빈둥대다가는 울화병으로 고꾸라져버릴 것 같은 생각이 들어, 결국 그 친구의 권유대로 따르기로 하였다.

다만 작업공간이 없어서 고민이었는데, 그 친구는 자기의 작업실을 같이 쓰면 어떻겠냐고 했다. 하지만 아무래도 폐가 될 것 같고 또 혼자서 그리는 게 더 좋을 것 같아 망설이고 있었는데, 마침 좋은 원조자가 나타났다. 몇 년 전부터 알고 지내던 젊은 사업가 L씨가 우연히 그 얘기를 듣고서, 가평 외진 곳에 있는 자기의 별장을 빌려주겠다고 나선 것이다. 자기는 지어만 놨지 쓰는 일이 거의 없고, 아무래도 자연 속에서 그림에 몰두하다 보면 한결 울화가 가실 게 아니냐는 것이었다. 나는 L씨의 제안을 고마운 마음으로 받아들이기로 했다.

L씨의 별장은 정말 외진 곳에 있었다. 경기도 가평읍에서 한참 들어간 명지산 골짜기 깊숙한 곳에 숨어 있었는데, 돌로 지은 아담한 단층 건물에 취사 시설이 갖춰져 있어 별 불편함 없이 지낼 수 있을 것 같았다.

나는 별장에 도착한 후 준비해 간 그림 도구들을 내려놓고 자그마한 벽난로에 불을 지폈다. 뭉긋이 타들어가는 장작불을 바라보며 나는 비로소 마음이 가라앉아오는 것을 느꼈다. 그날 이후로 나는 한적한 산골의 정취를 즐기며 모처럼 그림 삼매경에 빠져 들어갈 수 있었다.

한가롭게 빈둥대며 그림을 그리기 시작한 지 보름쯤 지난 어느 날, 내가 침대 위에서 낮잠을 자고 있는데 문득 인기척이 났다. 눈을 떠보니 갈색 옷을 입은 사람이 침대 앞에 서 있었다. 양복도 아니고 한복도 아닌 옷으로 흡사 아라비아 사람들의 내리닫이 옷을 연상시켰다. 옷차림으로 보아 남자긴 남잔데 꼭 여자처럼 예쁘장하게 생긴 남자였다. 그는 조심스런 목소리로 내게 이렇게 말했다.

"임금님께서 마 선생님이 오시기를 바라고 계십니다."

임금님이라는 말이 어이없게 들려 나는 얼른 뭐라고 대답을 해줄 수가 없었다. 그래서 잠자코 그 사내를 바라보고만 있었는데, 사내의 얼굴 표정이 너무나 진지해 보였다. 나는 무슨 말이든 대꾸를 해주는 것이 예의겠다 싶어 그 사내에게 말했다.

"임금님이라니요. 임금님이란 대체 누구를 말하는 것입니까?"

그러나 그 사내는 더욱 진지한 얼굴 표정을 해가지고 이렇게 대답하는 것이었다.

"바로 이웃에 살고 계신데 가보면 아십니다."

그러고는 내 팔을 정중하게 붙잡고서 나서기를 재촉하는 것이었다. 그래서 나는 재미 삼아 그 사내를 따라나서 보기로 했다.

밖으로 나가 골짜기를 지나 한참을 올라가니 보통 땐 전혀 보이지 않던 희한한 풍경이 펼쳐졌다. 드넓은 평원에는 오색 꽃들이 만발해 있었고, 싱그러운 바람결을 따라 희귀한 색조의 새들이 날아다니고 있었다. 가슴이 탁 트이며 머리가 맑아지는 기분이었다.

저 멀리 평원 한가운데 휘황찬란한 궁전 하나가 보였다. 그 궁전은 평소 내가 동경해 마지않던 『아라비안 나이트』풍(風)의 이슬람 건축 양식으로 되어 있었다. 나는 비좁은 한국 땅, 그것도 깊디깊은 산중에 광활한 평원이 펼쳐져 있고, 거기다 보석들로 뒤덮여 웅장한 위용을 자랑하는 하렘(harem)풍의 궁전이 있다는 데 놀랐다.

내가 벌어진 입을 한동안 다물지 못하고 있자, 그 사내는 빙그레 웃으면서 이렇게 말하는 것이었다.

"마 선생님께서 쓰신 책을 보니 옹색한 한국의 풍광(風光)과 좁디좁은 한국인들의 심성에 염증을 느끼고 계시더군요. 그리고 중동풍의 궁전과 하렘 안에서의 유쾌한 쾌락을 늘 상상하시는 것 같아 이런 모양으로 준비했지요."

나는 사내가 한 말의 뜻을 얼른 알아챌 수가 없었다. 한참을 생각해 보고 나서 나는,

"혹시 이런 경치와 궁전이 모두 다 신기루가 아닙니까?"

하고 물어보았다. 그러자 그 사내는,

"신기루는 없습니다. 있는 것은 마음뿐이지요."

하고 알쏭달쏭한 대답을 하는 것이었다.

한참을 걸어가 궁전 안으로 들어가니 벽과 바닥과 천장이 온통 휘황찬란한 보석들로 뒤덮여 있었고, 번쩍이는 샹들리에들이 고혹적인 불빛을 은은하게 내뿜고 있었다.

나는 어쩐지 가슴이 두근거려지는 것을 느끼며 한 발짝 한 발짝 걸어 들어갔다. 여인의 살내음 비슷한 희한한 향기가 궁전을 감싸고 있었는데, 도저히 이 세상 냄새로는 생각되지 않았다.

보석으로 뒤덮인 수십 개의 문을 지나 널따란 회랑으로 들어서니 하렘의 후궁인 듯, 배꼽을 드러낸 요염한 얼굴의 젊은 여인들이 여기저기 몰려서서 배시시 미소를 흘리고 있었다. 잠자리 날개같이 투명한 의상이 여인들의 풍만한 몸매를 아련히 드러내주고 있었고, 빗자루처럼 긴 색색가지 속눈썹을 붙인 여인들의 그윽한 눈이 요사스런 추파를 흘리며 나를 맞이하고 있었다.

나는 겹겹의 문을 거치고 계속 앞으로 나아가 드디어 어마어마하게 큰 궁전의 중앙 홀로 안내되었다. 창문이 보이지 않는데도 불구하고 연보라빛 환한 빛이 흘러들어 실내를 감싸고 있었다. 거기서는 내시의 두목쯤 되는 사람인 듯, 나이 많은 사내 하나가 나를 맞아들이며 환영의 인사를 했다.

"어서 오십시오. 우리 임금님께서 마 선생님의 훌륭한 인품과 재주를 흠모하셔서 한번 꼭 만나고 싶다 하시므로, 이렇게 모셔오게 되었습니다."

나는 '선정미(煽情美) 어린 장려(壯麗)의 극치'라고 표현할 수밖에 없는 중앙 홀의 화려함에 놀라 왠지 주눅이 들었다. 그래서 모기만한 목소리로, 임금님이 대체 어떤 분이시냐고 물어보았다. 그러자 그 사내는 앞으로 자연 알게 되실 거라고만 대답하는 것이었다.

얼마 안 있어 시녀 네 명의 부축을 받으며 임금이 나타났다. 나이가 40대 초반으로 보이는 여자인데, 위엄이 엿보이는 가운데 빼어난 미모를 지니고 있었다.

여왕은 너무나 많은 장신구를 하고 있어 그 무게를 지탱하기 어려워하는 것처럼 보였다. 특히 묵직하게 매달린 귀걸이가 그랬는데, 두 명의 시녀가 여왕의 양쪽 귀걸이를 손으로 받쳐 들고 있었다. 열 개의 긴 손톱에는 작은 보석들이 촘촘히 박혀있는 황금 손톱끼우개가 끼워져 있었다.

이윽고 여왕은 내게 입을 열었다.

"이웃에 이사 오셔서 그림을 그리시게 되었으니 여간 인연이 깊지 않습니다. 아무쪼록 편히 쉬시면서 즐겨주시기 바랍니다."

말을 마치고 나서 여왕은 오른손의 긴 검지손가락을 들어 주연을 시작하라고 명령했다.

곧 이어 산해진미를 차린 주연상이 손에 들려 나오고, 간드러질 듯 요염한 모습을 한 반라의 시녀들이 줄지어 따라나왔다. 그리고 여자 악사들이 홀 좌우에 자리 잡고 연주를 시작했는데, 모두 다 내가 좋아하는 아라비아풍의 관능적 음률이었다.

우윳빛 상체와 색색가지 거웃들을 망사 옷감 사이로 드러낸 수십 명의 무희들이 신나게 배꼽춤을 추어댔고, 그네들이 춤을 출 때마다 수많은 보석 장신구들이 영롱하게 쩔렁대는 소리를 냈다.

나는 머리통과 오장육부가 욱신욱신 해롱거려 오는 것을 느끼며 그들을 멀거니 바라보고 있었다. 내 양 옆에서는 손톱을 길고 뾰족하게 기르고 발끝까지 닿는 귀걸이와 젖꼭지걸이를 단 시녀 두 명이 들러붙어 시중을 들어주고 있었고, 다른 네 명의 시녀가 등받이와 팔받침 역할을 해주고 있었다. 그네들 몸에서 풍겨 나오는 독한 향수 냄새가 최음제 역할을 하여 나는 넋이 나가는 듯하였다.

술잔이 서너 번 돌아간 뒤, 여왕이 드디어 입을 열고 본론을 꺼냈다.

"내가 애지중지하는 공주의 이름이 하필 '사라'지요. 인간들이 하도 떠들길래 나도 마 선생님이 쓰신 『즐거운 사라』를 읽어봤습니다. 그리고 그 전에 쓰신 『권태』와 『광마일기(狂馬日記)』『나는 야한 여자가 좋다』『가자, 장미여관으로』같은 책들도 읽어봤는데, 천의무봉한 솔직성과 관능적 상상력이 정말 대단하다고 느꼈습니다. …… 마 선생님이 『즐거운 사라』란 책을 쓰시게 된 걸 우연의 일치라고만 볼 수 없겠지요. 그건 마 선생님과 내 딸이 전생의 인연으로 맺어져 있다는 것을 암시하는 게 아니겠습니까? 선생님께서는 지금 그 책 때문에 황당무계한 고초를 겪고 계시는데, 선생님을 위로해 드리기 위해서라도 내 딸을 선생님께 바치기로 했습니다. 그러면 내 딸은 진짜 '즐거운 사라'가 될 것이고, 선생님 역시 '즐거운 광수'가 되실 게 분명하니까요."

말을 마치고 나서 여왕은 시녀들에게 명하여 공주를 데리고 나오게 하였다.

잠시 후 귀걸이 · 코걸이 · 입술걸이 · 목걸이 · 어깨찌 · 팔찌 · 반지 · 배찌 · 발가락찌 · 종아리찌 · 젖꼭지걸이 · 배꼽걸이 · 음순걸이 등의 장신구들이 왱그랑 댕그랑 흔들거리는 소리가 들려오면서, 숨이 막힐 것만 같은 섹시한 향수 냄새와 함께 공주가 나타났다.

황금빛 머리카락은 발꿈치를 지나 바닥까지 흘러내려올 정도의 길이였고, 시녀 한 명이 공주의 머리채를 조심스럽게 받쳐 들고 있었다. 20센티미터가 넘는 긴 손톱 끝마다 가느다란 금실로 연결된 은방울을 달고 있는 것이 이채로웠다.

얼굴의 피부 빛깔은 황금빛이 살짝 도는 순백색이었다. 나이는 열아홉이나 스무 살쯤 되었을까. 이 세상 여인이라고는 도저히 생각할 수 없으리만큼 빼어나게 뇌쇄적이면서 신비한 아름다움을 지니고 있었다. 굳이 설명하자면 젊었을 때의 나스타샤 킨스키에다가 젊었을 때의 마릴린 먼로, 그리고 젊었을 때의 비비안 리의 얼굴을 한데 합쳐놓은 데다가 나오미 캠벨과 클라우디아 쉬퍼의 몸매를 붙여놓았다고나 할까.

하지만 그 정도의 비교 가지고서는 그녀의 아름다움을 설명할 수가 없다. 청초하면서도 육감적이고 또렷하면서도 아련한 그녀의 외모는, 마약처럼 피어오르는 새벽 안개 속에서 고혹적인 자태를 드러내고 있는 핑크빛 꽃송이를 연상시켰다.

특히나 길디긴 손톱과 길디긴 발톱, 그리고 폭포수처럼 흘러내리는 머리카락 더미는 나를 계속 아찔하게 만들었다. 가느다란 연필 같은 체형(體刑)의 날렵한 몸매에는 엄청난 크기의 유방이 매달려 있어 극단적인 언밸런스의 미학을 보여주고 있었고, 아기 주먹만한 얼굴은 시간이 지나갈수록 더욱더 다채로운 형광색을 띠어가고 있었다.

움푹 들어간 눈두덩은 금색과 청동색과 연두색 아이섀도로 광택

있게 번들거리며 눈부신 반사광(反射光)을 만들어냈다. 찢어질 듯 위로 뻗어나간 보라색 아이라인과 두텁디두터운 무지갯빛 속눈썹 아래에서는, 황금빛 동공이 허공을 그윽하게 응시하고 있었다.

곧 이어 나는 눈부시게 화려하고 황당하리만큼 사치스럽게 꾸며진 신방으로 안내되었다. 시녀들까지 줄줄 따라와 우리의 첫 방사(房事)를 도와주기도 하고 또 관객 역할을 해주기도 했다. 공주가 나를 펠라티오(fellatio)해 줄 때 내 몸과 공주의 몸에 들러붙어 혓바닥으로 너울너울 핥아댄다거나, 공주와 내가 진한 키스를 할 때 빙 둘러서서 에로틱한 노래를 불러주는 식이었다.

처음엔 시녀들이 그러는 게 어색하게 느껴졌지만 나중엔 오히려 더 재미있고 운치가 있었다. 다만 공주가 내게 삽입을 허용하지 않고 진한 페팅만 하도록 하는 것이 아쉬웠는데, 그녀의 애무기술이 기막히게 선정적이면서도 요요(夭夭)하여 오히려 더 큰 쾌감을 맞볼 수 있었다.

공주와 나는 약 한 달 동안 꿈결 같은 시간을 보냈다. 도대체 그 궁전 안에는 온통 여자들뿐이었다. 내가 내시라고 생각했던 사람들도 알고 보니 다 여자였다. 다만 남자 복장을 하고서 구색을 맞추고 있을 뿐이었다. 공주의 말로는 그네들 왕국의 국민들 모두가 여자라는 것이었다.

나는 말로만 듣던 전설 속 여인 왕국 '아마존'에 온 것이 아닌가 하여 문득 불안한 생각이 들었다. 나를 씨받이 남자로 부려먹다가,

때가 되면 죽여버릴지도 모른다는 생각이 들어서였다. 하지만 그녀가 삽입성교를 절대로 허락하지 않는 걸 거듭 확인하고 나서 공연한 걱정은 제쳐버리기로 했다. 어쨌거나 나는 순간의 쾌감, 찰나의 진실을 만끽하고 있었다.

다만 궁금했던 것은, 그럼 대체 공주의 아버지는 누구냐는 것이었다. 그래서 나는 공주에게, 그럼 당신의 아버지는 대체 어디 계시냐고 조심스럽게 물어보았다. 그랬더니 공주는 배시시 웃으면서 이미 돌아가셨다고 대답하는 것이었다. 내가 더 캐물어보려고 하자 공주는 내 입을 그녀의 입술로 덮어 더 이상 말을 못하게 했다.

나중에 시녀를 통해 알아보니 여왕을 위한 하렘이 따로 준비되어 있었는데, 그곳에만 남자들이 모여 있었다. 나는 공주에게 간청을 하여 그곳을 몰래 들여다 볼 수 있었다.

사내들은 모두 연약한 모습을 하고 있었고, 얼굴 표정이 하나같이 굳어 있었다. 자지 하나만큼은 다들 기형적으로 불룩 튀어나와 있는 게 신기했다. 공주에게 캐물어본 결과, 하렘의 남첩(男妾)들은 여왕과 동침한 다음날로 기진맥진 자연사(自然死)해 버린다는 사실을 알 수 있었다.

나는 어쩐지 불안한 예감에 사로잡혀 공주와의 잠자리가 불편해질 수밖에 없었다. 그러나 공주는 곧바로 눈치를 채고서 이렇게 소곤거리는 것이었다.

"당신은 예외니까 절대로 안심하셔도 돼요. 또 그래서 제가 삽입성교를 피하고 있는 거구요."

공주의 말에 안심이 되긴 했지만 어쩐지 꺼림칙한 기분이 들었다. 그래서 나는,

"그럼 왜 날 불러왔을까?"

하고 공주에게 물었다.

"순전히 손님으로 오신 거예요. 그러니까 당신은 그저 즐겨주시기만 하면 돼요. ……어머님께서 무슨 예감 같은 걸 느끼셨나봐요. 저희가 당신께 제공해드리는 쾌락에 쉽게 보답해 주실 수 있는 기회가 머잖아 올 거예요."

알쏭달쏭한 말이었지만 그녀가 더 이상 자세히 말하지 않으려 하므로, 나는 내가 속 좁은 남자로 보일까 봐 입을 다물었다. 하지만 그럴수록 자꾸 호기심이 발동하는 것이었다. 또 삽입하고픈 충동도 자꾸 몰려왔다. 그래서 나는 한참 있다가 다시 물었다.

"만약에 내가 삽입성교를 하면 나도 하렘의 남첩들처럼 곧바로 죽어버리게 될까?"

"그럴 가능성이 커요. 저희 나라의 자연법칙이 그렇게 돼 있으니까요. 말하지면 저나 어머니의 음기(陰氣)가 너무 센 거지요. …… 하지만 당신은 언제나 생식적(生殖的) 섹스를 비웃고 비생식적(非生殖的) 섹스, 즉 유희적 섹스를 강조해 오지 않으셨어요? 그러니까 삽입성교를 못한다 하더라도 섭섭해하지 않으실 줄 알았는데요."

"응……. 글에서야 그랬지. 하지만 나도 관습적 성윤리로 오랫동안 세뇌받아 온지라 생식적 섹스로부터 아주 벗어나긴 힘들어. 게다가 당신처럼 기막히게 아름다운 여자를 보면 종족보존의 본능이

나도 모르게 발동하는 걸 느끼게 되지."

"저랑 유쾌하게 노시면서 생식적 섹스에 대한 미련을 아예 떨쳐 버려 보도록 하세요. 인생은 어차피 고통의 연속인데 굳이 생명을 만들어내는 죄를 지을 필요가 어디 있겠어요? 또 그래야만 변화하는 세상에, 아니 변화하는 성(性)에 적응해 나가시기가 한결 수월해지실 거구요."

"세상의 성(性)이 어떻게 변해가는데?"

"남자들의 정력이 점점 약해져 가고 있어요. 당신도 환경호르몬 얘길 들어보신 적이 있으시죠? 환경호르몬 때문에도 그렇고 인구 증가에 대한 집단무의식적 공포나 여권신장 때문에도 그렇고, 남성들의 정자(精子)는 앞으로 더욱 줄어갈 수밖에 없을 거예요. 그런 상황인데도 대다수의 바보 같은 남자들은 생식적 성교에 더 미련스럽게 집착하고 있지요. 그러다 보면 정력제나 발기유도제 같은 일시적 흥분제는 더욱 날개돋친 듯 팔려나갈 것이고, 그로 인해 급사(急死)하는 남성들이 늘어나는 것은 물론 남자들의 평균수명이 점점 더 짧아져 갈 게 틀림없어요. '힘에만 의존하는 섹스'는 화를 부를 게 뻔하니까요.……당신은 오래오래 살아남으셔야 해요. 그래야만 당시이 주장하는 유미적 평화주의나 실용적 쾌락주의를 세상에 펼쳐나갈 수 있을 것이고, 또 도덕적 테러리즘이나 수구적 봉건윤리 역시 쳐부술 수 있으실 테니까요."

나는 공주가 나이에 비해 너무나 어른스러운 말을 하는 것에 놀랐다. 그래서 나는 그녀에게,

"나를 너무 치켜올리니까 몹시 쑥스러워지는군. 나는 지금 몹시 지쳐 있어. 또 인간의 이중성에 절망하고 있지. 그래서 앞으로의 계획 같은 것도 없고 싸울 의사도 없어. 그저 남의 간섭 안 받고 관능적 판타지를 즐기고 싶을 뿐이야……. 아무튼 당신은 좀 이상해. 어쩌면 그렇게 어른스러운 말을 할 수 있지? 대관절 당신의 정체는 뭐야?"

하고 말했다. 그러자 그녀는,

"저는 구름이자 이슬이자 안개예요. 전 당신의 마음속에서, 아니 몸속에서 왔어요. 마음이래봤자 뇌(腦)의 대사작용에 불과한 것이고, 뇌 역시 몸의 일부이니까요."

라고 말하며 내 품안으로 거세게 파고드는 것이었다. 나는 그녀의 아리송한 대답에 잠시 정신이 복잡해지는 기분이었다. 하지만 곧이어 베풀어진 그녀의 요변(妖變)스런 혀놀림과 손톱놀림이 나의 이성적 추리를 멈추게 했다.

사람은 간사한 동물이다. 형이하학(形而下學)에 만족할 땐(또는 자신이 있을 땐) 형이상학(形而上學)에 관심을 안 두고, 형이하학을 만족시킬 수 없을 때만 형이상학에 관심을 둔다. 형이상학을 만족시킬 수 없을 때 형이하학에 관심을 두는 일은 없다. 형이상학이란 형이하학적 무력감에 대한 보상심리에서 나온 것이므로, 형이상학이 인간 실존의 근거는 되지 못한다. 아니 '실존'이란 단어 자체가 어쩐지 쑥스럽고 경박하고 사치스럽다. 그냥 '먹고, 자고, 싸기'라고 해두자.

이러구러 달착지근한 시간들이 흘러갔다. 나는 공주와의 연이은 음락(淫樂)에 몸이 흐물흐물해져 가는 느낌이었다. 단둘이서만의 성희에 내가 조금 싫증을 내는 듯싶자, 여왕은 나를 위해 따로 하렘을 하나 마련해 주었다. 공주도 내가 하렘의 후궁들과 섞여서 노는 것을 기분 나빠하지 않았고, 자신도 즐거히 다른 궁녀들처럼 마조히 즈틱한 열락(悅樂)에 동참해 주는 것이었다.

어마어마하게 큰 하렘의 한가운데에는 작은 호수만한 크기의 욕탕이 마련돼 있었다. 투명한 천창(天窓)이 너무 높아 하렘은 마치 야외에 만들어져 있는 것처럼 보였다. 주변에는 잘 손질된 원추형의 나무들이 빽빽하게 늘어서 있었고, 나무들마다에는 탐스럽게 잘 익은 열대 과일들이 주렁주렁 매달려 있었다. 그리고 바닥 여기저기에서는 아름다운 꽃들이 한껏 교태부리며 암술과 수술을 뻗쳐 올리고 있었다.

욕탕의 바닥과 가장자리는 황금과 백금과 옥으로 만든 타일로 덮여 있었는데, 수십 명의 남녀들이 서로 얽히고설켜 몸을 비비꼬면서 애무하는 모습이 모자이크되어 있었다. 욕탕 바깥의 바닥은 수천 개의 두꺼운 거울로 모자이크되어 있었고, 사이사이에는 자주색과 핑크색을 주조로 하는 화려한 빛깔의 페르시아 융단이 깔려 있었다.

욕탕의 지붕은 여섯 개의 육각형 기둥에 의해 떠받쳐지고 있는데, 기둥들은 모두 투명한 크리스탈로 만들어져 있었다. 기둥 옆에는 여러 남녀들이 애무하는 모습으로 조각된 수정 스탠드가 있어 은은한 오렌지색 불빛을 내뿜고 있었다. 황금으로 된 욕탕의 지붕은 여인의 풍만한 유방 모양을 하고 있었고, 젖꼭지 부분에는 엄청나게 커다란 다이아몬드가 박혀 있어 열대 오후의 나른한 햇살을 갖가지 찬란한 빛깔로 반사시켜 주고 있었다.

지붕의 안쪽은 모자이크로 만들어진 거울로 되어 있어, 여러 개의 거울들이 서로를 끊임없이 반사시켜 무수히 신비로운 상(像)을 만들어냈다. 욕탕 위에 높디높은 천창에는 루비와 사파이어 등 갖가지 보석으로 만들어진 샹들리에들이 꽃 모양의 전구들을 머금고 뻗어 내려와, 흡사 성긴 은하수를 보고 있는 것 같았다

욕탕은 기분 좋은 온도의 향기 나는 물로 채워져 있었다. 그리고 욕탕 한가운데에서는 핑크빛 대리석으로 만들어진 거대한 분수가 물을 방울방울 뿜어올리고 있었다. 분수는 위로 높이 쳐든 여인의 엉덩이 모양을 하고 있었고, 항문에서 서서히 흘러나오는 물방울들은 물이 아니라 꿀맛이 듬뿍 스민 향기로운 술이었다.

욕탕 주변에 있는 만개한 꽃들과 잘 익은 과일에서 풍겨 나오는 감미로운 냄새, 그리고 분수에서 흘러나오는 술의 고혹적인 알코올 향(香)이 뒤섞이면서, 욕탕 안은 더욱 신비롭고 몽롱한 분위기를 만들어냈다.

하렘에서의 하루를 한 번 묘사해 보자.

욕탕 밖에서는 수십 명의 발가벗은 여인들이 나태한 자세로 누워 오후의 햇살을 즐기고 있다. 그네들 가운데는 서로 얽히고설켜 애무하면서, 바닥의 거울이 반사해 내는 자신들의 황홀한 나신을 도

취된 눈빛으로 바라보고 있는 여자들도 있다.

여인들은 뒷굽의 높이가 15센티미터는 됨직한 황금빛 뾰족샌들을 신고 있을 뿐인데, 가지가지 색깔의 탐스러운 머리카락들이 길게 웨이브지며 흘러내려와 하얀 유방과 곱슬거리는 음모와 탐스럽게 부풀어오른 엉덩이들을 가려주고 있었다.

한 여인이 길기긴 손톱을 부챗살처럼 길게 뻗어 머리카락을 뒤로 빗어 넘기자, 보름달 같은 유방의 농염한 자태가 드러난다. 젖꼭지에는 둥근 황금고리가 꿰어져 있고, 고리 아래로 늘어진 체인 끝에 매달린 금방울들은 살랑살랑 흔들거리며 명량(明亮)한 소리를 만들어 내고 있다.

욕탕 안에는 수십 명의 여인들이 알몸뚱이로 물에 몸을 반쯤 담근 채 앉아 있다. 대리석으로 깎아 빚어 만든 듯한 늘씬한 다리들은 물 아래에서 뒤엉켜 서로를 마찰해주고 있고, 길고 가느다란 색색가지 음모(陰毛)들이 물풀처럼 살랑대며 춤을 추고 있다.

중앙의 분수에서 느릿느릿 뿜어져 나오는 작은 물방울들이 여인들의 몸을 간질인다. 그로테스크한 색조로 짙게 화장한 얼굴들과 껍질을 벗긴 핑크빛 수박덩어리 같은 유방들이 반쯤은 물에, 반쯤은 향기로운 술에 젖어 반짝이고 있다. 여인들은 가끔씩 유방에 방울방울 맺혀 있는 술을 서로가 혀끝으로 천천히 핥아먹으면서 아리따운 추파를 흘리고 있다.

욕탕 바깥의 페르시아 융단 한 모퉁이에서는 십여 명의 여인들이 서로 화장을 해주고 있다. 한 여인이 상대방 여인의 속눈썹을 은색의 펄(pearl) 마스카라로 한 올 한 올 정성껏 올려주고 있는 게 보인다. 은빛 콘택트 렌즈를 낀 여인의 눈동자는 은색의 펄 속눈썹과 함께 신비스런 분위기를 발산한다. 여인은 붉은 포도주 색깔의 립스틱이 자기의 입술에 진하게 발라지는 동안 입술을 백치처럼 멍하니 벌리고 있다.

얼굴 화장이 끝나자 몸 화장이 시작된다. 흑장미색의 립스틱이 양쪽 유두에 칠해지고, 짙은 꽃분홍색 액체 파운데이션이 하얀 유방 위에 부드러운 동심원을 그리며 칠해져 나간다. 배꼽 주변에도 물감을 칠한 후, 이번에는 두 다리 사이의 거웃이 손질된다. 손가락 길이만큼 길러 황금빛 매니큐어를 칠한 긴 손톱을 조심스럽게 움직이면서, 상대방 여인의 음모를 정성껏 손질해 주고 있는 궁녀의 손놀림이 곱다.

곱슬거리는 연한 갈색의 음모는 황금빛 손톱이 스쳐 지나가면서 화려한 무지개색으로 염색되고, 곧 이어 막 세팅한 머리처럼 봉곳이 부풀어오른다. 음모 손질을 끝낸 궁녀는 상대방 여인의 불두덩에 살짝 입맞춤을 하고 나서, 음순에는 진주로 된 음순걸이를, 항문에는 묘안석(猫眼石)으로 된 항문걸이를 달아준다. 그런 다음 두 몸이 한데 엉켜 우아하게 요동을 친다.

하렘의 나무 사이를 거닐며 열매를 따거나 꽃을 꺾고 있는 여인들도 있다. 그들은 다른 여인들과는 달리 투명한 옷감으로 된 드레스를 입고 있는데, 걸음을 걸으면서 몸의 각도를 바꿀 때마다 젖가슴의 볼륨과 음모의 반짝임, 하늘거리는 허리 선과 부드러운 둔부의

곡선이 잠자리 날개 같은 옷감을 통해 보일 듯 말 듯 내비친다.

그네들 역시 맨발에 굽 높은 샌들을 신고 있다. 타원형을 이루며 둥글게 아래로 말려들어간 긴 발톱들이 샌들 앞부분으로 튀어나와 있고, 발톱들은 노란색, 빨간색, 보라색, 분홍색, 연두색, 복숭아색, 은색, 금색 등 여러 가지 색깔의 매니큐어로 손질되어 있다.

샌들의 압굽을 발톱 길이에 맞춰 높게 만들었지만, 휘어들어간 발톱들이 워낙 길기 때문에 걸을 때마다 바닥에 부딪치지 않도록 조심해야 한다. 그래서 그런지 여인들의 발놀림은 무척이나 느리고 권태스러워 보인다. 과일이나 꽃을 따고 있는 손톱들도 둥글게 말려들어 갈 정도로 길다. 갖가지 색깔로 손톱에 칠해진 펄 섞인 매니큐어들이, 일제히 햇빛에 반사되어 눈부시게 빛나고 있다.

나와 공주는 카펫 위에 있는 상아 침상에서 푹신한 금빛 보료에 묻혀 나란히 누워 있다. 나는 한 궁녀가 땀을 뻘뻘 흘리며 해주는 보디 마사지를 받고 있고, 공주는 미풍에도 출렁거릴 정도로 얇고 긴 손톱들을 궁녀 두 명에게 손질시키고 있다.

보디 마사지가 끝나자 방금 온몸에 화장을 끝낸 여인이 내게로 천천히 걸어온다. 그녀가 발걸음을 옮길 때마다, 귀걸이, 코걸이, 팔찌, 반지, 젖꼭지걸이, 음순걸이, 항문걸이 등에 매달린 금방울들이 꿈결 같은 소리를 만들어낸다.

여인은 내 앞으로 오자 무릎을 꿇고서 내 발에 입맞춘 후, 서서히 혓바닥을 옮겨 나의 온몸을 혀끝으로 살살 핥아주기 시작한다. 공주 역시 손톱 손질을 끝내고서 한 궁녀가 해주는 혓바닥 마사지를 받고 있다.

혓바닥 마사지가 끝나자 나는 궁녀 두 사람의 부축을 받으며 천천히 발걸음을 옮겨 욕탕 안으로 들어간다. 물 속에 반쯤 몸을 담그자 한 여인이 분수로 가서 입 안 가득히 술을 받아 머금고 온다. 그녀의 긴 핑크빛 머리카락과 진주빛 시폰(chiffon) 드레스는 물에 젖어 몸에 찰싹 달라붙어있다. 그녀가 내 쪽으로 몸을 움직일 때마다 몸에 달라붙은 드레스를 통해 어렴풋이 보이는 핑크빛 젖가슴과 연두색 불두덩이 물결치듯 움직이고 있다.

여인은 입 안에 머금고 있는 술을 내 입 안에 흘려넣어 준다. 나는 그녀의 입 안에서 적당히 따뜻해진 술의 향기를 음미하면서 여인의 젖꼭지를 장난치듯 꼬집어본다 여인은 적포도주색 매니큐어가 칠해진 긴 손톱으로 나의 머리를 천천히 쓰다듬어주면서 꿈꾸는 듯 황홀한 표정을 짓는다.

그러는 동안 또다른 궁녀 한 명은 물 속에서 붉은 입술을 벌려 내 자지를 부드럽게 키스해 주고 있다. 물 위에 둥실 떠서 넘실거리는 그녀의 은빛 머리카락이 나의 아랫배를 간질인다. 내 뒤로 다시 두 명의 궁녀가 춤추듯 다가와 그네들의 풍만한 젖가슴을 내 등에 밀착시킨다. 그런 다음 내 어깨가 편히 쉴 수 있도록 기분 좋은 쿠션을 만들어 주고 있다.

공주가 천천히 내 쪽으로 기어와 욕탕 안으로 들어온다. 그녀의 손에는 방금 딴 꽃 한송이가 쥐어져 있다. 공주는 내 앞에 있는 여인의 음순에 꽃을 꽂아준다. 그리고 나서 내게 들러붙어 오랫동안 입을 맞춘다.

그때 지금까지 방울방울 술을 뿜어내던 분수가 문득 비눗방울을 쏟아내기 시작한다. 보라색, 하늘색, 오렌지색, 비취색 비눗방울들이, 투명하고 영롱한 빛을 발하며 은은한 음악 소리에 맞춰 사방으로 퍼져나간다.

욕탕 안의 여인들은 해사한 웃음을 흘리며 비눗방울을 아가입에 머금으면서 오르가슴에 젖은 표정들을 한다. 샹들리에 불빛을 받은 비눗방울들은 더욱더 신비한 빛을 발하며 여인들의 농염한 나신을 에워싸 나가고 있다…….

나는 이런 식으로 관능의 황홀경에 빠져 세상의 온갖 시름을 잊고 있었다. 그러던 어느 날이었다. 공주 및 궁녀들과의 연이은 성희에 지쳐 기분 좋은 피로감을 느끼며 잠에 빠져들려는 순간, 갑자기 문을 두드리는 소리가 나며 헐레벌떡 내시 한 명이 들어왔다. 그러고는,

"요괴(妖怪)가 국경을 침범해 들어왔습니다. 여왕님은 편전 쪽으로 피신하셨습니다. 어서 빨리 이곳을 피하십시오!"

하고 다급한 어조로 말하는 것이었다. 그래서 나는 영문도 모르는 채 공주의 손에 이끌려 여왕이 있는 곳으로 갔다. 그러자 여왕은 내 손을 꼭 붙잡고서 울음 섞인 목소리로 이렇게 말하는 것이었다.

"선생님께서 내 딸을 사랑해 주셔서 정말 고마웠습니다. 언제까지나 함께 열락을 즐기며 살 생각이었는데, 뜻밖에도 하늘의 재화

(災禍)가 내려 나라가 뒤집히려 합니다."

그러고 나서 여왕은 내게 국경 수비대장으로부터 날아온 보고서를 보여주었다. 내용은 대강 이런 것이었다.

……수상한 요괴가 국경에 출몰하여 지금 수많은 양민을 살육하고 있습니다. 그 요괴는 벌써 10만여 명의 백성들을 잡아먹거나 죽였으며, 그가 지나간 마을들을 모두 폐허로 변해버리게 했습니다. 신(臣)이 용기를 내어 요괴의 형편을 몰래 살펴본즉, 머리는 산악(山岳)과도 같고 눈은 태양만한 불덩이 같았으며, 아가리를 벌리면 아무리 큰 집 한 채라도 한 입에 집어삼키고, 허리를 펴면 성곽이 모두 무너질 기세를 가지고 있습니다. 실로 천고에 보지 못한 흉물이며 만대(萬代)에 당해보지 못한 화(禍)라 하겠습니다. 종묘사직의 붕괴가 조석으로 임박하고 있는 게 사실이오니, 바라옵건대 폐하께서는 조속히 황족을 거느리시고 안전한 곳으로 천도(遷都)하시어 국가의 명맥을 보존하시옵소서…….

벌써부터 궁전 안은 울부짖는 소리로 가득하고 궁녀들과 내시들이 허둥대며 보따리를 싸고 있었다. 나는 뭐가 뭔지 도무지 알 수가 없어 그저 멍하니 서 있을 수밖에 없었다. 그러자 여왕은 눈물을 머금은 눈으로 나를 바라보며,

"공주는 마 선생님께 부탁하겠습니다."

하고 말하는 것이었다. 공주 역시 창백해진 얼굴로 내 옷소매를

붙잡고 매달리며 이렇게 말했다.

"여보, 저를 어떻게 해주시겠어요?"

나는 정신이 얼떨떨해진 상태라 뭐라고 대꾸를 해줄 수가 없었다. 공주가 재차 재촉하자 그제야 정신을 차린 나는,

"우선 내가 거처하고 있던 별장으로 갑시다. 하지만 그곳은 이곳 궁전에 비해 너무나 초라한데 그래도 괜찮겠소?"

하고 대답했다. 그러니까 공주는,

"위급한 때에 이것저것 가리고 자실 게 어디 있겠어요? 아무쪼록 빨리 데리고만 가주세요."

라고 말하며 발을 동동 구르는 것이었다.

그래서 나는 공주의 손을 잡고 열 명의 시녀들과 함께 궁을 빠져나왔다. 한참을 걸어 내려와 내가 거처하고 있던 집에 도착하니, 그제야 공주는 안심하는 낯빛을 하며 안도의 한숨을 내쉬었다. 그러고는,

"이곳이라면 안심할 수 있습니다. 제가 살던 궁전보다 훨씬 더 좋아요. 하지만 저는 그렇다 치고, 어머님과 궁인(宮人)들이 걱정이에요. 제발 제 어머님을 위해 따로 한 채 궁전을 지어주세요."

라고 말하며 내 무릎에 매달려 한없는 키스를 퍼붓는 것이었다.

나는 갑자기 궁전을 지어놓으라는 요청에 어이가 없어 공주를 물끄러미 내려다보고 있을 수밖에 없었다. 내가 계속 그러고 있자 공주는 큰 소리로 울부짖으면서,

"가족의 위급을 구할 수 없는 바에야 남편은 가져서 무엇 하겠습니까?!"

라고 말하는 것이었다.

나는 정신이 점점 더 혼란스러워졌다. 하지만 잠시 후 정신을 수습하고 나서 그렇게 해보겠다고 대답하여 일단 공주를 진정시켰다.

나는 집 밖으로 나와 여기저기 거닐며 생각에 잠겼다. 하지만 그저 마음만 초조할 뿐 별 뾰족한 수가 생각나지 않았다. 하지만 너무나도 고혹적인 공주의 모습을 생각하니, 공주의 청을 물리쳐 그녀가 내 곁을 떠나버리고 나면 내가 상사병으로 죽어버릴 것만 같은 예감이 들었다.

이렇게 삼십 분쯤 어슬렁거리며 고민에 빠져 있다가 다시 집으로 돌아와 보니 공주와 시녀들이 보이지 않았다. 나는 그예 다들 떠나버렸구나, 하고 낙심하며 슬픔에 잠겨 있었다. 슬픔이 깊어질수록 공주의 풍만한 유방과 하늘거리는 긴 손톱이 생각나 나를 더욱 비탄 속으로 빠뜨리는 것이었다

그러고 있는 중에 문득 이상한 소리가 내 귀에 들려왔다. 들릴 듯 말 듯 아주 작은 소리라서 나는 귀에 신경을 모으고 소리의 진원을 추적해 보았다. 아주 가냘프긴 했지만 그 소리는 아무래도 훌쩍훌쩍 우는 여인의 울음소리 같았다. 하지만 아무리 사방을 둘러봐도 공주의 모습은 보이지 않는 것이었다.

다시금 방안을 찬찬히 훑어보니 벽난로 위에 열한 마리의 벌이 앉아 있는 게 눈에 띄었다. 벌들은 내가 자기네를 알아보자마자 내 소매와 옷 사이로 휘감기면서 나를 어디론가 안내하려는 듯한 동작

을 했다. 그제야 나는 사라 공주가 벌이라는 것을 알 수 있었고, 내가 초대받아 갔던 곳이 큰 벌집이었다는 것을 깨달을 수 있었다.

나는 벌들을 따라 밖으로 나와 한참을 걸어갔다. 그랬더니 벌들은 어느 으슥한 숲속의 오래된 느티나무 가지에 앉아 움직이지를 않는 것이었다.

나는 공주의 청을 알아차리고서 아랫동네로 가서 양봉을 하는 사람 집에 들러 큰 벌통을 하나 구했다. 그런 다음 다시 숲으로 올라가 벌통을 느티나무 가지 사이에 고정시켜 주자 수천 수만 마리의 벌들이 당장 몰려들기 시작했다.

그래서 벌들이 날아오는 쪽을 더듬어 가보았더니. 커다란 느티나무 밑동에 파진 커다란 구멍 속이었다. 구멍 속을 들여다보니 열 자가 넘는 커다란 구렁이가 도사리고 있었다. 나는 동네의 땅꾼을 불러다가 구렁이를 당장 처치하도록 하였다.

일을 끝내고 난 후, 나는 이제 공주와 다시 만나긴 힘들겠구나, 하고 생각하며 쓸쓸하게 아쉬운 마음을 품고 별장으로 돌아왔다.

그런데 현관 문을 여는 순간, 공주가 빵긋 웃으며 나를 즐겁게 맞아주는 것이 아닌가. 방안은 어느새 으리으리한 하렘으로 변해 있었고, 공주와 시녀들 역시 화려와 사치의 극을 달리는 옷차림과 장신구를 하고 있었다. 공주는 나를 얼싸안으면서,

"정말 감사드려요. 저는 이제 평생 동안 당신의 노예가 되어 은혜에 보답하겠어요."

하고 달콤한 음성으로 속삭이는 것이었다.

그 뒤로 나의 생활은 기막힌 즐거움의 연속이었다. 그림 그리는 일 역시 잘 되어주었는데, 공주와 시녀들이 모델이 돼주었기 때문이었다. 남의 이목에 신경 쓸 일도 없었다. 혹시라도 누군가 별장 안으로 들어오면 집 안은 다시금 조촐한 작업실로 변해 버리고, 공주와 시녀들 역시 벌로 변해 한쪽 구석에 얌전히 앉아 있기 때문이었다.

로열 젤리만 먹고 커서 그런지 공주는 음력(陰力)이 대단했다. 삽입성교를 하지 않다 보니 음력이란 음력을 모두 혀끝과 젖꼭지와 손톱 끝에다가 모아 기막힌 기교로 나를 천상(天上)의 엑스터시 속에서 해롱거리게 하는 것이었다.

석 달이 지난 후 나는 전시회용 그림이 대충 마무리되어 별장을 떠날 수밖에 없었다. 그래서 공주와 시녀들도 나를 따라 서울로 왔다. 나는 내 방안에 앙증맞은 모양의 예쁜 벌집 하나 만들어 주었다. 물론 손님이 찾아왔을 때에 대비하기 위한 것이었다.

전시회가 열리자 공주의 얼굴을 그린 유화 〈금빛 눈의 여자〉는 전시회 중 가장 인기를 끌었다. 공주는 일반 관람객으로 가장하고 전시회 오프닝 파티 때 나타났는데, 그녀의 휘청거리는 몸맵시와 그로테스크하게 아리따운 외모, 그리고 날렵하게 긴 손톱, 발톱은 뭇사람들의 시선을 끌었다. 다들 그녀의 정체를 궁금해하면서 침을 질질 흘리는 것이었다.

몇 달 후 나는 『사라를 위한 변명』이라는 에세이집을 내게 됐는데, 공주의 초상인 〈금빛 눈의 여자〉를 다시 표지 그림으로 써서 독자들한테 강렬한 인상을 주었다. 그리고 그 뒤에 신작 시집 『사랑의 슬픔』을 내게 됐을 때, 공주의 얼굴을 바라보며 쓴 시 「사라에게」를 수록해 넣었다.

이 시에 나오는 '사라'는 사라 공주의 이미지에다가 소설 『즐거운 사라』에 나오는 사라의 이미지를 한데 합쳐 형상화시킨 것이다. 이제 그 시를 소개하면서 이 이야기를 끝낼까 한다. 참, 이 글을 쓰는 동안에도 사라 공주는 줄곧 내 곁에 들러붙어 자지를 빨아주고 있었다는 사실을 부기(附記)해 둔다.

너를 처음 보았을 때
네 인상이 너무 강렬해서 나는 눈을 뗄 수 없었다

눈빛이 너무 그윽했다
멀리 허공을 응시하고 있는 듯한 독특한 눈초리였다
세상의 눈(目)이란 눈이 다 한데 모여 있는 것 같았다

얼굴의 피부빛이 너무 고왔다
얇게 가로퍼진 입술과 오뚝한 콧날이
창백한 음영(陰影)을 만들어내어
너를 마치 안개꽃처럼 보이게 했다

너의 이름은 '사랑'에서 '이응(ㅇ)'자가 빠진 것
그 이응(ㅇ)자를 내가 다시 채워넣고 싶다
'슬픈 사라'를 '즐거운 사라'로 만들어주고 싶다
'슬픈 사랑'을 '즐거운 사랑'으로 만들어주고도 싶다

오 사라, 오 사라의
눈, 오 사랑의 사랑!

끈적끈적 무시무시

대학 2학년 때 가을에 만난 여자는 J였다. 그녀와의 만남에 있어 나는 전적으로 수동적인 역할만을 했다. 그때 나는 연극, 방송제작, 문학작품 발표, 교지 편집 등 여러 방면에서 발악적으로 활동하여 연세대학교 안에서는 꽤 알려진 인물이 되어 있었다. 그러던 중 내가 출연했던 연극을 본 J가 전화로 내게 접근해 왔던 것이다.

C대학에 다니고 있던 그녀는 내가 사무엘 베케트의 「노름의 끝장」이라는 연극에서 주인공 역을 맡아 열연하는 것을 보고 부쩍 호

기심이 발동했던 모양이다. 처음에 나는 여자쪽에서 먼저 전화했다는 사실 하나만 가지고도 그녀를 우습게 여겼었는데, J가 몇 차례 계속해서 전화를 하자 별수없이 그녀에 대한 호기심이 생겼다. 또 나는 유난히 가을을 타는 체질이라서, 외로움을 견디다 못해 그녀에게 혹시나 하는 기대감까지 생겼다.

그래서 나는 J를 만나게 됐는데, 그녀와 만나기로 약속한 장소는 을지로 입구에 있던 '태평양' 다방이었다. 록 뮤직을 보컬 그룹이 직접 연주해주는 다방으로 명성이 높아, 음악 좋아하는 멋쟁이 대학생들이 많이 모여들었던 곳이다.

내가 J에게서 받은 첫인상은 '꽤 화사하게 생기고 화장 많이 한 여자'의 이미지였다. 솔직히 말해서 그녀는 약간 천박한 느낌을 주었는데, 그 천박함이 오히려 나의 성감대를 유혹시켰다.

학생치고는 파운데이션을 짙게 발랐고 옷에서는 향수 냄새가 풍풍 풍겼다. 입고 있는 옷은 분홍색 라텍스로 된 투피스였는데 치마 길이가 지독히도 짧았다. 당시 연세대엔 여학생 숫자가 적었고 또 화장을 짙게하는 여학생도 드물어서, 나는 어떤 막연한 아쉬움 같은 것을 느끼고 있던 참이었다. 그런데 마침내 화장을 많이 한 여자를 만나보게 된 것이다.

나는 지금도 여자가 화장을 두껍게 할수록 좋아한다. 손톱으로 얼굴을 긁으면 손톱 끝에 파운데이션이 듬뿍 묻어나오고 여자의 얼굴에 깊은 골이 패일만큼. 그리고 그 여자와 키스를 하거나 그 여자가 내 어깨에 얼굴을 파묻으면 내 얼굴에, 그리고 내 양복 깃에 파운데이션이나 분가루가 허옇게 묻어나올 만큼. 향수 냄새도 진할수록 좋다. 아무튼 화장품 냄새처럼 나를 관능적으로 미쳐 날뛰게 만들어 주는 것은 없다. 여자의 긴 손톱 위에 갓발라진 매니큐어 냄새도 특히나 나를 미치게 한다.

그녀의 약간 천해 보이면서도 화려한 분위기가 나의 긴장을 해소시켜주었다(화장 안 한 여자는 나의 온몸을 경직시켜 버린다). 그날로 우리는 술을 마셔가며 꽤 걸진 데이트를 가졌다. 그 뒤로 J와 나는 만날 때마다 서로가 '육탄 공세'를 서슴지 않는 사이로 발전했는데, 그것은 첫째 상면(相面) 때부터 예기치 않은 해프닝이 벌어졌기 때문이었다.

그날 저녁 J와 나는 술집으로 가 늦도록 술을 마셨다. 그러다가 자리에서 일어서는 순간, 나는 그만 휘청거리며 쓰러지고 말았다. 그날의 술 메뉴는 그때 한창 유행하던 냉(冷) 막걸리였다. J가 하도 술을 잘 마시는 바람에 나도 남자 체면상 그녀에게 질세라 평소의 주량을 마구 초과해 버렸던 것이다(640cc 짜리 맥주병에 담아 팔았는데, 한 다섯 병쯤 마셨을까?). 내가 쓰러져 주저앉아 마구 토하기 시작하자 그녀는 몹시 당황해 했다. 그러나 내가 계속 괴로워하자 친절하게도 약을 사다 주며 나를 보살펴 주었다. 한참을 그러다 보니 술집이 장사를 끝낼 시간이 넘어버렸고, 우리는 쫓겨나다시피 술집에서 빠져나올 수밖에 없었다.

그때는 야간 통행금지가 있던 시절. 밤 열두 시만 되면 인적이 끊어진 거리 풍경이 마치 유령의 도시를 연상시켜 주던 때다. 그녀는 비실비실 하는 내가 보기에 딱했던지 통금시간을 아슬아슬하게 앞두고 서둘러 여관을 찾기 시작했다. 참 대담한 여자였다. 지금 생각하니 그 뒤에도 그녀는 나와 데이트를 할 때 늦어서 큰일 났다고 발을 동동 구르거나 한 적이 한 번도 없다. 집안이 비교적 너그러운 분위기였나 보다.

그리하여 우리는 허름한 여관방에 피곤한 몸을 누이게 되었고, 나는 다시 변소에 가서 뱃속에 있는 것들을 모두 시원하게 토해내고 나서야 비로소 조금 정신이 들게 되었다. 그리고는 정신없이 잠에 곯아떨어져 버렸다(숙취에는 그저 잠 푹 자는 게 최고).

새벽녘쯤 되어 나는 잠에서 깨어났다. 내 목에선 마치 사하라 사막같이 깔깔한 모래바람이 일고, 타는 듯한 갈증이 전신을 짓눌렀다. 여관 종업원이가 자리끼로 갖다 놓은 꾀죄죄 손때 묻은 주전자의 물을 따라 한 모금 마시고 나니 조금 정신이 났다. 잠을 자고 났더니 뱃속도 좀 편안해 지고 머리도 좀 개운해진 것 같았다. 방안이 낯설어 비잉 둘러보니 여자가 한 명 불편한 자세로 웅크리고 누워 잠들어 있었다.

미처 화장을 지울 새도 없이 잠에 곯아떨어져서인지(그녀 역시 상당히 취해 있었고 또 나를 돌보느라 정신이 없었을 게다) 얼굴에 바른 파운데이션이 땀과 한데 섞여 얼굴 피부에 끈적끈적하게 먹어 들어가 있었다. 마치 반짝거리는 투명 셀로판지를 한 꺼풀 씌워 놓은 것 같아 지독하게 섹시해 보였다.

입을 조금 벌리고 잠들어 있는 모습이 전형적인 백치형(白痴型) 미인을 연상시켰다. 낮에 봤을 때 그녀가 약간 천박해 보였던 것은, 그녀의 화장술이 아무래도 아직은 미숙한 단계였기 때문인 것 같았다. 그러나 그녀의 얼굴에서는 전에 사귀었던 S의 얼굴에서 느껴지던 착하디 착한 표정과는 조금 다르게, 어딘지 모르게 퇴폐적이면서도 애잔한 분위기가 풍겨 나오고 있었다.

여자와 한방에 있다는 건 나로서는 처음 겪어 보는 일이었다. 갑자기 타는 듯한 욕정이 솟아올라 나는 곧 그녀에게 다가가 그녀의 몸뚱이 위에 펄썩 엎어졌다. 그러고는 그녀의 젖가슴을 슬슬 주물러 대기 시작했다. 아마도 덜 깬 술기운 탓이었는지 모른다. 아니면 J의 얼굴에서 풍겨나오는 순진한 창녀 같은 이미지가 서슴없는 접근과 터치(touch)를 용이하게 해주었는지도 모른다.

그녀의 얼굴은, 내가 1학년 때 혼자서 끙끙 앓아 가며 짝사랑의 냉가슴만 불태웠던 H의 얼굴과 비슷하면서도 전혀 다른 느낌으로 내게 다가왔다. H의 얼굴이나 J의 얼굴이나 다 어린애 같은 이미지를 갖고 있었지만 J쪽이 훨씬 더 서민적인 친근감을 지니고 있었다고나 할까.

잠자는 J의 얼굴은 나보고 어서 오라고 손짓을 하고 있는 것처럼 보였다. 조금 벌린 입술 언저리에는 꽤 짙게 바른 립스틱이 번져 나와 있어 더욱 고혹적(蠱惑的)인 느낌을 주었다. 그때나 지금이나 나는 화장품이 번져 있거나 묻어 있는 것을 보면 이상하게 흥분하고 관능적인 욕구를 느낀다. 이를테면 여자가 커피를 마시고 난 뒤 커피 잔에 묻어 있는 립스틱 자국 등등.

그날 나는 새벽 내내 흥분했고, 난생 처음 격렬한 '페팅'의 경험을 가졌다. 그녀 역시 적극적으로 달려들어 들입다 물고 빨고 해주었다. 나는 비로소 여자에 대한 자신감이 생기고 돈을 주고 산 여자가 아니라(그런 여자하면 '인터코스'는 가능할지 몰라도 '짙은 페팅'은 도저히 불가능하다) 멀쩡하게 생긴 싱싱한 여대생과 처음으로 '육체 관계'를 갖게 된 것이 자랑스러웠다.

성교만이 육체 관계는 아니다. 나는 그 뒤로도 그녀와 성교는 한 번도 하지 않았다. 내가 정력에 자신이 없어서 그랬는지, 아니면 여자가 혹시 임신이라고 하게 되면 골치 아파질까봐 그랬는지는 모르겠지만, 아무튼 난 헤비 페팅(heavy petting)이 더욱 좋았다. 물론 성교를 해본 경험이 없어 과연 성교할 때 느껴지는 쾌감과 진한 페팅을 통해서 느껴지는 쾌감이 어떻게 다른지 비교해 볼 수는 없었지만 말이다.

그날 이후 J와 나는 무시무시하리 만치 끈적끈적하고 질깃질깃한 관계로 발전했다. 대학 4학년 봄까지, 그러니까 만 2년 가까운 기간 동안 나와 그녀는 순전히 '육체 관계'만 가지고 연애했던 것이다.

그녀와는 말이 필요 없었다. 혹시 내가 그녀 앞에서 신나게 열변을 토하는 경우가 있었다면 그것은 순전히 화장 얘기, 옷 얘기, 손톱 얘기, 같은 것이 화제에 오를 때뿐이었다.

그런 면에서 볼 때, 지금까지 내가 만난 여자들 가운데 야한 것을 좋아하는 나의 취향에 J처럼 적극적으로 쿵짝을 맞춰 준 여자는 없다. 그녀 역시 화장이나 옷 등에 관심이 많아서 내가 시키는 대로 얼굴에 덕지덕지 그림을 그리고, 옷을 해 입고(돈에 여유가 있는 집 애였다), 손톱도 상당히 길게 길러 줬다. 구두는 언제나 내가 시키는 대로 하이힐만 신었다. 적어도 13cm 이상 되는 굽이거나, 당시 유행했던 스타일인 앞바닥에 두꺼운 창이 달린 것이면 18cm 높이의 굽을 신을 때도 있었다.

내가 J만큼 실컷 내 맘에 들 정도로 야하게 화장시켜 본 여자는 그녀 이후로는 아직 없는 것 같다. 그때만 해도 부분 화장품이나 색조 화장품이 발달하지 않았던 시절이라 우리는 별의별 실험을 다해가며 놀았다. 어떤 때는 화장품으로 판매되는 볼연지가 너무 약해서 일부러 짙은 진달래색 립스틱을 그녀의 뺨에 볼연지 대신 바르라고 시켜, 그녀의 얼굴이 내가 보기에도 섹시한 괴물처럼 보였을 때도 있었다.

그래도 난 그녀와 같이 다니는 게 전혀 창피하지 않았고 그저 즐겁기만 했다. 항상 짙게 그어져 있는 아이라인과 눈썹, 그리고 마치 빗자루 같이 생긴 길고 숱 많은 인조 속눈썹이 진한 아이섀도와 함께 상승효과를 내어, 그녀를 마치 일본 인형극의 가면처럼 보이게 했다. 그 당시엔 인조 속눈썹이 대유행이었기 때문에, 여러가지 형태의(숱이 적은 것, 숱이 많은 것, 털 길이 짧은 것, 털 길이가 긴 것

등) 인조 속눈썹들이 화장품 가게만이 아니라 약방에까지 진열돼 있었다.

나와 처음 만났을 때만 해도 그녀의 화장이나 옷차림은 덜 세련된 편이라 약간 촌스러운 느낌을 주었지만, 나를 코디네이터(?)로 삼은 뒤부터 그녀의 외모는 전위적이고 그로테스크한 쪽으로 급격하게 바뀌어 갔다. 그때는 세계적으로 호경기 시절이었기 때문인지, 유행하는 옷이나 헤어스타일이 극도로 야할 때였다. 요즘처럼 공연히 내숭떨며 '품위 있고 고상하게 야한 것'을 찾는 것이 아니라, 옷은 무조건 노출을 심하게 하고 머리는 무조건 볼륨을 넣어 붕 뜨게 부풀릴 때였다.

때 마침 미니스커트가 유행 하던 시절이라 나는 J에게 보통 여자들이 입는 것보다 훨씬 짧은 무릎 위 30cm 정도의 초미니만 입게 했는데, 그녀는 다행히도 내 말에 순순히 쫓아주었다. 도저히 창피해서 못 입겠다고 자주 엄살을 떨곤 했지만 그래도 그럭저럭 잘 참아주었다. 그녀가 타이트 스커트로 된 초미니를 입고, 차를 탈 때나 계단을 올라갈 때 어떻게 몸을 놀릴지 몰라 쩔쩔매는 모습을 보는 것이 나는 참 재미있었다.

미니스커트에 싫증이 난 나는, 서울에서 거의 맨 처음으로 '핫 팬츠(수영 팬츠를 연상하면 된다)'를 입게 했고, 3학년 봄 축제 때 핫팬츠를 입고 나타난 J는 연세대생들 간에 큰 화젯거리가 되었다.

사람들은 우리 두 사람이 데이트하는 모습을 보면서 참 이상한 풍경이라고 생각했을 것이다. 나는 대학시절 4년 동안 거의 교복(감청색으로된 모택동복 같은 것)이나 잠바 차림으로 버텼는데, 그런 옷차림에다 시커먼 뿔테안경을 쓴 전형적인 '모범 학생'이, 지독하게 야한 여자와 팔짱을 끼고 데이트하는 모습이 남들 보기엔 참으로 진기한 구경거리였을 것 같다. 아닌게 아니라 연세대 문과대학 학생들 사이에서는 내가 술집 호스티스 아가씨와 연애한다는 소문이 나돌기도 했다. 그 당시엔 호스티스 아가씨는 다 야하고, 여대생이나 여염집 여자들은 다 수수하다는 공식이 통용되던 때였다(요즘은 그때와 정반대인 것 같다.)

우리는 참 많이 싸웠다. 그녀에게는 히스테리 끼가 있었다. 결국은 내게 잘못했다고 싹싹 빌게 될 걸 뻔히 알면서도, J는 걸핏하면 신경질을 부렸다. 나 또한 여자한테는 용감무쌍한 체질이어서, 우리 두 사람의 싸움은 치열한 격전이요 죽기살기였다.

언젠가 건국대학교 교정으로 놀러가 호숫가를 산책하고 돌아올 때였다. 무슨 이유 때문인지는 잊어버렸지만 그녀가 마구 히스테리를 부려댔다. 그래서 홧김에 나는 그녀의 머리를 한 대 때려 주었다. 그렇게 심하게 때린 것도 아니건만, 그녀는 갑작스런 기습에 놀라 얼떨결에 앞으로 꼬꾸라져 엎어졌다.

포장이 안 된 길이어서 예쁜 새 옷이(샛노란색 미니 원피스였던 것 같다) 흙으로 뒤범벅이 되자, 신경질이 복받친 그녀는 갑자기 성난 암사자로 돌변하여 나를 향해 돌진해 왔다. 힘으로는 안 되는 걸 알고(아무리 말랐다고 해도 그래도 난 '남자'니까!) 길 옆 공사장에 있는 벽돌을 들고 한 장 한 장 내게 마구 던져댔다. 목숨이 아까웠던 나는, 살기등등한 그녀의 표정으로 보아 도저히 당할 수 없음을 알고 걸음아 나 살려라 줄행랑을 쳤다.

그런데도 그녀는 양손에 벽돌을 한 장씩 들고 미칠 듯이 나를 추격해왔다. 나는 버스정거장까지 뛰어와 마침 도착한 버스에 무조건 올라탔다. 그때는 버스에 앞뒤로 문이 두 개 달려 있을 때였는데, 나는 앞문으로 올라타 어서 빨리 버스가 발차하기를 기다렸다. 그러나 버스는 우물 쭈물 떠날 생각을 않는다. 버스의 창문 밖으로 그녀가 씩씩거리며 달려오는게 보였다.

드디어 버스가 부르릉 소리를 내며 떠날 기미를 보여 나는 비로소 안도의 한숨을 내쉬었다. 그런데 이게 웬일이냐. 그녀는 용케도 막 달려가기 시작한 버스의 뒷문으로 냉큼 올라서는 게 아닌가. 그러고는 앞문 쪽에 있는 나를 향해 벽돌 두 장을 연속적으로 날려보냈고, 버스 안은 돌연 아수라장으로 변할 수밖에 없었다. 버스가 다음 정거장에 도착할 때 까지 나와 다른 승객들 중에 다친 사람이 없는 게 다행이었다. 나는 계속 그녀를 진정시키기에 바빴고, 버스가 멈추자 예의바른 나는 "기사 아저씨 정말 죄송했습니다" 하고 인사차리는 걸 잊지 않으며 재빨리 뛰어 내렸다.

그녀 역시 나를 따라 버스에서 내려 씩씩거리며 쫓아왔는데, 조금은 화가 풀린 것 같아 보였다. 그리고 나서 우리는 잘했느니 못했느니 말싸움을 계속했지만 결국은 격렬한 포옹과 키스로 일대 결전

(決戰)을 마무리 짓고 말았다. J와의 데이트 중엔 이런 식의 해프닝이 자주 있었다.

둘이서 여름방학 때 놀러간 시골 여관방에서 결투를 벌인 일도 생생하게 기억난다. 마침 여관집 앞마당에는 장작이 산더미처럼 쌓여 있었는데, 내 펀치에 눌려 마당으로 도망친 그녀가 방안에 있는 나를 향해 계속 장작개비를 던져대기 시작했다. 다른 손님들한테 창피하기도 하고, 또 객지에서 한밤중에 당한 일이라 어디로 도망 칠 데도 없었다.

그래서 나는 엉겁결에 시금치 먹은 뽀빠이 같은 괴력(怪力)을 발휘하여 그녀를 나꿔채 방 안으로 끌어들였다. 그녀가 계속 바락바락 소리를 질러댔을건 뻔한 일. 도저히 어떻게 손 써볼 도리가 없자, 나는 순간적으로 내 머리를 스쳐간 기민한 판단력과 순발력으로 그녀의 목을 조르기 시작했다.

그녀는 캑캑거리면서도 계속 손발을 휘두르며 나를 공격해 왔지만, 숨이 막혀오는데야 아무리 독한 그녀라 할지라도 별 수 없었다. 결국 그녀는 조용해졌고, 그날 밤의 결투 역시 이불 위에서 빨가벗고 벌리는 '즐겁고 음탕한 레슬링 경기'로 막을 내려버렸던 것이다.

지금 생각하니 J는 확실히 진짜 마조히스트였던 것 같다. 언제나 내 화를 한껏 돋우어 놓고는 나약한 내 몸에서 괴상한 괴력이 터져나오는 것을 즐겼다고나 할까. 내가 천하장사 이만기 같은 몸집의 소유자였다면, 그녀가 관능적 마조히스트로서의 재미를 질깃질깃 충분히 맛볼 수는 없었을 것이다(대학시절 나의 몸무게는 47킬로그램이었다). 이만기의 **뺨따귀** 한 대 정도면 금세 기절해 버릴 만큼 그녀 역시 허약한 말라깽이였으니까.

J와 헤어지게 된 사연을 여기서 자세히 이야기하고 싶지는 않다. 또 다른 스타일의 희한하게 생긴 야한 여자가 한 명 나타나 나를 헛갈리게 만들었기 때문이었다는 정도로 그쳐두기로 하자.

그러고 보니 진짜 나의 첫사랑은 J였다. 육체적 접촉이 없는 사랑은 사랑이라고 말할 수 없으므로.

나와 함께 의논하며 골라서 산 인조 속눈썹을 조심스레 붙이던 그녀의 모습, 그리고 그녀의 숱 많은 머리카락을 거꾸로 빗질해 숫사자의 갈기털처럼 부풀려 주며 즐거워했던 나의 모습이, 지금도 기억 속에 생생하게 떠올라 나를 슬프게 한다.

이상한 집

나는 입구의 사나이에게 돈을 내밀면서 "빨강색 작은 거"라고 말했다. 그러자 그 사나이는 곧 '414'라고 써 있는 열쇠를 내주었다. 열쇠를 받아들고 문 안으로 들어서자 기다리고 있던 여자가 나를 안내했다. 그 여자는 화장을 지워버리면 꽤 늙은 얼굴일 것이 분명한데 나보다 젊게 보이기 위해서 머리를 까맣게 물들이고 있었다. 꼬불꼬불하게 라면처럼 파마를 해서 마치 수억 개의 소라 고동들이 머리 위에서 꼬물거리고 있는 것 같았다. 애써 덕지덕지 처바른 분가루는 원래의 시커먼 피부색을 감추지 못하고 고스란히 허옇게 들떠 있었다.

내가 들어간 이 집을 밖에서 보면 'ㅇㅇ탕'이란 간판과(뭐라고 써 있었는지 기억이 안 난다) 남탕, 여탕으로 나뉘어져 있는 출입문이 보일 뿐이다. 그러나 그 건물의 왼쪽 모퉁이에 얼핏 봐가지고서는 잘 안 보이는 또다른 입구가 하나 있었는데 그곳으로 내가 들어선 것이었다.

그곳은 일종의 피프 하우스(peep house)였다. 미로처럼 꾸며진 건물 내부에는 손님 혼자서는 도저히 찾아갈 수 없도록 방들이 복잡하게 배치되어 있었다. 이 집의 단골손님은 자기가 원하는 대상의 연령을 색깔로 구분하여 주문하도록 미리 약속되어 있다. 예컨대 빨강색은 일흔 살 이상의 노인을 가리키고 파랑색은 일곱 살에서 열두 살 사이의 어린이를 가리킨다. 그리고 작은 거란 여자를 뜻하고 반대로 남자를 원할 때는 큰 거라고 말하면 된다.

나는 여인의 안내를 받으며 복잡한 복도를 지나고 꾸불꾸불한 계단을 올라가 드디어 어느 한 방에 이르렀다.

"다 끝나면 벨을 누르세요."

여자는 이 말을 기계처럼 무심하게 내뱉고 돌아서서 걸어갔다. 나는 열쇠로 문을 열고 들어갔다. 방 안은 사면의 벽이 거울로 되어 있었고 바닥에는 바닷물 색깔의 유리가 깔려 있었다. 그리고 천장은 아치형으로 되어 있었는데, 거기에는 동물과 사람이 성교하고 있는 것 같기도 하고 또는 동물끼리나 사람끼리 엉켜 있는 것 같기도 한 도저히 잘 알아볼 수 없는 이상한 천장화가 그려져 있었다.

차가운 바닥에는 수면제를 먹여 잠재운 벌거벗은 노파가 한 명 코를 골고 있었다. 옆으로 비스듬히 누워 자고 있었는데 머리카락은 거의 다 빠져 흡사 장질부사를 앓고 난 아이의 머리통 같아 보였고 온몸은 온통 주름투성이였다. 온몸의 살가죽들이 이제는 더 이상 남아 있는 기력이라고는 하나도 없다는 듯이 축축 흉측한 모양으로 늘어져 있었다. 특히 노파의 유방이 소름 끼치도록 흉물스러웠다. 이 세상에서 가장 가혹하고 잔인하게 착취당한 후 내버려진 물건인 양, 마치 바람 빠진 고무풍선처럼 무시무시한 몰골로 처참하게 내팽개쳐져 있었다.

나는 노파를 좀더 자세히 보기 위해 가까이 다가갔다. 그러고 나서 듬성듬성 몇 오라기만 남아 있는 머리칼과 주름투성이의 눈꺼풀을 손으로 만져보았다. 옆으로 누워 쪼그린 자세로 잠들어 있는 노파를 손으로 밀어서 얼굴과 몸통이 정면을 향하게 하였다. 그리고 두 팔을 큰 대자로 펴놓았다. 배때기의 살가죽은 물결처럼 주름 치며 벌럭벌럭 간신히 숨을 쉬고 있었고 거의 배꼽 밑 부위까지 이어져 있는 것 같은 음모만이 이상하게 무성했다. 그 아무도 그 용도를 인정해 주지 않을 노파의 성기가, 아까 내가 그녀의 두 다리를 아이를 낳는 여자처럼 45도 각도로 벌려놓고 또 무릎을 구부려 세워놓았기 때문에 아주 또렷하게 드러났다. 질구(膣口)를 한껏 벌리고 사랑하는 남자를 받아들일 태세로 누워 있는 노파의 모습은 나를 한껏 흥분시켰다.

나는 젊은 여자하고는 언제나 실패였다. 그 당당하고 팽팽한 피부를 볼 때마다 성욕은커녕 오히려 나의 페니스는 미리부터 풀죽은 패자(敗者)처럼 오그라들 뿐이었다. 내가 승리자적 도취감을 느낄 수 있는 상대는 오직 모든 성적 기능을 다 잃어버린 노파뿐이었다. 어느 날 버스를 타고 가다가 내 옆의 손잡이를 잡고 있는 어느 노파의 이리저리 갈라터지고 주름투성이로 된 흉측스런 붉은빛이 도는 손을 보았을 때 갑자기 나는 흥분했었다. 그 노파를 껴안고 싶은 충동을 참을 수 없어 황급히 내려버린 기억이 있다. 그 후로 나는 이 비밀스런 매음업소를 어렵게 찾아내어 알게 되었고 종종 "빨강색 작은 거"를 찾아서 오곤 했다.

나는 검은색 양복 윗도리를 벗고 넥타이를 풀었다. 노파가 힘겹게 숨을 몰아칠 때마다 오르락내리락 하는 주름진 배와, 뱃가죽의 음울한 율동에 따라 살랑대며 서걱거리는 음모들, 꼭 뻣뻣한 갈대숲처럼 느껴지는 그 음모의 무더기를 보면서 나는 와이셔츠 단추를 하나씩 하나씩 풀어나갔다. 바지를 벗고 팬티까지 다 벗은 후에 나는 오른발을 들어 그 노파의 배 위에 살짝 올려놓았다.

노파의 숨결이 배 위에 얹혀 있는 발바닥을 통해서 전달되어 왔다. 노파를 좀 괴롭혀 주고 싶은 생각이 들어 배 위에 얹은 발에 힘을 주어 눌렀다. 약간의 신음소리가 나면서 노파의 구부렸던 무릎이 착 펴졌다. 나는 다시 원래의 모양대로 그녀의 다리를 구부려 벌려 놓고 나서, 똥 누는 자세로 노파의 배 위에 나의 맨 엉덩이 살을 붙이고 앉아서 마지막 웃옷인 러닝셔츠까지 벗었다. 그리고 나서 노파 옆으로 비켜 나와 무릎을 꿇고 두 손을 바닥에 대었다.

나는 노파의 주변을 원을 그리며 엉금엉금 돌기 시작했다. 돌면서 나는 들짐승의 소리를 내었다. 배가 고파 슬피 울부짖는 개처럼 우어우어 외치다가 컹컹 짖기도 하고 음매음매 소 울음을 내보기도 했다. 그러다가 노파의 사타구니 부근의 바닥 쪽으로 갔다. 거울로 된 바닥에는 노파의 성기가 아무런 저항도 없이 온통 전부 다 비춰진 채 드러나 있었다.

나는 거울에 비친 성기의 모양을 열심히 쳐다보면서 마스터베이션을 했다. 그러고 나서 거울에 입 맞추었다. 한참 동안 거울에 비춰진 노파의 성기를 들여다보고 있으려니까 내가 노파의 자궁 속으로 빨려 들어갈 수 있을 것만 같은 생각이 들었다. 나는 내 몸 전체에 문어 다리에 다닥다닥 붙어 있는 빨판 같은 것이 수없이 돋아나는 것을 느꼈다.

그 빨판들로 거울에 찰싹 내 몸을 밀착시키고 있으려니까 내 몸뚱어리가 온통 거울 속으로 빨려 들어가는 것만 같았다. 그래서 나는 드디어 노파의 자궁 속으로 들어갈 수 있었다. 그 안은 지하 동굴 같이 어둡고 캄캄했다. 하지만 그렇게 편안한 어두움은 처음이었다.

그때 나는 감았던 눈을 뜨고 내 온몸을 거울에서 떼어냈다. 방금 그녀의 거울 속 자궁에서부터 탈출해 나온 나는 다시금 그녀의 진짜 자궁 속으로 들어가기 위해 노파 위에 올라탔다. 두 팔로 노파의 머리통을 잡고 가장 격렬한 몸짓으로 나의 하반신을 움직였다. 바닷물 색깔의 유리 위에는 나의 몸에서 빠져나온 우윳빛 정액이 흥건히 고여 있었다. 그 끈적끈적한 액체를 유심히 바라보면서 나는 옷을 입었다.

거울을 보고 넥타이가 바로 매어졌는지 확인한 뒤 문 옆에 붙어 있는 벨을 눌렀다. 문을 열고 들어온 안내인은 이번엔 머리를 붉은 빛으로 염색한 젊은 여인이었다. 건물의 출구로 안내하는 그 붉은 머리칼을 가진 여인의 터질듯 팽팽한 둔부를 바라보면서 나는 다시금 오그라드는 나 자신을 느꼈다…….

천국에 다녀오다

세상살이가 하도 어렵다 보니 사람들은 신비한 이상향을 동경하게 되고, 이상향 속에서 사는 행복한 사람들을 상상해 보게 된다. 그래서 기독교에서는 천당(天堂)의 개념이 생겨났고 도교(道教)에서는 천상계(天上界)의 개념이 생겨났다.

특히 도교에서는 천상계에 사는 사람들을 신선이나 선녀라고 부르며, 평범한 사람이라도 도를 열심히 닦으면 신선이 될 수 있다고 믿었다. 우리는 동양 사람이니만큼 아직도 도교적 사고방식의 영향 하에 놓여 있다고 볼 수 있다.

도교적 사고방식이 현대적으로 탈바꿈된 것이 바로 'UFO(비행접시, 즉 미확인 비행물체)'에 대한 기대와 믿음이다. 그래서 어느 먼 별나라에 사는 사람들은 별 걱정이나 시름 같은 것 없이 지극히 행복한 상태에 살고 있으며, 지구에서 고생하며 사는 불쌍한 인간들을 위해 UFO를 계속 보내오고 있다고 믿고 있는 것이다.

나는 『우주인이여, 나를 데려가라』라는 책을 본 적이 있는데, 비행접시를 타고 무릉도원 같은 별나라에 다녀왔다는 사람의 체험담이 기록돼 있었다. 그래서 지금 세상에서의 '신선'이나 '선녀'들은 다름 아니라 지상낙원 같은 머나먼 별나라에서 살고 있는 우주인을 가리킨다고 생각하게 되었다.

착한 우주인에게 구원을 기대하는 생각은 일종의 종교처럼 퍼져나가, 지금 세계 도처에서는 UFO가 지구를 파멸로부터 구원해 내고 인간 개개인의 고통을 없애줄 것이라고 믿는 사람들이 점점 늘어나고 있다. 말하자면 '하늘에서 내려온 자'에게 기대고 싶어하는 집단무의식의 결과라고 할 수 있다. 기독교에서 말하는 '여호와(또는 야훼) 신(神)'의 원뜻 역시 '하늘에서 내려온 자'이고, 예수 또한 '하늘이 보낸 사람'으로 되어 있는 것도 마찬가지 이치에서 나온 것이라고 할 수 있다.

나는 비행접시의 정체에 대해 많은 의문을 품고 있었고, 그것을 직접 목격했다거나 그걸 타고 별나라에 다녀왔다고 주장하는 사람들의 글을 별로 신용하지 않았다. 모두가 고달픈 인생살이 때문에 '마음'이 만들어낸 환상일 뿐이라는 생각이 들어서였다. 그런데 그러던 내가 비행접시와 먼 별나라의 무릉도원에서 사는 행복한 사람들이 실재(實在)한다고 믿게 되는 사건이 일어났다.

그날 나는 고달픈 인생살이와 굴곡과 파란이 많은 내 교수생활 인생, 그리고 친한 친구의 배신과 권력과 법(法)의 횡포 등에 넌더리를 내며 심한 우울감에 사로잡혀 있었다. 그래서 우울감도 달랠 겸 집 근처에 있는 한강 둔치공원을 혼자서 산책해 보았다. 매일같이 집 안에만 틀어박혀 지내다 보니 자폐증(自閉症)같은 증상이 생겨 모처럼 용기를 내어 결행해 본 산책이었다.

강변을 거닐며 한강 물을 바라다보니 우울감이 가셔지기는커녕 더욱 센 우울증이 엄습해 왔다. 물을 바라보면 우울증이 더 심해진다는 속설(俗說)이 들어맞은 셈이었다. 그래서 나는 근처의 매점에서 캔맥주를 하나 사가지고 마셔보았다. 담배까지 곁들여 맥주를 마시니까 우울감이 한결 가셔지는 것 같았다.

강변의 벤치에 앉아 맥주를 마시고 있는데, 빼어나게 아름답게 생긴 웬 젊은 여자 하나가 저쪽에서 걸어오고 있는 게 보였다. 눈이 부실 듯한 미인이라서 나는 정신이 번쩍 나는 것을 느꼈다. 그리고 웬만한 여배우는 저리 가라할 정도로 요염하게 생긴 여자가 혼자서 고수부지를 산책하고 있다는 사실이 도무지 믿어지질 않았다. 또 내 현재 나이와 처지로는 저런 여자는 그저 '그림의 떡'일 거라는 생각이 들어 저절로 한숨이 나오는 것이었다.

그런데 이상한 일이 일어났다. 그 여자가 내가 앉아 있는 벤치 곁으로 오더니 아무 말 없이 내 곁에 앉는 것이 아닌가. 나는 신기한 일도 있다 싶어 그저 어안이 벙벙할 뿐이었다.

여자는 내 곁에 앉더니 아무 말도 하지 않고 다짜고짜 포옹부터 했다. 그리고 내 입술에 자기의 입술을 얹어놓고 부드럽고 달콤한 키스를 베풀어주는 것이었다. 나는 여인의 얄쌍하고 화사한 체취와 아리따움에 홀려 정신이 나가는 것만 같았다.

여자는 오랫동안의 키스를 끝내고 나서 비로소 입을 열었다.

"놀라셨죠? 제가 갑자기 선생님을 포옹하고 입맞춤까지 해서요."

나는 뭐라고 얼른 대답을 해줄 수가 없었다. 그러나 본능의 힘은 무서워서, 내 손은 어느새 그녀의 불두덩을 슬근슬근 주물러대고 있었다. 여자는 내가 점차 힘을 주어 그녀의 보지 부근을 어루만지고 있는데도, 전혀 싫어하는 기색 없이 살포시 미소만 머금고 있을 뿐이었다.

"착한 당신이 하도 우울해 하고 계시길래 제가 당신을 위로해 드리려고 왔어요."

여자는 다시 이렇게 말하고 나서 내 사타구니 근처를 손으로 살근살근 애무해 주었다. 나는 여인의 손길이 하도 부드럽고 선정적이어서 하늘 위의 구름을 타고 노니는 기분이었다.

한참 후 정신을 차리고 나서 여인의 얼굴을 찬찬히 뜯어보니 한국 여자의 얼굴이 아니었다. 그렇다고 전형적인 서양 여자의 얼굴도 아닌, 말하자면 혼혈미(混血美)의 극치를 이룬 얼굴이었다. 속이 비쳐 보이리만큼 희고 투명한 피부가 특히나 내 눈을 어지럽혔다.

여인은 내가 멍한 표정으로 말을 못하고 있자 다시금 입을 열었다.

"단도직입적으로 솔직히 말씀드릴게요. 저는 지구의 여자가 아니에요."

여인의 말을 듣고 그제서야 나는 정신을 차려 여인에게 말을 붙여 보았다.

"이 세상 여자가 아니라뇨? 그럼 하늘나라에서 내려온 선녀라도 된다는 말씀입니까?"

"대충 비슷하다고도 볼 수 있죠. 선녀까지는 아니지만 하늘에서 온 것만은 분명하니까요."

"무슨 말씀을 하시는지 통 알아들을 수가 없군요. 좀더 자세히 설명해 주시지요."

"선생님이 요즘 너무 우울하셔서 그토록 예리하시던 상상력이 좀 위축되신 모양이군요. 선생님은 왜 'UFO'에 대한 글을 많이 쓰시지 않으셨어요? 현대에서 '하늘에서 온 사람'이라면 UFO를 타고 온 사람일 수밖에 없죠."

"아니, 그럼 당신이 바로 우주인이란 말입니까? ……영화에서 보면 우주인이나 외계인은 모두 흉측하고 이상한 외모를 갖고 있던

데요."

"그건 다 지구인의 오만함이 빚어낸 상상일 뿐이에요. 지구보다 몇 천 배, 몇 만 배 발달한 별나라에 사는 외계인이 흉측한 얼굴을 하고 있을 순 없죠. 미용과학이 무지무지하게 발달해 있으니까요."

그녀의 말을 듣고 나서 나는 한참 생각에 잠겼다. 그러고 나서 드디어 그녀가 한 말이 진실이라고 인정하게 되었다. 사무치리만큼 고혹적이면서 우아한 그녀의 미모는, 도저히 지구인의 그것이라고는 볼 수 없었기 때문이었다.

여인은 다시금 말을 이었다.

"우선 제 이름을 말해 드리죠. 편의상 '다이아나'라고 불러주세요. 지구인들이 달의 여신이라고 믿는 데서 힌트를 얻어 붙인 이름이죠. 동양의 도교식으로 말하면 달나라에 산다는 선녀인 '항아(姮娥)'쯤 되겠구요. 그렇다고 죽은 영국의 왕세자비 다이아나를 생각하시면 안 돼요. 그 여자는 이름만 요란했지 너무나 못생긴 얼굴이었으니까요."

나는 잠시 숨을 고른 다음 여인에게 이렇게 물었다.

"그래, 다이아나, 당신의 말을 믿기로 하겠소. 그럼 당신이 우울한 나를 위로해 주러 왔다는 얘기가 되는데, 대체 어떤 방법으로 나를 위로해 주겠다는 거요?"

2

그랬더니 다이아나는 이렇게 대답했다.

"우선 당신의 야한 애인이 되어 당신을 즐겁게 해드리는 것이 급 선무겠지요. 그런 다음 이 세상과 저 세상, 즉 천상계의 생활에 얽혀 있는 비밀을 말씀드려가지고 당신의 우울증을 풀어드리려고 해요. 또 저희들이 살고 있는 별나라에 초대하고도 싶구요."

나는 다이아나가 하는 말에 조금 기운이 나는 것을 느꼈다. 하늘 나라에서 날아온 외계인이든 지상의 인간이든, 요염하고 섹시한 여 인과 연애를 한다는 것은 지극히 유쾌한 일이겠기 때문이었다.

"우선 잡담 그만 하고 근사한 호텔부터 가요. 그래서 당신의 움 츠러든 관능적 상상력을 다시금 활짝 피어나게 해드리고 싶어요."

하고 다이아나가 말하며 내 팔을 잡아 이끌었다. 그래서 나는 어 쩐지 멍청해진 기분으로 그녀에게 이끌려가게 되었다.

택시를 잡으려고 택시 정류장으로 가는 줄 알았는데 그게 아니 었다. 다이아나는 나보고 눈을 잠깐 동안 감았다 떠보라고 했다. 그 래서 하라는 대로 했더니 나와 다이아나는 어느새 강남의 최고급 호 텔 앞에 서 있는 것이었다.

그녀가 하는 요술(?)이 하도 신기하여 나는 다이아나에게 물어 보았다.

"아니, 대관절 어떻게 이럴 수가 있지? 도무지 믿어지지가 않는 데……."

그랬더니 다이아나는 이렇게 대답했다.

"이런 걸 '순간이동 방법'이라고 하지요. 제가 살고 있는 별나라에서는 이런 방법이 보편화되어 있어요."

다이아나가 앞장을 서서 프런트로 가 돈을 내고 방의 열쇠를 받았다. 룸 안에 들어가보니 최고급 VIP룸이었다. 나는 과정이야 어떻든 기분이 상쾌해져 오는 것을 느꼈다.

우리는 발가벗고 넓고 푹신한 더블베드에 드러누워 한껏 즐거운 섹스의 시간을 가졌다. 그녀의 애무 기술은 대단하여 나는 힘 하나 안 들이고 그녀가 해주는 섹스 서비스를 기분 좋게 음미할 수 있었다.

질탕한 교접이 끝난 후 나는 다이아나를 품에 안고 누워 그녀에게 물었다.

"꼭 옛날 동화나 전설을 보고 있는 기분이로군. 신선이 나타나 눈을 감으라고 하고는, 눈을 떠보면 화려한 천상세계가 눈앞에 펼쳐지는 장면이 그런 얘기책에는 자주 나오지. '순간이동 방법'이란느 것도 그런 것인가? 그럼 지금 당장 당신의 고향인 별나라에도 가볼 수 있겠군 그래?"

"그럼요. 옛날 얘기책에 나오는 얘기들은 다 사실이에요. 거기 나오는 신선이나 선녀들은 다 외계인이었던 셈이지요."

"외계인들이라고 해서 다 좋은 외계인만 있을 것 같진 않은데……."

"당신 말씀이 맞아요. 엄청나게 큰 이 우주에는 별의별 별나라들이 많지요. 지구처럼 촌스럽고 미개하게 사는 별나라도 있고, 제가 살고 있는 별나라처럼 거의 천국이나 극락의 수준에 이른 별나라도 있어요. 그러니까 지구에 오는 UFO들이 다 지구를 돕기 위해서 오는 것이라고는 볼 수 없어요. 그래서 UFO를 타봤다거나 외계인을 만나봤다거나 하는 사람들의 목격담이 다 다를 수밖에 없죠."

"그럼, 당신이 사는 별나라는 우주에서 가장 행복한 별나라 인가?"

"그렇다고 볼 수 있죠. 문명과 합리적 지성과 복지가 거의 완벽하게 구현되고 있으니까요. 특히 성의 해방이 완전히 이루어져 있어요."

"당신이 참으로 부럽군. 그럼, 그 나라에 사는 사람들 마음속엔 한국 사람들처럼 '촌티'와 '심통' 같은 것은 전혀 없겠군."

"물론이죠. 제가 사는 별나라에서는 개인의 개성과 성(性)을 가장 중요시해요. 개성을 억압하고 성을 폄하하는 것이 바로 '촌티'와 '심통'의 원인이라는 것을 진작부터 깨달아 알게 되었기 때문이죠."

"그럼 과학도 무지무지하게 발달돼 있겠군그래."

"행복한 삶을 위해선 과학의 발달이 필수적 전제이지요. 하지만 과학 발달만 가지고서는 안 돼요. 그보다도 사람들 마음속에 있는 '막연한 적개심'을 없애버리는 것이 더 중요하죠. 지구는 과학이 점점 발달해 가고는 있어요. 하지만 과학을 전쟁 등 주로 나쁜 쪽으로만 이용하고 있으니 문제지요. 다 마음 속에 있는 '막연한 적개심'을 못 없애서 그런 거예요. 그걸 없애려면 성의 해방이 필요한 거구요."

나는 다이아나가 하는 말이 다 일리가 있는 말이라고 느꼈다. 그렇다면 그녀는 대체 이 지구 위에 내려와 어떤 역할을 맡고 있는 것일까? 내가 이런 의문을 고백하자 그녀는 내 자지를 조곤조곤 매만져주면서 이렇게 대답했다.

"우선 당신 같은 사람을 도와드리는 것이 제 임무지요. 그리고 지구의 여러 사정과 상황을 본국에 보고하는 것도 제 임무예요. 제가 살고 있는 별나라에서는 지구가 파멸로 치닫는 것을 막아보려고 무진 애를 쓰고 있어요."

"왜 그렇게 지구에 관심이 많지? 자기네만 잘살면 그만일 텐데 말야."

"우주에 사는 고등 인류들은 모두 다 한 가족이고 형제니까 그렇지요. 자기만 잘살면 그만이라는 생각은 못된 이기주의예요."

나는 다이아나가 하는 말에 반신반의하면서도 점점 더 그녀에게 빨려들어가는 것을 느꼈다. 그래서 나는 그녀의 빵빵하게 부풀은 젖무덤 사이에 얼굴을 처박고서 한동안 평안해지는 기분을 느낄 수 있었다.

밤이 깊어지자 나는 나를 기다리고 계실 어머님이 걱정되었다. 그래서 그 얘기를 했더니 다이아나는 빙긋이 웃으면서 이렇게 말하는 것이었다.

"염려 마셔요. 당신의 분신(分身)을 만들어가지고 벌써 댁으로 보내놓았으니까요. 그러니까 이 시간 이후는 저랑 마음 놓고 시간을 보내셔도 돼요."

내 분신까지 만들어놓은 것을 보니 다이아나의 요술은 보통 솜씨가 아니었다. 하지만 조금 의심이 가기도 해서 내가 머뭇거리고 있자 그녀는 TV를 켰다. 그리고 뭐라고 주문을 외우자 TV화면 속에서는 내 집 안의 풍경이 나타나는 것이었다. 나는 어머님과 함께 저녁을 먹고 있었다.

내가 요즘 울화병으로 고생하고 있는 것을 보고 더욱 마음 아파하고 계신 늙으신 어머님을 화면으로 뵈니 왈칵 눈물이 쏟아져 나왔다. 『즐거운 사라』 필화 사건 이후 한시도 마음이 편할 날이 없었던 것이 내 생활이었기 때문에, 어머님도 역시 항상 우울한 날을 보내실 수밖에 없었던 것이다. 특히 『즐거운 사라』 필화 사건으로 내가 전격 구속되자 그 충격 때문에 어머님은 급성 녹내장에 걸려 지금까지도 완치를 못하고 계시는 중이었다.

내가 울고 있는 것을 보고 다이아나는 다정하게 내 어깨를 얼싸안아주면서 이렇게 말했다.

"당신 어머님은 정말 착한 분이세요. 그래서 병환도 점차 차도를 보이실 거고 더 오래오래 사실 거예요. 그리고 아주 한참 후에 돌아가신 뒤에도 저희 별나라에서 다시 태어나시게 될 거구요."

어머님은 불교 신자였다. 그렇다면 불교에서 말하는 서방 세계의 극락정토(極樂淨土)란 외계의 행복한 별나라를 뜻하는 것일까? 나는 '윤회'에 대해서는 반신반의하는 상태였지만 다이아나의 말을 듣고 어느 정도 수긍을 하게 되었다.

나와 다이아나는 방에서 나와 호텔 양식부에 가서 저녁 식사를 했다. 그러고 나서 나이트클럽으로 가 신나게 춤을 추었다. 다이아나의 미모와 춤 솜씨는 대단해서 모두들 다이아나를 선망 어린 눈초리로 쳐다보는 것이었다. 나는 그녀의 분홍빛 풍성한 머리채에 얼굴을 처박고서, 입술로 귀를 핥으며 블루스를 추었다.

<h2 style="text-align:center">3</h2>

　　나이트클럽에서 신나게 놀고 난 후 다이아나와 나는 다시 룸으로 돌아왔다. 다시금 한바탕 질펀한 성희를 나눈 후, 나는 담배를 한 대 피워 물고 다이아나에게 물었다.

　　"내 인생에는 왜 이리 고난이 많지? 『즐거운 사라』 필화 사건으로 6년 가까이 시달리다가 겨우 학교에 복직이 되니까 또 동료 교수들의 '집단 따돌림'으로 이렇게 우울증의 괴로움을 당하고 있으니 말야. 이젠 싸우기도 정말 지쳤어. 그래서 보따리까지 쌌다가 제자들의 만류로 우선 생각해 볼 시간을 가지려고 휴직을 하게 된 거야. 10년 가까이 일종의 '문화적 테러'에 시달리다 보니 이젠 내 장래가 불안해지기 시작했어. 글을 쓰려고 해도 검열공포증 때문에 잘 써지지도 않고……. 그렇다고 따뜻하게 나를 위해 주는 배우자나 애인이 있는 것도 아니고……. 자꾸 늙고 지쳐가기만 하는 내가 스스로 보기에도 정말 안쓰러워."

　　그랬더니 다이아나는 이렇게 대답했다.

　　"그래서 제가 온 거 아니에요? 선생님은 '정치적 투사'가 아니기 때문에 그렇게 여러가지 일을 당하시게 된 거예요. 한국이란 나라에서는 모든 게 '정치' 일변도로만 돌아가죠. 그래서 정치와 관계되는 투쟁을 안 하면 그냥 '왕따'를 당하거나 문화계에서 매장돼 버려요. 하지만 선생님이 하신 일은 정치적 투쟁만큼이나 귀중한 것이었어요. 선생님은 인간의 '마음'에 관해서 주로 쓰셨으니까요. 인간의 마음속에서 '성적(性的) 적개심'과 '성 알레르기'를 빼버리지 않는 한, 아무리 옳은 명분을 가지고 정치적 투쟁을 한다 하더라도 그 사람은 반드시 나중에 변절하게 돼요. 선생님이 어느 책에다 쓰신 '한국에서는 요절하지 않으면 변절한다'는 말은 정말 명언이셔요."

"칭찬해 줘서 정말 고마워. 하지만 나는 점점 더 '운명'에 대한 공포를 느껴가고 있지. 그래서 하루하루를 지탱해 나가기가 너무 힘들고……. 울화병으로 온몸 여기저기가 아파 진짜로 무슨 큰 병이라도 들게 될까 봐 겁이 날 정도야."

"선생님은 『비켜라 운명아, 내가 간다!』란 책에다가 '운명은 없다'고 쓰시지 않으셨어요? 그런데 벌써 이렇게 지쳐버리셨다니 좀 서운한 생각이 드는 군요."

"세상이 나를 이렇게 지쳐버리게 만들었지. 다이아나한테서 그런 얘기를 들으니 좀 창피해지는군."

"창피해 하실 것 없어요. 인생의 시련기에는 누구나 마음이 약해지게 마련이니까요."

"다이아나한테 물어보고 싶은 게 있어. 정말 '운명'이란 게 있나?"

"선생님이 『비켜라 운명아, 내가 간다!』란 책에서 '운명이란 것이 있다면 그것은 유전인자'라고 쓰신 것은 맞는 말이에요. 그렇지만 그 밖의 것은 결국 환경 탓이라고 볼 수밖에 없죠. 선생님이 한국에서 태어나지만 않았더라도 선생님은 지금까지 당하는 고초를 겪지 않아도 되셨을테니까요."

"한국보다 더 못한 나라에 태어나지 않은 것만 해도 감사해야 할 일이겠지. 하지만 나는 한국인들의 심통과 질투와 권위주의엔 정말 넌더리를 내고 있는 상태야."

"그래서 제가 사는 별나라에서는 선생님을 예의 주시하고 있는 거예요. 선생님이 기(氣)가 꺾이시면 안 되니까요."

"참, 다이아나가 살고 있다는 별나라의 이름은 뭐지?"

"말해도 잘 알아들으실 수 없는 발음이에요. 편의상 '섹사(SEXA)'라고 해두죠."

"그래. '섹사'에 사는 사람들은 어떻게 심통과 촌티와 권위주의를 극복했나?"

"'섹사'라는 말이 '섹스'에서 온 것처럼 섹스의 해방으로부터 사람들 마음속의 적개심을 몰아낼 수 있었어요. 다 선생님이 이미 주장하신 이론대로지요."

"하지만 성의 해방 이전에 '먹는 것'이 해결돼야 하는데……."

"성의 해방이 이루어지면 '먹는 것'은 자연히 해결돼요. 기아의 문제는 식량 자체에 있는 것이 아니라 '고른 분배'에 있는 것이니까요. 성적(性的)으로 배불러지면 사람들은 마음이 너그러워지게 되고, 따라서 식량의 재분배 문제에 보다 적극적으로 돼죠. 또 전쟁 따위로 성적(性的) 기아증을 해결하려는 마음도 없어져서 군사비에 쓸 예산을 식량 증산에 쓰게 되구요."

다이아나가 해준 얘기들은 내가 전에 글에다 썼던 얘기들이었다. 그러나 사람들은 내 말에 콧방귀도 뀌지 않고 나를 그저 '섹스에 미친놈'으로만 몰아세웠던 것이다. 나는 이런 생각을 하며 다시 다이아나에게 물었다.

"그럼 '섹사'에 살고 있는 사람들의 성생활은 어떤 형태로 되어 있나? 물론 지구 사람들처럼 삽입 성교 위주의 성생활은 아니겠지?"

"바로 보셨어요. 극단적으로 말해서 섹사에서는 지구상의 '변태'가 '정상'이고 지구상의 '정상'이 '변태'로 간주되고 있지요. '서로가 변태라면 더 이상 변태가 아니다'라는 말이 불문율로 통용되고 있는 셈이에요."

"그 말은 나도 어느 책에서 쓴 적이 있는 말이야. 그 말이 진짜로 통용되고 있는 나라가 있다니, 정말 그곳에 사는 사람들이 부러워지는군."

섹스 얘기를 하다 보니 다시금 섹스 생각이 간절해졌다. 요즘 나는 울화병 때문에 몸이 극도로 쇠약해져서 이른바 '정상 섹스'를 할 수 없는 형편이었다. 그런데 다이아나는 정상 섹스를 비웃고 있으니 얼마나 다행스런 일인가. 그래서 나는 다이아니에게 부탁하여 긴 시간 동안 펠라티오 서비스를 받았다. 딱딱한 발기가 잘 안 되기 때문에 오히려 더욱 은근한 쾌감을 느낄 수 있었다.

긴 시간의 펠라티오가 끝난 후 나는 다시 다이아나에게 물었다.

"섹사라는 별이 그토록 행복한 지상낙원이라면 사람들은 모두다 '권태'에 찌들어 있을지도 모르는데, 그곳 사람들은 권태 문제를 어떻게 해결하지?"

"섹스에는 권태가 있을 수 없죠. 정교하게 제조된 섹스용 로봇 (사이보그)을 얼마든지 구입할 수 있으니까요. 하지만 그래도 정 권태로운 사람들은 예술과 스포츠에 몰두해요. 특히 예술이 아주 보편화되어 있죠. 특별히 예술가가 따로 있는 게 아니라 국민 누구나가 다 예술가라고 볼 수 있어요."

"정치 형태는 어떻게 되어 있나? 혹시 플라톤이 주장한 '철인(哲人) 독재정치' 같은 것은 아냐?"

"정치는 없어요. 다만 '봉사'가 있을 뿐이지요. 사람들은 윤번제로 돌아가며 지구에서 말하는 '정치적 책임'을 지는 봉사활동을 하지요. 하지만 사람들은 그런 봉사활동을 하는 것을 아주 귀찮아해요."

"음……. 그러니까 '권력'의 개념이 없단 얘기로군. 그럼 과거의 전설과는 다른 얘기가 되는데……. 옛 도교의 전설에는 신선이나 선녀가 나오지만 그 위에 옥황상제가 있고 여러 신들이 있어 그들을 다스리고 있지 않아? 그건 그리스 신화도 마찬가지고 말야."

"그건 지구상의 인간이 워낙 권력을 좋아하기 때문에 만들어낸 신화일 뿐이죠. 권력욕을 없애지 않는 한 지구상에 평화가 찾아올

수는 없지요. 선생님도 권력의 희생자이시구요."

얘기를 대충 더 들어보니 내가 생각했던 것과 내용이 아주 비슷하였다. 그래서 나는 '섹사'라는 이름의 별나라에 더 큰 궁금증을 가지게 되었다.

우리는 한바탕 더 진한 SM 변태(?) 섹스를 즐긴 후 잠이 들었다. 그녀의 품 안에 안겨 잠을 자니 꼭 어머니의 품속에 있는 것만 같았다. 그녀는 그야말로 자상하고 인자한 '누이'요 '신부'요 '어머니'였다.

4

다음날 아침 나는 상쾌한 기분으로 잠자리에서 일어났다. 다이아나는 벌써 일어나 화장대 앞에서 화장을 정성스레 하고 있었다.

우리는 룸서비스를 불러 아침을 시켜 먹었다. 아침을 먹고 나자 다이아나는 오늘은 자기가 살고 있는 별인 '섹사'에 가보자고 했다. 나도 속으로 그걸 원하고 있던 참이라 흔쾌한 마음으로 그녀의 제의를 받아들였다.

비행접시를 부르고 자시고 할 것도 없었다. 다이아나가 시키는 대로 눈을 잠시 감았다 떠보니 어느새 나는 신기한 별천지에 와 있었다.

우리가 도착한 곳은 싱그러운 풀과 나무들이 우거진 어느 교외였다. 날씨는 아주 덥지도 않고 아주 춥지도 않아 정말로 쾌적했다.

하늘은 높푸르게 맑았고 이름 모를 아름다운 새들이 여기저기 날아다니고 있었다.

'섹사'에 도착한 지 얼마 안 되어 다이아나는 입고 있던 옷을 홀홀 벗어 젖혔다. 그러고는 나보고도 어서 옷을 벗으라고 했다.

"옷을 벗으면 조금 추울 것 같은데……."

나는 내 말라빠진 몸뚱어리를 다이아나에게 보여주기 싫어 이렇게 말했다.

"절대로 춥지 않아요. 물론 처음엔 조금 춥게 느껴질지도 모르지요. 하지만 잠시 후엔 아주 쾌적한 기분을 맛보게 된답니다. 그러니까 부끄러워하지 마시고 어서 옷을 벗으세요."

"꼭 에덴동산에 온 것 같은 기분이 드는군. 선악과(善惡果)를 따먹기 전엔 아담과 이브가 벌거벗고 지냈다니까……."

"맞아요. 여기가 바로 에덴동산이에요. 사람들은 옷을 입고 나서부터 여러가지 이중적 은폐 심리와 위선적 기만성이 생기기 시작했지요."

나는 다이아나가 재촉하자 할 수 없이 옷을 벗었다. 처음엔 조금 어색하고 한기(寒氣)가 느껴졌으나 잠시 시간이 지나자 곧 적응하게 되었다. 정말 기가 막히게 좋은 날씨였다.

"옷을 벗고 지내는 것은 물론 좋은 일이지. 하지만 지구의 경우 열대 지방에 사는 사람이 아니고서야 어떻게 옷을 벗고 살 수 있겠어? 기독교의 전설에 나오는 에덴동산은 그럼 열대 지방에 있었나 보지?"

잠시 후 내가 다이아나에게 물어보았다. 그랬더니 다이아나는 이렇게 대답했다.

"에덴동산은 지구상에 있는 지역이 아니었어요. 우리가 우주선을 타고 가 원시 인류 두 명을 우리 별로 데리고 왔던 것이지요. 그런데 그들이 그만 죄를 짓게 되는 바람에 다시 지구로 쫓겨간 거예요."

"무슨 죄를 지었는데? 선악과를 따 먹은 것을 말하는 건가?"

"선악과란 과일은 없어요. 다만 상징적으로 그런 명칭이 붙은 거죠. 그들, 즉 아담과 이브는 자꾸 선과 악을 구별하려 들었던 거예요. 말하자면, 모든 걸 흑백 논리로 따지려 드는 분별심(分別心)이 생기게 된 거죠."

"흠……. 그거 재미있군. 마치 불교에서 말하는 것과 비슷하군 그래. 불교에서는 늘 분별심과 차별심을 없애고 평등심(平等心)으로 돌아가자고 주장하고 있으니까 말야."

"맞아요. 불교에서 말하는 것과 비슷하죠. 또 기독교에서 말하는 '사랑'과도 비슷한 거구요. 예수가 말한 '사랑'은 정신적 사랑이 아니라 육체적 사랑이었어요. 석가나 예수는 우리 별에서 파견한 일종의 전도사였죠."

"그건 지구 사람들 중에서도 많이들 얘기하고 있는 거야. 그럼 정말 예수와 석가가 외계인이었단 말인가?"

"모든 종교 지도자들은 거의 다 외계인이에요. 하지만 우리 별같이 좋은 별에서 파견한 전도사는 아주 드물죠. 사이비 종교나 광신을 퍼뜨리고 다니는 종교인들은 말하자면 나쁜 성질을 가진 사람들이 살고 있는 별나라에서 파견한 전도사들이지요."

다이아나는 말을 마치고 나서 나보고 다시 눈을 감았다 떠보라고 했다. 하라는 대로 했더니 우리는 어느새 도시 한복판에 들어와 있었다.

아름답고 온화한 도시였다. 서울 거리처럼 을씨년스런 빌딩들로 숨이 막힐 것 같은 황량하고 무미건조한 거리 풍경이 아니었다. 건물들은 모두 다 나지막했고 집보다 나무가 더 많을 만큼 곳곳이 공원이었다.

거리를 지나다니는 사람들을 보니 모두 다 우리처럼 벌거벗고 있었다. 사람들이 모두 다 한결같이 빼어난 체격과 얼굴을 한 미남·미녀들이어서 나는 내 초라한 몰골이 아주 창피스럽게 느껴졌다.

자동차 같은 것은 보이지 않았다. 그러니 매연이나 공해 같은 것이 있을 리 없었다. 아마도 다들 '순간이동 방법'으로 움직이고 있는 것 같았다. 그렇다면 거리를 오가는 사람들은 한가로이 산보를 하고 있는 사람들임에 분명했다.

나는 다이아나가 안내해 주는 곳으로 갔다. 공원 근처에 있는 어느 가정집이었다. 다이아나가 뭐라고 주문을 외웠다. 내가 무슨 주문이냐고 물었더니 그녀와 내가 투명인간이 되는 주문이라고 했다.

"그럼 이 별나라에 살고 있는 사람들은 모두 다 투명인간이 될 수 있는 술법(術法)을 알고 있나? 그럼 사생활 보호가 안 될 텐데……."

내가 의문이 나서 다이아나에게 물었다.

"일반 사람들은 그 술법을 쓸 수 없게 되어 있어요. 저는 지구에 파견된 사람이라 특별히 그 술법을 전수받았지요. 그러면 일을 하는 데 아주 편리하니까요."

다이아나의 대답이었다.

나는 내가 투명인간이 되었다는 사실이 믿어지지 않았다. 그러나 집 안에 들어가도 집 안에 있는 사람들이 나를 몰라보는 것을 알고 비로소 그 사실을 믿게 되었다.

집 안으로 들어갈 때 문이 닫혀 있지 않아서 나는 참 신기하다고 느꼈다. 내 생각을 미리 알아챘는지 다이아나가 내 귀에다 대고 이렇게 소곤거렸다.

"여기서는 지구 사람들처럼 문을 꽁꽁 걸어 잠그고 살지 않아요. 도둑이란 게 도무지 없으니까요."

나는 그녀가 하는 말을 듣고 연신 감탄하며 응접실 쪽으로 갔다.

응접실에 가보니 여자 한 명에 다섯 명의 남자가 서로 엉켜 한창 신나게 섹스를 즐기고 있었다. 다들 빼어난 외모를 갖고 있었고 모두 다 전라(全裸)였다. '이곳은 일처다부제 사회로군' 하고 나는 속으로 생각하며 한동안 넋을 잃고 그들이 아름답고 우아하게 희롱하는 모습을 구경하고 있었다.

잠시 후 다이아나는 내 손목을 잡아 이끌어 집 밖으로 나왔다. 그러고는 연신 입맛을 쩝쩝 다시고 있는 나에게 이렇게 말했다.

"놀라셨죠? 여자 하나에 남자 다섯이라서요. 하지만 남자들은 모두 섹스용 로봇이에요. 이 집에 사는 여자는 독신주의자라서 결혼을 안 한 상태로 살고 있지요. 이곳에도 결혼 제도는 존재해요. 다만 그것이 '동거'의 형태를 띠고 있고 '유희적인 성적(性的) 취향'을 중요시한다는 게 지구와 다를 뿐이지요. 독신자들은 여러 이성들과 자유 연애를 하기도 하고, 이 집에 사는 여자처럼 섹스용 로봇을 사서 즐기기도 해요. 선생님이 보신 건 그런 형태로 사는 독신여성이지만 그렇게 살고 있는 독신남성도 많아요."

"『아라비안나이트』에 나오는 '하렘'이 따로 없군그래."

"그렇다고 볼 수 있죠. 지구상의 인간들 중에서 죄의식 없이 관능적 상상력이 뛰어난 사람들이 상상하는 것들이 이곳에서는 그대로 실현되고 있어요."

나는 다이아나의 말을 듣고 '섹사'에 살고 있는 사람들이 정말로 부럽게 느껴졌다.

5

나는 다이아나와 함께 아름다운 길거리를 거닐며 궁금한 것을 그녀에게 더 캐물어보았다.

"도대체 이곳 사람들의 수명은 몇 살이나 되나? 이 정도로 과학이 발달했다면 의학도 굉장히 발달했을 거고, 그러면 아주아주 오래들 살 것 같은데……."

"대충 천 살쯤 돼요. 하지만 유전자 복제 기술이 발달해 있어서 더 살고 싶으면 얼마든지 더 살 수가 있지요."

나는 '섹사' 사람들의 수명이 천 살이라는 사실에 놀랐다. 너무나 긴 세월이기 때문이었다. '그렇다면 정말 굉장히 권태롭고 지루할 텐데' 하는 생각이 들어 나는 다이아나에게 물어보았다.

"천 살이나 된다구? 그러면 너무 지루할 것 같은데……. 아무리 예술과 스포츠가 발달했다 하더라도 그 긴 세월을 어떻게 때워나간단 말야?"

"솔직히 말씀드려서 그게 문제예요. 그래서 이곳에는 '위험한 스포츠'가 여러 가지 형태로 개발돼 있지요. 지구로 말하자면 죽음을 무릅쓰고 하는 카 레이스 경기 같은 것 말이에요. 그리고 여기서는 '자살'을 죄로 치지 않아요. 그래서 편안하게 자살하는 방법도 여러 가지로 다양하게 개발돼 있죠."

'자살'이라는 얘기를 들으니 온몸에 소름이 돋아났다. 사실 나는 어려운 일을 겪을 때마다 자살 충동을 느꼈던 적이 많았기 때문이다. 요즘도 지구에서는 자살하는 사람들의 숫자가 점점 더 늘어나고 있다. 사랑에 실패해서 죽는 수도 있고, 사업에 실패해서 죽는 수도 있다. 또 생활고 때문에 죽는 수도 있다. 다들 삶의 고통을 더 이상 감당할 수 없어 스스로 죽음을 택하는 것일 게다. 그런데 이 별나라에서는 너무나 긴 수명에 따른 권태에 못 이겨 자살하는 사람이 많다니 참으로 대조가 되는 사항이었다.

"자살이 그렇게 쉽게 이루어진다면 이곳을 지상낙원으로 볼 수도 없겠군그래."

하고 내가 다이아나에게 말했다.

"그러니까 이곳이 오히려 지상낙원이죠. 자살한다 하더라도 얼마 후에는 다시 태어날 수 있으니까요."

"그 '얼마 후'라는 건 대체 어느 정도의 기간을 말하는 거지?"

"자기가 자살할 때 다시 소생하는 기일을 지정해요. 그러면 그때 다시 살아나는 거죠. 그러니까 자살이 아니라 한숨 푹 자는 거라고 할 수 있어요."

다이아나의 대답에 나는 조금 수긍이 가는 것을 느꼈다.

다이아나는 이번엔 나를 어느 공장으로 안내해 주었다. 먹거리 생산 공장이었다. 자동화된 시스템 안에서 여러 명의 근로자들이 일하고 있었다.

"이곳에서 일하는 근로자들은 모두가 노동용으로 제조된 로봇들이에요. 그리고 생산되는 식품들은 모두 공기에서 뽑아낸 원소들을 가지고 과학적으로 합성된 식품들이죠. 공해식품 같은 것은 물론 하나도 없구요. 그러니까 자연이 황폐화될 수도 없고 지구처럼 화학비료의 남용에 따른 부작용도 없지요."

나는 지구가 경작지 부족 때문에 자꾸 산림자원을 훼손해 가고 있는 현재의 상황을 생각하며 새삼 부러운 마음이 들었다.

식품 공장 견학을 끝낸 후 다이아나는 나에게 이번엔 어디엘 가보고 싶으냐고 물었다. 그래서 나는 학교에 가보고 싶다고 말했다.

내가 고통스럽게 교육받은 곳이 바로 학교였기 때문이었다. 그랬더니 다이아나는 뜻밖에도 이렇게 대답하는 것이었다.

"이곳엔 학교란 게 없어요. 학교 제도는 개인의 개성과 끼와 재능을 사장(死藏)시키는 곳이니까요. 지구의 학교가 바로 그렇지 않아요? 똑똑한 애들을 바보로 만들고 획일적 암기 교육에다 지긋지긋하게 강요되는 '출세제일주의' 같은 것이 바로 지구상의 학교 교육 아니에요?"

"하지만 학교가 없으면 기초적인 교육조차 안 될 텐데……."

"기초적인 교육은 약물이나 주사제 주입으로 처리해요. 문자를 읽는 기술이나 셈을 셀 수 있는 기술 등을 과학적으로 뇌에 주입해 넣는 거지요. 그 밖의 지식들은 그 다음에 자기가 알아서, 다시 말해서 하고 싶은 사람들만이 스스로 공부하도록 되어 있죠. 그렇다고 해서 그렇게 많이 공부한 사람이 다른 보통 사람들보다 더 특별한 대접을 받는 것도 아니구요."

"그럼, 사람과 똑같은 로봇을 제조할 정도로 뛰어난 과학자들도 더 나은 대접을 못 받고 산단 말인가?"

"여기서 모든 게 평등하니까요. 그런 과학자들이 존재하는 건 그런 일이 그들에겐 '재미있는 취미 생활'이 될 수 있기 때문이지요."

다이아나의 대답을 듣고 나는 머릿속이 점점 더 혼란스러워지는 것을 느꼈다. 경쟁이 없는 사회, 경쟁 없이 발전할 수 있는 사회가 가능하다는 사실이 도무지 납득이 되지 않았기 때문이다. 내 생각을 눈치 챘는지 다이아나는 빙긋이 웃으며 다시 이렇게 말했다.

"지구 사람들이 요즘 말하는 '신자유주의'는 정말 사람 잡는 이데올로기예요. 자유야 물론 좋죠. 그렇지만 신자유주의 사상은 사람들을 너무나 피곤하게 만들어요."

"그렇다면 공산주의가 좋다는 말인가? 구 소련 등 공산주의 국가들은 결국 다 망했잖아?"

"공산주의도 나쁘지요. 획일적 통제와 지독한 관료독재 없이는 공산주의의 실천이 불가능하니까요."

"그렇다면 섹사의 지배 이데올로기는 도대체 뭐야?"

"글쎄요……. 굳이 말씀드리자면 '실용적 과학주의'나 '탐미적 평화주의'라고 할 수 있겠지요. 아름다움을 최고의 가치관으로 놓고서 모든 일을 처리할 때 사람들의 마음은 평화로워지게 되고 또 사이좋은 재분배가 가능해지니까요."

그럴듯한 얘기였지만 나에게는 여전히 알쏭달쏭한 얘기로만 들렸다.

"이 별나라의 전부를 설명드리기엔 시간이 너무 모자라요. 그러니까 선생님은 그저 구경만 하셔요. 그리고 나중에 가서 천천히 생각해 보도록 하시구요."

얼떨떨해 하고 있는 내 표정을 보고 다이아나가 한 말이었다.

거리 이곳저곳을 거닐다 보니 해가 저물어가고 있었다. 이곳에도 해는 있었고 저녁노을도 있었다. 황혼의 풍경이 너무나 아름다웠다. 우리는 공원 벤치에 앉아 저녁노을의 화사한 아름다움을 한참

동안 구경했다. 해가 져가는데도 날씨가 차가워지지 않는 게 너무나 신기했다.

그런 뒤 우리는 다이아나의 집으로 갔다. 다이아나는 독신으로 살고 있었다. 다이아나가 집 안으로 들어서자 열 명의 미남 인조인간이 그녀를 열렬히 환영해 주었다. 오랜만에 찾아온 집이라 그러는 것 같았다. 나는 그들이 나를 보고도 질투의 눈빛을 보이지 않는 게 너무나 신기하였다. 그래서 다이아나에게 왜 그러냐고 물어봤더니 그녀는 이렇게 대답했다.

"당연한 일 아니겠어요? 저들은 애초부터 질투를 모르도록 설계되어 있어요. 그리고 섹사에 사는 사람들 모두 질투심이 없구요. 질투는 모든 불행과 악의 씨앗이니까요."

다이아나는 말을 마친 후 인조인간들을 방으로 돌려보냈다. 그러고 나서 나랑 같이 저녁을 먹고 침대 위로 올라갔다. 그리고 애무를 나누었는데 내가 좀 심심해 하는 듯싶자, 그녀는 밖으로 잠시 나갔다 오더니 기막히게 잘 빠진 몸매를 한 미녀 인조인간 다섯을 데려왔다.

"선생님이 심심해 하실까 봐 우선 급하게 다섯 명을 데려왔어요. 같이 놀면 무척 재미있으실 거예요."

여섯 명의 여인들과 함께 노는 맛은 정말 '천당이 바로 여기구나' 싶었다. 여인들은 한 마디 군소리도 하지 않고 내게 성심성의껏 섹스 봉사를 해 주었다. 나는 최고의 극치감을 느끼며 서서히 기분 좋게 잠에 빠져들어갔다.

6

다음날 아침 잠에서 깨어나자 다섯 명의 미녀 로봇이 나를 세수시켜 주고 그들의 혀로 이빨을 닦아주는 등 여러가지로 시중들어주었다. 그리고 식사 시간이 되자 음식을 일일이 교대로 보지에 넣었다가 내 입으로 옮겨줬는데 그 기분이란 정말 베리 굿·베리 나이스였다. 다이아나는 내가 미녀 로봇들의 시중을 받는 광경을 흐뭇한 표정으로 지켜보고 있었다.

아침 식사가 끝나자 나는 다이아나의 손에 이끌려 그녀가 소속돼 있다는 '지구 관리청'이라는 곳으로 갔다. 다이아나는 말하자면 거기에서 지구로 파견된 일종의 '평화봉사단원' 같은 존재 같았다.

"섹사에서 지구에 특별히 관심을 갖고 있는 이유는 뭐지?"

지구 관리청으로 가면서 내가 다이아나에게 물었다.

"우선 우리 별나라와 가장 흡사한 자연환경을 가진 곳이니까요. 그래서 애정을 가지고 지구의 미래를 지켜보고 있는 거예요."

"그냥 지켜보기만 할 게 아니라 아예 지구를 점령해서 지구를 이곳과 같은 지상낙원으로 만들면 될 것 아냐?"

"그건 평화적인 방법이 못되지요. 그런 식의 '구원'에는 반드시 부작용이 따르게 마련이에요. 그래서 우리는 지구를 지켜보면서, 저 같은 사람들을 파견해서 지구의 파멸을 막아보려고 노력하고 있는 거예요."

딴은 그럴듯한 얘기라 나는 수긍이 갔다. '힘에 의한 평화'에는 언제나 한계가 있게 마련이기 때문이었다. 로마제국과 미국의 경우가 가장 좋은 예였다.

지구 관리청에 들어가자 나는 그곳의 책임자가 있는 방으로 안내되었다. 책임자는 아주 온화한 얼굴빛을 한 잘생긴 남자였는데 나를 반갑게 맞아주었다.

"어서 오십시오. 선생님을 기다리고 있었습니다."

책임자가 내게 소파에 앉기를 권하며 이렇게 말했다. 나는 그가 청하는 악수를 받으며 나를 섹사에 초대해 줘서 고맙다고 말했다. 우리는 우선 몇 마디 잡담을 나누다가 내가 그에게 단도직입적으로 물었다.

"도대체 지구의 미래는 어떻게 되는 겁니까? 그리고 또 저의 미래, 아니, 고통받는 모든 지구인들의 미래는요?"

그러자 책임자는 이렇게 대답했다.

"차차 나아지겠지요. 우리가 음(陰)으로 숨어서 돕고 있으니까요."

"좀더 구체적으로 말씀해 주시지요."

"노스트라다무스의 예언을 막은 것도 우리들이었어요. 그런데도 지구의 지배계급들은 지금 자만심에 빠져서 고마운 줄도 모르고 있지요."

"그들이 섹사의 정체를 모르는데 어떻게 고마워할 수가 있겠습니까?"

"구체적으로 고마워할 순 없다고 하더라도 옛 예언가들의 예언을 너무 무시하고 있다는 얘기지요."

"많은 지구인들이 고통받고 있는 이유가 대체 무엇입니까?"

"한마디로 말해서 육체주의를 무시하고 정신주의 쪽으로만 나아갔기 때문입니다. 육체의 쾌락을 포기하고 정신의 행복만을 주장하는 사람들이 기득권 세력을 형성하고 있기 때문에, 언제나 육체는 고통을 받게 마련이고 정신적 명분의 희생물이 되고 있는 거지요."

"그건 저도 글로 많이 주장한 것입니다. 그럼 제 말이 맞았군요."

"선생님의 견해는 다 옳았습니다. 그래서 제가 다이아나를 선생님께 보낸 것입니다."

"하지만 많은 예언자나 종교 지도자들이 '정신'의 중요성을 강조한 게 사실 아닙니까? 이를테면 공자나 석사 같은 이들이요. 아까 예언가들의 예언을 무시했다고 하셨는데, 그럼 앞뒤가 안 맞는 얘기가 되는데요."

"그분들이 애초에 주장한 것은 '육체의 행복'이었지 정신 일변도의 행복은 아니었어요. 이를테면 석가가 주장한 '중도(中道)' 같은 게 그거지요. 그런데 그게 제자들과 후세 종교가들에 의해 왜곡되어 자꾸 정신중심주의로 변모되게 된 겁니다. 그런데 사악한 장사꾼들은 권력자들과 결탁하여 민중들에게 자꾸 '정신'의 중요성만을 주입시켰지요. 민중들이 육체적 행복(또는 쾌락)에 눈을 뜨게 되면 통치하는 데 애를 먹게 되니까요."

"그리고 육체적 쾌락은 자기네들만 누렸구요."

"맞습니다. 지금도 지구에서는 똑같은 행태가 되풀이되고 있어요. 그래서 우리는 육체의 중요성을 재인식시켜 줄 수 있는 인물을 이따금 지구로 파견하곤 했답니다. 예컨대 마릴린 먼로 같은 육체파 여배우는 우리가 파견한 로봇이었어요."

마릴린 먼로가 섹사에서 파견한 로봇이었다는 말에 나는 속으로 놀랐다.

"앞으로도 우리는 계속 섹스 스타들을 지구로 보낼 것입니다. 그래서 지구인들의 정신우월주의를 일단 마비시켜 보자는 거지요."

책임자의 말이었다.

"저는 그 정도 가지고는 지구인들이 갖고 있는 병적(病的)인 적개심이나 종교적 사디즘이 사라진다고는 생각되지 않는데요."

내가 책임자에게 말했다.

"물론 미온적인 방법이지요. 하지만 어쩌겠습니까? 우리가 지구를 점령해 다스릴 수 없는 이상, 그 정도의 방법이라도 강구해 보는 겁니다."

"21세기 이후가 여성이 남성을 지배하는 세상이 될 것이라는 말이 있는데, 그것에 대해서는 어떻게 생각하십니까?"

"그것도 우리가 뒤에서 조정하고 있는 사안이에요. 여성이 남성을 지배한다기보다 모든 남녀가 여성화(女性化)되는 거죠. 그러면 아무래도 좀더 유미적(唯美的)이고 탐미적인 분위기가 이루어져 평화로운 세상이 될 수 있으니까요."

"쉬메일(shemale), 즉 여장남성(女裝男性)이 증가하고 있는 것도 그럼 이곳에서 부추기고 있는 거란 말씀입니까?"

"바로 보셨어요. 지금 지구상의 이른바 선진국이란 곳에서는 여장남성의 숫자가 점점 늘어나고 있죠. 그리고 그들의 정치적 발언권도 커지고 있구요. 여자처럼 화사하게 꾸미고 다닐 때 전투적 적개심은 아무래도 많이 사라지게 되지요. 그래서 결국에 가서는 전쟁도 없어지는 거구요. 생각해 보세요. 화려하게 꾸미고 화장도 짙게 했을 때 싸울 마음이 일어나겠어요? 싸우다가는 화장도 지워지고 옷도 망그러지게 되니까요."

책임자의 말을 듣고 나서 나는 다시 한 번 책임자의 얼굴과 전신(全身)을 훑어보았다. 과연 책임자는 남자인데도 얼굴에 짙게 화장을 하고 벌거벗은 온몸에도 화려하게 보디 메이크업(Body make-up)을 하고 있었다.

이런저런 얘기를 더 나누다가 다이아나와 나는 '지구 관리청' 건물을 나왔다. 건물 곳곳에서 일하고 있는 남녀들이 모두 화사하게 화장을 한 미남·미녀들이라는 사실이 나를 다시금 경탄의 감정에 빠지게 했다. 하지만 나는 그들이 모두 다 인간인지 로봇인지 궁금했다. 그래서 내 생각을 다이아나에게 말했더니 그녀는 이렇게 대답했다.

"경비나 잡일 등을 하는 이들은 다 로봇이고 중요한 일을 하고 있는 이들만이 인간이에요. 섹사에서는 인구 조절 문제에 굉장한 관심을 기울이고 있죠. 그래서 대개의 잡일들은 로봇이 하고 있지요."

"인구 조절 문제는 지구에서도 가장 큰 관심거리야……. 이곳에서는 대체 어떤 방법으로 인구 증가를 막고 있나? 평균 수명이 천 살이나 된다면 아이도 아주 많이 낳을 텐데……."

"아까 보셨듯이 섹스용 로봇들과 사는 사람들이 많다는 것이 인구 증가를 막고 있어요. 인간끼리 사는 커플들도 있지만 그들도 생식적 섹스보다는 비생식적 섹스를 주로 즐기기 때문에 인구가 늘어나지 않고 있죠."

7

다이아나와 한 말은 내가 언제나 생각해 왔던 내용이었다. 생식적 섹스에서 비생식적(非生殖的) 섹스로 갈 때 인구 문제는 자연히 해결 될 수 있기 때문이었다.

다이아나는 이번엔 섹스 로봇 공장을 견학시켜 주었다. 거대한 공장 내부에서는 쉴 새 없이 섹스 로봇이 생산되고 있었다. 로봇들의 용도들도 다양했다. 말하자면 사용자의 섹스 취향에 따라 로봇이 생산되기 때문이었다.

"이렇게 많은 로봇들을 만들어내면 로봇 인구가 많아질 거 아냐? 그러면 로봇들이 반란을 일으키는 등 여러 가지 문제가 많이 생길텐데……."

하고 내가 다이아나에게 물었다.

"지구인들이 만든 미래 영화에서는 그런 내용을 많이 담고 있더군요. 하지만 여기서 만들어지는 로봇은 '절대 복종'을 최우선으로 설계되어 있기 때문에 그럴 염려는 전혀 없어요."

다이아나의 대답이었다.

"로봇들의 수명은 어떻게 되지? 그리고 만들어질 때는 몇 살 정도의 나이로 만들어지나?"

"정해진 수명은 없어요. 굳이 수명이란 게 있다면 주인이 싫증을 낼 때까지가 수명이라고 할 수 있겠지요. 만들어질 때의 나이는 물론 한창 아름다울 때의 나이로 만들어지지요. 그리고 주인이 섹스로봇에 싫증이 나면 로봇을 폐기 처분해 버리도록 되어 있어요."

"폐기 처분이라니? 그럼, 로봇을 죽이는 걸 말하는 건가?"

"죽인다고 볼 수도 있겠지요. 하지만 로봇은 역시 로봇이니까 죽인다고 볼 수는 없겠지요. 로봇 자신도 모르게, 말하자면 안락사시키는 것과 비슷하게 없애버리니까요."

다이아나는 말을 마치고 나서 나보고 섹스용 로봇을 한 개 주문해서 만들어보라고 했다. 그런 다음 그 로봇을 지구로 돌아갈 때 가지고 가라는 것이었다. 그래서 나는 그녀가 시키는 대로 어떤 기계 앞으로 갔다.

"눈을 감고 이상형으로 생각하는 여자를 마음속으로 상상해 보세요. 그러면 그런 여자 로봇이 만들어져 나와요."

다이아나가 내게 한 말이었다. 그래서 나는 기계 앞에서 눈을 감고 내가 이상적으로 생각해 왔던 여배우들의 이미지를 그려보았다. 한참 생각한 끝에 나는 얼굴은 영화 「테스」로 데뷔했던 내가 제일 좋아하는 여배우 나스타샤 킨스키로, 몸매는 최고의 패션모델이었던 독일 여자 클라우디아 쉬퍼로 하기로 했다. 그리고 이왕이면 피부 빛깔이 달밤에 반짝이는 백설탕처럼 희디흰 빛깔이 되도록 했다.

잠시 기다리고 있으니까 기계 안에서 내가 마음속으로 상상했던 여자가 홀러덩 튀어나왔다. 나이는 갓 스물 정도였고 얼굴이나 몸매가 내가 상상했던 그대로였다.

"자, 이 로봇을 선생님께 선물로 드리겠어요. 나이도 먹지 않고 음식을 줄 필요도 없으니까 정말 요긴하게 쓰실 수 있을 거예요."

하고 다이아나가 말했다.

"음식을 줄 필요가 없다구? 그럼 무슨 재미로 이 여자랑 데이트를 하지? 함께 레스토랑엘 간다고 해도 나 혼자만 먹고 마시고 해야 할 거 아냐?"

"영구 동력 장치가 돼 있지만, 술과 음식을 먹을 수도 있어요. 그러나 하루 세 끼 꼬박꼬박 줄 필요는 없단 얘기지요."

섹스 로봇은 기계에서 튀어나오자마자 내 품에 안겨들었다. 정말 S라인으로 잘 빠진 몸매요, 고혹적인 얼굴이었다. 나는 로봇을 품에 안고 몸 여기저기를 만져보았다. 아무리 만져봐도 살아 있는 사람과 똑같았다.

"로봇에게 이름을 지어주세요. 그래야만 서로 상대하기 편할 테니까요."

하고 다이아나가 말했다. 그래서 나는 잠시 생각 끝에 로봇의 이름을 '나스타샤'라고 부르기로 했다.

다이아나와 나는 나스타샤를 데리고 공장에서 나왔다. 나스타샤는 계속 내 몸에 칭칭 감겨 들러붙여 있었다. 오랫동안 외로움에 찌들어 있던 나로서는 그야말로 큰 횡재였다.

"보기에 질투가 날 정도군요. 저보다 나스타샤가 더 좋으셔요?"
하고 다이아나가 배시시 미소를 머금은 얼굴로 말했다.

"아름답기로야 다이아나 당신도 나스타샤에 뒤지지 않지. 하지만 나스타샤가 이렇게 칭칭 감겨오는데 애정이 가지 않을 수가 없군."

하고 내가 조금 객쩍은 얼굴로 다이아나에게 말했다.

다이아나와 나는 나스타샤를 데리고 다이아나의 집으로 갔다. 그리고 집에 있던 여러 로봇들과 한데 어울려 즐거운 그룹 섹스의 시간을 가졌다. 정말 하렘의 쾌락 이상 가는 오르가슴의 극치였다.

다음날부터 일주일 동안 나는 섹사(SEXA)의 여러 명소를 관광했다. 알프스 이상 가는 산도 있었고 나이아가라 이상 가는 폭포도 있었다. 그런 곳에 가더라도 하나도 춥지 않은 게 정말 신기하였다. 섹사는 정말 벌거벗고 살 수 있는 에덴동산 그 자체였다.

명소 관광이 끝난 후 다이아나는 내게 다시 지구로 돌아가야 할 시간이 됐다고 말해주었다. 나는 섹사를 떠나기 싫었지만 그녀의 말을 거역할 수는 없었다. 그래서 나는 다이아나와 함께 나스타샤를 데리고 순간이동 방법으로 지구로 다시 되돌아왔다.

지구로 돌아오자 다이아나는 내게 이렇게 말했다.

"이제 나스타샤도 있으니까 선생님이 일하시는 데 한결 기운이 나실 거예요. 어떤 일이 생기더라도 절대 용기를 잃지 마셔요, 네?"

"그럼 당신은 내 곁을 떠나겠다는 거야?"

"영원히 함께 있을 수는 없지요. 저도 해야 할 일이 많으니까요."

"도대체 나의 미래는 어떻게 될까? 나는 우리나라 학계와 문화계에서 '왕따'라서 정말 겁이 나."

"걱정하지 마셔요. 제가 뒤에서 도와드릴 테니까요. 그리고 제가 돕지 않더라도 선생님은 잘 되도록 되어 있어요. 아무리 수구적 봉건 윤리로 뭉친 한국이라 하더라도 변화의 물결이 조금씩은 일어날 테니까요."

말을 마치고 나서 다이아나는 홀연히 사라져버렸다. 나는 그녀가 내 곁을 떠난 게 아쉬워 한동안 눈물을 흘렸다.

내가 울기를 멈추자 곁에 있던 나스타샤가 나를 얼싸안으며 말했다.

"너무 슬퍼하지 마셔요, 주인님. 제 머릿속에는 다이아나 님의 지능이 주입돼 있어요. 그러니까 주인님이 어려우실 때마다 제가 조언을 해드릴 수도 있다구요."

나는 나스타샤의 말에 적이 위안을 느꼈다.

"그건 그렇고……. 지구에 와보니 너무 춥군요. 우선 뭘 입어야겠어요."

나스타샤의 말이었다. 나스타샤의 말을 듣고 나는 펄쩍 정신이 들었다. 나는 지구를 떠날 때 입고 있던 옷을 걸치고 있는 상태였지만 나스타샤는 완전한 나체였기 때문이다. 주위에 사람이 없기 망정이지 남 보기에 정말 기괴한 풍경이었다.

그래서 나는 나스타샤를 데리고 근처의 옷 가게로 갔다. 가는 도중에 나스타샤는 투명인간이 되어버렸기 때문에 남에게 이상하게 보일 염려는 없었다.

옷 가게에 들어가 나는 나스타샤의 몸 사이즈에 맞는 옷을 한 벌 샀다. 그런 다음 우리 집으로 가 그녀에게 옷을 입혔다. 나스타샤는 다시 본모습을 드러내 내가 주는 옷을 입었다.

나스타샤가 곁에 있어주어 나는 행복했다. 그녀는 정말 입속의 혀처럼 내게 몸으로 열심히 봉사해 주었다. 그녀가 나에게 섹스 서비스를 정성껏 해줄 때마다 내 몸에서는 힘이 솟구치는 것이었다. 아아, 신나는 인생이여!

겁 없는 여대생의 완벽한 비밀

1

밤이었다. 아주 어두운 밤이었다. 달빛도 없었다. 시내는 오늘밤에도 자기의 불두덩을 손으로 문지르고 있었다. 아까 집에 돌아와 자기 방에 들어오자마자 그녀는 음탕한 빛을 무드 있게 내뿜고 있는 스탠드 하나만을 켜놓았다. 그녀는 음란한 상상을 하고 있었다. 우선 그녀가 사랑하는 두 명의 사내를 생각했다. 하나는 남자 친구인 성수였고 하나는 지금 수업을 듣고 있는 마광수 교수였다. 한 명은 남친이기 때문이고 또 한 명 마광수 교수는 들으면 들을수록 재미있는 강의로 인해 그녀가 짝사랑처럼 좋아하게 되었기 때문이었다.

꿈에도 그리던 연세대학교를 시내는 올해에 입학했다. 시내는 고교시절에 뛰어난 수재였다. 그녀는 매일 공부만 했다. 얼굴도 정말 예쁘고 몸매도 사내들의 코피를 쏟게 할만큼 늘씬하고 낭창낭창했다. 그럼에도 불구하고 그녀는 줄줄이 따라붙는 남자애들과 연애하거나 술집, 댄스 클럽 같은 곳에 놀러다니지 않고 오로지 공부만 했다. 이유는 단 하나, 명문대로 진학하기 위해서였다. 그동안 수많은 남자애들이 (대학생을 포함하여) 그녀에게 구애를 해왔다. 그래서 얼마나 많은 사랑의 고백과 하소연을 들었는지 모른다. 아름다운 하얀 얼굴과 도톰하게 올라온 젖가슴, 그리고 잘록하게 들어간 허리와 얇고 가느다란 다리, 그녀의 몸매는 완벽했다.

대학에 들어오자 시내는 마음껏 몸과 얼굴을 야하디야하게 꾸미고 싶었다. 그래서 화장을 짙게 해보기 시작했다. 그래서 그녀는 더더욱 눈부시게 음란한 외모와 몸매를 갖게 되었다. 그녀는 정말 연세대학교의 퀸카였다. 그녀만 지나가면 남학생들이 침을 질질 흘렸다. 게다가 시내는 매일매일 초초초 미니스커트만을 입고 다녔다. 그녀의 하얗고 곧게 뻗은 다리를 보면 눈이 안 돌아가는 남자애들이 없었다. 키도 여자로선 아주 큰 키인 175였다. 그녀는 진정 완벽한 외적(外的) 조건을 갖추고 있었다.

그런 시내의 도도한 마음을 빼앗은 사내가 있었으니 그는 연세대학교 의과대학 의예과에 다니고 있는 성수였다. 수강생들이 들끓는 마광수 교수의 〈문학과 성〉 과목 강의실에서 성수를 처음 본 순간 시내는 숨이 멎을 뻔했다. 185가 넘는 큰 키에 귀공자스러운 외모, 희디흰 피부, 젠틀한 매너까지 모두 시내의 마음을 빼앗기에 충분한 조건들이었다. 눈이 높은 시내도 곧 사랑에 빠져들었다. 그 뒤, 속으로 끙끙대면서 시내는 마음을 태우고 있었다. 짝사랑의 증세가 자꾸 심해졌다. 성수의 넓은 어깨는 시내의 심장을 마구 고동치게 했다. 그래서 어느날 도서관에서 시내는 드디어 용기를 내어 성수 옆에 앉았다. 그리고 성수에게 말을 걸었다.

　　"마광수 교수님 〈문학과 성〉 과목 레포트 다 쓰셨어요?"
　　성수는 강의실에서 튀는 외모를 한 시내를 미처 못 본 모양이었다. 그는 돌연히 옆에 나타난 야한 여학우의 물음에 흠칫 놀라다가 이내 차분한 마음으로 돌아와 자연스런 어조로 대답했다. 역시 시내가 예뻤기 때문이었을 것이다.
　　"아니요. 마 교수님의 야설 쓰기 숙제가 너무 어려워서요."
　　"저도 마광수 교수님의 그 과목 들어요. 전 다 썼는데 참고삼아 보여드릴까요?"
　　"아 정말요? 고맙습니다."
　　시내는 마음속으로 쾌재를 불렀다.
　　성수는 시내가 준 레포트를 들척들척 들여다보다가 이내 그녀에게 물어오기 시작했다.

"저…… 죄송한데 이름이 어떻게 되시죠?"

"저 노시내라고 해요."

"그러세요? 저는 최성수라고 합니다."

"와 이름 외우기 좋다. 예전에 날렸던 발라드 가수 이름과 똑같네요."

"학번이 어떻게 되세요?"

"저 올해 들어온 새내기예요."

"그러시구나. 저는 재수해서 들어와 의예과 2학년입니다. 제가 오빠가 되네요. 그러나저러나 고마워서 어떻게 보답을 하죠?"

"슬쩍 보여드린 건데요, 뭘. 괜찮아요 나중에 밥이나 한번 사주세요."

"그럴까요? 핸드폰 번호가 어떻게 되시죠?"

"010−588−6969예요."

성수와 시내는 손전화 번호를 교환했다. 시내와 성수는 이렇게 해서 만나게 되었다. 시내와 성수는 그후 점점 친해지다가 결국 청송대에서 첫 키스를 하면서 깊이 사귀게 되었다. 커플들이 다 그렇듯이 연애엔 일련의 과정들을 거치게 된다. 먼저 키스, 그리고 가슴 더듬기, 그리고 음부 자극하기, 그리고 섹스로 이어지는 것이다. 성수와 시내는 애무와 성희를 차근차근 순서대로 밟아 나갔다. 먼저 노천극장에서 성수가 키스를 하고 비디오 방에 가서 가슴을 만졌다. 시내의 가슴은 예술이었다. 물론 송혜교의 가슴처럼 엄청나게 글래

머스러운 가슴은 아니었다. 그렇다고 해서 장나라와 임수정처럼 아예 가슴이 절벽이진 않았다. 비유하자면 김태희 정도의 가슴이라고 말하는 게 적절할 것이다.

김태희의 가슴은 크기가 적절하다. 송혜교처럼 짧은 몸에 가슴만 너무 크지도 않고 임수정처럼 마른 몸매에 가슴이 아예 없지도 않다. 시내도 김태희처럼 아주 적절한 가슴사이즈를 가지고 있었다. 성수는 비디오 방에서 처음으로 시내의 가슴을 만지고 더듬었다. 비디오 방에 들어간 후 성수와 시내는 대뜸 열정적으로 키스하기 시작했다. 그러고 나서 성수는 처음으로 시내의 가슴을 만지기 시작했다. 말랑말랑한 느낌과 볼록하게 솟아있는 젖꼭지는 성수의 심장을 뛰게 만들었다. 마치 고소하고 말랑말랑한 인절미를 연상케 하는 게 시내의 가슴이었다. 곧이어 성수는 시내의 가슴에 입을 맞추기 시작했다. 시내는 나른한 느낌 속에 빠져들었다. 마치 아기 시절로 돌아간 느낌이었다. 그녀의 가슴에 성수는 입을 대고서 조금씩 빨기 시작했다. 그녀의 입에서 낮고 음란한 신음소리가 터져나오기 시작했다. 이렇게 키스와 가슴 애무를 계속하다가 비디오 방의 2시간 타임이 끝나버렸다. 이렇듯 빠르게 진도가 나가면서 성수와 시내는 결국 모텔에 드나들기 시작했다.

모텔에 처음 가보는 시내의 가슴은 흥분으로 뛰기 시작했다. 성수도 워낙 고등학교 때부터 모범생인지라 엄청나게 잘생긴 외모에도 불구하고 섹스는 해본 적이 없었다. 단순히 야동을 보고 자위나

한 풋내기였다.

"성수 오빠 나 이런데 처음이야. 지금 기분이 이상해."

"괜찮아 시내야. 오빠만 믿어. 우리는 서로 사랑하고 있잖아."

그리고 둘은 깊은 키스부터 하기 시작했다. 두 사람 다 열정적으로 혀를 휘둘러대었다. 20대 초반 나이의 젊은 두 남녀는 곧바로 욕망이 불타올랐다. 서로가 서로의 입술을 탐하며 물어뜯듯 입술과 이빨과 혓바닥을 휘둘렀다. 혀와 혀가 서로 스쳐지나갈 때마다 마치 감전이라도 된 것처럼 짜릿짜릿한 전류가 혀와 입술을 타고 온몸을 관통했다. 서로가 마치 구름을 타고 천국에 올라가 있는 것 같은 기분이었다. 두 사람은 서로의 입술과 혓바닥이 닳을 지경까지 서로 키스를 했다. 그런 다음에 성수는 시내를 침대에 뉘였다. 시내는 눈을 질끈 감았다. 그리고 이제부터는 모든 것을 성수에게 맡기기로 하였다.

시내는 자기의 순결을 성수에게 바치기로 결심했다. 성수에게 자기의 깊고 은밀한 동굴까지 모조리 보여주기로 결심했다. 그녀는 눈을 감았다. 성수는 시내의 윗옷을 벗겼다. 시내는 거부하는 척 하다가 이내 성수가 자기 옷을 벗기는 것에 따랐다. 성수는 야동에서 본대로 애무를 하기 시작했다. 먼저 목을 천천히 혀로 애무했다. 부드럽디 부드럽게…… 마치 가볍고 흰 오리털이 시내의 피부에 닿는 것처럼 느끼도록 애썼다. 시내는 너무 흥분이 되어 아랫도리 입술에 한가득 물이 고일 정도가 되었었다. 성수의 혀는 천천히 천천히 아래로 내려오면서 그녀 가슴에 와닿았다.

성수는 브래지어를 벗겼다. 정말 누드 잡지에만 볼 수 있는 아름다운 가슴을 시내는 갖고있었다. 정말 관능의 여신 같은 가슴이었다. 너무도 아름다운 가슴이기 때문에 성수는 시내의 젖가슴을 만지는 것이 마치 죄를 짓는 듯하였다. 신이 만들어놓은 작품에 상처를 내는 것과 같은 죄스러운 심정이었다. 성수는 그러나 짐승처럼 헉헉대며 시내의 가슴에 다가가기 시작했다. 혀를 젖꼭지로 가져갔다. 조금 빠르게 또 조금 느리게 강약을 조절하면서 시내의 가슴을 애무해주었다. 시내의 입에서는 희미한 신음소리가 흘러나왔다. 그녀는 눈을 감은 채 마치 애인의 쾌락을 위해 목숨을 바칠듯한 표정으로 쾌락에 겨워 죽어가는 사람 같은 표정을 하고 있었다. 성수는 시내의 치마를 벗겨버리고 팬티 속에 손을 집어넣었다.

시내는 일부러 약간 저항하는 체했다. 강간당하는 것 같은 상상을 하면서 저항을 했다. 성수는 그러나 더욱 힘을 주면서 그녀의 음부를 노렸다. 그녀는 힘이 빠져서 더 이상 저항하는 체 할 수도 없는 상황이었다. 성수는 흡사 늑대처럼 시내의 팬티를 거세게 벗겨내렸다. 음모가 한올 한올 솟아있는 시내의 Y 라인 골짜기는 진정 예술이었다. 음모는 너무 많으면 징그럽다. 그리고 아주 없으면 섹스할 때 뻑뻑하다. 시내는 적절하고 수줍게 음모가 나와 있었다. 성수는 혀로 그녀의 은밀한 동굴이 있는 곳까지 다가가기 시작했다. 혀가 움직이면서 시내의 동굴에 다가가기까지 시내는 몸을 이리저리 배배 꼬며 비틀었다. 또 그녀 몸에서는 미세한 떨림이 시작되었다.

이제 그녀의 동굴에는 보짓물이 가득 고여 있었다. 성수는 혀로 차근차근 보짓물을 맛보며 음미했다. 그는 더이상 참지 못하고 자기의 옷을 홀라당 벗어버렸다. 그리고 자기의 페니스를 시내의 깊은 동굴 속에 박아넣으려고 했다.

그의 페니스는 잔뜩 흥분이 되어 무엇이라도 뚫어버릴듯한 기세로 화를 내고 있었다. 성수는 그래서 자기의 자지를 그냥 집어넣어버렸다. 곧이어 쾌락의 피스톤 운동이 시작되었다. 연세대 상대의 퀸카와 연세대 의대의 킹카가 드디어 한몸이 되었다. 정말 모든 남학생들이 숨죽이며 탐을 내던 시내였다. 성수도 마찬가지였다. 많은 여학생들이 슬금슬금 좋아한다는 사인을 보냈던 남자였다. 두 단과대학을 대표하는 남녀의 섹스는 천국에서나 볼 수 있을 황홀한 장면이었다. 계속 섹스를 하고 싶지만 언제까지나 섹스를 계속할 수는 없는 것이다. 결국 두 연인의 섹스는 종말로 치달아 몇 번이나 되는 오르가슴 폭탄을 터뜨리고서 아쉽게 끝났다.

그후 성수와 시내는 사랑의 절정을 향해 치닫게 되었다. 둘이서 참으로 많이도 모텔에 갔다. 그러면서 많은 시간이 흘렀다.

2

그런 황홀한 두 사람의 관계가 계속되던 중에 성수에게 문제가 생겼다. 바로 그가 의과대학 본과(本科)로 올라갔기 때문이었다. 연세대 의대가 어떤 곳인가? 대한민국을 대표하는 의대이다. 의과대 공부는 힘들다. 매일 책과 씨름해야 한다. 날마다 도서관에 앉아 예습, 복습을 해야 한다.

그리고 시험의 연속이다. 컴퓨터 앞에 앉아서 시간 가는 줄 모르고 공부를 해야 한다. 매우 고된 나날이다. 그에 비해 상대는 의대처럼 시간이 빡빡하지는 않다 의대는 매일 공부해야하지만 상대는 여유롭게 시험기간 전에만 하면 된다. 게다가 성수는 시내와 함께 줄창 모텔에 가면서 공부 시간을 뺏기고, 또 모텔비를 버느라 과외를 해야 하였다. 그러면서 그의 성적이 급락하기 시작했다. 성수는 너무도 마음이 초조해져서 시내를 제쳐두고 공부만 하기 시작했다. 따라서 시내의 불만이 커졌다. 어느날 그녀는 성수에게 불만을 털어놓았다.

"오빠! 오빠는 왜 나에게 신경을 안써줘? 우리가 둘이 모텔에서 사랑을 나눈지 너무 오래 되었잖아."

"시내야 이해해 줄래? 오빠가 요새 너무 공부로 바빠."

"오빠 미워……. 나는 오빠만 바라보고 사는데, 그리고 오빠가 나의 삶의 전부인데 오빠는 바쁘다는 핑계만 대고 날 만나주지도 않고…… 섹스도 안 하고……."

"미안해 정말."

"칫, 미안하면 다야?."

성수는 시내에게 미안한 마음을 제쳐두고 또다시 공부하러 도서관에 가야만 했다. 성수도 남자라서 섹스하고 싶은 생각이 굴뚝같지만, 지난 번 너무도 나쁘게 나온 성적에 많은 충격을 받았었다. 그러다 보니 시내에게 키스도 자주 못해줬다. 너무 공부에 바빠서이다. 시내는 그래서 어쩔 수 없이 집에서 매일 자위행위나 하는 수밖에 없었다.

그러는 동안 시내는 마광수 교수의 〈섹스 방법론〉 강의를 열심히 들었다. 마광수 교수는 연대에서 가장 유명한 교수로서, 성에 대한 자신의 야한 주장으로 항상 주목을 받는 교수이다. 시내는 마광수 교수의 이론에 점점 빠져들기 시작했다. 그리고 프리섹스를 하라는 마 교수의 말에 흠뻑 도취되었다. 그리고 마 교수가 가장 좋은 성희라고 강조하는 사도마조히즘(sado-masochism)에 대해서도 부쩍 호기심을 갖게 되었다.

거의 매시간마다 마광수 교수가 이야기하는 사도마조히즘에 대해 시내는 푹 빠져들기 시작했다. 그래서 많은 야한 동영상을 수집한 후 집에서 보기 시작했다. 맞고 때리는 것에 대해 시내는 그때까지 생각해본 적이 없었다. 그러나 우리 사회의 대중심리를 지배하고 있는 것이 가학적인 사디즘의 심리와 지배받고 싶어하는 마조히즘의 심리라는 마광수 교수의 말은 새로운 충격이었다. 그리고 그녀는 그러한 이론에 대해 절대적으로 동감했다. 그런 생각에 너무나 흠뻑 빠져들어서, 시내는 자기가 직접 매를 맞고 싶어졌다. 그런데 문제는 성수였다. 성수가 너무 바빠져서 섹스할 시간이 거의 없었기에,

SM 행위를 시도조차 못하고 있었다. 어떻게 보면 시내는 자신의 잠재된 성 본능을 마 교수를 통해 알아내게 된 셈이다. 그녀는 성수와 한 6개월 동안 격렬한 섹스를 나누면서, 섹스야 말로 우리가 마땅히 누려야할 쾌락이자 행복이며 삶의 이유임을 알게 되었다. 그러면서 또 마 교수의 강의까지 듣게 되니, 그녀는 엄청난 색녀(色女)로 변해가는 자기 자신의 아이덴티티를 깨닫기 시작했다.

그래서 어쩌다 성수와 모텔에 가는 시간은 엄청난 에너지가 나오는 시간이었다. 그러면서 시내는 하염없이 섹스에 목을 매달게 되었다. 그런데도 성수가 거의 섹스를 안해주니 정말 미칠 것만 같았다. 그래서 그녀는 자위를 학교에서도 하게 되었다. 그러면서 그녀는 차츰 마광수 교수를 이성으로 좋아하게 되었다. 마 교수가 자기에게 욕설이라도 퍼부어준다면 자기의 억눌린 욕구의 응어리를 풀 수 있을 것만 같았다. 시내는 차츰차츰 마 교수가 강의할 때 내뱉는 욕설이 사랑스러워졌다. 그리고 그녀도 마 교수처럼 성에 대해 너무도 자유로워지기 시작했다. 그리고 어느 순간부터 너무도 마 교수를 사랑하며 그리워하기 시작했다.

시내는 무엇보다도 마 교수와 직접 섹스를 해보고 싶었다. 매일 정상체위로만 했던 남친과의 섹스가 역겹개 느껴졌다. 시내는 드디어 대단한 용기를 내었다. 그래서 외솔관에 있는 마 교수의 연구실에 찾아갔다. 그녀는 약간 두근거리는 마음으로 방문들 두들겼다.

"저기요……. 마 교수님 계신가요?"

"있어요. 들어와요."

너무도 쉽게 마 교수와의 개인적 만남이 이루어져 시내는 기뻤다.

"저…… 상담할 게 있어서 왔는데요……."

"그래, 뭔데?"

"제가 남자 친구가 있는데요……."

"그래서?"

"남자친구가 공부로 너무도 바뻐요. 우리 학교 의과대학에 다니는데 매일 숙제와 예습, 복습 때문에 바뻐해요."

"그래서 어떻단 말이지?"

"우리가 일주일에 두 번은 섹스를 했는데요…… 이제는 거의 못하고 지내요……."

"그건 내가 어떻게 해줄 수가 없어. 쓰발 의대 애들을 보면 매일 공부만 해. 그놈들은 정말 공부하기 위해 태어났나봐. 내 수업 듣는 애들 중에 의과대 애들은 수업시간에 전공 문제 풀고 있어. 쓰발…… 네 남친이 섹스를 잘 안해줘서 불만이라 이 말이지?"

"네."

"미친 놈이네. 아무리 바뻐도 여자친구 섹스는 챙겨줘야지. 그럼 걔 걷어차고 다른 남자애랑 섹스해보지 그래?"

"선생님, 그런 것은 싫어요. 저는 다른 남자와는 섹스하기 싫고 오로지 오빠하고만 하고 싶어요."

"너는 내 수업 잘못 들었구나. 섹스는 아무하고나 하는 거야. 섹스는 그냥 즐기기만 하면 되는 거야. 요즘 지고지순한 사랑이 어디 있어? 홍대 앞 클럽에 가서 그냥 아무 남자나 붙잡고 섹스해."

"휴…… 저도 잘 모르겠네요. 제가 그 오빠를 너무나 사랑해서 요. 선생님, 적선하시는 셈치고 술이나 사주셔요."

"알았어, 나를 따라 와."

너무나 쉬운 응락에 기뻐하며 시내는 마 교수를 따라갔다. 마 교수는 택시를 잡아타고 홍익대 앞의 한 고급 레스토랑으로 갔다. 거기서 시내는 마광수 교수와 많은 대화를 했다. 마 교수는 와인을 시켰다. 그러고서 서로 많은 와인을 마셨다. 취기가 많이 올라왔다. 시내는 드디어 술김에 말을 꺼냈다.

"마 교수님."

"왜?"

"저…… 있잖아요…… 교수님과…… 섹스하고 싶어요."

"뭐라고? 너 미쳤어? 난 늙어빠져 정력도 없는 폐물이란 말야."

"제가 드린 부탁은 진심이에요."

"너 술취했구나. …… 사실 아까 한 얘기는 조금 거짓말이고…… 나는 손톱이 아주 긴 여자가 아니면 절대로 섹스 안 해. 네 손톱은 정말 공부만 하고 SKY 대학 들어온 안 야한 여자애들의 전형적인 짧은 손톱이로구나. 너 같이 손톱 짧은 애들은 아무리 얼굴과 몸매가 예뻐도 나한텐 재수 없다. 어서 집으로 가봐라."

마광수 교수는 자리에서 일어나 계산을 하고 나갔다. 시내는 술이 취했지만 매우 부끄럽기도 하고 무안하기도 했다. 무엇보다도 마 교수와 섹스를 하지 못한 것에 대해 큰 좌절감을 느꼈다. 아무래도 자기가 마 교수 눈에 안 들었기 때문인 것 같아 그녀는 자존심이 상해 울었다. 그것도 흐느끼면서 울었다. 남자 친구가 요즘 잘 만나주지도 않아서 이제는 그가 자기를 사랑하지 않는다는 느낌조차 드는 상황이었다. 그런데다 마 교수한테까지 섹스를 거절당하니 정말 죽고 싶었다. 그녀는 집에 돌아가서 밤새 소리내어 울었다.

3

시내는 그후 한달 간을 폐인처럼 지냈다. 시험이 중간에 있었으나 대충 보았다. 시험성적을 보니 그녀의 인생 처음으로 꼴등을 했다. 그래서 그녀의 충격을 너무나 컸다. 성수는 요즘 거의 만나주지를 않았다. 가끔은 만났지만 만나자마자 공부로 바쁘다는 핑계를 대며 중앙도서관으로 공부하러 가버렸다. 그래서 시내는 거기에 대한 화풀이로, 마 교수에 대해 애끓는 감정을 더욱 주체하지 못할 지경에 이르렀다. 그러다가 그녀에겐 극단적인 마광수 교수 꼬시기 작전이 생각났다. 그것은 터무니없게도 마 교수를 납치해서 강간해버리자는 것이었다. 그녀는 이렇게 혼잣말을 했다

"이렇게 내가 폐인처럼 지낼 수는 없어. 나는 나의 성욕을 이렇게 가만히 방치할 수 없어. 나는 어떻게 해서든지 마 교수하고라도 섹스를 하고 말거야."

한참 더 궁리를 하다가 시내는 서비스 센터를 불렀다. 그리고 갖고 있는 돈을 톡톡 털고, 친구들에게서도 꾸고, 집에다가 책과 옷 살 돈이라고 거짓말을 하여 돈을 울궈내는 등 여러 방법으로 어렵사니 자금을 마련하여 500만 원을 주었다. 그리고 나서 그녀는 이렇게 요구했다.

"마광수 교수를 납치해서 성북동 120번지 지하실로 데리고 오세요."

"예, 알겠습니다."

요즘이 사상 최악의 불경기라서 그런지, 500만 원 정도의 적은 돈에도 서비스 센터 사내는 아주 쉽게 대뜸 수락을 했다.

마광수 교수의 집 앞에서 마 교수는 납치되었다. 건장한 남자가 나타나 갑자기 전기침을 쏘더니 마 교수를 기절시켰다 그리고 황급히 마 교수를 대형 트렁크에 넣어 차로 이동시켰다. 그런 다음 시내의 집인 성북동으로 끌고 갔다. 한참 후 마 교수가 마비상태에서 깨어났다. 깨어나보니 마 교수는 십자가에 손과 발이 묶인 채로 발가벗겨져 있었다. 시내네 집안 식구들이 거의 사용하지 않는 지하실이었다. 마 교수는 어둑어둑한 지하에 갇혀서 마치 예수처럼 십자가에 묶여 있었다. 게다가 마 교수는 완전히 발가벗겨져 있었다. 마 교수는 놀라서 외쳤다.

"누구야? 나를 이렇게 한 것이!"

누군가 보이는 듯했다. 마 교수는 그 사람을 보고 소스라치게 놀랐다. 전에 자기에게 찾아와 상담을 하고 섹스를 나누자고 했던 그 여학생이었다. 그녀는 속이 비치는 야하디야한 가운을 걸치고 있었다. 그리고 인조손톱 티가 안 나는 정말로 길디긴 손톱이 손가락들 끝마다 붙어 있었다.

"너 왜 이러는거야?"

"그러니까 교수님, 그때 내 요청에 허락을 하셨어야죠."

"나쁜 년…… 너 이름이 뭐야?"

"노시내예요. 호호호…… 아주 보기 좋네요. 마광수 교수님."

"당장 나를 풀어주지 못해?"

"절대로 못 풀어줘요. "

그러더니 그녀는 입고 있던 가운을 벗어버렸다. 속은 완전히 알몸이었다. 하얀 속살이 보였다. 마 교수는 소스라치게 놀랐다. 거의 처음 보는 완벽한 여성의 몸매였다. 하얀 속살과 균형잡힌 체형과 거무스레한 음모, 그리고 정말 만지고 싶은 곧게 뻗어내린 다리와 한창 물이 오른 젖가슴…… 정말 완벽한 외양이었다.

그녀를 처음 보았을 때 마 교수는 납치된 인질의 몸인데도 불구하고 마 교수 특유의 롱 네일 페티시즘(long nail fetishism)의 시각적 오르가슴에 빠져들었다. 우선 그녀의 길디긴 손톱에 눈이 팽 돌아갔다. 손톱들이 손 끝에서 적어도 10센티미터 정도는 뻗어나가 있었다. 구부러들며 휘어진 정도가 들쭉날쭉한 것을 보니 자연스럽게 만들어진 최상품(最上品)의 모조 손톱을 붙인 게 분명했다. 지난번에 연구실로 찾아왔을 때는 손톱이 짧았기에, 모조 손톱이란 건 확실했다.

열 개의 손톱들은 각각 다른 빛깔의 매니큐어로 채색되어 있었고, 파란색, 까만색, 황금색, 노란색 등 현란하고 그로테스크한 색깔의 매니큐어 위에는 자잘한 은색 반짝이들이 붙어 있었다. 특히 왼손 새끼손가락과 집게손가락,그리고 오른손 엄지손가락과 가운데손가락의 손톱 끝에 구멍을 뚫고서, 작은 보석들로 이어진 10센티미터가량 되는 길이의 체인을 늘어뜨리고 있는 것이 인상적이었다. 그녀는 손을 움직일 때마다 손톱이 다칠까봐 조심스러워하는 모습을 보였는데, 아주 나태한 동작이라 무척이나 우아하면서도 귀족스러워 보여 마 교수의 성감대를 자극시켰다. 시내는 날카로운 손톱 끝이 손등을 찌르지 않도록 손가락들을 부챗살처럼 쫙 펴고 있는 모습이 소름끼치는 마녀 같아도 보였다. 가끔씩 손을 움직일 때도 그녀의 손가락들은 마치 너울너울 느린 무용을 하고 있는 것처럼 보였다.

실오라기 하나 안 걸치고 있는 시내가 마 교수를 그윽한 눈빛으로 응시했다. 엄청나게 굽이 높은 하이힐을 신고 있는 시내가 마 교수에게 다가왔다. 그러더니 이렇게 말했다.

"교수님, 이제 나는 교수님에게 존칭을 쓰지 않을 거에요."

"뭐라고?"

"야, 광수야!"

마 교수는 말이 없었다. 체념한 듯했다 아무리 애써도 현재로는 빠져나갈 길이 없었다. 마교수는 시내의 아찔하게 음란한 몸을 보고 자기의 페니스가 서는 것을 느꼈다. 시내는 마 교수 앞으로 가서 페니스를 빨기 시작했다. 마 교수는 돌연한 공격에 움찔했다. 시내는 마 교수의 자지를 오랫동안 핥고 빨았다. 마 교수의 자지에서는 어느새 정액이 흘러나오고 있었다. 펠라티오를 끝낸 후 시내는 구석에 있는 채찍을 들고 왔다. 그리고 싸늘한 어조로 말했다.

"광수야, 이제 나를 보고 여왕님이라고 해라."

"너는 학생인데 교수를 가지고 이렇게 해도 되는 거냐?"

마 교수의 말이 끝나기 무섭게 채찍이 날라왔다.

"아아아아악……!"

마 교수는 아픔의 비명 소리를 질렀다. 시내는 흐뭇한 웃음을 웃으면서 얘기했다.

"그래도 너 나랑 섹스 안 할래?"

말하면서 시내는 마 교수의 머리통을 채찍으로 내리 갈겼다.

"억…… 아닙니다…… 여왕님."

드디어 마광수 교수가 굴복한 것이다.

"잘한다. 그래 그렇게 대답해야 하는 거야. 너 내가 하는 말을 똑같이 따라해라. 여왕님 제발 저의 누추한 자지를 애무해 주세요."

"여왕님 제발 저의 누추한 자지를 애무해 주세요."

그러면서 시내는 마 교수의 자지를 가지고 장난을 치기 시작했다. 돌려도 보고 눌러도 보고 콕콕 찌르기도 하고, 그리고 게임기처럼 손으로 잡고 오른쪽 왼쪽으로 돌려보기도 했다. 그리고 손으로 마 교수의 불알을 톡톡 치기도 했다. 다시 그녀가 말했다.

"광수야."

"예, 여왕님"

"내 가슴을 한번 애무해 보거라."

"예 알겠습니다."

마 교수는 그녀의 가슴을 혓바닥으로 애무하기 시작했다. 그러자 시내는 쾌감을 느끼기 시작했다. 그런데도 그녀는 채찍으로 마 교수를 계속 내리쳤다.

"아아악……!"

마 교수의 비명 소리.

"광수야, 한 대 맞을 때마다 성은이 망극하옵나이다 하고 큰 소리로 외치도록 해라."

그러고서 시내는 채찍으로 내리쳤다.

"억!…… 성은이 망극하옵나이다."

한 대 또 때렸다.

"억! 성은이 망극하옵나이다."

마광수 교수는 어느샌가 시내 앞에서 순진한 양이 되어버렸다. 마 교수는 계속해서 피가 나도록 얻어맞았다. 마치 예수가 골고다 언덕에 올라가기까지 로마 병사들에게 수많은 채찍질을 당한 것처럼, 십자가에 매달려 실오라기도 걸치지 않은 시내에게 매를 맞고 있었다. 시내는 십자가에 매달려 있는 마 교수에게로 갔다. 그리고서 자기의 보지에 마 교수의 자지를 집어넣었다. 마 교수는 힘든 자세인데도 피스톤 운동을 하기 시작했다. 한 20분 정도 한 후 시내는 뒤로 가서 딸기쨈을 가져왔다. 그리고 마 교수의 자지에 손가락으로 바르기 시작했다. 또 자기의 가슴에다가도 발랐다. 그리고 그녀의 가슴골 사이로 마 교수의 자지가 왔다갔다하게 했다. 마 교수는 더욱 음험한 신음소리를 내뱉었다. 시내는 자지에 묻어있는 쨈을 자기가 모두 핥아 먹었다. 그런 다음 시내는 자기의 보지 구멍과 항문 주위에 쨈을 바르고서 의자 위로 올라가 묶여 있는 마 교수에게 빨아 먹을 것을 지시했다. 마 교수는 순한 양이 되어 시내의 지시에 따르고 있었다.

그 뒤에 시내는 카메라를 가져와서 마 교수의 나체를 여러 모양으로 찍었다. 십자가에 묶여 있는 모습, 채찍에 맞는 모습, 그의 자지를 가지고 자기가 장난치는 모습까지 모두 찍었다. 그리고 나서 그녀가 말했다.

"광수야, 이제 다 찍었어. 오늘 우리에게 있었던 일을 발설하면 어떻게 되는지 알지? 이걸 인터넷에 공개하여 너를 교수직에서 짤리게 할 거야."

"예…… 알겠습니다. 여왕님."

시내는 이제 알몸을 가려주는 옷을 하나씩 하나씩 입기 시작했다. 그리고 지하실을 나갔다. 곧이어 건장한 사내가 들어오더니 마 교수에게 전기충격을 가하고, 마교수는 기절했다.

마광수 교수가 깨어나보니 연세대 외솔관 자기 연구실이었다. 시계를 보니 오전 11시였다. 꼼꼼히 생각을 해보니 어제 오후에 납치되어 밤새도록 성고문을 받은 것이다. 곧 12시 강의가 있었다. 겨우 정신을 수습하고 강의를 하러 가는데 노시내를 봤다. 시내가 생글거리며 얘기했다.

"마 교수님 안녕하세요?"

마 교수는 얼떨결에 대답했다.

"어, 안녕."

시내가 초초초 미니스커트를 입고서 총총히 걸어가는 모습이 보였다.

황진이

나는 원래 동양적 아름다움보다 서구적 아름다움을 좋아한다.
그건 내가 동양인으로 태어났기 때문에, 바다 건너 이국풍(異國風)
의 미(美)를 동경하는 익조티시즘(exoticism)에 당연히 빠져들 수
밖에 없어서일 것이다.

나는 어렸을 때부터 매니큐어를 바른 긴 손톱이나 높은 뾰족구
두를 미치도록 좋아하는 등, 서양식 페티시즘(fetishism)에 대한 동
경이 남달리 강했다. 나는 한복을 입은 여자에게서 성적 매력을 느

껴본 적이 한번도 없다. 그래서 나는 앞가르마를 타고 곱게 쪽을 진 머리에 오이 씨 같은 버선, 그리고 흰 목이 날렵하게 드러나는 저고리의 동정 선(線) 등을 통해 페티시즘적 감흥에 빠져든다는 것은 상상할 수조차 없었다.

특히 나는 둔탁하게 짧은 손톱에다 칙칙하고 희멍드레한 빛깔의 붉은빛 봉숭아물을 들여놓고, 그것을 보며 아름답다고 하는 것을 이해할 수가 없었다. 매니큐어를 바른 긴 손톱과는 도무지 게임이 안 된다고 생각됐기 때문이었다.

또 중국이 비록 우리 나라보다는 야한 문화를 가진 나라라곤 하지만, 여자의 발을 꽁꽁 묶어 전족을 만들어놓고 그것을 보며 관능적 흥분을 느꼈다는 것도 잘 납득이 가지 않았다. 물론 기형적으로 작아진 발로 뒤뚱뒤뚱 걷는 모습을 보며 묘한 사디즘을 맛봤다는 사실에는 이해가 갔다. 하지만 송곳처럼 뾰족한 굽의 하이힐을 신고 불편하고 아슬아슬하게 걷는 서양 여자의 섹시한 걸음걸이와는 역시 비교가 안 된다고 생각되었다.

나의 이러한 미관(美觀)은 어찌 보면 미스 코리아 대회 같은 데서도 한국식 미녀보다 늘씬한 팔등신의 서양식 미녀만 찾는 요즘의 미관과도 부합되는 것이라서, 하나도 이상할 게 없을지 모른다.

하지만 나는 양장한 여자보다 한복 입는 여자가 훨씬 더 많았던 어린 시절부터 내가 서구식 관능미만을 좋아했다는 사실이 이상하게 여겨질 때가 많다. 그래서 나의 전생(前生)이 혹시 서양인, 그것도 보들레르 같은 탐미주의자가 아니었나 하고 생각해 볼 때가 많은 것이다.

아무튼 그래서 내 '섹슈얼 판타지(sexual fantasy)' 중에 동양 미인이 등장한 적은 한번도 없었다. 은(殷)나라 주왕(紂王) 등 주지육림 속에서 논 동양의 폭군들이 등장한 적은 있었지만, 주변의 여자들은 모두 이집트나 페르시아풍의 미녀들이거나 높은 하이힐을 신고 긴 손톱을 한 서구풍의 현대 미인들이었다.

하지만 그런 가운데서도 내가 은근히 사모하게도 되고 또 그 실제 모습이 과연 어떠했는지 궁금해지기도 하는 동양 미인이 하나 있었으니, 그가 바로 우리 나라 조선조의 기생 황진이(黃眞伊)였다.

예로부터 걸출한 동양 미인으로 알려진 여자들은 중국 여자가 대부분인데, 이를테면 당나라의 양귀비(楊貴妃)나 오나라의 서시(西施), 그리고 한나라의 비연(飛燕) 같은 여자들이 그들이다.

그러나 중국 여자들은 아무리 미인이라 해도 대개 펑퍼짐한 얼굴을 하고 있다. 중국인들은 원래 과장법이 심하여 '경국지색(傾國之色)'이니 '화용월태(花容月態)'니 하며 들입다 뻥튀기를 해대지만, 요즘 유명한 중국 여배우들을 봐도 대부분 우리 입맛에 안 맞는 미모를 가지고 있다. 아니, 입맛에 안 맞는 게 아니라 아무래도 한국 여성들만 못한 것이다. 미모에 있어서만은 확실히 한국 여성이 중국 여성이나 일본 여성보다 한 수 위인 것 같다.

물론 얼굴이 예쁘면 키가 작고 키가 크면 얼굴이 큰 게 한국 여자의 특징이라서, 얼굴이 조막만하게 작고 예쁘면서 키도 늘씬한 서구 여성들의 현대미에는 훨씬 못 미친다. 하지만 '동양적인 미'로 범위를 한정시킨다고 할 때, 한국 여성들은 그만하면 빼어난 용모를 지니고 있다고 볼 수 있다.

특히 '코'가 그러한데, 예컨대 배우 송혜교의 코(절대로 수술한 코가 아니다)는 중국이나 일본 여배우들과 비교가 되지 않을 정도로 예쁘다. 중국 여배우들 중엔 왕조현이 제일 예쁜 코를 가졌다고 볼 수 있지만, 콧구멍이 들여다보여 아무래도 송혜교만은 못한 것이다. 일본 여자들의 코는 중국 여자 코보다는 낫지만 원체 다들 이빨이 못생긴데다 오종종한 체형을 가지고 있어 영 섹시한 맛이 없다.

그래서 나는 황진이가 기록에 전해오는 대로 아주 빼어난 미모를 가지고 있었을 거라고 생각하여 은근히 사모하게 되었는데, 진짜 이유는 사실 다른 데 있었다. 즉 그녀가 글자 그대로 '재색(才色)'을 겸비한 여인이었다고 모든 기록이 증언하고 있다는 점과, 그녀가 당시로서는 상당히 자유분방한 성관(性觀)을 가진 '야한 여자'였다는 점이 한데 합쳐, 나로 하여금 궁금증을 느끼게 했던 것이다.

나는 말로는 백치미를 가진 여자를 좋아한다고 떠들어대면서도 속으로는 은근히 '똑똑하면서 예쁜 여자'를 찾고 있었던 셈이다. 역시 내가 촌스러운 얼간이 서생(書生) 기질을 못 버리고 있기 때문인지도 모른다.

어쨌든 황진이는 용감한 여성이었다. 그녀는 몸을 팔아가며 애인과 함께 명산을 순례했고, 달이 잠긴 술잔을 들었으며, 애정에 있어 자유로웠다. 천재는 시대를 앞지른다는 말이 있지만, 사실상 이 세상에 자기 시대보다 오백 년 세월을 앞질러 살았던 사람이 과연 몇이나 될 것인가?

게다가 요즘까지도 왈가왈부되는 순결의 문제를, 오직 순결만이 생의 전부였고 육체적 정조만이 순결의 척도였던 당시에 용감하게 걷어차버리고 기류(妓流)로 뛰어든 것은, 그녀가 얼마나 주관이 뚜렷하고 진실에 용감했었나 하는 것을 단적으로 증명해 주고 있는 것이다.

당시의 교방(教坊)을 배경으로, 그녀는 적극적인 태도로 때로는 사랑하고 때로는 매몰찼다. 자신이 사회의 위선을 뚫고 나온 이상 자신의 애정을 솔직히 보여줬으며, 위선적인 인물에 대해서는 통쾌한 냉소로 답해 주었던 것이다.

그래서 나는 요술램프의 요정 세헤라자데에게 황진이를 만나러 가게 해달라고 부탁하였다. 그랬더니 세헤라자데는 처음엔 약간 질투심 어린 표정을 지었다. 하지만 그녀는 곧 자기가 램프의 노예라는 사실을 시인하고 내 청을 들어주었다.

"저를 빼놓고 주인님 혼자서만 가시게요?"

"응, 이번엔 나 혼자 가고 싶어. 필요할 땐 너한테 도움을 요청할게."

그녀는 섭섭해하는 얼굴로 고개를 끄덕였다.

"그런데…… 내가 좀 젊어져서 가면 안 될까? 난 황진이가 20대 나이일 때로 가고 싶거든."

내가 이렇게 세헤라자데에게 부탁하자 그녀는 배시시 웃으면서 고개를 가로 젓는 것이었다.

"아니에요. 지금 모습만으로도 충분하니까 염려 마세요. 황진이가 서화담(徐花潭)에게 빠졌을 때 서화담은 50대의 나이였어요. 그때 황진이는 20대였고요. 주인님께서는 똑똑한 체하는 여자들일수록 연상의 남자를 좋아한다는 사실을 모르고 계시군요."

그래서 나는 약간 찝찝한 채로 과거로의 시간여행을 떠나게 되었다.

세헤라자데가 나를 돈 많은 양반 풍류객으로 만들어준 건 물론이었다. 방문 시기를 황진이가 몇 살 때로 잡을까 고심하다가, 그녀가 벽계수(碧溪水)와 지족선사(知足禪師), 그리고 서화담 등을 거친 20대 후반의 시기를 택하기로 하였다.

사실 나는 황진이가 10대 후반의 나이였을 때로 방문 시기를 잡고 싶었다. 그래야만 그녀의 어리고 예쁜 얼굴을 볼 수 있기 때문이었다. 하지만 그렇게 하면 그녀를 거쳐간 여러 남자들에 대해서 알아볼 도리가 없었다.

나는 어머니의 고향이 개성이기 때문에, 어머니로부터 개성(開城) 즉 송도(松都)의 깨끗한 거리 풍경과 그곳 사람들의 경위 바르고 세련된 매너 등에 대해 많이 들어왔으므로 크게 기대가 되었다.

그런데 타임머신을 타고 개성에 도착한 순간 우선은 금세 실망이 될 수밖에 없었다. 너무 작고 답답한 도시였기 때문이었다. 그러나 이러저리 한참 동안 돌아다녀본 결과 내 첫인상을 수정하지 않을 수 없었다. 아담한 가운데 운치가 있고, 잔잔한 분위기 속에 따스한 인정이 흘러 흡사 고향을 찾아온 것 같은 기분이 들었기 때문이었다.

길은 포장이 되어 있지 않았지만 모래땅이라서 보송보송했고, 곳곳에 서 있는 짙푸른 나무들이 한결 푸근한 정취를 자아내고 있었다. 흡사 용인에 있는 민속촌을 찾아갔을 때의 기분과도 같았다.

황진이의 집은 송악산 기슭에 있었는데, 작지만 단아한 기와집이었다. 나는 두근거리는 가슴을 안고 황진이의 집 앞에 이르러 대문을 두들겼다. "이리 오너라" 하고 거드름떠는 소리를 내며 옛스러운 방문 절차를 밟고 싶었지만, 왠지 쑥스러운 생각이 들어 보통 때하던 식대로 한 것이었다.

대문이 열리며 식모인 듯싶은 아줌마가 나왔다. 내가 명월이(황진이의 기생 이름)를 만나고 싶어 찾아왔다고 하니까 그녀는 두말 않고 나를 들여보내 주었다. 생각보다 절차가 간단하여 나는 조금 맥빠진 기분이 들었다.

진이의 방에 안내되어 들어가니 진이는 혼자서 술을 마시고 있었다. 뭔가 스트레스에 지쳐 있는 모습이었다.

뭣보다도 나는 그녀의 얼굴 생김새가 궁금했으므로 별다른 수작을 걸지 않고 우선 그녀의 얼굴을 요모조모 관찰해 보았다. 황진이를 찾아온 첫째 목적이 과연 그녀가 절색이냐 아니냐를 알아보기 위함이기 때문이었다.

키는 한 1백 62센티미터쯤 되는 것 같아 보여 예전에 내가 좋아했던 탤런트 이미숙의 체구와 비슷했다. 우유에다 백설탕을 살짝 혼합한 색깔의 피부가 얼음처럼 투명했다. 오뚝한 코가 빚어놓은 것처럼 예뻤고, 입술은 짙은 꽃자주색 루즈를 발라놓은 것처럼 붉었다. 눈은 물론 쌍꺼풀진 것은 아니었지만 초롱초롱 맑았고, 무엇보다도 초승달 같은 눈썹이 고왔다. 털을 다 뽑고서 일부러 그려놓은 것 같았다. 정말로 명불허전(名不虛傳)인 셈이었다.

나는 순간 숨이 막히는 듯한 기분을 느꼈다. 진이의 얼굴은 미녀 그 자체였다. 화장을 전혀 하지 않았는데도 붉은 입술과 희디흰 피부가 사무치게 어울리고, 거기에다가 눈썹의 뚜렷한 선이 어우러져 짙고 생생한 느낌을 주었다. 흡사 동양식 미녀를 본떠 만든 마네킹을 마주 대하고 있는 것 같았다.

"술 한잔 드실래요?"

얼렐레 얼이 빠져 있는 나에게 진이가 말을 붙이며 술잔을 건넸다. 흡사 옛 친구라도 대하고 있는 것 같은 말투였다. 나는 그녀의 세련된 매너에 감탄하며 흥분을 가라앉힐 겸 해서 그녀가 주는 술을 받아 단숨에 들이켰다.

"용케도 적시(適時)에 찾아오셨군요. 어디서 온 뉘신지요?"

진이가 말했다.

"서울…… 아니 한성에서 온 마광수입네다."

"그러세요? 반갑네요. 이곳 송도에는 마씨(馬氏) 성을 가진 분들이 많지요. 그런데 이상하군요. 마씨 성을 가진 분이 어떻게 그토록 어마어마한 양반 복색을 하셨지요? 마씨는 양반이 아닌데요."

"돈을 벌어서 벼슬을 샀시다."

나는 적당히 얼버무려두었다. 어쩐지 등에서 식은땀이 났다.

"아무래도 좋아요……. 전 지금 돈이 필요하니까요. ……사실은 화담(花潭) 선생이 돌아가신 충격 때문에 서너 달 손님을 안 받고 있었어요. 그래서 오늘부터는 손님을 받기로 하고 절 찾아오는 분이 있으면 무조건 받아들이라고 해주댁(海州宅)한테 말해 뒀었지요. 그리고 보니 우리는 인연이 깊군요."

말하는 품이 아주 활달하고 솔직했다.

"화담 선생이 돌아가신 건 너무나 안됐습니다. 연세가 이제 겨우 쉰여덟이시니 너무 일찍 타계하신 셈이지요. ……그래 화담 선생하고는 얼마 동안이나 지내셨는지요?"

내가 책에서 본 대로 화담의 나이까지 대가며 맞장구를 쳐주자 진이는 신나는 표정을 했다.

"자그마치 3년이에요, 3년. 그동안 전 전혀 손님을 받지 않고 지냈죠. 그래서 이렇게 빈털터리가 되어버렸어요."

"왜, 화담 선생께서 생활비를 대주지 않으셨습니까?"

"생활비를 대주긴요. 오히려 제가 그분의 생활비를 대드렸는걸요. 그분은 경제력이 전혀 없는 분이었어요."

"그런데 왜 그토록 그분을 사모하셨습니까? 당신은 '송도삼절(松都三絶)'로 박연폭포와 화담 선생, 그리고 명월(明月) 곧 당신을 꼽으셨다지요?"

"그분의 양물(陽物)이 거룩했기 때문이죠. 그분은 도학(道學)에 조예가 깊으셨고, 특히 방중술(房中術)에 뛰어나셨으니까요. ……

그런데 손님은 참 이상한 분이시로군요. 저한테 꼬박꼬박 공대를 하시니 말이에요. 아무리 돈을 주고 산 벼슬이라고는 하지만 일단 그 정도 위치가 되셨으면 저한테 하대를 하셔도 되는데요."

"당신을 마음속 깊이 연모해 왔기 때문입니다. 직접 만나뵙고 보니 당신은 정말 보기 드문 미인이십니다."

"뭘요, 저도 이젠 한물갔지요. 벌써 스물아홉인걸요."

나는 그녀가 스물아홉 살이라는 것을 확인하고 나서 새삼 깜짝 놀랐다. 아무리 봐도 갓 스물로밖에 안 보였기 때문이었다.

"몇 살 때부터 기적(妓籍)에 올랐습니까?"

"열다섯 살 때부터예요. 이제 벌써 14년이 지난 셈이지요. 기생 나이로는 고희(古稀)인 셈이죠. 자, 제게 화대를 얼마나 주시겠어요?"

진이가 돈을 보채는 걸 보니 돈을 벌기로 아예 작심한 모양이었다. 나는 그녀가 돈 얘기부터 꺼내는 데 정나미가 떨어졌지만, 말하는 품이 하도 예뻐서 금세 불쾌감을 털어버릴 수 있었다.

"대체 얼마를 원하십니까?"

"많으면 많을수록 좋지요. 그래야 한 이삼 년 또 손님을 받지 않고 지낼 수 있으니까요."

"그럼 너무 심심하지 않나요?"

"심심하진 않아요. 이젠 보통 남정네들한테는 관심이 없어졌거든요. 정 심심하면 이곳저곳 유람을 다닐 수도 있구요."

"한 백만 냥 드리면 되겠소?"

진이의 눈이 휘둥그레졌다. 그러나 그녀는 곧 샐쭉한 웃음을 흘리며,

"아이 손님두, 제발 농담 그만하세요."

하고 말했다.

백만 냥이 아주 큰 돈인 모양이었다. 그래서 나는 소피를 보러가는 체하며 잠시 방을 빠져나와 변소로 갔다. 그리고는 내 자지를 잡고 서너 번 흔들며 '야하디야하다 야하디야하다 쌍!' 하고 주문을 외워 세헤라자데를 불러냈다.

그러자 금세 세헤라자데가 나타났다. 그래서 나는 그녀에게 "백만 냥을 가져와" 하고 명령했다. 세헤라자데는 약간 샐쭉한 얼굴을 하며 잠깐 동안 꺼져 없어졌다가 다시 나타났다. 그녀의 손엔 1백만 냥짜리 어음 한 장이 쥐어져 있었다.

나는 세헤라자데가 아무래도 샘을 내고 있는 것 같아, 문득 그녀가 갖고 온 어음이 가짜일지도 모른다는 생각을 하게 되었다. 그래서 나는 그녀에게,

"이왕이면 현찰로 갖다 줘. 그래야 내가 진이한테 좀더 생색을 낼 수 있지."

하고 말했다. 그랬더니 세헤라자데는,

"현찰은 너무 무거워요. 지폐가 아니라 엽전이니까요."

하고 말대답을 하는 것이었다. 그래서 나는 그녀가 내게 소속된 노예라는 사실을 다시 한 번 상기시켜 주고 싶어서, 일부러 화를 내는 체하며 뺨을 한 대 세게 때려주었다.

"램프의 요정이라는 년이 그래 그까짓 1백만 냥이 무겁다고 그래? 잔소리 말고 냉큼 가져다가 마당에다 쌓아놔!"

내가 이렇게 화가 난 음성으로 소리지르자 세헤라자데는 찍 소리 한번 못하고 내 앞을 물러났다. 그녀가 나한테 꼼짝 못하는 모습을 보니 새삼 기분이 흐뭇해졌다.

변소에서 나와보니 돈궤짝을 실은 나귀들의 행렬이 벌써 문 앞에 이르러 있었다. 10여 명의 하인이 딸려온 것은 물론이었다. 하인들은 돈 궤짝을 내려 마당 위에 쌓아놓고서 사라졌다. 그 사이에 황진이는 방문을 열고 마당 위에 쌓이는 돈 궤짝들을 내다보고 있었는데, 나는 그녀의 얼굴빛이 환해지는 것을 금세 알아볼 수 있었다.

내가 다시 진이의 방에 들어가자 그녀는 반색을 하며 나를 맞아주었다. 전해오는 얘기보다는 돈을 밝히는 셈이었다.

"돈이 그렇게 좋아?"

나는 그녀에게 이번엔 반말로 물었다. 돈을 줬으니까 이젠 하대를 해도 괜찮을 것 같다는 생각이 들었기 때문이었다.

"그럼요. 돈 싫어하는 기생이 어디 있겠어요? 저도 이제 조금만 더 나이를 먹으면 퇴기(退妓)가 되는데, 의지할 데라곤 돈밖에 없지요."

말하는 품이 너무나 평범한 화류계 여성처럼 보여 나는 조금 실망이 되었다. 그래서 나는 진이에게 궁금했던 것을 물어보았다.

"대체 당신은 어떤 집안 출신이지? 내가 야사(野史), 아니 누가 쓴 글에 나온 걸 보기로는, 황 진사의 서녀(庶女)라고도 하고 여기저기 노래를 부르고 다니던 맹녀(盲女)의 딸이라고도 하는 두 가지 설(說)이 있던데……."

그랬더니 황진이는 별 이상한 사람 다 봤다는 식으로 시큰둥한 표정을 하며 이렇게 대답하는 것이었다.

"손님은 참 이상한 분이시로군요. 제 어머니가 장님 거지였다는 것은 세상 사람들이 다 아는 사실인데요."

전부터 내가 짐작으로 추측했던 것이 들어맞은 셈이었다. 황진이는 천한 신분으로 태어난 여자인데, 자색이 워낙 출중하다 보니 후세에 가서 출신 성분이 뻥튀겨진 것이었다.

박혁거세가 알에서 나오고 예수가 하느님의 아들이고, 헤라클레스의 아버지가 제우스 신(神)이라는 식으로, 훌륭한 인물은 그 출생 배경부터 들입다 뻥튀겨지는 수가 많다. 황진이의 경우는 워낙 천한 신분이다 보니 양반의 서녀(庶女) 정도로만 과대포장되는 데 그친 모양이었다.

그래서 나는 이왕 내친 김에 한 가지 더 물어보았다.

"시에 매우 능하다고 하던데, 그런 신분으로 어떻게 글을 배울 수 있었지?"

그러자 황진이는 이번엔 눈을 더 둥그렇게 뜨며 한결 놀라는 표정을 했다.

"제가 시를 잘 쓴다구요? 전 글을 읽을 줄 몰라요. 그저 언문이나 깨친 정도지요. 화담 선생이 제게 진서(眞書)를 가르쳐주려고 했지만 너무 골치가 아파 그만두고 말았죠."

그럼 그녀가 썼다는 걸작 한시, 예컨대『송소양곡귀경(送蘇陽谷歸京)』같은 작품은 후세의 위작이었단 말인가.

독자들 중엔 이 한시를 모르는 분이 계실 것 같아 여기에 원문과 번역문을 한번 소개하고 넘어갈까 한다. 제목을 번역하면「서울로 가는 소양곡을 송별하며」정도가 될 것이다.

月下梧桐盡 霜中野菊黃

樓高天一尺 人醉酒千觴

流水和琴冷 梅花入笛香

明朝相別後 憶君碧波長

달빛 깔린 뜰에는 오동잎 지고
서릿속에 들국화 노랗게 피네

다락은 하늘에 닿을 듯하고
술에 취해도 오가는 잔은 끝이 없네

차갑게 흐르는 물소린 거문고랄까
매화 향긴 그윽히 피리에 감돌고야

내일 아침 우리 둘 헤어진 뒤면
그리운 정은 길고 긴 물결이랄까

이왕 한시 한 편을 소개했으니, 그녀가 썼다고 전해지는 시조 중에서 가장 절창이라고 생각되는 시조 세 편을 다시 또 소개해 보기로 하자.

동짓달 기나긴 밤을 한 허리를 버혀내어
춘풍(春風) 이불 아래 서리서리 넣었다가
어른님 오시는 날 밤이여드란 구비구비 퍼리라

어져 내일이야 그릴 줄을 모르던가
이시랴 하려면 가랴마는 제 구태여
보내고 그리는 정은 나도 몰라 하노라

청산(靑山)은 내 뜻이요 녹수(綠水)는 님의 정이라
녹수 흘러간들 청산이야 변할손가
녹수도 청산 못 잊어 울어예어 가는고

나는 진이에게 그럼 시조는 지을 줄 아느냐고 물어보았다. 역시 모른다는 대답이었다. 그리고나서,

"전 보통 기생들하고는 좀 종류가 달라요. 잡다한 기예(技藝)를 배우지 않고 오로지 얼굴 하나로만 기생이 되었으니까요."

하고 꼬리를 달았다. '재색겸비'라는 말은 완전히 허언(虛言)인 셈이었다.

말을 마치고서 진이는 하녀에게 술상을 하나 근사하게 차려내오라고 시켰다. 술상이 들어오자 그녀와 나는 권커니 작커니 하며 술을 마셨다. 발갛게 홍조를 띤 진이의 얼굴은 보면 볼수록 예뻤다.

대체로 얼굴이 예쁜 여자는 두 종류로 나누어진다. 하나는 지나치게 악하고 요사스러워 남자들을 괴롭히는 형이요, 다른 하나는 지나치게 선하여 남자들을 싫증나게 만드는 형이다. 선하지도 악하지도 않은 미인이란 한마디로 성격이 없는 여인, 다시 말해서 개성이 없고 미련한 형이기 쉽다.

술에 취한 황진이의 얼굴은 확실히 요사스런 미인형에 가까웠다. 그래서 나는 마음씨가 착한 여자는 야한 여자가 될 수 없고, 한국 여자는 확실히 키가 너무 크면 안 된다고 생각하게 되었는데, 키가 1미터 75가 넘는 모델형의 미인은 아무래도 개성 없는 싱거운 얼굴형이 되게 마련이기 때문이었다.

황진이는 비슷한 체형을 가진 송혜교나 김태희, 그리고 김희선의 얼굴 정도 가지고는 비교가 안 될 정도로 요염하였다. 황진이는 투명하리만치 흰 피부를 가지고 있어, 요사스런 아름다움을 묘하게 감싸 청순한 백치미처럼 보이게도 하는 것이었다.

술을 더 마셨다가는 내 자지가 쪼그라들 염려가 있어, 나는 술을 이제 그만 마시고 서로의 육체를 신나게 희롱해 보자고 말했다. 그러자 진이는 기다렸다는 듯 고개를 까딱이며 서둘러 비단 금침을 폈다.

그녀는 내가 시키기도 전에 옷을 다 벗어내렸는데, 봉긋한 젖가슴하며 잘록한 허리가 과연 천하일품이었다. 진이는 내 옷을 벗겨주며 이렇게 말했다.

"1백만 냥이나 주셨으니 제가 최대한 성의 표시를 해드려야겠지요. 우선 퉁소부터 불어드릴게요."

진이는 나를 금침 위에 편하게 눕힌 뒤 내 다리 가랑이 사이에 꿇어앉아 정성껏 펠라티오를 해주었다. 조선시대엔 펠라티오를 가리켜 '퉁소 불기'라고 표현했던 모양이었다. 입술놀림과 혀놀림이 어찌나 보드랍고 살풋한지 흡사 구름 위에서 노니는 기분이었다.

내 자지가 적당히 부풀어오르자 그녀는 내 사타구니 위에 똥누는 자세로 앉았다. 그런 다음 마치 개구리가 '쪼그려 뛰기'를 하는 것처럼, 엉거주춤하게 앉은 자세로 수없이 왕복운동을 하는 것이었다. 아마 천 번도 넘는 것 같았다. 나는 전혀 힘을 쓸 필요도 없이 그저 가만히 누워 있기만 하면 되었다. 원체 허약체질인데다가 술을 마시고 난 뒤끝임에도 불구하고, 내 자지는 신기하리만치 늠름한 기세를 보이고 있었다.

그토록 가냘파 보이는 몸매에서 어떻게 그런 힘이 나오는지 신기하기만 했다. 진이의 넓적다리 근육은 마치 강철로 만들어진 스프링과도 같았다. 그래서 나는 마음속으로, '그러면 그렇지, 네게 이런

비기(秘技)가 있었기에 그토록 많은 사내들을 홀릴 수 있었지, 단순히 얼굴 하나로 사내들의 마음을 녹여낼 수 있었겠느냐 하고 중얼거렸다.

그러면서 나는 언젠가 역술에 능통하다는 어느 점술가를 만나봤던 일을 상기하게 되었다. 그 역술인은 내 사주(四柱)를 감정하고 나서 말하기를, "당신은 온몸의 양기란 양기가 모두 입, 즉 글발로만 몰려 보통 때의 정력은 형편없게 되어 있소. 그러나 진짜로 속궁합이 맞는 여자를 만나게 되면 변강쇠보다도 더 센 정력이 솟구치게 됩니다"라고 결론내렸기 때문이었다.

그런데 이상하게도, 내가 이만하면 황진이와 속궁합이 맞는 것 같다는 생각에 빠져드는 순간부터 내 자지가 슬슬 쭈그러들기 시작했다. 그래서 나는 갑자기 초조하고 황당한 기분에 빠져들 수밖에 없었는데, 가만히 그 이유를 생각해 보니 내가 '정력' 또는 '섹스'에 대한 상념에 빠져들기 시작했기 때문인 것 같았다.

건강하고 원시적인 성이란 원래 무념무상의 방심상태에서만 가능하다는 것을 나는 이론으로는 알고 있었다. 그러나 천성이 워낙 소음인(少陰人) 체질의 옹졸한 사색가였던 탓에, 나는 황진이와의 기막히게 황홀한 교합 중에도 그만 성 자체의 물리적 속성 등에 대한 생각에 턱없이 빠져들고 만 것이었다.

그래서 나는 다시 내 머릿속은 물론 온몸의 힘을 빼고 내 몸뚱어리 전체를 텅 빈 진공상태처럼 만들어보려고 노력했다. 그러나 도무지 마음먹은 대로 돼주지를 않았다. 일단 한번 뿌려진 상념의 씨앗을 다시 거둬들이기란 도저히 불가능하다는 사실을 나는 깨달을 수 있었다.

진이의 얼굴을 보니 약간 실망하는 듯한 눈빛을 보이고 있었다. 그래서 할 수 없이 세헤라자데에게 구원을 요청하기로 했다. 은근히 자존심 상하는 일이었지만 어쩔 수가 없었다.

내가 마음속으로 '야하디야하다'를 두번 외치고 '세헤라자데, 쌍!'하고 외치자 그녀가 당장 배틋한 웃음을 흘리면서 나타났다. 물론 내 눈에만 보이고 진이의 눈에는 안 보였다.

나는 세헤라자데에게 마음속으로 "어서 빨리 내 자지를 쇠망치처럼 딱딱하게 만들어줘!" 하고 애원조로 말했다. 그러자 세헤라자데는 한쪽 눈을 찡긋해 보이며 헛바닥을 장난스럽게 날름 내밀고 나서, 내 자지에다 대고 침을 퉤퉤 뱉었다.

내 자지는 그 순간부터 다시금 기운찬 작동을 개시했다. 세헤라자데는 나를 곯려주려고 그러는지 그냥 꺼져 없어져버리질 않고, 황진이의 무릎에다 대고 역시 침을 퉤퉤 뱉는 것이었다. 그러자 황진이는 다리에 쥐가 났는지 졸지에 낭패한 표정을 지으며 그냥 비실비실 주저앉아버리고 말았다.

세헤라자데는 이 광경을 곁에서 다 지켜보고 나서, 다시 한 번 혀를 삐죽 내밀고는 사라져버렸다.

그녀의 질투 어린 장난기가 괘씸하기 그지없었지만, 나로서는 어쩔 수 없는 일이었다. 그래서 나는 황진이의 손을 붙들어 내 곁으로 오게 한 후, 그녀의 보들보들한 젖무덤을 손으로 애무해 주면서 말했다.

"왜, 갑자기 다리에 쥐가 났나?"

"정말 이상해요. 전엔 이런 적이 한번도 없었거든요. 쪼그리고 앉은 자세에서 적어도 5천 번 이상씩 엉덩이 상하운동을 할 수가 있었어요. 어르신네한테 정말 죄송스럽군요. 하지만 그래도 제가 2천 번은 넘게 한 셈이니까 너그럽게 용서해 주세요. 이 다음엔 더 정성껏 해드릴게요."

나는 내게 정중하게 사과하는 진이의 겸손한 표정이 너무나 사랑스럽게 느껴져서, 그녀의 입에다 대고 한껏 요란하게 혓바닥을 찔러 넣어주었다.

"그런데 그런 기술을 대체 어디서 배웠어?"

"화담 선생한테 배웠어요. 그분은 방중술에 조예가 깊어서, 별의별 기술을 다 가르쳐주셨지요."

"그런 사람이 어째서 그렇게 빨리 죽었지? 환갑도 못 넘겼으니 말야."

"다 저 때문이에요. 아무리 몸을 축내지 않는 방법으로 색을 즐긴다고 해도, 너무 자주 하면 역시 건강을 상하게 마련이니까요."

"그럼 지족선사도 그런 식으로 죽었나?"

"아니요. 지족선사는 아직 죽지 않고 살아 있어요. 그분은 처음엔 들입다 폼을 잡으며 점잔을 빼다가, 결국 내 유혹에 걸려들고 말았죠. 그 꼴이 하도 우습고 아니꼬워서 서너 번 자준 뒤에 내 쪽에서 차버리고 말았어요. 그랬더니 그이는 파계를 했다는 자책감에다가 저에 대한 연모의 정이 겹쳐가지고 결국 미쳐버리고 말았지요. 그래서 지금은 거렁뱅이 땡초가 돼가지고 이곳저곳을 유랑하고 다닌다고 해요."

"그럼 탁 트이게 화통한 면에서는 불가(佛家)의 승려보다 유가(儒家)의 도학자가 한 수 위라는 얘기가 되는군."

"다 그런 건 아니겠지요. 벽계수 같은 바보도 있었으니까요. 벽계수 역시 도학군자였는데, 처음엔 자기가 여색을 진짜로 멀리 할 자신이 있다고 실컷 큰소리쳐대다가 결국 저한테 무릎을 꿇고 말았으니까요."

"그럼 지금 벽계수는 뭘 하고 있나?"

"서당 훈장 노릇을 하면서 아직도 저한테 계속 연서를 보내오고 있어요. 하지만 전 받아보는 족족 무조건 다 찢어버린답니다. …… 그런데, 어르신네께서는 정말 이상한 분이시로군요. 저에 대해서 정말 아무것도 모르고 계시니까 말이에요. 지족선사나 벽계수가 어떻게 됐다는 건 세상 사람들이 이미 다 알고 있는 사실이거든요. 혹시…… 중국에서 오신 분이 아니세요? 중국에도 마(馬)씨가 많으니까요."

나는 진이가 내게 자꾸 의심스런 눈길을 보내는 것이 어색하고 불편하게 느껴졌다. 게다가 진이는 한술 더 떠 이런 얘기까지 꺼내는 것이었다.

"솔직히 말해서 아까 그 1백만 냥도 이상했어요. 갑자기 나귀들이랑 하인들이 밀어닥쳐가지고 1백만 냥을 부려놓고 가니 말이에요. 어르신네께서 제게 아무리 반했다고 해도 저처럼 삭은 나이에 그건 너무 과한 액수거든요. ……혹시 가짜 돈은 아니겠지요?"

그녀가 '가짜 돈' 얘기까지 꺼내자 나도 모르게 기분 좋은 웃음이 나왔다. 그녀는 재색을 겸비한 건방진 여류형(女流型) 여성이 아니라, 돈이든 섹스든 자신의 욕망에 솔직한 '진짜로 야한 여자'라는 생각이 들었기 때문이었다. 그래서 나는 진이에게 내 정체를 솔직하게 털어놓아 버렸다.

"가짜 돈은 아니야. 하지만 내가 이상한 사람이란 말은 맞아……. 나는 아주 먼 데서 온 사람이야. 난 미래에서 왔어."

나는 진이가 내가 미래에서 온 사람이라는 얘기를 들으면 깜짝 놀라 할 줄 알았다. 그런데 그녀는 눈 하나 깜짝하지 않고서 말똥말똥한 표정으로, 내가 한 얘기에 대해 이렇게 반문하는 것이었다.

"미래요? 대관절 어느 시대에 사시다가 저를 찾아오셨는데요?"

"지금부터 5백 년쯤 뒤의 조선 땅에서 왔어."

"어쩐지 말씀하시는 품이 이상하다 했지요. 하지만 일단 만나뵙고 보니 너무나 반가워요. 화담 선생은 돌아가시기 직전에 앞으로의 제 운명을 예언해 주셨지요. 자기가 죽고 나면 어떤 비썩 마른 선비가 저를 찾아오게 되어 있는데, 무조건 그 사람이 하자는 대로 따르라고 하셨어요. 그러면 자기가 못 시켜준 호강을 실컷 해볼 수 있게 될 거라구요. 또 신분차별이 심한 조선 땅에서 태어나, 얼굴이 예뻐도 기생이라는 이유로 설움을 받을 수밖에 없었던 제 팔자가 활짝 피어나게 된다고도 말씀하셨죠."

"화담 선생의 예지력(豫知力)은 정말 보통이 아니셨군."

"그럼요. 그분은 자기가 죽는 날짜까지 미리 알아맞힌걸요."

"나에 대해선 더 이상 말씀이 없으셨나?"

"미래에서 온 사람이라고는 말씀 안 하셨어요. 그냥 별천지에서 온 사람이라고만 말씀하셨지요."

"내가 살고 있는 세상은 이씨가 다스리던 조선이 망한 뒤에 생긴 '대한민국'이라는 나라야. 지금 세상보다도 낫지만 아주 무릉도원이라고는 할 수 없지. 나라가 두 동강이 나는 바람에 이곳 송도도 대한민국 땅에서 제외돼 버렸으니까. 하지만 진이같이 미색이 뛰어난 여자한테는 그런대로 신나는 세상이 될 수도 있어. 대한민국에선 기생이 스타 대접을 받을 수 있으니까 말이야."

"스타? 스타가 뭔데요?"

"서양 말인데, 별이라는 뜻이지. 백성들에게 크게 칭송을 받는, 말하자면 임금님보다도 더 높은 존재라고도 할 수 있어."

"하지만 기생이 어떻게 그런 대접을 받을 수 있는지 전 도무지 이해가 안 가요."

"술 따라주는 기생은 대한민국에도 있어. 시쳇말로 호스티스라고 부르지. 하지만 너처럼 미색이 출중하거나 재주가 많은 기생은 단순한 기생에 머무는 게 아니라 배우나 가수, 모델 등 스타가 될 수 있는 길이 많아."

황진이는 영리한 여자인지라, 내가 하는 말을 금세 알아들은 듯

했다.

"그럼 빨리 저를 그 세상으로 데려다 주서요. 더 늙기 전에 저도 한번 마음껏 광을 내보고 싶어요."

진이는 이렇게 말하면서 내 품에 기대와 안겼다. 그리고는 어느새 축 늘어져 있는 자지를 뱅어같이 흰 손으로 살포시 어루만져주는 것이었다. 나는 진이의 가늘고 긴 손가락들을 바라보면서 손톱이 짧은 것이 마음에 걸렸다. 그래서 나는 그녀에게,

"진이는 나를 위해 손톱을 길게 길러줄 수 있어? 난 여자의 긴 손톱을 너무너무 좋아하거든."

하고 말해 보았다.

"아, 어르신네께서는 선녀 같은 손을 원하고 계시는군요. 그림에서 보니까 신선이나 선녀들은 모두 다 손톱을 길게 기르고 있더군요. 나라에서 시시콜콜 간섭을 해서 그렇지, 저도 선녀처럼 손톱을 길게 기르고, 화려한 빛깔의 옷을 입고, 또 갖가지 패물들을 주렁주렁 걸치고 싶었어요. 손톱이라면 얼마든지 길러드릴 테니까 안심하셔요."

진이의 말을 듣고 나니 더 이상 조선시대에 머물러 있을 필요가 없다는 생각이 들었다. 온돌방에서 성희를 벌이는 것보다는 근사한 호텔방 물침대 위에서 성희를 벌이는 것이 더 낫고, 이왕이면 황진이도 더 섹시한 모습으로 단장시켜 놓고 나서 즐기는 게 낫다고 생각됐기 때문이었다. 그래서 나는 손으로 자지를 잡고 세 번 왕복운동을 하며 주문을 외워 세헤라자데를 불렀다.

세헤라자데가 금세 모습을 드러냈다. 이번엔 세헤라자데의 모습이 황진이한테도 보인 것 같았다. 진이는 속살이 다 비치는 중동풍의 복장을 한 세헤라자데의 모습을 넋을 잃고 바라보았다. 그래서 나는 진이에게,

"내가 데리고 다니는 계집종이야. 너한테 많은 도움을 줄 테니까 안심해."

하고 말하며 그녀를 진정시켰다.

나는 세헤라자데에게 우선 진이의 모습부터 바꿔놓으라고 시켰다. 국제적인 배우로 출세시키려면 아무래도 키를 좀 크게 만드는 게 나을 것 같아 진이의 키를 1백 75센티미터 정도로 늘려놓으라고 명령했다. 1백 80센티미터가 넘게 만들면 모델로는 좋지만 배우로는 아무래도 너무 큰 키인 것 같아 그 정도로 잡은 것이었다.

또 유방도 왕창 크게 부풀리고, 엉덩이도 빵빵하게 부풀렸다. 그리고 진이의 머리카락은 종아리까지 닿을 정도의 길이라서, 머리를 풀고서 파마를 하니까 아주 관능적인 머리모양이 되었다. 마지막으로 손톱을 길게 늘리고 핏빛 매니큐어를 바른 다음, 온몸에 주렁주렁 값비싼 장신구들을 걸쳐주었다.

세헤라자데도 이번에는 샘내기를 포기한 듯, 마치 언니가 동생을 치장시켜 주는 기분으로 시종일관 내 명령에 즐겁게 복종하는 것이었다. 내가 다시 양복차림으로 바뀐 건 물론이었다.

그 다음에 나는 세헤라자데에게, 진이와 나를 서울의 최고급 호

텔 특실 VIP 룸으로 데려다달라고 시켰다. 그래서 우리는 다시 현재로 돌아왔는데, 눈을 떠보니 진이와 내가 강남의 어느 특급 호텔 방 거실에 마주앉아 있었다.

나는 진이를 변신시켜 가는 데 즐거움을 느껴, 곧 이어 세헤라자데에게 옷장을 모두 값비싼 여성복으로 꽉 채워놓으라고 시키고, 진이의 지갑에도 10억 원 정도의 예금통장을 마련해 놓으라고 시켰다.

나도 한번 돈 쓰는 재미를 맛보고 싶어 1백억 정도의 저금통장과 당좌수표 용지를 갖다 놓으라고 시킨 다음, 최고급 벤츠 차를 호텔 밖에 대기시키고 세헤라자데는 운전기사 노릇을 하라고 명령했다. 세헤라자데는 마치 '아라비아 항공'의 스튜어디스 복장 같은 옷차림을 한 아주아주 섹시한 모습의 여자 운전기사가 되어 있었다.

세헤라자데보고 옆방으로 가 대기하고 있으라고 시킨 뒤, 나는 진이에게 옷장을 뒤져 시폰으로 된 야한 디자인의 실내옷을 꺼내 입게 했다. 그리고 전화로 룸서비스를 불러 술과 안주를 가져오라고 주문했다.

호텔 종업원이 술을 갖고 들어와 나보고 김 회장님, 김 회장님 하면서 굽실거리는 모양을 보니, 내가 어느새 '김 회장님'으로 변신해 버린 모양이었다. 나는 새삼 세헤라자데의 기지(機智)에 감탄하면서, 종업원에게 50만 원짜리 당좌수표 한 장을 사인해서 팁으로 주었다.

푹신푹신한 더블베드에서 감미로운 실내음악을 들어가며 진이의 화사한 몸뚱어리를 더듬는 것은 큰 기쁨이었다. 동백기름 냄새보다는 역시 프와종 향수 냄새가 더 나았고, 작은 키에 짧은 손톱보다는 역시 큰 키에 긴 손톱이 더 나았다.

머리 좋은 진이는 환경 변화에 기민하게 적응하여 어느새 긴 손톱으로 내 자지를 살살 갉작거려 주기도 하고, 포크 대신 손톱으로 안주를 찍어 자기의 입 안에 넣었다가 내 입에 넣어주기도 하는 것이었다. 그러고는 늘씬한 현대식 8등신 미인으로 바뀐 자신의 몸뚱어리가 보면 볼수록 대견해 보이는지, 젖가슴과 배, 엉덩이 등을 손바닥으로 자주자주 쓰다듬으면서 흐뭇해하였다.

나는 그날 밤 진이의 보지에 서너 차례나 사정(射精)을 했는데, 그만큼 진이가 온갖 교태를 부려가며 내 넋을 빼앗아갔기 때문이었다. 석고처럼 흰 피부에 칠흑같이 검은 머리카락의 조화는, 마치 발정한 처녀귀신과 같은 모습의 요악(妖惡)스런 자태를 연출해 내고 있었다.

다음날 아침, 나는 세헤라자데를 불러 황진이를 국제적인 스타로 만드는 일에 대해 상의했다.

세헤라자데는 우선 영어 회화가 필수라고 하면서, 진이의 머리통에 입김을 불어넣어 영어 회화를 할 수 있도록 만들었다. 그러고 나서 잠깐 생각에 잠기더니, 아무래도 일단 먼저 미스 유니버스 대회에 출전시켜 진이의 얼굴을 빛내도록 하는 게 좋은 수순일 것 같다고 말했다. 마침 미스 코리아 대회가 얼마 남지 않았으니, 거기에 참가하면 만사가 잘 풀리게 될 거라는 것이었다.

그래서 나는 진이의 나이가 걱정이 되어 나이도 줄여버리라고 세헤라자데에게 명령했다. 진이의 얼굴은 아무리 봐도 갓 스물 정도로밖에 안 보였지만, 그래도 이왕이면 진짜로 나이가 젊은 여자로 만드는 게 더 나을 것 같기 때문이었다. 세헤라자데가 "어려져라, 쌍!" 하고 주문을 외우자 진이는 돌연 만 19세의 청초한 여인으로 변신했다.

　　우리는 벤츠 차를 타고서 미스 코리아를 많이 배출한 곳을 소문난 '때빼' 미용실로 갔다. 차 안에서 세헤라자데는 자기가 나를 재일교포 갑부로 만들어놓았다고 설명하고 나서, 황진이는 내가 후원하고 있는 모델 겸 배우 지망생으로서 내 현지처 노릇을 겸하고 있다고 설명해 주었다.

　　'때빼' 미용실의 마담은 '차아밍 리'라는 이름의 중년 여자였는데, 이름과는 달리 돼지처럼 살이 디룩디룩 찐 게 욕심 많아 보이는 얼굴을 하고 있었다. 세헤라자데는 이번엔 내 여비서가 되어가지고 찾아온 까닭을 설명했다. '차아밍 리'는 세헤라자데와 황진이의 눈부신 아름다움을 보고 기절할 듯 놀라며, 진이 정도의 미모와 육체미라면 미스 코리아는 물론 미스 유니버스도 문제없을 거라고 말했다.

　　나는 마담에게 우선 착수금조로 1억 원짜리 수표를 끊어주었다. 그러자 마담은 잠시 옆방에 들어갔다 나오더니, 희색이 만면한 얼굴로 내게 수없이 절을 하는 것이었다. 짐작컨대 여자가 의심 많게 생긴 얼굴이라, 수표가 진짜인지 조회를 해본 것이 틀림없었다.

　　일은 순탄하게 착착 진행되어 갔다. 진이는 지저분한 예선과정들을 거치고 무난하게 본선에 진출하였다. 본선이 있기 전부터 진이는 발군의 미모 때문에 미스 코리아는 물론 한국 최초의 미스 유니버스감으로 점쳐지고 있었다.

지금까지의 미스 코리아들은 대개 육체미를 중심으로 뽑았으므로 얼굴이 못생길 수밖에 없었다. 그런데 진이는 서양 여자처럼 늘씬한 체격에 동양 미인의 얼굴을 하고 있었으므로 자연히 눈에 띌 수밖에 없었다.

본선이 있던 날, 무대 위에 선 진이의 모습을 보니 단연 군계일학(群鷄一鶴)이었다. 차아밍 리가 그동안 열심히 공들여 가꿔놓았기 때문에 더욱더 아리따운 아취(雅趣)가 풍겨나왔다.

최종 심사결과를 발표할 때, 사회자는 당연한 결과라는 듯 별로 흥분되지도 않은 목소리로 "미스 코리아 진, 마리나!"를 외쳤다(진이의 이름을 나는 고심 끝에 '마리나'로 고쳐놓았었다. 국제적인 스타가 돼도 부르기 좋고 듣기 좋은 이름이라고 생각됐기 때문이었다).

미스 코리아에 당선된 순간부터 진이는 무지무지하게 바빠졌다. 그래서 나는 진이에게 따로 자동차를 한 대 사주고, 또 운전기사도 딸려주고 나서 호텔을 빠져나올 수밖에 없었다. 진이가 내 애인이라는 사실이 알려지면 아무래도 그녀의 출세에 지장이 있을 것 같기 때문이었다.

사람들은 진이가 호텔에서 화려하고 사치스럽게 지내는 모습을 보고 틀림없이 부자 후원자가 있을 거라고 짐작하는 모양이었지만,

워낙 출중한 그녀의 미모 때문에 그걸 가지고 시빗거리를 삼는 기자 따위는 없었다. 나는 이따금 진이한테로 가서, 그녀가 차츰차츰 도도한 스타로 변신해 가는 것을 지켜보며 흐뭇한 기분에 빠져들었다. 아무래도 나는 여성숭배주의자인 모양이었다.

미스 유니버스 대회에 출전하기 전부터 진이는 국내 매스컴의 각광을 받았고, TV 출연이나 영화 출연 제의가 수도 없이 들어왔다. 그러나 내가 시킨 대로 진이는 그것을 다 거절하고 더욱더 세련된 몸치장과 화술을 익히는 데 총력을 기울였다.

그러다가 드디어 미스 유니버스 대회가 미국에서 열렸다. 나는 행여라도 진이가 떨어질까 봐 걱정이 되어, 세헤라자데를 시켜 심사위원들의 마음속에 주술(呪術)을 걸어 진이한테 왕창 넋을 빼앗기도록 만들어놓았다.

결과는 대성공이었다. 세계 각지의 매스컴은 한국 최초로 미스 유니버스가 탄생했다는 사실을 다투어 보도했고, 헐리우드의 영화 제작자들과 사진 작가들, 그리고 패션 관계자들이 진이한테 모여들었다. 그러다 보니 나와 진이가 밀회할 수 있는 시간이 점점 적어져 갈 수밖에 없었는데, 그걸 안타까워하며 발을 동동 구르는 쪽은 나보다도 오히려 진이였다.

어느 날 나와 진이는 가까스로 틈을 내어 잠자리를 같이했다. 그날 밤 진이는 나를 편하게 눕혀놓고 나서 그녀의 장기인 '쪼그려 뛰기' 체위로 5천 번의 상하왕복운동을 해주었다.

"진이, 넌 대관절 뭘 하고 싶니? 난 네가 배우가 되길 바라고 있는

데……."

일을 끝내고 나서 내가 진이에게 물었다.

"글쎄요……. 배우도 좋지만 전 가수가 되고 싶어요. 전에 기생으로 있을 때 시는 지을 줄 몰랐지만 노래를 꽤 했었거든요. 현대로 나와보니까 엔터테이너 중의 엔터테이너는 역시 가수더군요. 먼저 가수가 된 다음에 배우로 출세하는 게 더 나을 것 같아요."

딴은 그녀의 말에도 일리가 있었다. 그래서 나는 그녀를 국제적인 가수로 출세시키는 데 총력을 기울였다. 결과는 대성공! 다만 주변 사람들의 권고에 따라 머리 색깔을 순은색(純銀色)으로 바꾸었다.

법(法)은 음란하다

이곳은 신림동이다. 정확하게 말한다면 신림 9동 독서실이다. 일반인들이 흔히 고시촌이라고 부르는 곳인데, 지하철 서울대역 3번 출구에서 내려서 마을버스를 타고 우리은행 앞에서 내리거나, 신림역의 역시 3번 출구에서 내려서 신성 초등학교 앞에서 내리면 된다. 이런 지루한 얘기를 왜 상세하게 하느냐 하면, 자세히 써줘야 이 글을 읽는 사람들이 몽땅 뻥이라고 생각하지 않을 것이기 때문이다. 아무튼 지명으로는 신림 9동과 건너편 신림 2동이 바로 그 유명한 서울대 앞 고시촌이다. 무려 2만 명에 육박하는 각종 고시 준비생들이 사는 곳이 바로 이곳인 것이다.

아무튼 요즘 같은 무한 경쟁 시대에 명문대를 나와도 취업하는 것이 쉽지 않고, 또 설사취직이 된다고 해도 샐러리맨으로 좆뱅이치게 되는 게 전부다. 그러느니 젊어서 좀 고생하여 편하고 고상하게 살자는 생각으로 고시—사법시험, 행정고시, 외무고시를 합쳐서 부르는 말—를 준비는 이들이 3, 4만 명을 넘어서고 있다. 물론 그 중에는 사회 정의(正義)를 위해서라며 거창하게 포부를 말하는 놈들도 있다. 기선을 잡기 위해 그러는 것이든, 아직 어려서 정말 순수한 마음으로 그러는 것이든, 솔직히 말해서 나는 그런 말을 하는 애들이 위선자로 보인다. 꾀죄죄한 샐러리맨 생활을 하기가 싫어서, 남보다 떵떵거리며 행복하게 살고 싶어서, 나아가 법적(法的) 권력으로 가끔은 거드름떨면서 불쌍한 중생들을 도울 수도 있어서가, 내가 고시를 준비하는 이유의 전부다.

물론 일류대학 교수가 되어 자기가 하고 싶은 공부 실컷 하고, 방학 때는 연구를 핑계로 해외여행 다니면서 놀고, 강의할 때는 애들한테 잘난 체 썰풀어대고, 가끔 책도 써서 인세 받아 챙기면 정말 좋겠지. 하지만 교수가 되는 건 정말 '요행'이다. 고시는 시험 봐서 합격만 하면 된다. 하지만 교수는 박사 받고 교수가 돼보겠다는 인간들이 과잉공급 되어 거의가 다 실업(失業) 상태에 있다. 정년을 채우고도 명예교수까지 되어가지고 잘난 체 할 수 있는 교수가 몇 명이

나 될 것인가. 자리가 없어서 시간강사 노릇하며 책보따리 끼고 다니면서 40대 이후까지 처자식 고생시킬 자신이 나에겐 없다. 마광수 교수의 자서전적 소설 『광마일기』에 나오듯, 새해에 꼰대들한테 세배 열심히 다니다가 20대 후반의 나이에 정식 교수가 되는 경우는, 로또가 당첨되는 것처럼 힘든 일이다.

나도 남들이 하듯이 제대하고 나서 고시 공부를 시작했다. 처음에는 열심히 했다. 하지만 한두 해 해가 가면서 사법시험을 두 번 보다보니 매너리즘이란 것이 생겼다. 수도승처럼 살면서 공부에 매진하는 것도 하루 이틀이지, 드디어 이놈의 신림동 고시촌 생활이 지겨워지기 시작한 것이다.

욕망은 결핍에서 나온다는 말이 있다. 흔하디흔한 말인데 정말 맞는 말이다. 식욕은 배가고플 때 생기고 수면욕은 잠이 모자랄 때 생기고 성욕은 섹스를 못했을 때 생긴다. 특히 고시 공부를 하다보면 자유의 결핍 때문에 자유를 더 원하게 된다. 나 역시 자유에 대한 간절한 욕망과 섹스에 대한 절실한 욕망이 마구마구 생겨나고 있었다.

친구 하나는 내게 빡촌—사창가를 가리키는 은어—에 가서 성욕을 풀고 올 것을 권했다. 6만 원이면 욕구가 일단 해결되고, 그런 데 갔다오면 고시공부에 더욱 전념할 수 있다는 얘기였다. 또 다른 친구 하나는 그러는 것은 현행법에 저촉되므로 그냥 방에서 딸딸이나 치면서 공부에 몰두해보라고 했다. 그러니 나로서는 답답할 수밖에 없었다.

그래서 나는 고시 공부하는 친구 말고 대학에만 다니는 친구에게 상담을 요청했다. 그 친구는 두 가지 방법을 권했다. 하나는 인터넷에서 번개를 하여 여자랑 모텔에 가는 것인데, 이 경우엔 폭탄 맞을 (못생긴 여자가 나올) 확률이 높다고 했다. 그러니 용기를 내어 예쁜 여자를 현장에서 헌팅하라는 것이었다.

자유에 대한 욕구와 성욕이 상승작용을 하던 나로서는 후자가 더 땡겼다. 문제는 여자를 헌팅할 장소였다. 예전의 고시를 생각하는 노땅이라면 여기서 약간의 설명이 필요하다. 요즘은 예전과는 달리 여학생들이 고시 공부를 무지 많이 한다. 성비로 따지면 여성의 비율이 30 에서 40 %를 육박한다.

게다가 연세대의 경우만 봐도 대학입시가 광역화된 이후, 예쁜 애들이 예전엔 문과대학이나 생활과학대학에만 있던 것과는 달리, 요새는 죄다 법과대학이나 상경대학에 있는 것이다. 그런데 연세대 애들도 2 학년 때는 휴학을 하고 신림동 고시촌에 들어온다. 이화여대 애들도 그렇고, 그 밖의 여러 대학교에 다니는 예쁜 여자애들도 많이들 신림동에 들어온다. 예전에는 주로 못생긴 여자애들이 고시 공부를 하는 게 보통이었는데, 요즘엔 물이 달라도 아주 많이 달라진 것이다.

강남의 부촌에 사는 세련되고 예쁜 여자애들이 외제차를 타고 신림동에 왔다 갔다 출퇴근하는 경우도 있다. 이런 애들이 왜 고시 공부를 하는지 나는 도무지 모르겠다. 정말로 모르겠다. 그냥 전문직이란 게 멋져 보이니까 고시 준비를 하는 걸까? 아니면 집에서 시켜서하는 걸까? 고시생을 꼬셔서 키워가지고 잡아먹으려고 그러나? 아무튼 나로서는 부티나게 예쁜 여자애들을 많이 만나게 되니 잘된 일이다.

우리 독서실에서도 부티나게 예쁜 걸로 유명한 어느 여자애가 있다. 그녀는 역시 도도했다. 공부도 꽤 열심히 하는 것 같았다. 무엇보다 피부가 눈처럼 새하얗고 뽀얗다. 그리고 콧날이 서있고 속눈썹이 아주 길고 입술은 붉다. 그녀는 그만큼이나 예뻤다. 문득 시인 예이츠가 쓴 시의 한 구절이 생각난다.

"술은 입으로 들어오고, 사랑은 눈으로 들어온다."

그녀도 눈으로 들어왔다. 나는 주로 그녀가 공부할 때 뒷모습을 보았다. 그녀가 노트 정리를 하며 머리를 앞으로 숙이며 엎드릴 때 보이는 하얀 허리와, 그때 살짝 엿보이는 팬티가 참으로 매력적이었다. 하지만 나는 소심하여 그냥 속으로만 좋아할 수밖에 없었다. 가끔 그녀가 밤에 고시원의 원룸에 들어오면, 나는 그때 본 그녀를 머릿속에 그리면서 손으로 자지를 붙잡고 자위행위나 할 뿐이었다. 솔직히 말해서 나는 '고시 공부하러 신림동 고시촌에 들어와 여자만 헌팅했다고 고시신문에 나면 어떻게 하나' 하는 걱정부터 앞섰다.

하지만 나는 역시 운이 좋은 놈이었다. 특히 여자 복(福)만큼은 말이다.

나는 공부하다가 머리가 아프면 마광수 교수가 쓴 글들을 보곤 했는데, 특히 소설 『광마일기』는 에피소드 별로 배열돼 있기 때문에 조금씩 야금야금 나눠 읽으면 감칠맛이 났다. 그러기에 그 날도 오늘은 마광수 교수가 과거의 어떤 여인을 만날까 하는 호기심으로 책을 재미있게 읽고 있었다. 그런데 뒤에서 약간 인기척이 났다. 그래서 나는 읽던 책을 놔두고 뒤를 돌아다보았다. 띠용! 바로 그녀였다. 독서실이었으므로 그녀는 내게 조그맣게 속삭이며 말했다.

"마광수 교수님을 좋아하세요?"

"그분은 모르지만 그분의 글은 좋아하지요. 그분은 우리 학교 교수예요."

그 시간에는 학생들이 학원 수업에 갔는지 독서실에는 우리 말고 사람이 없었다. 그런 상황이 나를 더욱 흥분시키고 있었다. 하지만 나는 애써 태연한 척 위장을 했다. 하지만 그녀의 머리에서 나는 은은한 샴푸 향기가 나를 몽환경으로 이끌어가고 있었다.

"와…… 연세대 학생이세요? 전 연대생이 제일 좋아요!"

그녀의 귀여운 목소리는 어느새 조금 떨리면서 커져 있었다. 책장 넘기는 소리에도 조용히 해달라며 불평을 하는 늙은 고시생들도 하나도 없었다. 나는 용기를 내어 그녀에게 말했다.

"그러세요? 왜 연대생을 좋아하시죠?"

"그것은…… 마광수 교수가 졸업하고 가르치시는 학교이기 때문이죠."

이게 웬 경찰서 앞에서 대마초 피는 소리인가. 나는 처음에 그녀가 나를 웃기려고 농담을 하는 줄 알았다. 마 교수는 이미 한물간 늙은이가 아닌가.

하지만 웬 걸, 이 여자는 점점 진지한 태도로 나왔다.

"혹시 마광수 교수님 수업을 들어보셨나요?"

그녀의 눈은 불타고 있었다.

"아뇨."

그녀의 절망하는 표정. 마치 유죄판결이라도 확정된 듯한 피의자의 표정이었다. 그래서 나는 마 교수와 관련된 이야기를 조금이라도 해보기로 했다. 누구를 안다는 것으로 나를 내세우는 것은 참으로 자존심 상하는 일이지만 말이다.

"그분의 수업을 듣지는 못했지만 저도 문과대학 학생이라 문과대 건물의 엘리베이터를 같이 탄 적은 있지요. 뭐 대수롭지 않은 거지만요."

"아니요! 대단해요! 아! 흥분돼요! …… 그러니까 그분과 같이 밀폐된 공간에서 같이 호흡을 하며 그분이 내뿜은 이산화탄소를 마시고 그 분도 당신이 내쉰 숨을 마시셨단 거죠?"

(뭐야 쓰발, 이년이 마씨에게 완전이 맛이 갔군. 하지만 이걸 이용하면 술 정도는 같이 마실 수 있을지도 모르겠군, 교수한테 고마워해보기는 난생 처음이네…… 흐흐흐……)

내가 속으로 이렇게 생각하고 있는데, 돌연 그녀가 나에게 직격탄을 날렸다.

"마 교수님과 같은 공간에서 공부하고 계시고, 또 당신이 게다가 문과대학 학생이라면 저의 서비스를 받으실 수 있어요."

"서비스요?"

"제가 당신의 자지를 맛있게 빨아드리죠. 뒷처리도 할 필요 없게 정액까지 맛있게 먹어드리죠. 대신 조건이 있어요. 댁은 책상에서 공부를 하고 계세요. 저는 책에 집중하며 열심히 공부하는 남자가 섹시해보이거든요."

지금의 나라면 조금 망설일 수도 있었다. 독서실에서 여자가 남자 자지를 빤다는 것은 형법 제245조의 '공연 음란죄'가 될 수 있기 때문이고 그딴 것보다 우선적으로, 그러다가 누구라도 들어와 우리가 하는 짓을 본다면 얼마나 쪽이 팔릴 것인가. 나는 신림동 고시촌에서 추방되거나, TV 프로인 〈세상에 이런 일이〉에 나올 수도 있다. 그리고 부모님이 나와의 27년간의 연(緣)을 끊으실 수도 있는 것이다.

하지만 곧바로 두려움을 물리치고 나는 본능에 충실하기로 했다. 솔직히 말해서 좀 전에 가졌던 나의 소심한 걱정은 얼마나 꾀죄죄하고 못난 얼간이 서생의 생각이었던가. 그런 식의 성(性)에 대한 자기방어가 우리의 섹시한 행복을 가로 막고 있는 것이다.

나는 그녀의 주문에 따라 단정한 자세로 앉아서 형법 해설서와 법전(法典)을 펴놓았다. 그리고 나서 나는 책을 소리내어 읽어내려 갔다.

"형법 제22장 성풍속에 관한 죄"